未来之城

彭敏艳 著

广西人民出版社

图书在版编目（CIP）数据

未来之城 / 彭敏艳著 . -- 南宁：广西人民出版社，2025.2.
ISBN 978-7-219-11841-2

Ⅰ . I247.5

中国国家版本馆 CIP 数据核字第 20243UR239 号

WEILAI ZHI CHENG

未来之城

彭敏艳　著

责任编辑　庞　睿　曾蔚茹
责任校对　周月华
封面设计　牛广华

出版发行	广西人民出版社
社　　址	广西南宁市桂春路 6 号
邮　　编	530021
印　　刷	广西民族印刷包装集团有限公司
开　　本	880mm×1230mm　1/32
印　　张	12.25
字　　数	275 千字
版　　次	2025 年 2 月　第 1 版
印　　次	2025 年 2 月　第 1 次印刷
书　　号	ISBN 978-7-219-11841-2
定　　价	68.00 元

版权所有　翻印必究

目 录

CONTENTS

第一章　生异心 …………………………1

第二章　楚歌起 …………………………58

第三章　夜迷茫 …………………………98

第四章　谜和醉 …………………………125

第五章　寻谜路 …………………………153

第六章　智能控 …………………………188

第七章　面具人 …………………………219

第八章　新疗法 …………………………258

第九章　跨异域 …………………………298

第十章　脑支点 …………………………337

细胞的分化是持久的，事物的裂变也是。极简主义主导下的生活方式，导致亲情的长久缺位或缺失，对家庭和家庭成员关系造成不可逆的伤害。

第一章 生异心

简化第四十五次教老人扣纽扣，积蓄了三十多年的耐心严重透支，他用力喝了一大口水，吞下失控的心跳。

"左手定扣眼，右手捏纽扣，从里往外扣。"

"用点力。"

"整得比老女人还啰唆。"老人嘟嘟哝哝。

"不啰唆就没戏了。"

"诅咒我？"老人挑眉竖眼。

枯枝般的手在衣服上竭尽全力地摸索。纽扣与扣眼像是遭遇了磁场排斥，总凑不到一块儿。老人一把扯掉上衣往地上扔，脖子上的青筋像老树浮在地表的根。

简化躬身捞起衣服哄老人穿。老人嘟嘴翻白眼，再度颤抖地支棱起干枯的手，用力撑起那耷拉的眼皮——

"你这是干啥呢?"

"照顾你。"

"老子要你照……顾?咳咳——"

"你身体不好。"

"不是吹牛,方圆百里哪个……比我……强!"老人喘着粗气挣扎起来。

"好好,你强,你最强。"简化眼疾手快地按住老人。

"没空……和你废……话。"老人呼哧呼哧地喘着,那气息紧得像拉满了的弓。

简化懒得再搭理。老人翻了个身,又问——

"你是谁?"

"我是阿三。"

"回来了?"

"回来了。"

"小样,一看……就是……做苦……力的,咳咳……"

"我是搬运工——"文字搬运工。简化没说出下半句。

"阿三是……作家?"

老人喘息着把耷拉的眼皮往上抬起,目光软塌塌地扫过简化的鼻子——挺拔硬朗的鼻子和他年轻时一个样。

"是我的阿三。"老人的喘气声慢慢缓了下来,眼皮沉沉地耷拉下去。十秒不到,老人又半睁着眼睛——

"你是谁?"

"我是阿三。"

"也不……撒泡尿照……照自己。"

"我真是阿三。"

"冒牌货。"

第一章
生异心

"假一赔十。"

"你这里……有问……题吧？"老人吃力地指着自己的脑袋。

"好啦好啦，睡一会儿吧。"

"不睡！行生……坐死……睡神经。"

……

简化心里长了像栗子外壳一样的刺，再这么耗下去，没准他也提前老年痴呆了。

睡意终于把简先令的嘴巴给封上了。

这是一小时前的事。现在简先令的呼噜声仍延续他当年的气势，只是劲头被时间削去了大半。

这是医院的特护病房。简化坐在病床前那张半新的枫木凳上，目光散漫地游走。窗外的天蓝得刺眼，一棵玉兰树的枝丫伸到了窗台上，两排挺拔的棕榈树在秋阳下放肆地展示着油绿色流苏样的生命线。两排棕榈树夹着一幢外科楼，外科楼的楼道上人头攒动，再远一点是刷着绿色乳胶漆的康复楼。

江岸杂志社又催稿了。小说关于凶手作案动机的推导还卡在思维的夹缝里——简化不想走一般推理小说的套路，那感觉像游戏还没开始就结束了；他也不想弄得太玄，涉嫌卖弄才华。他想用迂回曲折的文字辗转抵达犯罪嫌疑人灵魂栖居的空间，就像穿过廊桥幽径突然抵达神秘花园那样令人惊喜。他写了三个版本，改了三个版本，又否定了三个版本。

真正卡住简化的，是那张一成不变的日常清单上突然填充进来的内容，比如端屎、倒尿、擦身等。

一声沉闷而冗长的低咽，简先令像受伤的兽。

简先令将蓝白条纹相间的病号服翻过头顶覆在白色枕巾上，黝黑光溜的上半身裸露无遗，他的双手举着搁在枕头上，手背的留置针管被带歪了，暗红的血回流在细输液管上，针口处有瘀青深红夹杂的肿块。

简先令又脱衣服了。

简化扯开那件病号服，按下电子触屏，简先令身上的管和线自动复位，但针管仍歪着。简化把那只插着针管的手轻轻搁在被面，把另一只手推回被窝，拉过被子盖住那双与脚踝相比显得比例过大的脚。

这里是龚县第二人民医院。医院坐落在城南街道新区厢一路，新区的基础建设还没完善，周围很荒芜。院内绿化面积大，高大挺拔的常绿乔木下面是修剪得整齐划一的三角梅花圃带，间杂着小巧秀气的太阳花。刚建没几年的医院，医疗设施在县城同级医院中是占有绝对优势的，病房的设计舍得费地，每张病床旁边设有一个小陪护区。

谁都不愿意来医院，可医院从来都不缺人。偌大一个医院，治疗区、康复区、候诊区、病房、过道，没有哪一块地空着，自动推车、服务机器人往来穿梭于过道里。

"简先令。"值班护士懒洋洋地叫唤。

简先令气没拉上来，喉咙里咕噜咕噜地响。

护士看起来有些岁数了，矮矮胖胖的，顶多够简化的肩膀高，小眼睛，总是睡不醒的样子。她今天上午第三次来插针了，动作一次比一次慢，眼睛一次比一次眯。

简先令手背的瘀青像是劣质宣纸上晕不开的浓墨重彩，护士那圆润肥厚的手在瘀青上拍了又拍，可脉络丝毫没有要显出来的意思。护士从被窝里摸出另外一只手。

针扎进去又拔出来，再扎进去再拔出来，"痛——啊——痛——啊——啊——"简先令叫喊着，护士喘着粗气，折腾了很久才在腕关节附近下了针。

护士看看简先令,又看看简化,半眯的双眼射出审视的目光:年轻的休闲服搭皮鞋,神情恍惚;年老的对衣服"过敏",这边穿上那边脱。难道他们家没有正常一点的人吗?

"看好他,你看看这双手,看清楚了没?这还是手吗?再没有位置下针了,记住了啊!"

"都不知道怎么看的。"护士临走又撂下一句。

简化心里憋屈,但还是管住了嘴巴。护士也没错,他专职陪护时,能把针管给看歪、把病号服给看到卡在脖子上,确实不合逻辑。

杂志社的编辑又来电话了。

"哟,我说简大作家,名气大了果然不同凡响。刚才我还和办公室小张说,估摸往后打个电话得提前一星期预约。话说再怎么忙,也总得留点时间给《江岸》对吧?说好今天交稿的《寡断》呢?"

"抱歉!郭大编,缓缓行吗?"

"我们马总编就那点耐心,他说瓜果该摘当摘,过了时令的,多半是老了的,吃着还怕磕断牙齿呢。"

"周三就交稿,意外、意外,见谅!见谅!"

"哟哟哟,简大作家这话我可担待不起。周三晚上十二点,不见稿就不必见了。"

郭小丹一贯的尖刻。

简化把手机摔到床头柜上,弹落了一个杯子。

简先令不愿到城里去,大概担心最终会以一把灰的形式回来,上天让他完整地来到这个世界,他必须完整地回去交差。

他一辈子灵活地穿行在山间乡野纵横交错的阡陌中，城里蛛网一样兜兜转转的道路却轻易把他转晕了。他在城里住得不痛快，说话做事都不痛快，在城里待不到两天就赌气回乡下，说不准赌谁的气，或许是儿子的，或许是自己的，或许是子虚乌有的。

从那以后，谁再请他去城里他都两眼一瞪。

像钢柱一样杵了差不多一世纪的简先令，十天前突然像朽木一样倒下来了。大嫂卢丽妮在微信家庭群里撂下一句话："你们还要老爸就回来，别净把屎往我身上抹！"

简单和简化赶回来，趁简先令犯呆时把他塞上车，要送到安平省医科大学附属医院。

半路，简先令半睁开眼哼哼："这是去哪儿？"

"去医院。"简单扶了扶黑边大框眼镜。

"帮我断了这口气。"

"检查一下。"

"帮老子断了这……这一口气！"简先令用尽余生那点力。

"看看你孙子。"

"谁爱看谁回来，趁老子……还没死。"

"马上掉头！"简先令一把掀开蓝格子被子，双肘微微支起上半身。

"回，回，回。"简单一把按住简先令，将被子盖回老人身上，胳膊肘不慎碰到旁边的水杯，水杯掉下来滚到了椅子底下，简化捡起来放回原处。父子三人不再说话。

简化按下电子屏，换成智控。智控给交通智能系统发送请求掉头信息，交通智能系统接到信息计算出精准掉头时间，前方1500米的隔离带正在缓缓上升，隔离带下面有一条高架公路，路面交接处有一个缓冲坡。附近行驶的车变道避让，待他们的车驶上了高架公路往回走后,隔离带才复位。

回到镇上,简先令让了一大步,住进了医院。简化的日常清单就增加了医院的检查、交费、取药、打开水、守挂瓶……

大哥、大嫂指望不上,大嫂扒一口饭还要从嘴巴里抠出几粒米来,那八字眉一竖、眼睛一瞪,大哥的头就低到地板上去了;二哥简单去北京学习一个星期,二嫂郑东东刚接了一个紧急的研究任务;妻子程熙和简先令两个是天生的对头;大姐简婕远嫁山西,最近一次回家也是四年前的事了,仿佛已经彻底从这个家剥离出去了。

生活从不懂得体恤众生,它只依着自己喜欢的样子,碾过春夏秋冬,蹚过川河湖海。纸片人薄薄地瘫在床上,被子不规则地起伏。这个用自己的精血养育了三儿一女的人,正在孤独且糊涂地一步一步回归大自然。

简化怜悯地看着床上的纸片人。第五天了,这张日常清单多出来的内容像痔疮那样让他坐立不安,他得设法把多出来的内容简化掉。

下午,病房里来了一个秀丽可人的姑娘。简先令清醒时,简化跟简先令说,这是他的秘书,叫乐嘉;他还说,要回去赶稿,让乐嘉代为照料简先令几天。简先令懒懒地合上眼皮。

乐嘉做事干净利落,简先令不讨厌她。但简先令死倔,死要面子。他不愿意当着乐嘉的面尿,一泡尿非得憋到迷糊了才尿。

简先令有时嚷嚷着要回家,有时骂骂咧咧。乐嘉听不清楚简先令在骂什么,隐隐觉得是在骂谁。乐嘉的脑子里仿佛塞了一个有趣的小宇宙,在简先令清醒时,她总能源源不断地掏出很多有趣的奇闻逸事。简先令喜欢倒腾出那些潮湿长霉的往事,但常常讲了一半就前言不搭后语。这没有连续性的对话居然让简先令把衣服穿好了。

简化回去后第三天，简先令迷迷糊糊地睡了半天。早上简易来过，炖了汤来。乐嘉看得出他是简家人，他和简先令、简化都是一个模子印出来的：剑眉、阴阳眼、高鼻梁、长耳朵。最大的区别是年龄和皮肤色差，简化白白净净，眼前两个男人都黑，只是黑的程度和光泽度不同。简先令是磨了镜面的黯淡的黑，年轻的是有光泽的棕黑。

简易探询的目光被一通电话粗暴地打碎了。"你死哪儿去了？还不快点来农场送菜！"他唯唯诺诺把汤放桌子上转身出去，不小心踢到凳腿，打了个趔趄，不好意思地回头看一眼乐嘉。

上了车，简易打电话给简化，简化没接。

简先令睡睡醒醒，他仿佛见到了年轻的自己。父母去得早，他无依无靠，生活难以维持，连刚会说话的小孩子都叫他"没娘疼"。

简先令喉咙里呜呜咽咽半天，乐嘉喊了几下"简伯伯"，他似乎又睡去了，呼吸挺顺畅的。

简先令到了五十岁才讨了个二十岁的丑媳妇，在年龄上相差大了点。可丑媳妇不仅丑，脑子还不大灵光，一辈子做事糊里糊涂，唯一不含糊的是为他生了三儿一女。儿女相貌和脑结构都随他，这是他最为得意之处。

简先令发出奇怪的声音，眼珠子在眼皮底下转了转，又不动了。

简化比大哥小了十六岁。简化才满两个月时，简化妈到田

第一章
生异心

里收秋稻,没干一会儿,就一屁股坐在田边,这一坐把田埂上的青草给坐红了。她站起来,指着草地呀呀大喊,简先令先是看到两条红色的裤腿,裤腿的颜色在不断地加深。

简先令眼角渗出泪水,没入脸上的沟沟壑壑里。乐嘉用纸巾替他拭去。

简先令一辈子剃光头、赤脚,像极了"刚从里头出来的",年轻时套一件背心搭一条松紧裤,年龄往上长点儿,就把背心也省了。

简先令黑得锃亮的背像一面镜子,把阳光折射到田地里。村里的男人们干活时经常剥掉上衣。

简先令的喉咙里发出含混不清的声音。乐嘉轻轻摇了摇简先令,他仍然闭着眼睛。

简先令把零零碎碎的时间从生活的缝隙里抠出来,多赚两毛钱来养孩子,日子凑合凑合就过去了。孩子们争气,成人成才,他简先令,从一个孤儿活到今天,值了。

他见到他的媳妇跟他成亲的情景,他掀开红头布,那么丑的一个人——龅牙、小眼睛、塌鼻梁。

简先令突然睁开眼坐起来,摸索着下床。乐嘉跟他说话,他浑然不觉,颤巍巍地往外走。乐嘉立刻发送电波给简化、程熙,谁也没有回应她。

简先令不停地念叨:"回去、回去、回去。"

医生说这是回光返照,老人要走了。

乐嘉启动一键办理出院手续,随后把简先令送回家。简先令清醒地认得回去的路,还让乐嘉打电话给简化。

乐嘉在数据库检索当地习俗。她在衣柜左上角找到唯一的一套新衣服,衣服还配有鞋帽,大概就是寿衣了吧。

洗澡似乎把简先令的元气全部洗掉了，穿寿衣时他气喘吁吁的，说不上话，也没有力气应答。被扶到床上时，他的鼻孔里只有出的气，没有进的气了。

乐嘉手忙脚乱地到厨房煮了一碗鸡蛋羹。一口鸡蛋没吞下，简先令的手缓缓垂下，蜷着的双脚慢慢舒展，体温一点一点地消退。老人眼睛睁着，不知道在看什么或者留恋什么。她试着替简先令合上眼睛，却始终合不上。

有什么东西搅动着乐嘉的胸口，她的眼睛酸胀难受。她把棉布被子拉上来盖住简先令的头部，点一炷香为老人送终。

乐嘉几乎同时收到简化和程熙的回应，程熙在哭泣，简化长时间地沉默。

程熙的哭泣让乐嘉不知所措，就像有机器拆迁队在拆除她身体的某个部件。

简先令的房子是乐嘉所不能想象的简陋。房子外墙是斑驳的苔色，门是木质的，但又不是实木，看起来很单薄，被侵蚀得面目全非。室内很空很宽敞，除了桌椅床凳等必备用品，再没有一件余物。物品的摆设不是很有序，倒也还整齐。室内的墙壁刷过腻子，灯管周围的墙上布满小飞虫，这些小飞虫已经死去，粘连在断了的蛛网上。

床上用品都已经洗得发白，辨不出原来的颜色。厨房里的物品也少得可怜。

简化他们怎么能让这样老的人独居？乐嘉想不明白。门外突然传来一阵震天动地的哭声。

回到家，程熙照例把鞋子脱了，扔进自动鞋柜里，原木风的柜子蓝光闪了两下，鞋子自动摆正在鞋柜第三仓，下仓伸出

第一章
生异心

一条传送板,递过来一双天蓝色的软胶拖鞋,程熙穿上它走进房间。

正经的套装加盘得齐齐整整的发髻,是程熙工作日一成不变的风格。

房间墙体是抹茶色和奶咖色的冷暖撞色风格,她把手提袋放在转角柜上,卸了妆,脱了灰蓝条纹职业装,换上浅咖色纯棉家居服,来到小休息室。小休息室馨雅简约,程熙下班回来总在这里独享一段时光,哪怕加班也不例外。乐嘉没有递上热茶。程熙喜欢在普洱老茶里加陈皮,醇香从唇齿间往下滑,妥妥地把胃给熏暖了,间或来一杯花茶或虫屎茶,享受那独特的茶香在味蕾上绽放的感觉,有时听一段轻音乐、翻几页书,再不然就纯粹发呆。

乐嘉的怠慢让她心里很不爽。程熙过日子很讲究,凡事都要立个规矩、讲个程式,谁也不允许打破程式,简化不可以,简立基也不可以,乐嘉更加不可以。

"乐嘉,乐嘉!"她声音微愠。回应她的是四壁回响的寂静,这让她倍感不爽,不用加班的那点兴奋像潮水一样退去了。

难道乐嘉出故障了?客厅空荡荡的,壁影启动,6G的超强立体把人带进了四维世界,分不清谁是戏里人,谁又是戏外人,仿佛戏里戏外随时可以交换思想或者场景。壁影识趣地自动离开了。这些电子智能产品像是人脑或者心脏里的寄生虫,能准确无误地判断人的心理状态。

茶室有一张百年香樟树根雕茶几,茶几雕刻成"金蟾献宝"状。程熙认为这是家里最得劲的摆设。这是她托人从娘家那边找到的上好香樟树根,找当地最好的雕刻师雕刻好并托运过来的。她对娘家的根雕特别有感情,尽管简化曾抱怨她瞎折腾。

茶几上的水壶是凉的，花架上的花瓣和叶子上有依稀可辨的尘埃。乐嘉今天没擦叶子？程熙揉揉眼睛，仿佛那些依稀可辨的尘埃进了眼睛里。厨房是冷的，锅是冷的，碗、碟、勺子静静地躺在橱柜里。房间关着门，里面的摆设和平日没有什么两样。乐嘉这是什么意思？她传呼乐嘉，没有得到回应，难道是乐嘉玩失联？

推开书房的门，程熙震惊地睁大眼睛，胸腔里有不明填充物正在噌噌地膨胀。书房大约二十平方米，入门左边和对面墙各有一排到顶的书架，右边靠墙壁摆了一个超大的电脑书桌一体柜，上面放着简化常用的资料和文献。简化纹丝不动地端坐在椅子上，禅定了一般，"外不着相，内不动心"。

"简化！"程熙略提高分贝表达她的不满，"乐嘉呢？"简化的视线转移到程熙的脸上，像是散光的手电筒，程熙逮不着焦点。此刻简化看上去就是一座雕塑——某位粗心的艺术家，在完成这件作品的时候忘了点睛，使得整个艺术品看起来空洞，毫无质感可言。

得知乐嘉代简化去照顾简先令，程熙震惊不已，仿佛眼前的不是和她同床共枕生活了六年的丈夫，而是某种体内流着冰凉的液体的兽类。

"为什么？"和语言一样冷的是程熙的脸色。僵硬的面部线条失去了原来就少得可怜的那点柔和。她的五官分开来看都挺好看，除了鼻梁有点低。当好看的五官全都中规中矩地按比例嵌在脸上时，又显得过于严正，严正得有点平庸，少了几分灵动和秀气。

"杂志社催稿像催命，原计划一边陪护老头子一边写。可老头子不让人省心，脱衣、扯氧气管，一天少则十次八次，多则二三十次，嘴里从早到晚都重复那些毫无意义的话语，比咱们立基三岁时还幼稚。程熙，我一刻也不能待下去了，再待下去住院的可能是我了，到时候换你去照顾我。我何时如此狼狈过，一边被催稿一边要照顾老头子，脑子里再也掏不出一个字。"

"简化，可能你的处境真的很糟糕，但请原谅我不敢苟同。我一直支持你写作，但是我不支持你把亲情都写没了。亲情是唯一的，是限量版的，是不可复制也不能无限续杯的。你身为写作者，不是更应该担负起应有的责任，弘扬真善美，摒弃假丑恶吗？古有'舍生取义'，而你现在连'舍利取义'都做不到。更何况这个'义'在这里是狭义的，他是你的至亲！"

简化的心收缩到抽搐，他不知道她哪来的底气跟他说"舍利取义"。现在的房子、车子以及高度智能化的家居设备，哪一样不是他简化写出来的？程熙的工资完全任她自由安排，他简化在文坛里修炼了那么多年，一旦违约，不说毁了一辈子，至少也颠覆了当前文坛对他的认知，这种颠覆的后果简化没有想过，也抗拒去想，他必须打消这种颠覆出现的可能性——他惊异于理工女说教起来的文采。

"程熙，你我无法共情，但请你不要断章取义，不是我弃亲情不顾，你知道这部小说对我而言有多重要吗？这是我写作上的一次新尝试，一次关于人性与社会的哲思的深度与高度的突破。它的意义不仅在于能证明我，更在于保证我们的生活质量、老头子以及简立基的幸福。你知道一旦违约是什么后果吗？你也许对于违约的后果认知仍很模糊，理解与想象都受限，你或许应该尝试从一个男人的角度，甚至从生活的角度去想象。我需要理顺杂乱的思绪，才能突破文本里的瓶颈，瓶颈突破了，

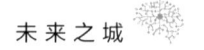

才能安心去照顾老头子。"

"你别把自己给供到神台上去！父亲的幸福？父亲病到这个地步，子孙无一人在身边照顾，你还理直气壮地拿他的幸福当挡箭牌？要真谈幸福，父亲病到这个程度，你无论如何也不应该离开他！恐怕你所有的理由不过是为一己之私找的堂而皇之的借口！"

"不，我第一时间请假回去，送老头子去省城就医，老头子死活不去，你是知道的。二哥出差，大嫂是指望不上的，大哥对大嫂言听计从——我没推脱责任。结果老头子一刻也不让人安宁，我一不留神他就脱衣服，一脱衣服就弄歪针管，得请护士来重新扎针，如果眼神可以杀人，估计她已经把我杀了一百遍。不仅如此，老头子的嘴巴也闲不下来，一直絮絮叨叨地重复一些毫无意义的话。这对我来说是一种最致命的摧残，我需要平静，再这样下去老头子还没出院，我就得住进精神科了。"

"或许你这里真的是短路了。"程熙摸摸简化的脑门，"你小的时候跟父亲说的每一句话都很有意义吗？父亲养你成人送你读书，如今刚躺两天医院你就不耐烦了？照顾病人还带写作，多功能一体机啊？我还今天才认识你这个大才子、大作家呢，百善孝为先，原谅我不敢恭维你的逻辑。"

简化欲言又止，无奈地摊摊手。他能说什么？说自己在文学路上走得艰难，好不容易拿下这家杂志社的签约？说自己怀了一年多的一百万字的大部头再不赶出来就要流产了？说违了杂志社的约，谁家还敢用他的稿？还是说你要是那么深明大义，你去代为照顾几天啊！诸如此类的具有杀伤力的话说出来会成一把双刃剑——简化明智地闭了嘴。他永远解释不清自己践行了几十年的简化理念一旦变复杂了，自己将处于一种怎样的抓

第一章
生异心

狂状态。

简化把头埋进键盘里。程熙斜倚在电脑桌旁，用身体屏蔽了电脑。

"你倒是说话呀，难不成理亏到说不上话来了？你再怎么简化生活我都没有意见，亲情你总不能减掉，你可别背个不孝之子的名声。我不管简家人谁负责谁不负责，你必须负责。"

简化讨厌程熙一不高兴就把简家的人全都给带出来，就差埋在土里的没挖出来一并带上。他也不屑于吵架，吵架浪费时间，他的日常清单没有吵架这项内容。

他站起来走到书架前，抽出东野圭吾的《恶意》。他能从这本推理小说中找出几处破绽，这在很多推理小说中也是很常见的。简化不希望自己的小说也被人找出破绽，他就是因为力求完美才把自己逼入了死胡同。

程熙最不喜欢简化总是在最关键时刻用逃避来解决问题，她一把夺过书，整个人横在简化面前。她的办事原则是要么不办，一办就要办得利利索索。就像现在，简化到底怎么想，是认同还是不认同？即使不认同，她程熙认准了那样是对的，她也必然规劝到底。

"行，别闹了，我叫外卖去，行了吧？儿子也快回来了。"

"外卖外卖，天天都是外卖，你不腻烦外卖小哥也腻烦了！我告诉你，今晚你个儿做饭去。"

"外卖不也挺好嘛，蒸、炒、炖、炸哪样缺了？还有定制营养餐，煮饭得搭多少精力进去。"简化一边嘟哝一边往厨房走去。

"不能用一键淘米，自己洗，洗三遍，双手搓，力度要适中，太用力损了表面的营养，力度小了洗不干净。"

简化机械地淘着米，机械地琢磨在高智能化时代做着最原

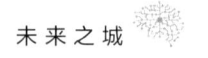

始的工作的意义。

"水太少了，洗不干净蔬菜……也不能这么满，这么满水都溢出来了。"

"菜不是这样洗的。你看，这样，一张张地把叶子舒展开来，用手掌轻轻摩挲掉那层沙子。"

"青菜放这个篮子，水果放那个篮子，两个篮子位置不能换。"

"油不是这样放，应该这样放。"

……

简化感觉脑袋里有一锅糨糊在搅动，而这糨糊又不能随意胡乱地搅，而是要按照外部的指令搅成方的或者圆的……

"够了！"一种被压抑已久的力量突然迸发。程熙愣住了，简化也愣住了。

"乐嘉，乐嘉，我回来了！"简立基稚嫩的声音柔化了这股冷硬。

简立基今年五岁，在离家2.5公里外的东湖幼儿园上大班。学校有统一校车接送到离家最近的公交站。每个孩子都有专属的护航仪，出现走错路或突发情况，护航仪会马上纠正，如果纠正不了，控制中心会自动向电子警求助，电子警十秒内到点护送。万一有人想对孩子使坏，护航仪就立刻启动应急系统，电子警系统读取到精准信息，最近的警察或电子警会以最短的时间赶到。孩子们上下学无需家长操心。

门合上，简立基像风一样冲进厨房，"咦"一声又飞蹿到客厅，再蹿到房间。

简化和程熙还没回过神来，简立基就噘着嘴巴来讨要他的乐嘉了。

"爸爸、妈妈，乐嘉藏哪儿了？"

第一章
生异心

"基基，乐嘉回老家照顾你爷爷了，这段时间暂时不能陪你了。"

"我不是说了吗？放学回来一定要先换鞋，跟爸爸、妈妈打招呼，放好书包，洗手，才能做其他事。"

"不，爸爸，我还要和乐嘉一起做模型。今天的模型比赛我获得全校第一，老师选我参加全省儿童科技大赛，但是我的模型要改进一下。"简立基扬扬手中的小飞船模型。

简化、程熙这才注意到简立基手中有个模型，怪不得他今晚异常兴奋。

"爸爸妈妈陪你做。"

"不，我要听听乐嘉的意见，晚上还要和乐嘉玩逻辑推理游戏，还要跟乐嘉下棋。"

"基基不闹了，快放了书包洗手吃饭，这些爸爸妈妈都可以陪你做。"程熙弯下腰拉着简立基的手。

"爸爸叫乐嘉回来陪基基好不好，基基要乐嘉。"

"爷爷现在病得很重，而且随时有生命危险，他需要乐嘉照顾。"

"爸爸去陪爷爷，让乐嘉回来……陪基……基。"简立基红了眼睛。

"爸爸这边出了点状况，暂时不能离开，爸爸处理完就去接替乐嘉，让乐嘉回来陪基基好吗？"

"妈妈，您能去陪爷爷吗？"他把期待的目光投向程熙。

"基基，你听妈妈说，妈妈工作忙得……"

"你们都那么忙！"简立基委屈地打断了程熙的话。

"我们先回房间再说好吗？"程熙拉着简立基，简立基蔫蔫地跟着程熙进房间。程熙用眼神给简化杀了个回马枪：看你做了什么好事！

简化做的都是家常菜。一个蒜蓉金针菇、一个青椒酿肉、一个雷公根龙骨汤。简立基坐在奶白色小靠椅上，完全不在状态，把汤端到他面前，唤了好几次，他才漫不经心地搅动汤匙。

"这蒜蓉金针菇要摆在圆瓷盘里，方瓷盘是用来蒸鱼的，米饭太硬了，水还是没有放够。"

简化闷头吃饭，简立基也不说话。

儿子对乐嘉依赖成性让程熙大为恼火，她一开始就反对让乐嘉带简立基。她觉得为人父母，不应该以任何借口、任何方式推卸带孩子的责任，因为这样做可能会导致亲情的缺失，她相信父母的陪伴是最好的教育方式。程熙在市政府财务科上班，"5+2""白+黑"是她的工作常态，她把青春献给了那堆无穷无尽的数据和表格。简化是不折不扣的现代版巴尔扎克，扎进文字堆里就忘却了世界，可别指望他能带孩子。他们都不愿意放弃自己的工作。程熙在带孩子这件事上想不到两全的办法，只得向生活妥协，由乐嘉带孩子。

简化吃饭很快，汤水、饭菜一起往碗里装，什么花样的厨艺对于他来说都只有填饱肚子这个意义，费那么大的周章来做红红绿绿的搭配、各种艺术造型的摆设，最后总归混着嚼成一堆辨不出颜色的糊状物再流经食管进入胃，难道胃还要看模样儿来消化、看造型来吸取营养不成？简化也不想费太多心思去琢磨这些，他只想管好他的键盘，把文字按某种逻辑规则排列好就行。

简化吃饱了饭，简立基还在漫不经心地搅动汤匙。简化用了三十六计、七十二变仍未能解除儿子的郁闷，这个"计"和"变"总共也就占吃饭的十分钟时间，但对简化来说却很费心

第一章 生异心

力。他沮丧地发现他对儿子的笑点竟一无所知,只能求助于乐嘉。

挂瓶把老人的胃口挂小了,他总是紧闭着嘴唇,乐嘉要像哄孩子喝药一样,花样百出才能让他吃一口。乐嘉无暇顾及接收指令,喂完老人已经是半小时后的事了,她跟简立基交流了半个小时,简立基的脸上才重现笑容。他夹起一块儿青椒酿肉往嘴里送,安静乖巧得让人心疼——饭菜都凉了。

"要先喝汤,才能吃菜,这对身体好。"

简立基顺从地放下肉,咕咚咕咚喝完了汤。

"基基,喝汤不是这样喝的……"

"行了。妈妈,是先舀一小勺,用唇探一下温度,再用嘴抿一小口,温度合适了,再用勺子一勺一勺慢慢喝,不能喝得太快,也不能喝得咕咚咕咚响,对吗?"

"是的,那样会很没礼貌。而且这也是程序,懂吗?凡事讲程序、讲规则,不能乱来一通,比如你要洗澡就得先脱衣服啊,总不能洗了之后才脱衣服吧?"

简立基想,去游泳的人、泡温泉的人不都先洗了澡才脱衣服吗?可是他没有说,说了会惹妈妈生气。

"扒一口饭,才能夹一口菜……"

简立基放下碗,跑进自己的房间关起门,倒在小床上蒙起头。程熙努力克制自己的情绪用心吃好这一顿饭,她做每一件事都习惯有始有终——哪怕她絮絮叨叨地指导别人要怎么做也不例外。

简化把《海盗船》讲得绘声绘色,简立基露在被子外的半截身子一动也不动;简化掀开被子扮恐龙、怪兽,简立基翻身趴在床上;简化拿来象棋要跟简立基对弈,简立基突然喊:"爸爸你能不能别烦我?"喊完竟呜呜地哭了起来。

简化手足无措地站着,他觉得肋间隐隐作痛。乐嘉在家的时候,晚饭后简立基就进房间,有时候安静地学习,有时候跟乐嘉窃窃私语,有时候开怀大笑,似乎他们才是有血缘关系的亲人,而他和程熙成了孩子眼中可有可无的旁人。

程熙也过来了,她公式化地站了十分钟,公式化地哄了十来分钟简立基。简化在这个理性十足的女人身上完全看不到流露的母爱,她对简立基的爱是正规正统地包装起来的。集知性和理性于一身的程熙在工作上是占绝对优势的,可在哄孩子方面,她的教条成了她与孩子之间的鸿沟。可他自己又何曾跨过那一道鸿沟,真正进入孩子的世界?简化深深地叹了一口气。

看着简立基难过的样子,简化再次求助乐嘉。听到乐嘉的声音,简立基迅速从床上爬起来,他们私聊了十来分钟后,简立基不闹了,乖乖地写作业,乖乖地改进他的小模型,乖乖地睡觉。

程熙难得有一个休闲的夜晚,可喝茶、吃饭、运动、洗漱、护肤的程序却被打乱了,正堵心堵肺,又见躺在床上半睡半醒的简立基眼角还渗着泪。

她再度推开书房的门。

书房烟雾弥漫,简先令的病、简立基的疏远让简化难以进入写作状态。程熙的指责像利剑一样刺中他的心窝,他恨不得立刻把稿子赶出来,可灵感这东西拧得很,你愈心急愈困顿,它愈是犟着不出来。今晚的状态并不比在医院好,早知道这样闹心,还不如去照顾老人。

简化用烟把坏情绪压制下去,然而坏情绪却和烟雾一样不断地升腾与弥漫,似乎要把这个密闭的空间给撑出一道裂缝,烟雾隐隐约约地掺杂着硝烟的气味。

透过烟雾,他看到了如霜如雪的程熙——

"简化,我们一起生活了那么多年,现在我才很可悲地发现,原来我从来没有读懂过你。在你的眼里,文字才是你的至亲骨肉,除了文字,什么都不重要,包括妻子、孩子、老人!

"亲人是什么,亲人充其量不过是你文章上的一个省略号,是一个可以用'等等'来代替的符号。

"而你的字词句段章篇,它们是你的筋骨、你的血脉、你的神经、你的灵魂。一字一句,甚至一笔一画都牵动你的喜怒哀乐,它们是你的春夏秋冬,是你的全世界。我们夫妻枕边话的时间你用一个省略号来代替了,我们有多久没过夫妻生活了?这日子过下去还有什么意义?你和你的文字过日子去吧!

"我今个儿把话挑明了:第一,你去照顾父亲,让乐嘉回来带孩子;第二,以后你要多陪孩子,乐嘉负责家务,孩子适应了之后辞退乐嘉——我们正在慢慢失去我们的孩子。若是这两点你做不到,那么简化,对不起,你跟你的文字过生活吧!"

"程熙,你那么孝顺,你去照顾啊!老头子在我们这里为什么住不下去你心里没点数吗?"

"对!我就是看不惯他,我故意撵走他,怎么啦?我也看不惯你,你委屈你也走啊!"程熙脸颊的肌肉颤动起来,身体不停地哆嗦着。

老人看不惯程熙的一板一眼,程熙看不惯老人的随性。老人刷牙不放牙膏、洗澡不用沐浴露,隔一个晚上洗一次澡。其实简化明白,简先令住不下去的真正原因是他不习惯城里生活的讲究——这里横一条规矩,那里列一项规定。他也不喜欢城里硬邦邦的道路，他喜欢田间阡陌——柔软而细腻的触感，混合着青草与阳光的气息。他不喜欢大街的闹腾和灯红酒绿，他喜欢山间乡野那些他捏了一辈子的泥巴，他从泥巴的气味里可以嗅到水稻、花生的收成，嗅到热气腾腾的生活。

"很好，在这一点上你还是个明白人，这些年来我没看错你！"简化胸腔里星星点点的火光瞬间烧旺了，把他的明白给烧成了一块烙铁。

程熙的脑袋里传来爆裂的声音，她竭力深呼吸，"失控"二字绝不允许出现在她身上。没错，她跟简先令有诸多分歧，可良心从不容许她对简先令不敬，更不容许她为难简先令。她不过是想让老人明白，做什么都得讲个程式，就如同政府部门的办证大厅，哪个窗口没有一套特定的办理流程，更别说财务工作那一堆烦琐的数据，严谨到近乎挑剔的手续和程序。就连病人入院与出院都得有一套规范的程序，哪个环节可以随意了？哪个环节又省得了？简先令的随性简直让人无法忍受，和简先令生活的日子，程熙无时无刻不在竭力克制自己，尽量保持平和。

如今她的忍耐被油盐酱醋腌制过，再从简化嘴里爆出来，成了抱怨。

"我整天拼命写作是为了谁？还不是这个家！我把谁给变成了省略号？我省略的只是我自己，我省了我会友的时间，省了穿衣搭配的时间，省了喝酒喝茶的时间，我省了陪老婆孩子的时间，省了出游的时间，甚至省了吃饭的时间，我省下这些时间都花去哪儿了？都用来挣钱去堵住生活的洞眼与坑洼了，用来筑起避风港！避风港外是我一个人的风餐露宿，避风港内是你和孩子的乐园！

"你晚上喝茶运动，护肤美容一套接一套，我呢？我在三寸

第一章
生异心

键盘上一遍遍重复指尖的痛苦!"

简化写起文章来才思敏捷,说起话来却并不顺畅,急起来就更加,不仅词穷,还错漏百出。当他发现前一句表述不当,马上拼词凑句给前一句的漏洞打上补丁,没想到越补漏洞越大,待他发现娄子越捅越大的时候,却补不起也收不回说出的话了。

"谢谢伟大的简化同志,让我得以每晚喝茶运动护肤美容!"程熙疾步走进自己的房间并用力关上门。

随着那惊天动地的哭声,一个矮而敦实的中年妇女边用衣袖揩眼泪鼻涕边朝屋里走来。她的头发黑而浓密,细微地弯曲着,看起来特别蓬松,像是离子烫处理过的玉米须,玉米须下面是一张圆脸,眼窝深陷,颧骨突出,脸颊上有小雀斑;在她左边的是一个高瘦的男青年,高鼻梁、阴阳眼、深眼窝;男青年牵着一个皮肤细腻、面容姣好的姑娘,瓜子脸、大眼睛,如同从美颜镜头里"批发"出来的美人;右边是一个黧黑的中年男人,这男人乐嘉见过,今早就在医院里。他们旁边停着两辆小轿车。

乐嘉上前问好并自我介绍。

年轻男女自顾自地走着。中年男人略略点头,也向乐嘉一一介绍他们。他是简先令的长子简易,中年妇女是长媳卢丽妮,男青年是长孙简博弈,女子是长孙媳蓝心怡。

卢丽妮毫不掩饰地打量着乐嘉。乐嘉转过身仍能感到背后那两道极具穿透力的视线。简博弈嘴里不停地哼哼哈哈,像是用手机在直播,和粉丝互动。蓝心怡朝屏幕抛了个飞吻。

简易缓慢走到床前,伸手去掀被子:"爸——"

"等等!爸前两天不是还好好的吗?怎么莫名其妙出院,又莫名其妙走了？这中间怕不会有什么闪失吧，小美妞？"卢丽妮的目光咄咄逼人。

"嫂子，很抱歉！或许我照顾不周，但我已尽力。"乐嘉不卑不亢。

简易的手刚要触及简先令的脸——替他合上眼睛。卢丽妮厉斥："你是真聋了，还是选择性耳聋？爸今早还好好的，现在不明不白地走了，你不觉得她欠我们一个解释吗？别瞎掺和，否则你就是有一百张嘴也解释不清楚！"

简易艰难地把手抽回来，嗫嚅道："胡闹，爸本来就是病重住院了，再说了，爸已经九十九岁了，哪有长青的果实?!"

年轻男女双双叫了一声爷爷，又双双退到一边，目光聚焦在手机屏幕上，隔着屏幕继续互动。

卢丽妮号啕大哭："爸，你怎么舍得走得那么匆忙，连最后一面也不给儿子儿媳见！你若是有什么冤屈，就托梦来，我们替你主持公道！可怜你一世养儿育女，终老时孤独凄凉；可怜你一世省吃俭用，不曾享过一日清福；你也莫要责怪，我们没日没夜地挣钱也是为了不往你脸上抹黑，你在生时我们供你吃穿，如今去了就安心在那边，不要回来骚扰我们！"

她泪雨滂沱，哭得万分凄凉，乐嘉觉得有一股力在她胸口一阵一阵地牵引。

看着父亲未合上的双眼，愧疚像啮齿动物那样啃噬简易。今早如果他多停留一分钟，也许可以看到父亲的异常，要不是那一通电话，他会等到父亲醒来和他说上一两句话。这些年，他们夫妻一直是陪伴和照顾简先令最久的人，可他们真的尽心尽力了吗？父亲病重，他们没有停过一天工作来照顾父亲……

自责像一只无形的手，牵引着他再度伸出手想替老人合上眼睛。

一只手快而狠地劈开他的手:"你疯了,你急于摧毁现场还是要掩盖些什么?难不成你被她迷惑了?没骨气的家伙!"

简易阴郁地僵着脸。

卢丽妮放声大哭:"爸!你一把屎一把尿拉扯大这个怂包,在关键时刻从来不顶用!爸,看在我们待你好的分上,你要保佑我们家业兴旺……"

卢丽妮哭了一通,一把收回眼泪,拖过一张椅子坐下,未料其中两根凳腿松动了,椅子歪过一旁,她像企鹅那样直通通地坐到地上。她又羞又恼,用力把椅子摔出一旁:"一屋子都是废物!"

卢丽妮还不解恨,可没有人把注意力放在她身上。她自觉没趣,到里屋搬来一张结实的凳子,坐下来,直勾勾地看着乐嘉。乐嘉像置身于一个炼钢炉旁,那目光灼得她快融化了。

屋里突然寂静起来,时间是一棵有心事的树,一分一秒都是树的枝枝丫丫,每一根枝枝丫丫都结出与众不同的故事,流动的时间就是一本流动的《时间简史》。

蓝心怡的"恨天高"率先打破寂静,鞋跟细如小指,目测高十三厘米,她不断用左右腿交替支撑身体重心,极力将动作做到最轻微,以免引人注意。卢丽妮刀锋一样的目光扫过去,简博弈拉着蓝心怡往屋外走去。车里音乐响起,合着节拍隐约有笑声传出来。

乐嘉目光落在简先令青灰色的脸上。

这张脸曾有过怎样的润泽、丰盈与生动,又是怎样被岁月一点点榨干。时间是明目张胆的劫掠者,它一面轰轰烈烈地宣扬自然界春夏秋冬的奇姿妙态,一面不动声色地从流经的个体生命里摄走他们的纯真、青涩、甜美、少年、青年、中年乃至老年，直至把一个个独立的生命个体带走。简先令在被时间一点一滴劫走、掏空的过程中，他的子女、孙子究竟有没有些许察觉？他们是与老人站成一道抵抗岁月的摧残，还是自顾自往前奔跑，徒留老人在原地，任时间把老人一天天削薄？

简先令的房子，又藏着多少老去的故事？故事的褶皱里，恐怕早已长满了孤独的苔藓吧。房子是21世纪初建在岭南一带的平顶楼，与现在流行的飞檐翘角中国风复古建筑格格不入。平顶楼讲究实用性，屋顶用来晒稻谷、玉米、绿豆、花生等农作物。时下农村都集约化管理，采用现代科学技术耕作，农作物在收割的过程已经被烘干，回去直接入粮仓。简先令的房子在这些雅致的复古建筑中就像一粒被时代遗忘的灰尘。

时光的书页还在不断地翻过，属于简先令的那一页已经合上。下一页合上的又将是谁呢？谁又能跳出书页以外？乐嘉对于简先令的长子、长媳、长孙和长孙媳的表现感到很困惑，她觉得他们在亲情中掺和了一些什么东西，可能是一块合成的金属吧？至少不是单纯的某一种金属元素。

要琢磨透成年人的想法，乐嘉觉得挺费劲的。她还是喜欢跟小孩子相处，比如简立基。他是坦率而真诚的。她忽然特别惦念简立基，惦念他黑宝石般的眼睛，它滴溜溜地转得贼快，转出一堆捉弄她的坏主意；惦念他歪着脑袋认真思考问题的样子；惦念他被忽悠后又跳又叫的模样。简立基这会儿应该坐在简化的车后排座位上，迫不及待地从后排车窗探出他的小脑袋吧？出发前，他告诉乐嘉，他有多想她。

和简立基在一起，乐嘉常常会有一种难以自控的柔软，像是金属在特定温度下的柔软。

第一章
生异心

夜色突然变得浓重，老房子幽暗清冷，陡然添了许多寒气。老房子的灯也亮起来了，灯也是古朴老旧的，闪着幽冷的光，像没有温度的金属。

卢丽妮忽地朝门外大骂："小杂种，又死哪去了！"一辆车驶出院子潜入夜色中疾驰而去。"你就不能积点口德吗？"简易低声制止。"嫌弃我了是吗？有本事你也娶个洋气的城里人，要面子有面子，要里子有里子，不丢你们简家人的脸！"

怪异的气氛让乐嘉无所适从。终于有车灯射过来。车停了，下来的是简化一家。卢丽妮脸上的云层越积越厚，很快就乌云压顶了。

简立基飞奔进来紧紧拥抱乐嘉，把小脸紧贴在乐嘉的肚皮上。简化径直走到简先令床前，双膝跪地："爸，对不起！"

卢丽妮一抹眼睛，马上开哭，大嗓门在夜里显得异常凄凉且有穿透力。

程熙身着黑色的职业装，端庄干练，步姿沉稳优雅，任何时候任何场合她都不容许自己有失庄重。她朝哥嫂点点头，红了眼睛站在简化旁边。

"我照顾爸这么多年，他身体强壮得像一头牛，你们才照顾他几天，怎么就……"卢丽妮泣不成声，擦了好几把泪，又开始数落，"简化，你派个外人来照顾你爸，你对得起你爸吗？"卢丽妮眼角瞟了一眼乐嘉，又哭哭啼啼地说："才几天人就没了，你怎么向家人交代？爸，你一世奔波，到头来走的时候竟没有一个亲人在身边，外人究竟是怎么对你的……"

"丽妮，你少说两句！现在要商议怎么办理后事，事情到了这地步，说这些有什么用？"

"闭嘴！你就知道向着外人，我连外人都不如！当年你一穷二白，我跟着你挨生挨死，如今好不容易混上了一口饭，你就嫌我不会讲话了，有本事你进城买房啊！"

简易知道没能在城里买房是卢丽妮一辈子的痛，她跟着他确实吃了不少苦，尤其是弟弟妹妹读书那段时间，他没少支持。她嘴上一天到晚骂得毒辣，行动上倒没有横加干涉。简易心存感激，也万分愧疚。

"大嫂，对不起，是我不孝，没有照顾好爸。乐嘉是自己人，她已经尽心尽力了。"

"这话就不对了，亲儿子都不曾尽心，更何况外……没有血缘关系的。"卢丽妮转过头看看程熙，又看看乐嘉，"哟，那孩子待她比亲娘还亲。"

简立基探出头，怯怯地叫伯母。卢丽妮笑骂："小家伙，还知道伯母啊，我还以为只长脑袋没长记性呢。"

程熙心里的鸡皮疙瘩就没有消退，大嫂一戳，鸡皮疙瘩又加了一层。她优雅从容地一笑："是我有失贤惠，以后家内事我一定拿捏好分寸，不劳大嫂操心。"

"这话我可受不起，我文化水平低，说话不好听，但在理。你们简家三兄弟，就你大哥没上大学，你大哥有朝无晚，面朝黄土背朝天，如今你们风风光光，谁还记得一脚泥巴的大哥？"

"哥嫂，'滴水之恩，当涌泉相报'。我没到这境界，但从不曾忘记哥嫂的恩情。康泰食品有限公司需求量那么大，绿植庄园的产品目前也供不应求了吧？只要严格按照有机蔬菜种植相关要求，确保有机蔬菜的质量，日子总会越过越舒坦的，添上侄子、侄媳一双劳力，在城里买房也指日可待了。话说回来，如今乡村比城里还宜居，城里人想回都回不来。"康泰食品有限公司是全市菜农虎视眈眈的肥肉，谁都想挤一只脚进去，哪怕只挤进半只脚，也能养肥钱包。

"话说得好听，城里人想回来？回来遛一圈、嗅嗅新鲜味儿是有的，回头牢牢享受城里一流的教育、一流的医疗，荤腥吃腻了间或吃一两顿素的是合理调节，可顿顿吃素就索然无味了。"

"丽妮！"简易大声呵斥。

狗叫声中迎来了神色惊慌的简博弈和蓝心怡。蓝心怡穿着简博弈的鞋，简博弈赤着脚。

卢丽妮像圆球一样滚过去："老天！这是怎么回事？"

"车呢?！"简易怒斥，"败家精！"

简博弈吞吞吐吐地说："掉……掉……沟里去了。"

"真是败家精！老子做到累死也不够你败的！到底是怎么回事？说！今晚不说清楚你就给我滚！"简易怒火中烧，与先前在卢丽妮面前唯唯诺诺的样子截然相反。

"还不都是你，眼睁睁看着他们出去不阻止，风里来雨里去种的菜都往沟里填了，摊上你这么个人，真是前世欠你的，现世专来还债的！"卢丽妮哭天喊地，哭自己命苦，哭小辈不争气，哭老人去世，哭得凄凄切切。

"说！"简易额头的青筋突突地跳动。

"爸！"蓝心怡怯怯地唤了一声，"我们……"

简博弈扯扯她的衣服，说："爸，是我想让心怡练车，她不是过一星期就考驾照科目二了吗？没……没想到路窄，对向来车，就……就……掉进沟里去了。爸，对不起。"

"到这境地你还要老子，给我滚出去！"简易指着门口，气得脸红脖子粗。车子装有智能应急制动系统，就算蓝心怡未来得及处理，坐在副驾驶的简博弈也能够及时操作，这是幼儿园的小孩都明白的道理。

"让他滚吧,是生是死身上有伤没伤我管不了,任他自生自灭,反正都是我犯贱好了。"卢丽妮赌气发泄。

"爸,我在看教……教程,没……没留神,心怡……她……她就操作失……失误了。"

"你,你气死老子了!把我这贱骨头卖了也不够你们败!"简易怒吼。

"我看教程不也是想做生意赚钱!我这辈子无论做什么,只要一出现问题,你第一时间是计算亏了多少钱,从来不是先问我有没有受伤,钱才是你的亲儿子,我不是!我是石头缝里炸出的野猴子!这年头没有钱,父子也做不得真,有钱可以认皇帝做老子!"简博弈驴性子上来了,一把拉过蓝心怡就走,蓝心怡用力拽他,他放开手往外奔。

"博弈!博弈!"蓝心怡尴尬地看看屋里人,犹豫一下,也跑着出去了。

简博弈体内有一股强大的力量在高速旋转,若不借势飞奔,那股力量就会搅乱他的五脏六腑。整整二十七年,他从没得到过父亲肯定,无论做得多好,也换不来父亲只言片语的肯定,连一个微笑也不曾有过,只有指责,哪怕是微不足道的错误也会招来父亲毫不吝啬的打骂。

"父亲"二字于他而言是一个没有温度的名词,而父亲的成就,是他永远也够不着的高度。这样苛刻的父亲,在母亲面前软成一个柿子。母亲整天怨这怨那,没有一刻消停。

小时候,别的孩子还一天到晚扯着父母的衣襟哭闹,他就一个人安静地困在家,逗逗猫狗、玩玩小玩具、看看电视。有时邻家三婆打牌回来就逗逗他。

第一章
生异心

三婆六十来岁，她的日常活动主要是到文化室吹吹牛、打打牌。有时三婆在文化室坐半天仍未凑够牌友，她就回来给简博弈讲故事。

简博弈喜欢听《白雪公主》《鱼美人》《三姐妹出嫁》这类故事，反复听也不厌。虽然有些故事他听不懂，但是他仍那么认真地听——他不想一个人在家。三婆讲着讲着就哭了，讲着讲着又笑了，笑笑哭哭间，简博弈就睡了一个安稳觉。有时候他不知道睡了多久，醒来听到三婆还在不停地讲，中间夹带一些粗俗的辱骂。

太阳下山了，月亮上来了，父母还没回来，看着屋里黑洞洞的房间，屋外影影绰绰的竹林，简博弈害怕得放声大哭。这时三婆会过来把他抱回家，给他吃的，哄他入睡。

三婆似乎并不快乐，可似乎又不是，平常她见谁都笑着一张脸，三婆只在简博弈面前才无遮无拦地嬉笑怒骂，简博弈因此觉得三婆只是他一个人的三婆。

父母在家的时候，三婆偶尔也来串门，但在父母面前的三婆跟在简博弈面前的三婆是不一样的，简博弈一直小心地守着这个秘密。直到有一天，三婆在给简博弈讲往事的时候失声痛哭，把简博弈也惹哭了，他郁闷了一天。晚饭时，简博弈忍不住跟父母说起三婆的痛苦，说着说着又流泪。

父亲停住了夹菜的筷子，说："你以后少惹她来这儿。"母亲用筷子打了一下父亲的筷子："她来这儿怎么啦！她来不正好有个照应吗？你脑袋被驴踢了？"

父母偶尔也会送些吃的给三婆，简博弈总觉得父母对三婆太过客套，像是防着什么。

年复一年，简博弈从三婆的陈芝麻烂谷子故事里拼凑出一些零碎的片段——她曾经那么勤劳并且热爱生活，生活却让她守寡、失去独女、积蓄被盗，身边那些不务正业的人却过得很滋润，凄苦的人生境遇曾令她万念俱灰，她服药自杀，但命硬没死成。

从此，三婆活成了现在的三婆。

三婆在众人眼里是"傻婆"，"精入不精出"，懒耕懒种，却常在田地间转悠，见到什么好的就"拿"点，谁家的菜新鲜、长势旺，她就"拿"谁家的。她不耕不种，却吃得最好，什么菜最先上市，她桌上就有什么菜。

简博弈知道，"傻婆"不傻。他与三婆情同婆孙，他看得见三婆藏在干瘦的身体内那颗开裂的心。

简博弈五岁做家务，六岁下田劳作，做不好又免不了挨父亲打骂。三婆暗地里帮助他。

无论简博弈怎么努力，父亲都没有好脸色，一天到晚阴沉着一张脸。他获二等奖，父亲说还有一等奖的呢；获一等奖，父亲说离第一名远着呢；得了第一名，父亲指着试卷说，这道题并不难，怎么错了？他终于明白，有一种标准叫"父亲的标准"，他和"父亲的标准"之间，存在着遥不可及的距离。

简博弈上初中后，只有周末回来才能见到三婆。她总留着吃的给他，有时候是糯米饼、艾果，更多时候是几颗将要化的糖，或者是一块已经潮软了的酥化饼干。简博弈知道，这些都是从三婆那干瘪的嘴里抠出来的。

三婆老了。有一次，她拄着拐杖在门前的岔道口等简博弈回来，见到简博弈就欢喜地摸索进屋里，从那口老旧的电饭锅里拿出一个热腾腾的冒着馊味的粽子给简博弈。简博弈接过粽子往台上一搁，拉着三婆那粗糙的手，转过头忍着没让眼泪落下——这粽子是上个周日下午简博弈去学校前给她的。三婆的脑子不灵光了。

三婆孤独地走完了她的一生,直至尸体腐烂发臭才被人们发现。村里人很快就遗忘了三婆,没有谁再提起她,仿佛她从未存在过,也许更早的时候人们就已经忘了她。早到什么时候呢,或许是她老到去不了文化室的时候,在村民心里早已经和死人没什么区别了,只是在谁家的菜被摘了的时候又骂一声:"该死的'傻婆',又偷我家的菜!"

那个周末简博弈回来只看到破烂不堪的空荡荡的房子,一种骨肉分离的痛蔓延至每一根神经末梢。简博弈在无数个长夜里默默地回味曾经的美好,反刍并不能减缓疼痛,只能将痛苦分解和延续。课堂上,他只看到老师的嘴一张一翕,却不知道老师在说什么,成绩像自由落体那样直线下降。那年他没考上重点高中。

父亲脸色更阴沉了,母亲没日没夜地数落他,说谁谁的孩子考了多少分,市重点高中和县重点高中抢着招录。末了又哭诉:"我命苦,随了你爸这木头,一辈子为别人服务,一辈子没出头。就盼着你能争气,可你总归还是随你爸,四肢发达头脑简单。"母亲哭诉的时候,父亲就像一根木桩般呆立不动,脸色像乌木。

没完没了的埋怨让简博弈怀疑自己的智商,他甚至觉得自己真的就是一个草包。高中入学那天,老师让他帮忙搬几张桌子,他欣然应允。进教室时,他踢到教室门槛,桌子翻了,他也趴在地上,同学们哄堂大笑。

听课他不敢有半点分心。化学课上,老师检查同学们对离子检验方法的掌握情况,他鼓起勇气抢答,结果一紧张,将气体说成沉淀物，将 Na 说成 Ba，同学们肆意窃笑，他羞愧难当。那个否定的声音开始疯长，像藤蔓一样缠绕着他，缠得严严实实，透不进半点阳光。

高中三年，他从不敢把一分一秒浪费在无谓的事情上。尽管如此，不管是生活上还是学习上，他不断地出错。就像中了魔咒一样，他掉进了一个深不可测的怪圈。

三年炼狱般的日子熬到头了，却没有熬出头。一些平时没下多大功夫的同学考了一本，他勉强考了个二本。不是理想的学校，也不是理想的专业。

简博弈上了省内一所二本学校，与心心念念的建筑智能技术专业失之交臂，选读了土木工程这个冷门专业。传统建筑行业就业市场早已经达到饱和状态，当代建筑大规模采用智能技术，大量的土木工程毕业生找不到工作。最关键的是，住房已是供大于求的现状。

简博弈不甘心。他一进大学就费尽周折要转到软件工程专业。可事情还没有眉目，就迎来了期末考试，为了转专业，这一学期他还未认真听过一节课，更谈不上钻研专业知识了。

期末考试，简博弈买通了班上一名成绩比较优异的学生，让他在考试的时候，"关照"一下自己，结果两人在考场上被"揪"出来，取消该科考试成绩、记大过。

后来学校开了一个专题批评大会，拿他俩做典型，他们被退学了。退学后，他孤零零地站在校门口，发现自己竟无处可去。

"博弈、博弈……"蓝心怡喊得声音沙哑了，简博弈仍像一头挣脱了缰绳的野马，不停地向前冲。蓝心怡不知道应该往左还是往右,往左或往右最终又能走到哪里呢,走出无边的黑暗还是走进无边的黑暗?

村子里的狗凶猛得吓人,蓝心怡胆战心惊,但村里起码还有一丝亮光。村外,夜墨泼一般的黑,没有了狗吠,四周一片死寂,尽是黑魆魆的,只有蓝心怡的脚步在单调地敲击着地面。蓝心怡走不惯夜路,也不熟悉这里的路,哪里赶得上简博弈的脚步,她甚至不能确认简博弈是不是还在前头了,或许前面只是树木的影子。蓝心怡脊背发凉,汗湿透了衣衫,手心里也尽是汗。

"博弈,等等我!"她伸出手试图抓住远离的一切。嗖嗖嗖……路边蹿出了一只什么东西,蓝心怡浑身起了鸡皮疙瘩,双腿一软跌倒在地。

"博弈——"她绝望地哭喊。树木的影子叠加出夜的阴沉和可怕,它们用恐怖的音节来挑战她绝望的极限。恐惧肆意地张牙舞爪。她慌乱地爬起来,还没站稳,又跌了下去,一双手有力地抱紧了她。是简博弈。她像一摊泥一样糊在简博弈身上,任涕泪肆意横流,浸湿他的胸口。

一滴一滴,带着体温的液体落在她的头发上。她心一惊,伸手摸到他两颊湿润。

在这样的夜里,他们像是茫茫大海上的两叶小船,什么也看不见,什么也听不见,除了对方那颗跳动的心。

车子开进沟里后,他们报告了交通拯救队。从车子故障自测系统上看到,车没有什么大问题,应该明天就可以开回来了。

秋夜露水重,风挟着寒气一阵一阵来袭。钻心的凉意从简博弈的脚心一直蹿到头顶。他怀里的蓝心怡不停地颤抖着,不知道究竟是因为害怕还是因为寒冷。

简博弈找了一辆网约车,直接回县郊。他们回到家发现家里一片狼藉。

卢丽妮还在哭诉。简立基第一次守灵,这哭声又渲染了凄凉的气氛,他抱紧乐嘉一刻也不松。

简化敲着平板电脑。这段日子,一个又一个意外闯进他的生活,把他原有的日常完全打乱并覆盖了。他当前亟须把这些意外尽快从生活里"简化"掉,不能让它们占用太多空间,像计算机那样清理垃圾和缓存。既成事实,多想无益。简化继续构思他的小说《寡断》。

乐天手上的烟烧到了手指头也浑然不觉,他半倚在桌旁,对面墙上6D壁视循环播放着他自己制作的一个模拟犯罪场景。现场那个房间没有窗,房间门外是一条长三米的走廊,走廊的尽头是卫生间,卫生间只有一扇百叶窗。乐天这个6D模拟动画共制定了五个假设。

现在我们再梳理一下:犯罪嫌疑人要逃出去必须途经客厅。房东当时正和两个朋友在客厅喝茶,犯罪嫌疑人是如何在短短的一个小时内作完案并避过客厅成功逃脱的呢?按犯罪嫌疑人的证词,他是从百叶窗那里逃走的。可是当晚事发时段,小区出了点状况,两个居民因为陈年累积的矛盾大动干戈,当时乐天就在小区处理这个事情,他站的位置正好是卫生间百叶窗正下方,那里围着一层又一层的人。他们有的静观事态发展,有的在谈话,有的正在拍摄,也有的仰头在数楼层——这是乐天在同事为他拍的照片里看到的真实情景。

这只能说明一个问题,犯罪嫌疑人对当晚小区发生的事情一无所知,从这里逃出去根本不成立。现在有两种可能,一是他不是凶手,二是他故意避人耳目。现在犯罪嫌疑人编出这貌似合理的作案路径,确实令人费解,这中间必定有蹊跷……

简婕说她晚上十点二十分到站,让简化去动车站接车。简化正沉浸在他的故事里,灵感却被突然而至的电话打跑了。

这些年,简婕把异乡过成了故乡,把故乡当成了异乡。她以为她把家里的人和事躲得远远的了,可现在她发现原来有些东西是永远也躲不掉了,它们始终是刻在脉络深处的印记。她使劲地甩甩头,像要甩掉什么,却把记忆中的那一道裂缝甩了出来,她痛苦地闭上眼睛。人来人往的车站里,简婕这一闭眼,撞上了一只金属材质的行李箱,行李箱的主人是一个留着大络腮胡、扎着马尾的汉子。简婕赔礼道歉,对方只看她一眼,继续赶路。

简化站在出站口。四年了,岁月没有过多在他身上留下痕迹,他还是随随便便打发自己,说好听些是有自己的风格,说难听些是不修边幅。

"姐,吃点东西?"

"不,路上吃过了。"

"这几年都好吧?"简化打开后备箱。

"都好。"简婕扬扬手,"不用了,行李放后排。"

"是什么原因?"简婕没头没脑地问。

简化关车门的动作顿了一下:"老了,灯油耗尽。"

简婕斜靠着副驾驶的靠垫,闭上眼睛,不再说话。

夜色被车灯撞开又合上。人生大抵也如此吧,从黑暗中来,最终回到黑暗中去,人生这一程,要面对无数打开和合上。原来一个人内心被一个人或一件事封锁后,在特定的时段,特定的人和事交织的轴线上，它还是会再次打开的。简婕幽幽地叹了一口气。

简化握着方向盘的手轻轻一颤。坐在副驾驶的简婕不再是当年哼着跑调的流行曲哄他入睡的姐了，她是一个陌生的异乡文化符号，尽管简化不愿意接受这样的表达方式，可是他找不到更贴切的词语。她对这个家的感情像沙漏那样在年复一年的晨昏变化中慢慢流尽，简化不知道该如何堵住那硕大的沙漏。

简家人向来吝于交流，简婕更甚。他们感知不了她，似乎她偷偷地从程序员那里讨来一块橡皮擦，把存在过的痕迹一一擦除。简化似乎发现多年前的一个"阴谋"：简婕千方百计地从简易手中夺过上学的机会，达到永久逃离家乡的目的。

那年寒假，简易高三，简婕高一。简婕像一块橡皮糖般粘了简易一个暑假，撒娇、说理、撒野……竭尽所能说服大哥放弃学业，让她上学。

早在简婕九年级毕业的时候，简先令就明明白白摆出了家里经济条件——没钱，完成了九年义务教育，就自力更生吧。

简婕专注地扒饭夹菜。一缕阳光从窗外射进来，正好落在简先令黝黑锃亮的背上，那背像镜子一样反射着光。简易呆呆地看着简先令的背，想要把那些已经镜化了的纹理重新描摹一遍。

开学前一天晚上，简易和简婕早早收拾好行李，简先令的脸色难看了好几天，还是送他俩入学了。寒假伊始，简先令不容拒绝地说："上过高中，也已经很不错了。我跟你表姑说好了，年后到深圳的电子厂上班。"

简先令没有指名道姓，但大家都明白指的是简婕，简先令认为女孩子没有必要读那么多书。

那个寒假简婕成了简易的影子，就差没跟着上厕所、洗澡和睡觉了。她最大的理由就是简易成绩浮动大，这次模拟考又考砸了，将来考不上好学校丢简家的脸。而她这一学期无论大考小考，都一次比一次进步，保证给简家长脸。

简易不表态。他也有他的想法，他成绩在班上还是中等偏上的，就算上不了双一流，普通本科是没有问题的。再说了，他和班上某女同学处得很好，他们成绩不相上下，说好将来一起考深圳大学，他们喜欢深圳这座年轻而活力四射的城市，要是辍学了，这戏就演到头了。

临近开学，简婕粘得更紧。很多个寒夜，简易辗转反侧不能入眠。开学第一天，别人去注册，他去学校把行李搬了回来。他选择了逆行，逆行注定了要付出更多、承受更多。

简易认准了的事就死倔，任简先令怎么劝，也不回校。女同学来找过一次，他躲起来，女同学在门外哭，他在门里哭。女同学哭到泪水枯竭后悲愤地离开，简易红了眼像一尊塑像坐着。简先令脸红脖子粗，痛斥了简婕一顿。简婕咬着嘴唇背行李去了学校，从此离家越来越远。

简婕是从那一刻起就怨简先令了吧？不，也许更早。或许简先令重男轻女的封建思想深深伤害了简婕，可是简先令这种封建思想只是落在读书这事上，除了读书，简化觉得简先令在几个子女中甚至是有点偏爱简婕的，她吃好穿好，苦活儿轮不着她干。然而简化自有记忆以来，从没听到简婕好声好气地跟父亲说过话。简婕每次跟简先令说话，都像晒裂了的黄豆荚那样，又急又冲。

后来简婕考上了北京师范大学，这只金凤凰从山村里飞往首都去了。简先令并没有预期中的惊喜，只是在简婕上学那天，偷偷往她的行李里塞了又塞，一件一件都是简先令精心准备的。

简婕离家上大学那刻，脸上有一闪而过的诡异的笑。后来每次回忆起这情景，简化都怀疑是幻觉，但这幻觉似乎又无比真实，真实得让简化觉得，早在她成功劝退简易，让她去上学的时候也曾经那样诡异地笑过。

大学四年，简婕勤工俭学，极少回来。结婚这样的大事，她也是事后才跟简先令淡淡提起，以示告知。简先令猝不及防，他一遍遍地问，就没别的选择了吗？附近都没有男人了吗？简婕闭口不语，简先令像被抽去了元气那样失神了好长一段时间。

简婕这次回来的速度超出简化的想象，是接到电话马上从学校请假、订票、收拾行李飞往动车站的节奏。

简婕呼吸均匀，像是睡着了，坐了六个小时的高铁列车确实是累了。

简化调整一下状态，减速并开启智能驾驶模式，把思绪收回到小说的构思上，他的思路仍处于将启未启的状态，好像有什么东西呼之欲出，然而终究没能冲破最后一层迷雾。这让他觉得很沮丧，他从不容许沮丧占据他的思维超过三分钟。因为那是无效的时间。可他一直引以为傲的定力在这些日子里像狂风中的帆一样难以把控。

刺眼的阳光、金黄的稻谷、绿草、赤红交织成混乱的网状丝线，在简婕的瞳孔里不断扩大，眼前一切变得模糊不清，变得狰狞可怕。简婕无处躲避。那道血口结的假性痂脱落了，伤口不断往外渗血。

车窗外还是没有边际的黑暗。

"还要多久？"简婕声音有点倦怠。

简化沉浸在他的虚构世界里，压根儿没有听到。简婕似乎也没有非要知道答案的意思，仍然闭着眼睛斜靠在座椅上。

第 一 章
生异心

　　车窗外的山山树树并没有在黑暗中显出明显的形状和界线，它们忠实而沉默地迎接他们。他们的目的地到了。

　　简化把简婕的行李提进屋，卢丽妮抽抽噎噎地抱怨着什么。

　　简婕进来了，黑色棉麻连衣裙，肩上搭一条灰纱巾，棕色的帽檐上别着一朵白菊。

　　一家人围坐在客厅的床前，床上看起来几乎空无一物，除了那张几乎铺平在床上的棉被。棉被下真的是曾经健壮如牛的简先令吗？这些年他究竟经历了什么？是什么一层一层削薄了他的魁梧，直至薄如蝉翼，直至一步一步走向最后的归宿？简婕以为他这样要强的人即使老去也仍会那样要强，至少要让人看到他竭尽全力地与生命斗争过的痕迹，他怎么能像一片枯黄的叶子那样悄无声息地剥落，曾在枝头留存过的温热也在风中散尽。他向自己示弱了，向生活示弱了，向生命示弱了。

　　简婕眼睛酸涩，她曾经以为这一天的到来，是他的赎罪，是她的释然。他欠过往一个道歉，欠儿女一个道歉，现在她却不愿意接受这种道歉方式。

　　或许人就是这样，当生活张牙舞爪地迎面扑来的时候，就会竖起一身坚硬的刺来反击；当生活温顺地匍匐在自己的面前时，就会卸下所有的铠甲，毫无防备地露出赤裸裸的温软和柔弱。

　　然而一旦顺着时光进入过往，往事的镜像就如一座座大山，压得简婕呼吸乏力。

　　卢丽妮冷冷地"哼"了一声。简婕缓缓地转过身对着卢丽妮点点头，算是打招呼了。卢丽妮别开脸，厌恶地用右手拂一下脸颊，像赶掉一只爬行的臭虫："哎哟，我以为回家的路上长满荆棘，会割伤大小姐娇贵的'三寸金莲'，害我们大小姐不敢回家呢。还念叨着,啥时候我们兄弟妯娌组团去开好路,再派车迎接我们大小姐回家呢!我们家心怡养的狗出去遛圈回来都会不停地对我们摇尾巴,感谢主人带它遛圈,可不像红蜘蛛,不但不懂感恩,还要吸干至亲的血肉!"

"对不起,大嫂。"

"我可担待不起!出嫁女有出嫁女的规矩,回到娘家要先见活人才见死人,大小姐不至于连这个都不懂吧?你当屋里的都是死人?"卢丽妮的话如石头棱子那样尖利,"养大只狗识看家,养大头牛识犁田,女儿出嫁要回来寻娘,可怜老婆子死得早,老头子养大的金凤凰飞出了山窝窝,连尾巴也不摇摇!"

"我一个村妇说话不中听,可在理,你若还认这屋里的人,就每个活人给一个红包,让我们讨回一个吉利,我们今后还要好好过日子呢。"

"多少钱一个红包才算好兆头?请大嫂明示,我不怕花那点钱,就怕花不到位。"简婕打开微信准备发红包。

"我不是讨钱。我人穷,但骨头硬,不至于讨钱,更不屑于向白眼狼讨钱。我是讨红包,讨吉利,要利市封的红包。"

"卢丽妮!"简易轻声制止,"行了,都是自家人!"

"自家人?我看未必,你认别人也得别人认你才算数。"

"大嫂,社会在进步,礼节也应该与时俱进,不必拘泥于过去,一些繁文缛节也要省掉了,姐有心就得了。"简化替简婕解围。

"你过去要吃饭,现在也要吃饭,没见你与时俱进省掉它。"

"我没有利是封。"简婕冷冷地说。

"我有。"程熙从手提袋里拿出一沓利是封,"不过你今天在我这拿利是封,得额外给我一个红包,红包不论大小,但是要

第一章
生异心

有。这个不能省。"

简婕的眼泪止住了。她十万火急长途辗转回到这个所谓的家,他们竟给了她这么大一份"见面礼"。

她郑重地把红包递到每个人手里。简立基依偎在乐嘉怀里熟睡了,简婕递了两个红包给乐嘉,说妈妈帮拿着。程熙恼怒地瞪一眼简婕,乐嘉连忙解释说自己是保姆。简婕在简化的目光中得到了确认,她这辈子最出糗的莫过于此刻了——她忽然意识到,关于这个家的所有概念在她的脑里确实模糊了。

简单一家凌晨回到。简单有种与生俱来的医生的气质,他无论置身何地,总有人准确地辨出他的医生身份,这给他带来很多好处,也带来很多麻烦。

郑东东的穿搭很大胆,大色块的撞色衫、夸张的妆容,像盛装登场走秀——你不会把她跟一个科研工作者联系起来。见到郑东东,乐嘉眼睛里浮起笑意,郑东东伸手给乐嘉一个拥抱。

简立基睡眼蒙眬地隔在二人中间,大眼睛半睁半闭。

简单和郑东东的儿子简方向像一个无声的影子,安静地拉长了夜的线条。

一家人七手八脚清理老人的遗物。从老人的柜角、桌子底零散发现五万多元,在楼梯扶手和厨房里为数不多的瓶瓶罐罐里又掏出三万多元,好些发霉了,好些被腐蚀了,还有好些被蟑螂咬了。谁都不知道应该说什么,自责、愧疚、悲痛复杂交织。这些年他们忙着赶路,走了很远的路,见了很多的风景,却把出发点给忘了,把港湾当成了驿站。想起父亲一生节俭,简易悲从中来,父亲一辈子都是凑合着吃穿住,从不曾用心照料过自己。

一家人商议如何办理后事。简易认为请殡葬礼仪队来操办

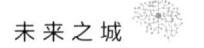

葬礼、酒席等事宜，不用劳烦邻居。平日他们极少回来参与村中红白喜事，现在自家有丧事，别人不一定愿意来帮忙。

简单认为在生态文明时代，毫无疑问是火葬。

卢丽妮从椅子上弹起来："爸就怕火葬，怕火葬才不愿去医院，不愿跟你们到城里享福，要真火化了，他不得永生怨恨咱们？"

"人死了跟一截木头没啥区别，放土里跟放炉里都是一个样。爸去世了我们都难过，可人死不能复生，这是自然规律。医院里还天天死人呢，谁家没个亲人、老人？要是去世了都埋土里，活人还有地方住吗？"和死人打交道的事简单没少干，再大的领导去世了也就都交给那一个火炉，能有什么怨气？

简化说，如果有一天他走了，才不管活人怎么处理，是烧是煨都没啥区别。程熙狠狠地剜了他两眼，嫌他说不吉利的话。程熙认为要入乡随俗，老人在家中断的气，就要叶落归根。程熙还认为，必须报村中族老，把老人最后一场仪式办得体体面面。

郑东东快言快语地说："我们娘家那边早就不讲究这些了。不管是正常死亡还是非正常死亡，不分长幼尊卑，只要是断了气，一律往殡仪馆送去，在殡仪馆那里搞个告别仪式，哪需要纠结这么多，难不成土葬真的能轮回？"

眼看大多数人都支持从简了，卢丽妮又急又气，眼睛一红、嘴巴一张，大嗓门儿哭诉起老人的命苦，哭诉老人死得蹊跷，死不瞑目，子子孙孙眼见简先令死不瞑目也没有一个往心里去，哭诉自己在家如何尽心尽力，不承想才几天老人就撒手人寰了……

简单从医学的角度解释人死了不合眼是因为肌肉松弛了。

第一章
生异心

"一个个把爸的血肉吸干啃净，剩下一把老骨头就遗弃了，可怜爸一个人扛起一个家，养出来这些狼心狗肺的家伙，照顾老人几天都怕亏了自己。"

"够了！一切从简！"简易一锤定音，"长兄如父，我说了算！"简易在卢丽妮面前从没有这样"爷们"过。他这辈子除了惧内，就敬畏文化人。

这个在自己面前向来唯唯诺诺的男人，如今竟给自己耍起威风来！卢丽妮顿觉生活天昏地暗，全然没有了盼头，她一边拍打着自己的胸口一边哭诉自己当年如何屈就他，如何撑起这个家，今日成了黄脸婆，就遭人嫌弃……

程熙看不惯大嫂这号人，但念及刚才她俩是同一战线的，只得走过去揽着卢丽妮的肩膀，好言相劝。卢丽妮抱着程熙，任眼泪鼻涕流在她身上，程熙心痛那身干净的西装。

简家三兄弟分工合作。简易负责告知亲友，主要是宗亲、外家，简单负责联系殡仪馆，简化负责联系酒席操办相关事宜。

上午九点三十分灵车来了，下来两个戴着口罩和手套的"大白"，他们面无表情地用裹尸袋裹了老人的尸体抬上车。

在这个收获的季节，老人被时间采摘了。门前几棵高大的银杏树叶子一夜之间黄了许多，落叶在地上敲出单调而乏力的音节。天蓝得没有任何悬念，如老人平淡无奇的一生。

突然闯入的灵车让村庄受了惊，鸟儿扑棱着翅膀冲向高空，鸡鸭也闹腾起来。

族老简祖生嗅到了死亡的气息，他召集了几个年长的族人过来。简家兄弟连忙斟茶递烟，他们不喝不抽。

族老从自己口袋里掏出一包烟，分给族人各一支，点着了烟，猛地吸了几口，在简先令的床前鞠了三个躬："你们老父九十多岁嗯呀,你们扔他一个人在村里嗯呀,生病也没一个人在病床前服侍嗯呀。要不是那天我过来串门嗯呀,恐怕早走了嗯呀。他一个人既当爸又当妈,拉扯大你们兄妹几个嗯呀,如今走了嗯呀,连一场体面的葬礼你们也不舍得嗯呀,乌鸦知反哺,羊羔会跪乳,你们还不如动物嗯呀。"

简祖生八十多岁,驼背,说话行动自带威严,论辈分是简家兄弟的祖爷爷。他年轻时是镇上最有才干、最有威望的干部。简祖生很少批评人,一旦批评起来就丝毫不留情面,即使他一口一个"嗯呀"也不影响表达的连贯性及思想的深刻性。

"人辛苦一辈子图什么?嗯呀。图老了有儿孙绕膝嗯呀,图落叶有根可归嗯呀。如今叶落了,你们偏不让他归根嗯呀,把他送出去烧得三魂七魄尽消散嗯呀,让这么老一个人四处游荡嗯呀,不得安生嗯呀,这不是大逆不道是什么?嗯呀。不是大不孝是什么?嗯呀。再说了,发丧这样的大事也不与族人商量嗯呀,你们连宗亲也不认了嗯呀,骨灰回来,莫非你们自己动手埋嗯呀。"

简祖生说一句,挺一挺腰,顿一顿,不然气就提不上来。

"说得好!就是这么个理儿,我早就说通透了,可人家嫌我头发长见识短,文化人嫌我浅俗,坚持要火化。"卢丽妮嘚瑟地斜睨着简易。简家兄弟低头不说话。良久,简易说:"这是我们仓促商定的,主要是考虑到生态文明这个问题,想一切从简,并不是怕花钱。不告知族上人,是以往很少回来参加村中大小事情,担心族内不待见。是我们考虑欠妥,做事有失周全。事已至此,望族老能谅解,也请族老代为告知村中宗亲,家父明天出殡。"

简祖生眯着眼看看灵车,又看看空荡荡的床,沉重地叹息:

第一章
生异心

"告知村中宗亲嗯呀，按规矩是你们去嗯呀。要我转告，是不敬也是不应嗯呀，关键是，现在你们坚持火葬嗯呀，这事我是反对的嗯呀。如果你们要坚持嗯呀，这还要听听族人意见嗯呀。"

在场的几个族人，你看看我，我看看你，看看灵车又看看屋里，面面相觑，一时间都拿不准主意。村里也有习俗，遗体抬出去再抬回来是极晦气的。简家兄弟也并非全不在理儿，新时代确实省了很多礼仪。

简祖生人老脑不老，他明白再坚持下去也不能改变什么："那么，随你们爱怎么办就怎么办嗯呀，有什么需要就吩咐嗯呀。"

灵车关上门，抽泣声四起，卢丽妮一边哭一边含糊不清地喊着什么，郑东东夸张的眼影被泪水冲刷出两条紫红色的泪沟，程熙用手帕半掩着面啜泣。简立基被整蒙了，搂着乐嘉哇哇大哭，简方向抱着"U伴"茫然地站在郑东东旁边。

灵车马上要前往殡仪馆了，简博弈、蓝心怡还不见影踪。简易在电话里劈头盖脸又是一顿训斥。各人上车尾随灵车。

郑东东在车上补妆，简方向抱着"U伴"坐在后排。

简婕灵魂深处那些爬满苔痕的心事被秋天的阳光擦拭得清晰如昨。那片红，血色黄昏的红，把青青绿绿给填满，红得悲凉而深刻，红得钻心刻骨。简婕有那么一瞬间失去了主导自己的力量，她在怪异的颜色里迷了路，空气变得沉闷而潮湿。她的人、她的心、她的眼睛尽是雾蒙蒙的。

她不知道什么时候上了简化的车，直到车子在殡仪馆外来人员停车场停下来，她还陷在混沌中。

殡仪馆有多种火化套餐，有抬轿、化妆、点灯、乐队、鸣炮、盖往生被等等，简单早已经沟通好了要走最少的流程。

简婕从割裂的疼痛中醒过来，喉咙很干，嘴唇很干，两颊皮肤绷得紧，后视镜里映入一张泪痕斑斑的脸，曾经以为不会落泪，未料竟汪洋一片。

没想到殡仪馆这种地方竟也如此拥挤，死去的人躺在床上排队进炉，活着的人踮起脚往前张望，进炉的路程一眼望不到头。简先令躺进了那个小小的骨灰盒里，简博弈和蓝心怡这时才匆匆赶到。简易嘴唇紧闭抱着骨灰盒。卢丽妮把头偏向一旁，自从从家里出发前往殡仪馆，她就没正眼看过简易。她原想问问简博弈和蓝心怡的身体有没有大碍，又觉得不是时候，干脆扭头看向外面。

简博弈绷着脸开车。

回到家中，承办酒席的人已经将灶具、食物备足备齐，正要生火煮饭。族长在主事，好些村里人也在帮忙了，清扫的清扫，接线的接线，写挽联的写挽联，摘柏枝的摘柏枝。

简易捧着骨灰盒下车，族长忙吩咐族弟燃放鞭炮。鞭炮噼里啪啦，哭声呜呜咽咽，族人肃立两旁。

简易前脚捧骨灰盒进屋，道士后脚就来到。饭后，道士给灵位牌开光，葬礼正式开始。男男女女披麻戴孝，夕阳如血，染红了枯黄色的秋草，萧瑟的落叶、南飞雁的悲鸣与凄惨的哭声混在一块儿。

晚上要守灵。前一晚大家都没睡，于是商定只要保持灵位牌前香火不绝就可以了，各自回房将就着休息。

简祖生对简家兄弟不守灵的做法极为不满，但又不好发作。他不悦地先行归去。

《寡断》的情节编排毫无头绪，简化心中苦闷，他睡了一两个小时就起身走向厅堂。乐嘉在灵位牌前发呆。乐嘉让简化安

第一章
生异心

心休息，上香的事有她在，简立基也睡沉了，她闲着也是闲着。简化扬扬手里的平板电脑。乐嘉搬来桌子和椅子，简化很快进入了写作状态，乐嘉坐在旁边。

郑东东认床，闭着眼睛翻来覆去一个多小时，接着又睁着眼睛数了一个多小时的数，就是无法入睡。她极不习惯乡下环境。鸡鸣狗吠都让她无法入眠，何况有丧事。

简单已经熟睡。郑东东蹑手蹑脚地摸索着起来继续攻她的程序。她很享受这样清静的时光，键盘在她的指尖下流出一串串节奏极快的音阶。直至脊背发凉，郑东东才意识到自己坐得太久了，起来披上外套活动活动肩颈，隐约听得简化和乐嘉在一楼说话。刚才的收获让她兴致特别高，迫不及待地要与他人畅谈一下她的伟大构想。那是她正在全力以赴研究的伟大工程——生物机器人。她的计划是要把机器人变成和人类无异的生物，赋予他们缜密的心思、细腻的情感，甚至是传宗接代的功能，让那些极其复杂的研制程序得以不断升级，乃至生生不息地传承和繁衍，为人类提供更贴心更优质的服务。这方面她和简化有共同语言，简单虽然理解，但热情不够。

在这之前她刚刚突破了人机交流的障碍。机器人不仅可以读懂人细腻的心思、复杂的眼神，机器人本身也可以拥有细腻的心思、复杂的眼神。乐嘉是第一代生物机器人，她是不能够完全捕捉人类的细腻心思的。接到相关部门的指令后，郑东东计划先行升级乐嘉，现在正好征求一下简化的意见，毕竟他是雇用方。

见他们讨论关于生物机器人这种敏感的问题，乐嘉就知趣地退回房间了。她有她的职业操守，更何况像她这样聪明的机器人，她知道她来自哪里，知道她的使命，也知道她的宿命。

简单迷迷糊糊间摸不着郑东东，呼啦一下就清醒了。他从房间走到卫生间再到走廊，在楼梯转角瞥见简化和郑东东两人凑一起盯着平板电脑。郑东东快言快语不知在说什么，大眼睛神采飞扬。简化微微笑着，不时点点头。

简单轻手轻脚凑过去，原来郑东东正滔滔不绝地谈她的宏伟计划。他把手搭在郑东东肩膀上，责怪郑东东大半夜的不睡，非得这个时候研究。郑东东受了惊，不满地白他一眼："你吓到我了。"郑东东回过头又继续讲述她的蓝图。简单不耐烦地催着郑东东回去休息了，别搞垮身体，又打扰简化休息。

郑东东不以为然，她说简化原来就没睡，他在写小说。简单声音提高了八度："写作更不应该受到影响了。"简单不由分说地拉郑东东上楼，郑东东突然爆笑："哟，咱大家长体质好棒哟！一条小裤衩深秋夜游！"

简单迈开大步，紧扣郑东东左手腕的手加重了力度。郑东东迈着碎步往前小跑，一边喊疼一边一再回头说："简化，那我们明天继续啊。"

简单回到房间倒头就睡，郑东东的兴致还在继续发酵，两眼放光，她摇摇简单，想唠嗑，简单翻身背对着她。她兴味索然地再次爬起来打开笔记本电脑。

村里的秋意特别深，白霜蛛网那样一块块地织在田野里、草坪上，在晨曦中闪着寒光，远远近近、高高低低的树合奏一支萧瑟的落叶舞曲。蓝心怡倦怠地从车里钻出来，牛仔短裤和中袖羊毛衫抵不住山里的寒气，她紧缩双肩、抱紧双臂。简博弈脱下薄外套披在她身上。

村里但凡办丧事，族人要先领一个红包讨了吉利才开始干活。主人家需提前准备好红包，放在茶托里，搁到椅子上，摆

第一章
生异心

在家门口。简家几兄妹没有准备这个,族人未领到红包,都在站着不进屋,也不干活。简单打开手机支付码,用手机"碰碰"发送电子红包,几个年长的族人不接受这种虚拟的电子红包,认为这并不能真正讨吉利。简易不停地赔笑脸,说考虑不周全,准备不充分,盼兄弟叔伯谅解。

早餐后,道士开始渡亡灵。悲怆的唢呐、锣声伴着道士如泣如诉的唱腔,让在场的人听得肝肠寸断。

没有人听得懂道士在唱些什么,他半闭着眼睛,声音低沉冗长,像是睡着了,在梦中呓语。简单明白这只是心理安慰,他甚至反感这些风俗乃至认为这是恶俗,纯粹是自欺欺人,一个人死了,他的肉体、他的灵魂、他的思想都灰飞烟灭了,哪里还有什么轮回!然而族人的干预又让他清醒地认识到这是在乡下。

参加葬礼的亲戚们陆续到了,登礼的人早已经把登礼台摆得满满当当的,笔、簿和糨糊都已经备好。登礼这项工作是极其重要的,一般都由村中的墨斗三公负责。简单往台上摆了一个"碰碰"收款仪,接着又摆上一个"碰碰"回礼码,这俩会自动记录每一笔礼金的情况。

"碰碰"收款仪让德高望重的三公变得无足轻重,他跟边上打下手的小六嘀咕:"这哪是葬礼,明摆着向亲戚要钱,全都变了质。"小六一边用纸片当扇子扇凉,一边应和着三公的话,突然又想起扇得不是时候,尴尬地放下纸片。三公忍不住跟每一个来"碰碰"的亲戚抱怨一通。

没有扎纸轿,也没有扎纸屋,没有爆米花,甚至没有蒸发糕。孝男孝女上孝用的毛巾不够,要派人去补购,出发前要先给个红包,仍是用"碰碰"红包,很多族人私下议论反正什么

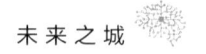

都是电子数字化了，不如干脆搞个数字化的葬礼。

有一部分族人觉得挺有意思的，新时代就应该用新规，刷新旧习俗。古时葬礼搞个五七天、守灵五六夜、守孝三年，可把人累得够呛的。后来不都逐渐简化了这些礼仪了吗？

在葬礼的间隙，郑东东见缝插针继续向简化描绘生物机器人二次升级的宏伟蓝图，简化听得津津有味，或表示认同或提出意见，升级乐嘉是他最关心的事。自从乐嘉来到他们家，他真的省心了很多。乐嘉来之前，家务琐事、孩子照料以及油盐酱醋成了一地鸡毛，让简化崩溃甚至怀疑婚姻。而乐嘉的聪明能干及时扭转了这一糟糕的局面。

他对乐嘉是非常满意的，只是有时候她没办法领会他们尤其是程熙的想法，常被程熙挑剔。

简立基这两天睡不好，总犯困，他困了老要贴着乐嘉。四姑婆近乎讨好地堆着一脸笑："三嫂，宝宝已经困得不得了，让他回房睡一会儿吧。"乐嘉浅笑说："我是保姆，那个才是宝妈。"她朝程熙那边努努嘴。四姑婆的笑容迅速收缩，又无法完全收缩，像是失去弹性的橡胶圈，松垮垮地挂着。她一脸狐疑地打量靠着门的程熙，看一眼乐嘉身边的简化，又端详了一会儿乐嘉。

好些亲戚都错把乐嘉当成简立基的妈，简化和程熙解释了好几次后，沮丧得连澄清的欲望都没有了。程熙懊恼地想，当初无论如何也不应该把简立基完全托付给乐嘉。如今简立基对至亲的疏离让她焦虑，亲戚的误解让她如坐针毡。

她是多久没用心陪伴过简立基了？记忆里他还是呱呱坠地皱巴巴的婴儿，转眼简立基就长成小男子汉了。现在无论她怎样努力，她都无法弥补缺席的那五年，无法沿着坐标回溯到原点再陪着简立基成长。

这几天,程熙反复问自己,生活的意义是什么?目标何在?日复一日的忙碌换来了什么?自己执着地爱着的人却狂热地爱着他的文字,少得可怜的夫妻交流时间总会冷不丁地被创作强行插入,他会突然起来敲击他的键盘。她曾经恼怒地举起他的平板电脑要往地上砸,却被他的大手钳住手腕,他的凌厉和他的恼怒让她震惊,她发现她早已被文字挤兑出他的心。她当初死心塌地地迷恋他的才华,文字是联结他们的那根线,如今文字却成为割裂他和她的感情的凶器。

她想要的是讲究细节和品质的生活,她认为工作之余,他们应该建立一个二人空间和一个亲子空间。而简化的注意点完全不是这些,用他的话来说,他更注重追求生活的魂,而不是虚空的外表,"生活嘛,差不多就行了,人应该树立更高远的目标,那是灵魂的栖息地"。谁都没有错,错的是三维空间摇号那样旋转的时候,把他们俩转错位了,他们分别站到了两个不同的面上。

手机固执地响个不停,简化看一眼,默默在心里接听了——去他的连载吧,老头子的命都"连载"到了尽头,再怎么样也得把老头子的葬礼办妥了,给他这辈子画上句号,小说才能继续连载。

电话不依不饶地响着,像极了郭小丹那拖长了的腔调,几分尖酸刻薄,几分慵懒。

连日来的烦恼像老树枝丫上的寄生藤,不停地攀附缠绕,越缠越多越乱,简化无处遁逃,无处释放。程熙的冷嘲热讽也成了其中一根在疯长的藤。

"爸爸,你怎么不接电话?"简立基从乐嘉背后探出一双乌

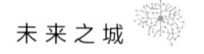

溜溜的眼睛。简化逮着了一个给郭小丹颜色的机会。

"爸爸思考着很重要的问题，要不你帮爸爸接，就说爸爸今天有事情，改天登门拜访。"

简立基像个大人一样郑重地接电话，十多秒时间，他的脸变换呈现惊恐、紧张、困惑……简直是一个丰富的表情包，他把手机递给简化。

郭小丹说话尖酸刻薄，总是冷嘲热讽，一副气不死人决不罢休的德性，可她从未蛮不讲理地"凶"，至少给人说话的余地。简化接过手机，郭小丹的话像装满弹药的机枪一般突突地射过来。

简化脸色大变，一边脱孝服，一边风一样飞出去。

程熙还没搞明白状况，简化就已经打开车门了。简先令在世时，尤其是病重时，简化表现出来的冷漠与失职，让她觉得他极为陌生，今天的葬礼是简先令人生最后一场戏，有什么比这更重要？

"简化！"她嘶声喊，虽然竭力让自己保持平静，但语气还是诚实地暴露了她的失控。

简化愣了一下，他嗅出了程熙话语里夹杂的不满、怨怒，甚至是其他复杂的感情，结婚这些年来，他从没看到她在公共场合情绪失控。"对不起！"他犹豫了那么一两秒，低头钻进了车，绝尘而去。

"这'对不起'跟你天堂的老子说去吧！"简祖生把手中的笔往桌上一搁，生气地诅咒。他实在无法忍受这种不孝之子，厉声呵斥："别以为今天有点钱就了不起，不养老、不孝顺、不懂感恩的人是永远无出头之日的！"

族人七嘴八舌地应和，先前支持葬礼一切从简办理的，现

第一章
生异心

在也开始质疑了。究竟有什么事比至亲的葬礼还重要,以至于从葬礼上离开?在葬礼上指责主人家,这在珠玑村是前所未有的事。葬礼上死者为大,族人出于亲情和道义合力把事情办通,主人家不会责怪族人做不周,族人也不会批评主人家,都希望死者走得安宁。

卢丽妮眼皮一垂、嘴巴一咧,又哭诉起来:"我们多年来不计较得失悉心照顾老头子,才刚放手两天,人家就没耐心了,没商没量地交给一个外人来照顾,现在老头子究竟是怎么死的,大家都继续揣着明白装糊涂吧。"

她左一句外人,右一句外人,惹得亲朋交头接耳纷纷猜测。简立基还不能理解这混乱的局面,骤变的气氛让他感到不安,他转身抱紧乐嘉哭了起来。

程熙的脸色发青,在她空洞的眼睛里,周围的人与物都已经虚化在无边的黑暗中。她越不过那个荒原上的黑洞,她心中仅存的希望像已经落尽枝叶,只剩下光秃秃的干枯的树干。

简易担心卢丽妮再这样口无遮拦地骂下去更加难收场,连声呵斥让她闭嘴。对她言听计从的男人这两天再三呵斥她,卢丽妮歇斯底里,狠狠地撒泼,把面子和形象全都撒了出去。

一时间,杂音纷乱,分不出是呵斥声、哭诉声、安慰声,还是议论与揣测声,简方向缩到一个角落里捂着耳朵。简博弈凑近卢丽妮,拍拍她肩膀,耳语了一会儿,卢丽妮才抽抽噎噎地停止了哭诉。

卢丽妮的大嗓门停下来,整个"乐章"就失去了主旋律,只剩下些零零碎碎的伴奏。

这一阵骚乱怠慢了接待来送葬的舅父们,他们原就颇有微词了,进屋又看到葬礼的寒酸样,眼看简家几兄妹都过上富裕生活了，到头来竟把简先令一把火给烧了，顿觉简先令这一辈子的奔波劳碌喂了狗。偏偏葬礼还缺了个老三，他们找到了发泄的理由，狠狠地数落简家几兄妹的种种不是。他们越说越激动，搬出一箩筐的陈年往事，力赞简先令既当爹又当娘的，历数兄妹四人的种种不是。

简婕冷哼一声。此刻她的思绪比外界还混乱，那摊触目惊心的红不停地流，把那些青绿染遍，母亲脸色惨白地睡在稻田上，让她头痛欲裂，瘦小的母亲蜷在棺材里，给棺材让出了那么多的空间，她伏在棺材旁哭得天昏地暗。如果舅父们也参与了她的这段人生，会不会改变今天这番慷慨陈情的说辞？

简易和简单羞愧地道歉，舅父们不接受，并要简化立即回来，否则今天就不能出殡，骨灰就搁这儿，看谁着急。可谁都联系不上简化。简祖生眼见形势即将失控，他吩咐人斟茶递水，替简家兄妹道歉，平息舅父们的怒气。

简祖生德高望重，说话头头是道，既替简家兄妹道歉，又替简家兄妹开脱。至于简化，简祖生承诺一旦联系上，立刻要他给出一个交代。族老站出来为简家兄妹请罪了，舅父那边的人有了台阶下，也只好将火气降下来。简祖生见机行事，一口一个舅老爷，请他们到里屋入席就餐。压在弦上的箭就这样被取了下来。

下午四点出殡，一个骨灰盒、一抔黄土是老人最后的归宿。偌大的天空没有一丝云，空荡荡地挂着一只明晃晃的太阳，阳光在黑盒子上反射出金色的光泽，似简先令生前的光溜溜的背，又似一件硕大而华丽的寿衣。队伍沿着铺满落叶的林间小道蜿蜒前行，两旁树木枝丫横逸，像是敞开怀抱迎接简先令归去。空山寂寂，落叶簌簌，越往山林深处越肃穆沉寂。

第一章
生异心

　　葬礼结束，简祖生和几个说话有分量的族人苦口婆心地叮嘱简家兄妹妯娌，一定要简化给舅父那边一个交代。做人要孝义并重，要有担当，要言而有信。程熙憔悴地点点头。族人归去后，众人也将各自踏上归程。卢丽妮表示今天产生的所有费用，他们不会承担，但是老人留下来的钱，必须三等分。因为老人在世时，是他们照顾的老人，而其他人则长期缺席，更别说提供照顾了。

　　对此，简单和程熙都表示没有问题。简易把程熙、简立基、乐嘉和简婕送到车站。简化仍处于失联状态。程熙惨淡一笑，她要把这个电话号码从心里彻底删除，把往事全部格式化，他们的婚姻已经没有继续下去的必要了。

面对坎坷时,要经受得起心理、情绪和环境诸多因素的综合影响,如果个人的情绪和行为被外界因素主导,就很容易陷入费斯汀格法则的怪圈。

第二章 楚歌起

简化把车子调到智能驾驶模式,时速170公里,公路限速150公里。他的脑子里一遍遍地回响着郭小丹愤怒的话:"简化你立刻给老娘滚过来!你存心砸老娘饭碗!由于有超过一万读者要求退订,请你务必今天给我一个解释,要不你就别混了!内刊《文荟》连载的《误会到底》比你的《前夜》早了一个月,读者比对发现《误会到底》和《前夜》故事相似度达70%!别告诉我是思维巧合!请你用人话来解释!江岸杂志社的损失,算在你头上!"

…………

简化的脑袋像糊了的豆浆,黏腻胶着。好不容易吸引来的几万铁杆粉丝,很快就会像洪峰过境那样,溃堤而散。

《文荟》虽是内刊,却颇有来头,收录的文章无论是语言艺术还是表现力,乃至思想性,都不逊于省级纯文学期刊。这么说吧，一般作者不往《文荟》投稿，能往《文荟》投稿的作者都不一般；简化所签约的《江岸》是国家重点纯文学期刊，如果郭小丹说的都是真的，那他将百口莫辩，甚至身败名裂。

他保证自己的作品百分之百是货真价实的原创，可是能在《文荟》发表作品的人也不至于抄袭。究竟是哪个环节出现了问题？如果真的是思维巧合，那么简化只有认命。但文学这东西，尤其是长篇小说，永远不要试图跟别人解释思维巧合——那比小说本身还荒谬。胃痛得痉挛，简化摸出两粒胃药吞下。

江岸杂志社陷入瘫痪状态。编辑部办公室不大，六部固定电话都成了热线，每台一个工作人员专线接听。发行部老齐把攒了一辈子的幽默功夫全用上了，也难以应付；新入职的编辑小姜哪见过这样的场面，电话那头的羞辱与谩骂让她从脸红到脖子，尽管她极力控制自己的情绪，眼泪还是没忍住流下来。郭小丹叫设计部的吴阳把小姜替下来。

江岸杂志社门口密密匝匝的人群，都挤到伸缩门上了，保安好说歹说才将他们劝退两步。一些激进派气势汹汹要把"江岸"二字拆下来。编辑部、财务部全员出动来稳定场面，尽管解释得口焦舌燥，读者仍不买账。他们要求作者立即现身，给他们一个合理解释，否则他们不仅集体退订，而且还要《江岸》赔钱。

省文联主席打电话给江岸杂志社的总编辑马文斌，要求他务必妥善处理，把影响降到最低。马总编连声说是，一盒纸巾给他擦汗擦完了。

如果简化再不出现，媒体很快就会搅和进来，事情就更不可控了。马文斌拍桌子跺脚，又踱来踱去不停转圈。郭小丹觉得心里比肥皂泡还虚，她是责任编辑。

简化是她一手栽培出来的。那时简化是无名小卒，收到他第一篇投稿，她发现他的小说风格与众不同，辨识度很高，小说意境清新脱俗。

凭郭小丹对简化的了解，他不会抄袭，但是摆在眼前的事实让她无法说服自己罔顾事实去袒护这个人。作为责任编辑，她难辞其咎。她必须把简化揪出来问个明白。她一遍一遍拨打简化的电话，简化却在关键时刻掉链子，难道他知道事情败露了？

门外的读者不断地往里挤，再挤下去大门都快被挤破了。简化仍然失联。郭小丹恨恨地诅咒了他千万次。

好不容易接通电话，结果人还在300多公里外的乡下，还要两个小时才能赶到。郭小丹一屁股跌坐在椅子上，又马上弹跳起来——来自脊梁骨的烧灼感让她坐立不安，背后是马文斌的目光。

郭小丹通过智能扩音承诺，作者将于下午三点三十分当面答疑，请各位读者先行散去，下午再来，如果下午作者不到场，她一个人负全责。

她的"负全责"这种魄力震慑了读者，里三层外三层的嘈杂与吵闹终于一层一层地消退。

郭小丹被自己的豪言壮语惊呆和感动了，她抑制不住剧烈的心跳，眼角也不禁濡湿。她不得不一个人承受内心的兵荒马乱。郭小丹在跟命运赌博，赌博的结果是未知的，也是不可控的。

她不知道刚才为什么要搭上自己，可能是潜意识中的一种英雄主义观俘虏了她？她相信她能赌赢。可是，可是万一呢？

她怎么负责，她真的能负责吗？这不是一桩普通的买卖，不是假一赔三就能解决问题的。这关系《江岸》的声誉、发展和生存。在新媒体的强力冲击下，大多数纸媒被逼得几乎没有了出路，《江岸》凭着高段位、高品位等历史人文优势，得以与新媒体一争高低，如果这次真的成了残局，《江岸》还有明天吗？

《江岸》的过去郭小丹来不及参与，《江岸》今时今日是如何横刀立马杀出新媒体的重围，郭小丹心里比谁都更清楚，从一名刚踏出校门的学生到资深编辑——二十五年了，她把自己跟《江岸》牢牢捆在一起。像她一样把一辈子的幸福押给了《江岸》的还有五个同事。挖掘和培养优秀作者是使命，也是杂志生存和发展的硬道理。简化就是他们的重要签约作家。

简化来了，就真能解决问题吗？摆在眼前的事实让简化处于极其被动的地步，就算他真的是清白的，又拿什么来证明自己？可他真的是清白的吗？郭小丹越想心越虚。不管怎么样事情因她而起，她有必要负起这个责任。

三五成群的人由远及近，进入郭小丹的视野，很快又集成了乌泱泱一片黑脑袋。郭小丹的头皮又发麻了，她刚才劝退的只是在现场的读者，不在现场的读者仍不计其数。她让宣传组的同志立即弄一个大告示牌，摆在江岸杂志社门口，同时通过视频号、公众平台等发布通告：下午三点三十分在江岸杂志社运动场举行读者见面会。

仍有读者在外面投诉。各个杂志社只要有点交情的都打电话来"关心"，真是闹成了杂志界的丑闻。

下午三点十分，简化风风火火地赶到江岸杂志社，他直冲2栋3楼的小说编辑部。

郭小丹疲惫地靠在办公椅上，桌子上放着一只褐色的保温

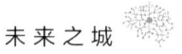

杯，盖子已经被拧开，旁边有一只白色的小药瓶、一支笔、一个文件盒和好些散乱的文件。

"说吧，简老师。"郭小丹闭着眼睛一动不动。

"郭主编，我简化乃一介庸夫，要说还有什么可取之处，那就是我的人格。我用人格来保证，《前夜》如有一字抄袭，我愿意倒立着爬到文荟杂志社赔礼道歉，承担《江岸》的所有损失！"

郭小丹半睁眼睛瞟一眼简化。简化登时脸烧起来，一直烧到耳根，他把自己放得太大了。人格？在烟火人间里，人格能混饭吃？人格能建房子？人格能变成四个轮子滚滚向前？简化立即自我否定，却一时找不到合适的措辞，半张着嘴巴傻傻地愣着。

他的舌头永远比手笨，手能引领笔把常用的汉字通过不同的逻辑排序，排出人间百态，舌头总是在关键时刻失控，越是急的时候，越是使唤不动。

"这就是我在高压状态下等了大半天等来的结果？"郭小丹指了指杂志社内院，"还有十六分钟，那里将是黑压压的一片人群，你把思路给捋清，捋到底，看看哪个环节有毛病。理在你这，你就得给我扛着，扛不住也得死命扛着，杂志社可不能被他们掀了。"

"自己憋出来的娃，娃的眼睛、眉毛、鼻子，哪一样能有偏差？就是闭着眼睛，也能把它们给描摹出来。"她从靠椅上缓缓坐起来，语气也缓和了。

"简老师，马总编有请。"葛助理不知什么时候站在门口了，她彬彬有礼地做个"请"的动作。简化转身出去之前深深地看了一眼郭小丹。

办公室里烟雾缭绕，马文斌披着件西装外套，站在窗前眺望杂志社大院里正在布置会场的工作人员，指缝的香烟有一长

第二章
楚歌起

截未弹落的烟灰。

"马总，简作家来了。"葛助理汇报后退了两步站着。马文斌没有说话，用力抽了一口烟，黑色的烟灰从红色火光处断落，他长长地吐了一口烟圈："简作家，我们合作有多久了？"

这肯定不是一个简单的问题，简化还是机械地说："还差两个月满五年了。"

马文斌转过身来伸出一个巴掌："五周年之际，你送给我们这么大的一份生日礼物，没齿难忘，感激不尽！"

"马总编，请你相信，《前夜》是货真价实的原创，现在形势对我非常不利，所有的矛头都指向我，但我始终坚信清者自清。请放心，纵使城门失火，我决不殃及池鱼。"

"清者自清？现在火烧赤壁了，你还跟我玩文字游戏！你的清白如何证明？总得有个应对的方法，不是你说自己清白就清白，别人说你清白才是清白。别人说你是黄是黑，《江岸》怎么撇得清关系？对外公布《江岸》已经和你'离婚'就能把人家糊弄过去吗？我话糙理不糙，还有十分钟就开读者见面会了，不管你用三角函数还是几何原理，你的证明必须有效，绝不能出差错！"

马文斌用力把烟头掐灭，大步走到办公桌前重重地坐下。

简化下意识看一眼手机，那一串熟悉的电话号码依然在闪烁，他不敢接也不能接，要如何解释他毫不负责地逃离父亲的葬礼？这个时候解释无异于捅马蜂窝，关键时刻不能再出任何乱子——他注定是要一辈子背上"不孝子"的罪名了。马上要到来的读者又该怎么应对呢？简化的脑袋像浇上了钢筋水泥，完全凝固了。他一步一步艰难地踱出去。

葛助理让他止步稍等，他没有回头也没有答应，一步一步艰难地拖着脚步走出去。葛助理追上来提醒他注意一下形象，他像木偶一般往前走。葛助理拦在他面前，让简化到一楼整理一下衣装。

简化停下脚步，空洞的目光飘过葛助理的脸，又一步一步地向前走去。葛助理看情况不对劲，立即向上汇报。

马文斌把水杯往桌子上一摔，水漫出来溅湿了桌面的文件，他双手把文件推到地上："叫郭小丹立刻给我过来！"

"谁又拔咱们总编胡子啦？"郭小丹心虚地闪进门口。

"哼！还拔胡子，连皮带毛都给剥下来了！"马文斌把外套往椅上一摔，指着会场方向，"你马上给我追上那姓简的，只要他没死，还有一口气，抬也要给我抬到主席台上去！"

车站并不拥挤，甚至显得有点空荡荡的。普通候车椅上零零散散地摆着一些凌乱的行李，坐着三五位游客，智能候车椅上倒是基本坐满了，行李很多，但全都进行了智能分类，被分别贴上智能标识。

车站广播不知疲倦地一遍遍地播报着即将到站的车次、即将检票的车次，提醒候车的乘客按时检票进站、按地标候车，提醒没赶上车的乘客及时办理改签或退票手续。

程熙双手平放在腿上，笔直端正地坐在A12检票口附近的候车区的座椅上。

车站广播提醒持G3679趟列车车票的乘客检票进站，车票闪着光提示检票时间到，程熙还是纹丝不动地坐着。乐嘉摇醒怀里的简立基，提醒程熙该检票上车了，程熙只是抬头看看检票口。乐嘉不得不再次提醒她，程熙摸着右腿旁棕色的小巧的手提袋。良久，她才拉开拉链摸出化妆盒，又重新放回去，拉上拉链。检票时间只剩下五分钟了。她挎上手提袋，迅速走向检票口。

乐嘉往机器人专用的检票口走去，简立基吵闹着要跟乐嘉走一个通道，乐嘉把简立基的小手塞到程熙手里。

乐嘉入了检票口，意外地见到她的"孪生姐姐"Loka。Loka在另一座城市替一家公司维护电脑。她们热切地交流着。简立基过了检票口，欢跳着跑向乐嘉。他竟看到两个乐嘉。他试探着往前走，又迟疑地站住了，睁大眼睛瞪着她们，样子很滑稽。乐嘉告别Loka，拉着简立基走向候车站台。简立基侧着脑袋看看乐嘉，又回头看看Loka，踟蹰不前。"这小鬼，还担心乐嘉把你卖了不成？"乐嘉蹲下来捏捏简立基的鼻子，"告诉你，要是不听话，我可能真的会卖了你哟。"

"可是，她是谁呀？"

"不告诉你，除非你亲我一口。"

简立基叭地往乐嘉脸上亲一口。

乐嘉笑着站起来："你上当了！我不是你的乐嘉……"两个人笑着闹着往前跑。

乐嘉从没见过如此沉默的程熙，感觉像身体内部某个部件似乎松动了，让她感到不踏实。她宁愿程熙像往常一样对她指手画脚，责怪这里步骤多了，那里程序少了。即使要她每天擦地板三次，每次要擦三遍，每个地板砖都转圈五次；即使要她煮饭、炒菜时间精确到秒，不能提前一秒，不能推后一秒上桌……所有这些，她都愿意，她就是不愿意看到不挑剔的程熙。这样的程熙像是被摘去了芯片的电子产品，只剩下一个虚空而薄脆的外壳。

乐嘉很焦虑，所有的现象都在向她传递一种极不良的信息。

她不由自主地从存储区里提取之前保存的各个阶段的关于程熙的印象与行为的数据，来做分析对比。数据值偏差差异极大，这样的数据结论不容乐观。乐嘉的情绪也随着数据变化起伏波动，这种波动在她发送电波给简化的时候毫不遮掩。她发出的电波绕了地球几圈依然没有成功送达接收终端，或者是终端压根儿没有打开。

这个站上车的乘客并不多，6号车厢的过道并不拥挤。程熙走偏了，一脚踩上13C座位下的那只穿着黑皮鞋的脚，她仍然面无表情地往前走，找到座位7A坐下来。黑皮鞋大概还没遇到过这样奇葩的人，踩了别人的脚，却连一声道歉也没有。他的目光从13C一直烧到7A，乐嘉冲他歉意地笑笑，他才勉强地把不满收回，脸部线条生硬得难以复位。

车厢内的乘客还没完全坐好，还在找位置放行李，列车已经启动了。简化仍没有回应。

简立基刚才在车站睡了一觉，现在精神极好。简立基坐了一会儿，千奇百怪的问题就都一股脑儿地冒出来了。爷爷的葬礼第一次把他拉到了离死亡那么近的地方，他不安地问妈妈人死了灵魂往哪儿去。程熙没把他的问题当一回事，要么"嗯"了一下，又陷入她的沉思中；要么压根儿就没有反应。简立基觉得很无趣，妈妈对他的问题总是不那么上心，乐嘉有意思多了，不仅有问必答，而且声情并茂，还知道许许多多的稀奇古怪的事，怎么也问不完，就像一个小宇宙。简立基心里还揣着一个甜美的小秘密，他发现乐嘉跟他对话的时候，眼睛里除了他再无他人。可是，刚才那个人是谁？她怎么长得跟乐嘉一个样？

程熙盯了简立基好一会儿，仿佛在她眼前的不是简立基而是一个陌生人，简立基被看得发慌，赶紧闭嘴坐好。程熙这时突然冲他笑了一下，那笑像往常一样弧度弯得恰到好处，简立基却觉得那笑很怪异，陡然害怕起来。

简立基趁着妈妈不注意，偷偷地往乐嘉那边蹭，他用面团般软乎乎的小手搂住乐嘉，小脑袋附在乐嘉的耳根边上，小声嘀咕他发现妈妈的种种不同，黑葡萄似的眼珠藏着不安与困惑。乐嘉进一步证实了她刚才对比得出的数据差异是真实存在的。她感觉自己不断加速的紊乱的电波。

"那么，现在可以告诉我，她是谁了吧？"简立基突然变得严肃起来。用一个秘密换取另一个秘密似乎是理所当然的，这底气让他成竹在胸。"猜猜看。"乐嘉淡然一笑，仍在卖关子。简立基气呼呼地别过脸。"行了行了，小气包，她是我的胞姐Loka。"

"那她为什么不和你一起住？你为什么不邀请她来我们家？"

"因为……因为我们和你们不一样。"

"为什么不一样？告诉我嘛，好不好？"

乐嘉没有回答，紊乱的电波干扰着她。

简立基饶有兴味地盯着乐嘉，好一会儿仍未盯出答案，于是兴味索然地伏在座位的置物台上。脑里诸多疑点和问题困扰着他，他不明白大人怎么都那么不痛快。

简立基又缠着乐嘉给他讲故事，乐嘉的心思还聚焦在程熙的异常上，情感投入不专注，没有像往常那样声情并茂，简立基像个小老师那样一本正经地责怪乐嘉一心二用。枯燥的旅途、父母的反常行为以及乐嘉的心不在焉都让简立基坐立不安，似乎旅程的时间一下子被无限延展了。简立基很讨厌这趟没完没了的旅程。

但小孩子终究耐不住寂寞,他眼珠骨碌碌一转,又嚷嚷着要玩成语接龙。乐嘉看着无辜的简立基,伸手戳戳他的鼻梁,笑着答应了。这次成语接龙乐嘉没能把握好输赢的概率,简立基一下就败下阵来,连败了几回后,简立基就有了小情绪。他不喜欢今天的乐嘉。以往他们玩成语接龙的时候乐嘉很会制造气氛,他在紧张而刺激的氛围中冲刺一局又一局,尽管也经常会输,但不至于像今天这样输得一败涂地。

简立基把头扭向窗外,赌气不看乐嘉。乐嘉摸摸简立基的脑门,变换声腔连连喊:"小气鬼,小气鬼,小气鬼。"那怪异的声腔吓得附近几位乘客惊恐地四下里看。简立基伏在乐嘉身上,捂着嘴笑得圆圆的双肩颤颤的。乐嘉有时候调皮起来会吓到旁人,这已经不是第一次了。

乐嘉知道自己失言了,她闭嘴闭目假装睡着了。怀里那小家伙还在一颤一颤地拼命忍着笑。小孩毕竟是小孩,上一刻还困扰他的事情,这一刻早已经烟消云散了,他的每一次呼吸都是快乐的。

车厢里的小骚乱并没有干扰程熙。她两手放在腿上坐得端庄,她是不允许自己失态的,可她没留神有一绺儿发丝滑落在她白净端庄的脸上。她失神沉思的侧影其实很美。不过她都没注意这些。她沿着记忆小道蜿蜒前行,企图穿越沙漠与荒原,这是一段很漫长很痛苦的旅程,她以为整段旅程他一直都在。然而到了中途她才发现,一直陪伴在她左右的,不过是一道影子。程熙曾无数次想方设法去真切地触及这道影子,感知他的真实、温度和心跳,然而她沮丧地发现,因为影子本身就是影子,缥缈不可控,再近也只是影子,咫尺天涯。

沿着沙漠与荒原一路往前走，那是遥远的绿洲。那时她在市政府办公室整天忙得晕头转向，没有一点儿私人时间。那时他初露头角，一心一意孕育他的文字。市文联的秘书长把一根红色的丝线，从他的左手穿过她的右手，中间系了一个结，毫无瓜葛的两个人就有了牵连。

那时候，程熙刚入职，还没完全适应新环境；简化刚摸着文学的锁孔，还没真正打开大门，也没有寻找到那片传说中的文学伊甸园。

也不记得是谁先提出，或者是谁都没有提出过，就一致达成了共识——所有的花前月下都通过一根光纤来完成。他的文字通过光纤到达她的终端的并不多，却很有质感，每一个文字都带着滚烫的温度，妥帖地熨着她的脸蛋、身心，她的心脑乃至身体每一个细胞，都像一树火红的木棉花在炽热地燃烧着，这熊熊燃烧的火焰将她的心烧得春意荡漾。

这一树木棉燃烧了398天后，他和她越过光纤成功牵手，走上红地毯。她把走红地毯看得神圣而美好。婚事提上日程后，为了这一天能尽善尽美地呈现，她用了101个夜晚来计算好每一个程序、每一个细节。大至婚礼主场的整体布局，小至拱门的扎花中每一朵花的颜色、大小、花瓣的单双她都仔细地挑选过。对于工作如此忙碌的她来说，这些事情只能摊在她的休息时间上。燃烧的木棉让她激情四射，越忙越发神采奕奕。

简化是如此才华横溢。那些日子，她的发梢、她的眉眼、她的呼吸里都洋溢着文字的浪漫。

婚礼上，简化穿上她为他挑选的礼服，果然气度非凡，她恨不得亲手掐灭前来祝贺的文学青年们眼里燃烧的火焰。庆幸的是，她也自带一股与众不同的气质，这是她骄傲的资本，她极尽所能地展示她的优雅,一笑一颦,一举手、一投足之间,她不输台下大多数的文学青年,她对自己婚礼上的表现是很满意的。令她更满意的是他的目不斜视,他的视线以她为圆心,以爱为半径画圆,圆里只有她和他,他的目光从未越过圆。

洞房前有一段小插曲,从来都着意于生活的细节的程熙,竟发现,新家里除婚房的布置是在光纤的作用下变得整洁干净、合乎她眼光外,其他的地方都邋里邋遢的,家什横七竖八地堆叠,粉尘纷飞,污迹无处遁逃。与她所想象中文人该有的清雅脱俗的审美意趣完全不一样,更与浪漫不搭边,平时怎么布置,现在就怎么布置,没有收拾过的痕迹,哪怕只是潦草地收拾一下。

她顿时觉得像是有无数虫子肆无忌惮地爬上她的手脚、肚皮,甚至是头和脸,爬出浑身的鸡皮疙瘩,恶心又难受。还好当时爱意难平,她一边恶心,一边帮简化开脱——人家一大男孩,毕竟没有姑娘家仔细,怎能要求他像个姑娘那样拾掇家里呢?她知道这是自己心理造成的,解码也需要自己完成。这么一想,她心里就缓缓地铺开一级一级的台阶,她也悄无声息地一级一级地走下那些台阶。

要在平时,程熙不拾掇好自己决不会睡觉。但那天是大喜之日,他早已经急不可待,她也浑身燥热难耐,怎么肯浪费那些时间。他的激情与威猛带领着她一次次冲向浪顶,她头一回发现了自身的无穷无尽的张力。这些张力与他的威猛相呼应,像一条滑溜溜的小艇穿行于狭窄的小溪流。她从此再也回不到穿行前的平静。

她在无尽的沙漠与荒原中试图抓住远离她的绿洲。一道影子在她身边陪着她游荡,她无数次试图触及他,他却总是浮游在她的灵魂与肉体之上，或者长长短短地印在沙漠与荒原上。

所有关于木棉的故事都正在裂变，曾经激烈燃烧的内容禁不起春夏秋冬的轮转以及油盐酱醋的浸渍，早已经不是当初的模样和味道。可是她已经在路上了，再痛苦再孤独再漫长始终要继续，生活没有暂停键，无论是拐弯、继续还是退出，都要做出选择。

高铁列车平稳前行的节奏把简立基一颤一颤的笑拉成了均匀的呼吸，他入睡了。

一种异样的柔软缠绕着乐嘉。她对人类的了解越多，这种带有攻击性的柔软就出现得越频繁，她似乎能够读懂他们的幸福、他们的伤痛、他们的无奈……她忽然有点惶恐，似乎有一种异常的电波，或者说是一种磁场，来自她或者他们，正在悄无声息地改变着彼此。在简家工作时间越久，简家人的喜怒哀乐就越能影响她，影响她的运行速度与思维锐度；但她有时候又觉得自己完全不理解他们，人类是一种多么复杂的动物，一些明明一眼能看透的东西，人们偏要半遮半掩地看，无端地生出许许多多麻烦来。

程熙每天都要对乐嘉的工作横挑鼻子竖挑眼，不仅挑乐嘉，也挑简化和简立基，甚至也挑她自己。她每天洗脸、刷牙、梳头，光包装自己就已经折腾得够呛。梳头是一定要先养梳的，养好梳才开始梳头。左二十梳，右二十梳，头顶至发尾二十八梳，这叫养发……她除了做事一成不变的一板一眼，其他方面都挺好。

简化是一位宅男。星期一到星期天除了宅家还是宅家，无不良嗜好。他生活比较随意，把别人讲究细节的时间用来琢磨他的字字句句，很多篇章就那样用生活的边边角角拼凑出来，

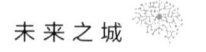

或许这样拼凑出来的文章特别有生活的烟火与尘俗味儿,他连年成为最受读者欢迎的年度作家。

这样一对才子佳人相遇于人生某个站台,他们或会共同奔赴一个终点,或许也会离散于某一个站台。是的,人生有那么多不确定,谁能确定呢?能确定的都不叫人生,叫导演剧本。

郭小丹脸色煞白地飞奔出去。

简化手脚不协调,极其艰难地向前挪动着。这样一个背影让郭小丹预见到结果了,她不知道身体发冷还是发热,只觉得衣服在身上浸渍着。箭在弦上了,他还疲软得像一只没有壳的蜗牛,这箭是发还是不发?怎么发?所有的努力注定要功亏一篑了。

这令她十分痛苦。简化的脸呈死灰色,两颗眼珠往眼眶内缩进去,乍一看,他眼睛仿佛只剩两个黑洞,就像是一个失去意识的木偶,总之跟刚才在她办公室向她拍胸脯保证的不是同一个人。

"简化!"

"简化!"

"简化!"

简化机械地往前走。

"你要是还活着,你就给我回个话。"郭小丹怒不可遏,"你这是什么意思?装疯卖傻?把自己缩进龟壳里?简化,我告诉你,就算要死你今天也得给我把话讲明白才能咽气!"

简化机械地一步一步地往前挪动。

郭小丹真想一巴掌把他给掴醒。

下午三点五十五分,黑压压的人群从大门外往杂志社里拥。

简化还是机械地往前拖着小碎步。

第二章
楚歌起

　　工作人员指挥人群入场，读者呼啦啦地围上来，到处都是人影到处都是人声，简化缩着眼珠，黑洞洞的双目漠然平视。嘈杂已经盖过所有的词句，谁也听不清谁说了些什么，到处都是声音，到处都没有词句，所有的词句都被乱哄哄给碾压了。简化和郭小丹被裹挟着流向主席台。机器人保安喊话，让所有人回到主席台下。

　　葛助理说："我们的简大作家是人民中的一员，要把他放到地面，接地气才能好好说话，让他喝一口水，顺一顺气儿，这样才更好回答咱们读者的提问。"

　　葛助理想给简化一个缓冲时间，让他把那根绕不过去的线绕了过去，说起话来才不会有那么多枝枝丫丫。

　　读者源源不断地拥向会场，简化像一截木桩那样杵着，郭小丹用力往下扯一把他袖角，他才直咕噜地坐下。

　　台下有人大声质疑简化是不是心虚，是的话就别丢人现眼了，赶紧夹着尾巴滚。人群起了一阵骚动，有人站起来起哄。有读者关切地问这究竟是怎么回事，简化看起来不对劲，是身体出了什么问题吗。更有一些初次见面的读者疑心简化是否脑短路了，穿着那样邋遢，表情那么呆滞。

　　读者的屁股坐不稳了，嘴巴失控了，场面也失控了。老齐把摇滚乐的音量开到最大，带领几个比企鹅还笨拙的机器人在台上甩头扭腰，当混乱遇上了更大的混乱，混乱才被震慑了。台下的人终于齐刷刷地看着老齐。老齐身子前倾，笑嘻嘻地说："各位，你们现在要是想听故事，就管住嘴巴，你们要是来制造热闹，那我老齐就和大家一起狂欢。"

　　马文斌喝了一口水，清了清喉咙："亲爱的读者们，下午好！衷心感谢你们一直以来对咱们《江岸》的信赖、关心和支持,我们《江岸》能走到今天,离不开杂志社全体职工的协作与付出,当然也离不开在座各位读者对我们工作的支持、对《江岸》的认可。几十年来,《江岸》立足西部风情,注重挖掘西部本土深厚的文化底蕴,也大力吸收五湖四海的优秀文化,注重文化品位的提升,打造大格局、大视野的文化品牌,《江岸》的成绩是有目共睹的——几乎每期都有小说、散文被《小说月报》《散文选刊》等选用。《江岸》有着高度的文化自信。关于《前夜》与《误会到底》疑似孪生作品的问题,最有话语权的是简大作家,先请读者们耐心倾听他的素材来源、创作初衷和创作过程,在没有了解这些以前,我想谁也没有权利给作品的权属盖棺论定。"

简化面前的话筒根据指令亮了起来,他仍纹丝不动地坐着。郭小丹借着垂下的桌布的遮挡,用脚踹了一下简化。简化无动于衷。

"咳,咳!"马文斌又喝了一大口水,似乎被水呛到了,脸上呛起了一层红晕,"在简大作家跟咱们谈创作历程之前,我们还需请出一位编辑界的权威人物——郭小丹,是她发现了简化这块璞玉,有请郭编辑跟咱们聊聊她眼里的简大作家。"

马文斌自始至终保持礼貌的微笑,内心已经诅咒简化无数次,这个杀千刀的简化竟然在最关键时候装傻。

郭小丹深知马文斌在给她下马威——看你怎么收拾残局!

"小郭向各位铁粉问好!我们深知,《江岸》想长久地屹立于文坛,既要留得住名家,也要看得见新人,这样才能保证可持续发展。当然,不管名家也好、新人也罢,最关键还是要拿过硬的作品来说话。《江岸》向来注重新人的发现和培养,为新人搭建与名家沟通的桥梁,给新人学习的机会。你们所热捧的简大作家五年前还不成'家'——当然,这是指'作家'的'家'。那时他只是一个写作者,在某种视角看来,他只是一粒沙,在万千浮世里游荡,后来遇到了《江岸》,这粒与众不同的沙就这样进入了《江岸》的视野。可以说是《江岸》成就了他,他也提高了《江岸》的声望。是的,我们彼此成就着。我们合作这五年来,从他那生涩的处女作到今天的成熟之作,都始终彰显着旷达不羁的简式风格,他在创作中实现了对审美意趣的超越,是外在的、显性的、浅层的和内在的、隐性的、深层的完美融合。他以文风清新,遣词造句准确练达见长,他善于观察,有着洞悉一切的睿智和深刻,有超前的眼光,能够把未来写在今天。最让我欣赏的是,他是一个良心作家,他的文字都来源于百味杂陈的烟火生活,从底层的苦难里打磨出来的文字是有吸引力的,它牢牢抓住广大读者的眼球、心灵乃至思想和灵魂。他不是为了写作而写作,他尊重生活的真实,遵从自己的内心的声音,正因为这种真诚的态度令他的作品可信度很高。简化是个追求上进的作家,对自己要求特别严格,我们可以看到,他的作品像六月里的稻谷一样日臻成熟,但是文风依然是简式文风,幽默风趣缓缓道来……"

郭小丹狠狠地踩了一脚简化,"当然,刚才马总编也说了,最有发言权的是简大作家,下面有请简大作家跟我们聊聊他的《前夜》,想必简大作家也难得有机会跟那么多铁粉面对面地交流,也请你们给我们的简大作家多点耐心,若有什么疑问,静待咱们简大作家讲完再一个个提问。"

痛感从简化的脚一直往上蹿到他的嘴巴,他龇牙咧嘴地看着郭小丹,嘴里"嘶"地倒吸了口凉气,双眼盛满了问号。

上千双眼睛把焦点校准在简化的脸上,时间不徐不疾地往前走，简化像被按了暂停键，一动不动地坐着，比打禅的老方丈还坐得稳当，嘴巴也禅定了。简化不动，台下读者就动了，上千只屁股离开了凳，上千张嘴巴一张一翕，从小声议论到大声攻击。葛助理往简化的水杯续茶，附在他耳根让他马上稳住观众。郭小丹又踹了他两下。

"大家……大家好！"他茫然地朝台下看看，顿了一顿，瞥一眼手腕上的表，"这个《前夜》嘛，那个出……出殡了……"

像一滴水掉进烧开的油里，场面马上炸开了："你妈出殡了吗？装神弄鬼！"

"不是……不是我妈，是……我爸，我从葬礼上……回来，来给你们一个交代，讲讲我的《前夜》……"简化嘴巴一动，读者的嘴巴就不动了。时间静止了，空气凝固了，某些东西在这凝固中融化了。马文斌用复杂的眼神询问郭小丹，郭小丹茫然地摇摇头，又茫然地点点头。

马文斌沉重地叹了一口气，郭小丹的脸色变幻无定。她早该想到的，不是吗？简化这些天没有更新连载，是在照顾年迈病重的父亲，他似乎已经跟她讲过很多次了。她也知道他的情绪很低落，而今天，她没有给他任何机会为自己辩解。

此时的简化失魂落魄，词不达意，他脑里只剩下那泰山一样魁梧的人，他曾经那样强壮，风里雨里与泥巴打交道，晒一整天不打紧，淋几场雨也没事，那时在他幼小的心里，这山一样魁梧的人是具有超能力的机器人，举起双手便能撑开整个天空，合拢双手能将大地揉成饭团，估计太阳掉下他也能扛起来。他这辈子都在算计怎么干活、怎么生活最省事，省来省去到后来把话也给省了，长话省成短句，短句省成词语，词语省成单音节或者眼神。后来，他把自己魁梧的身板省成了薄薄的纸片人。

再后来,他把自己的一个床位也给省出来了。在老头子不能再替自己做主的时候,他们就自作主张地把纸片人化成了一把骨灰。

最后,简化把老人的葬礼从自己的生命里给省去了,就这样成了简化生命中永恒的遗憾。

简化没有选择的余地,时间再来一遍,他也没有第二种选择。他从农村走出来,好不容易混到了今天,一路走过来,中间迈过了多少个坎,走过多少荆棘,只有他自己才清楚。他用一个个精心打磨的文字,一句句韵律优美的句子,构成波澜不惊又饱含哲理的篇章,独创出让文学界耳目一新的简式风格。他绝不允许这些成为他生命中的海市蜃楼。文字是他的养生工具,也是他一辈子不变的挚爱,他抛弃了自己也不可能抛弃文学。

他要将自己变成文字,与文字长存。把文字变成血肉丰满的有灵魂的个体是一个漫长而痛苦的过程,当然也是一个快乐而孤独的过程。这是一种无法言说的体验,这是除他以外任何人都无法体验到的一个人的千山万水。要达到目的,必然要忍痛摒弃很多东西。

他每天从生活的缝隙里抠出来的时间,可以多拼凑出三五千字。他简化的创作经验、声誉与地位,就这样日复一日地拼凑出来了。在他的宏大目标前,其他的事物都被无尽缩小,以至于成了蝼蚁。

简化艰难地作出了一个割裂,他的心在这割裂中分成两半。他不敢接程熙任何一个电话,生怕一旦接了,就再也没有勇气前行。在取与舍之间,他简化注定要付出代价。可是这代价太大了。他恨自己不具有断体再生功能,要是有的话他不会割裂自己的心,他会把自己分化成两个,一个尽孝,一个尽责。他忍着刻骨铭心的痛，把亲情从自己的体内像剥皮般一层层剥离出去，等他完成了这一艰巨的工程，他整个人涅槃重生般回了神。

他跌入他的《前夜》的故事情节里，从这小说的灵感来源，以及构思小说的初衷，到他的小说最终所要剖析的问题，滔滔不绝，中间除了标点符号的停顿，全过程没有一点断层。台下黑压压的人群完全沉浸在他声情并茂的叙述中，最后他说他现在事情杂乱，思维也不清晰，希望读者给他两个月的时间去弄明白为什么会出现两部孪生作品。

简化一个小时的滔滔不绝，把他的作品解剖成一个个细胞展示在读者面前，这个解析与他作品的思想与灵魂在同一条线上。面对读者们尖锐的提问和质疑，对答如流是经得起琢磨与推敲的体现。

台下有人交头接耳地悄声议论，有人连连点头表示赞许。排山倒海般的掌声一阵接一阵，很多读者自告奋勇站出来，表示在这两个月内主动帮助稳住简化的粉丝。他们相信简化在两个月内会把这一团缠缠绕绕的线梳理得像文章的词句那样一行行清楚有序。

读者拥上主席台，要与简化合影，或者要简化签名。热情高涨的铁粉们不知道简化何时从他们眼皮底下遁走了。人群开始分流，一群人迅速拥向门口；另一群人留下来将郭小丹团团围住，想从郭小丹嘴里掏出更多的关于简化的信息，却只能像炼金一样，从一大堆矿石里提炼出少得可怜的金子。

追出去的读者连简化的影子都没见着。简化的失神、简化的伤痛、简化的眼泪、简化的侃侃而谈仍像藤蔓一样缠绕在他们脑海里。简化的不修边幅被他们无限抬高，以至于成为伤痛与憔悴的代名词。

程熙关机,简化发送电波给乐嘉,乐嘉着急地让他马上到市北站接人,一秒也不能耽误。

简化的思想、灵魂兵分三路:一路跪在父亲坟前忏悔,一路飞到市北站,一路在收集资料、澄清自己的路上。

他必须先到北站。在思想极度混乱的情况下,车尾打了两三个颤,一路沿市郊驶去,他下意识作出了选择。

他要到父亲的坟前忏悔,求得内心一点安宁。他欠程熙一个解释。不管程熙平时怎么看不惯父亲的做派,她内心里始终还是善良的,经是经,纬是纬,她从来分得明了。

暮色降临,简化回到了空寂无一人的老家,悲凉像墙上的苔色一样蔓延,斑驳的苔色在墙上印染成简化读不懂的文字。他一步一步地往屋里走,天在他的身后暗了下来。

父亲曾经是一棵挂满许愿带的树,日复一日、年复一年地重复他的无私,用他的仁慈与爱回应儿女们自私的索取,替儿女们完成一个个梦想。

橘色的灯昏昏黄黄,像父亲住院时那黯淡无光的眼睛。简化长长的影子落在房屋的角落,那是忏悔的黑色诗行,高高低低的韵脚,像如泣如诉的数落,沉重得让人无法承载这一生的亏欠。他静静地站着,夜风沿着种满竹子和树木的小路迂回而来,穿过竹林和树梢,从窗口钻进,像一支横笛曲折的呜咽和呻吟,又像是从坟头传来的诅咒的声音。

山村星星点点的灯火摇曳在他眼前。他没有去坟前忏悔,他是如此疲倦,迈不动沉重的双脚。夜很沉,坟头孤零零在山头,父亲怕黑吗?怕孤独吗?那么多年来,简化似乎对这些都一无所知。也许不孤独了,与母亲团聚了吧。简化把所有的忏悔源源不断地倾诉出来，直至身体全部虚空。

简化面对墙壁伫立着，直到月色明晃晃地爬上墙。他才惊醒一般逃出门，跳进驾驶室。轿车箭一般冲出山村，向市区驶去。电波不断地闪着，简化无暇顾及这些，他必须争分夺秒赶回城区。此刻他的脑里只剩下"市北站接人"这个概念。

没有必要再到北站了，回到市区已经是夜里十一点半了。

家里一片沉寂。简化无视鞋柜传送臂递过来的拖鞋，直接冲向房间，在房间门口突然刹住了脚步，进也不是，退也不是。他预先准备好的解释和道歉在尴尬中成了一堆乱码。不善言辞的他此刻更加木讷了，像一只蠢笨的青蛙。程熙一身职业套装打扮，正在有条不紊地整理房间里的物品。

程熙只要不加班，每晚十点就雷打不动地躺在床上敷面膜了，敷完面膜就睡觉。这是她这些年来一成不变的作息表，从未改变过，就像五官在脸上的位置那样固定。除了来客人，程熙在家从不着职业套装，她喜欢穿休闲的家居服。此刻的程熙，正在整理房间物品，准确来说是整理她的物品，她的面部不带任何表情，仿佛世界只是她自己的，与他人无关，又或者说世界是别人的，与她无关。她的头发依然盘得一丝不苟。她毫无破绽的外包装，把内心包裹得严严实实，让人无法透视。

"你……你在干什么？"简化觉得自己笨死了，不带一个道歉的词语，蹦出来就是一句明知故问。

程熙充耳不闻。她还在整理物品，面部仍然没有任何表情符号，它掩盖着内心的波涛汹涌。简化过了好一会儿才发觉不对劲，他发现自己居然也在整理物品，程熙整理的和他整理的全是属于程熙的物品，而且已经整理得很齐全，折叠得很好了，正装、裙子、外套、内衣、鞋子……

简化一直以为自己就是嘴笨点儿，没想到有时候他的行为比嘴更笨。

程熙停下来了，挺直腰板，双手平放在双腿上，坐在梳妆台前的椅子上。简化没有停下来，他把刚刚折叠好的物品一件件放回原位，挂起来或者摆开。一只手坚定地拉住了他，这只手湿漉漉的。他低着头，右眼视线落在她那双银色的细跟单鞋上，左眼倒映着自己那笨拙的褐色休闲鞋，磨砂鞋面名副其实的磨砂了，都已经磨得光亮可鉴了。他突然恨起自己的眼睛来，怎么能把紧挨着的两双鞋的距离看得那么远。它们明明是相偎相依、相互取暖的。

他把目光收回，移开脚步，手却摆脱不了另一只手。

"简化，别再徒劳了，让过去翻页吧，再不翻页就剩一串飘零在风中的省略号了。所有因组合生发的春暖花开，都已经枝折花落了，单程单行道的人生，我们无法越过时间的规则去逆行，勉强走下去。你发现没有，我们早已经不在同一个平面，再继续也已经没有意义，我们对彼此的陌生从身体开始，止于思想和灵魂的碰撞。"

"不，程熙你听我说，我今天是迫不得已的，我没得选择。我要不这样，我会身败名裂，永无翻身之日，无法再在文坛混下去了。"

"别跟我再提文坛，我不想再听！"程熙声音变了调，她在拼命控制自己，"醒是文学，睡是文学，吃是文学，你只爱你的文学，你并不爱我，你甚至也不爱自己。"她看着他胡子拉碴的脸，眼里亮晶晶的，像清晨草叶上挂着的露珠。

"程熙，你，我……对不起。"他的目光情不自禁地再去丈量两双鞋之间的距离。

"什么都不要说了。"程熙用语言堵住了简化堵在喉咙里的话，白皙的手上两串平安手链像两串符咒，把简化的嘴巴给镇住了，就那么半张着，再也动弹不得。

"简化，我原以为，你至少应该接我一个电话，给我一个解释，让我知道是多大的事能让你从父亲的葬礼上离开。但是后来我终于明白，我在你心中，不过是一个可有可无的影子——是的，就是一个影子，你做任何事情都不需要对一个影子作解释。对不起，我不习惯这样的角色定位，在我的眼里，每一个数字都应该有它独特的含义，正如你眼中每一个文字都有属于它的独一无二的美，婚姻的意义就好比1加1等于2，由两个个体合成一个整体，这需要艺术。我们看似互补，但都不懂这方面的艺术，或者是艺术还不够成熟，所以我们注定无法融合。当然，我也谢谢你，让我彻悟之前的定位错了，我现在要去追寻我自身所代表的意义，其他的什么都不要说了，也祈愿你在文学方面找到属于你人生的真正意义。"

"程熙，别把你的想当然凌驾于事实之上，你从来就不是可有可无的影子，你是我的全部。我确实有很多地方做得不够好，但我也是第一次为人夫、为人父，给点耐心让我去纠错好吗？无论我做了哪些让你感觉不愉快的事，请相信，我所有的出发点都是咱们这个家。我们对于生命意义的思考，确实存在一些分歧，但我们的终极目标是没有偏差的，都希望过上安稳的日子。现实中，哪对夫妻没有一些磕磕绊绊？少了磕磕绊绊的生活就失真了，但是我们总会找到磨合点的，不是吗？"

程熙仰起头，两眼光秃秃的，那树曾经激烈燃烧的木棉已经成为灰烬，在春天里曾经说过的火红的情话也已经褪色。所有的如火的热情已经留在过去，过去与未来已经断层，塌陷于现在。

她松开手，重新把自己的物品一件一件收进行李箱里。一件上衣折叠七下，铺压十一下，先是每个袖子折叠两下，铺压两下，再到衣领，然后是衣身；折叠好整件上衣再铺压三下，放到箱子里又铺压两下——即使在这样的时刻，她仍保持她的优雅，坚持她的程序。以往简化总觉得程熙收拾行李简直是对时间的一种虐待，但今晚他期盼这虐待更长一些，他需要在这个过程中缓冲，慢慢适应这撕心裂肺的变化。简化的目光不自觉地参与折叠，他无力地垂下双手，任她的气息，像风一样从指缝滑走。

程熙把最后一瓶化妆品放进行李箱里，已经是夜里十二点三十分了。秒针每跳一格，简化就觉得身体里有一种什么东西被硬生生抽掉，直至灵魂全被抽空，只剩下一副躯壳。

"爸爸、妈妈，我能进来吗？"简立基趿着拖鞋，穿着小熊睡衣站在房间门口，怯生生地问。

"当然可以。"几乎是异口同声。

简立基手里拿着一个飞船模型，屏着呼吸小心翼翼地走进来，不时用眼角余光偷偷打量简化和程熙。

"那……我能和你们一起睡吗？"稚嫩的声音有点犹豫。

"当然可以。"

"不能！"

简立基被两种截然不同的回答给整蒙了，怯怯地看看父亲，又看看母亲，不知所措。简化和程熙瞪着彼此不说话。简立基感到一些事情正在改变，改变着他，改变着他们的家。他不喜欢这样的改变。长时间的沉默让简立基惴惴不安。困倦和惶恐交织在一起，简立基压抑地抽噎着往外走。

"立基!"程熙追出去。简立基抱着乐嘉,怔怔地回头看。原来乐嘉一直站在门口,所以简立基刚才的行为是因为乐嘉,而不是简化和程熙。

程熙的心迅速收缩,收缩到疼痛,就在前两秒,她的心也是这么收缩,但那是为简立基,现在是为自己。她冷硬的心差点儿就被简立基的可怜与无辜给融化了,而此刻,她的体温正在直线下降,冷得直打寒战。

她的眼睛一点点暗下去,像熄灭的炭火。她决绝地离开那一刻,没有想过将来会断得那么干净,包括与简立基的血肉分离。

简婕茫然地看着车窗外,沿途的风景不断地后移,同样往后移的,还有人生的风景。从南到北,从年少到年长,相遇与离散像无限循环的小数,在每个人的生命与生活里生生不息。在这一成不变又瞬息万变的轮转中,欣然期待和倍感失落如同秋日的晨昏交替,催熟了生物个体以及附着在个体上的思想。曾经耿耿于怀的事,在日复一日的秋凉里,像枝丫与藤蔓上的黄叶随风飘零,不问因果。

简婕担任高三(2)班的班主任,时间对她来说,永远是稀缺品。她不知道自己为什么选择了高铁列车而不是飞机,或许自己更需要一个长时间的旅途,即使这样会损耗更多的休息时间。这是一趟从南到北穿越大半个中国的高铁列车。这是一趟寂寞的旅程,乘客彼此间互不搭理,连微笑都直接略去,满座的6号车厢没有人语,电视在自说自话,中间夹着轻微的鼾声以及翻书的声音,每个人都是一个独立的小世界,小世界自带隐形的樊篱。旁边穿墨绿色卫衣的中年男子,阔边镜框上镶着的变色镜片遮住了半张脸。如果摘了眼镜，他可能会变得阳光一些，简婕固执地认为，镜片后的眼睛焦躁、阴郁。当然，看到的都不一定就是真的，何况只是主观臆想。

"叫你们盯紧，结果呢？一手好牌给你打烂了，就这点出息，难怪别人从门缝里看你。"眼镜男低声通话，"占尽天时地利的开局，还没正式过招就吃了败仗，你还指望有好结局？能妥善地收拾残局，不殃及他人已经是万幸了。"

眼镜男上扬的嘴角有几分冬日暖阳的味道。一个人，说狠话并不可怕，可怕的是说狠话的时候还能保持和善的笑，这种人让人不寒而栗，你永远看不到他的真实面目。简婕紧了紧大衣。其实看不懂的又何止他一人，这世界本就自始至终都戴着面具。

"……动作一定要快……要删除所有痕迹……"眼镜男把声音压得极低，起身穿过6号车厢，往洗手间走去。列车进入黑洞洞的隧道，空气稀薄让咽鼓管功能失调，听力遭遇障碍。

12B座位的那个小蘑菇头尾随着眼镜男往洗手间走，大约半小时后，小蘑菇头和眼镜男才若无其事地先后回来。

高铁列车随车餐饮人员推着餐车用软语温言叫卖，有六人在餐车上购买了晚餐：一个穿着旗袍的女人，约莫三十岁，蓝底白花的旗袍配上杏黄色的披肩，头发厚实地绾在后脑勺，脸上线条柔美，像画里走出来的民国女子；一个穿着黑色西服、白色衬衫的男子，衬衫上系着一条红白斜条纹的领带，头发悉数往后梳，皮鞋擦得锃亮，大概是商务男；一个穿着很前卫的男青年，头顶扎着马尾辫，黑色T恤前面印着一个大得夸张的红唇图案，背面则是一行极其张扬的字——"我是我的主"，破洞牛仔裤下面那双鞋颜色不一、图案不一，要不是用料相似，简直找不到能让人相信它们是同一双鞋的理由；一个女孩，买了饭盒也不吃，只管放在托物架上，眯着双眼盯着饭盒出神，本来就不大的丹凤眼显得更小了；一个斜挎着单肩包的学生模样的女孩，留着娃娃头，眼睛很大，齐眉的刘海看起来有几分俏皮，她看起来很饿了，全然不顾及形象，大口大口吃肉，不时扶一下眼镜；另一个是穿着很随意的中年男子，胡子有点拉碴，这样的人应该会有一副撩动人心的烟嗓吧？可惜他没开口说话，无从验证。

有一部分乘客点了外卖，在前一个站台已经用餐了，也有的随身携带了汉堡、面包、糕点等。简婕没有用餐，她没有食欲。眼镜男也没有用餐。小蘑菇头坐在座位上啃着小包装的辣鸡翅和小鱼仔。

窗外，夜色正在野蛮地渲染，把天地万物染成了一个硕大的黑洞，一点一点地吞噬了简婕所乘坐的新程号列车。

简婕疲倦地靠着椅背。

一片红悄无声息地入侵，简婕下意识地躲避，然而那片流动的红仿佛长着邪恶的带了毛边的大长腿，不断地追随着她，她跑也跑不掉、藏也无处可藏，只能战战兢兢地站着。灰蒙蒙的夜色中，那片红漫到了她的脚边，从她的裤腿往上缠，温热而黏腻，一股腥味直刺鼻孔。

背景渐次清晰起来，她看到了谷仓里那越堆越高的谷子，远处大片大片的沉甸甸的稻谷像拉到了眼前。隆隆的打谷机声掩盖了说话声，她慌慌张张地跑过去，冲着正在起劲地打谷的爸爸大声疾呼。简先令额上、鼻尖上、两鬓上的汗水不断往下流，冲出很多不规则的沟沟壑壑，汗水混杂着谷毛和尘土吸附在他脸上。他似乎没有听到简婕的惊呼，扔了一把禾秆又拿起一把带谷穗的禾苗往打谷机里塞。天上的云层越来越厚，他要赶在下雨前把稻谷抢回家里。

简婕抱着他的腿,惊恐地哭喊:"妈晕倒了,流了好多血!"

"快点帮忙递稻谷。"他不悦地呵斥,用力甩开简婕的双手,目光仍聚焦在旋转的轴辘上,压根儿就没看她一眼。简婕瑟瑟发抖,她不依不饶地抱着简先令的腿:"妈流了好多血!"

简先令随手用那把脱了谷的禾秆打了简婕一下:"碍手碍脚的家伙,赶紧分禾!"简婕急得哭了,她抱着简先令的腿往后拖。简先令看到她满面泪水,以为她闹情绪了,于是更来气了,随手抽起还带谷穗的禾苗用力打简婕,稻谷脱落了一地。简婕不躲也不闪,她往打谷机踏板上一躺,简先令心疼打掉的稻谷,怒气冲冲地从旁边捡起一扎禾秆,继续打。简婕哭喊着:"妈妈晕倒了,流了好多血!"打谷机声音小了,简先令愣了一下,慌忙跑过去。天上乌云翻滚,简先令扔了几包谷子到双轮车上,把丑妻抱到谷面上。简婕手忙脚乱地抱一把禾秆盖着瘦小的母亲的肚子,和爸爸一起推双轮车。车子太沉,很难走动。简婕恳求爸爸扔下谷子,先把人送回去,简先令低着头用尽全力去拉车,简婕在后面看着那红色一点点地晕染,看着妈妈的脸色变得比纸还白。她嘶声竭力地喊妈妈,再三恳求爸爸丢了稻谷先拉妈妈。简先令仍低头狠命用劲。

路上车来人往,大家都赶着把稻谷搬运回去,或者赶着回去抢收晒在楼顶的稻谷,天色暗得像黑夜,风夹带着竹枝、树枝或者别的什么东西打下来,简婕的哭声被风扯得七零八落,生命正在风中一点一滴地流逝。

还没回到家,天就下起雨来。简先令拼尽全力往家赶,简婕用自己小小的背为妈妈遮雨。妈妈紧闭着眼睛,身体比雨水还凉。送到村口的诊所的时候,那个五十岁的女医生让他们在诊所外等候,她进里屋,从抽屉里摸出眼镜戴上,然后再出来为妈妈检查:伸手探探脉搏,翻看眼皮。完毕后摘下眼镜,叹了一口气说:"赶紧送回家给换一身干净的衣服吧。"简婕软软地扑倒在妈妈身上,抱着摇着冰凉的妈妈……

眼前黑了一瞬,她看到妈妈奇迹般醒过来,微笑地看着她。她激动地跑上去,妈妈却飘到了头顶上,她面带微笑地挽着简先令,看起来比任何时候都温柔、漂亮。他们慈祥地注视着她,慢慢地消失在她的视野……

简婕从梦中惊醒,觉得口干舌燥,身体疲倦,伸个懒腰,碰掉了扶手上的物品。她慌忙捡起来,是两本书,一本是《江岸》,另一本是《文荟》。眼镜男的座位上已经换成了烫着鬈发的大妈。鬈发大妈一身大红大绿的搭配,她闭着双眼,似乎已经睡着了。她看看站牌提示窗,她竟睡过了两个站,已经是晚上八点三十分了。一直沉默的6号车厢不知何时嘈杂起来,那个学生模样的女孩手里正捧着一本书,旁边围着几个人,正在窃窃私语。车厢其他人也交头接耳地议论着什么,简婕向来不爱八卦,她往窗外看去,窗外黑漆漆一片,她看到了映在车窗上那张憔悴的脸,眼角的鱼尾纹在车窗上印下了清晰的纹理。

沉重的过往,终究不能像落叶一样轻飘飘地落下,它们像岁月一样,镌刻在身体的某个部位永不消逝。既然如此,除了接受又能做些什么呢?

列车高速穿行在黑暗中。车厢里的人或低声谈论,或翻着书,她才发现,他们手中的书,跟她座位扶手上的一样,先前还以为是旁边那个大妈带来的呢。现在高铁列车提供杂志阅览服务了吗?简婕随手捡起《江岸》翻阅,头版头条上赫然是简化的小说《前夜》,2033年第五期连载。

/ 第二章
楚歌起

离家多年，亲情的疏淡与时间的流逝成正比，当年的小鼻涕虫居然成了实力派作家。简婕忽然来了兴致，要认真读一读《前夜》，她想通过文字的载体，走进简化的世界，了解简化的思想以及对于世界的看法。这些东西像藏在树冠里的小鸟那样，只要你置身树冠，鸟儿就会扑棱着翅膀飞出。

《前夜》讲的是一个荒谬离奇的故事，女主人公结婚前一天，才证实自己是男儿身，在这之前她已经怀疑了很多年，但没有什么凭据。有一次她鼓起毕生的勇气去医院进行性别鉴别，然而在年轻女医生怪异、质疑的眼光中，她又放弃了，她甚至怀疑自己得了臆想症。当她把她是男儿身份的怀疑告诉男友和父母亲友时，没有一个人相信，也没有一个人真正把这当一回事。有人当是冷幽默，打个哈哈，有人觉得她精神过于紧张了，典型的婚前恐惧。男友听了，沉默半晌，问："你该不会是想悔婚吧？"她越着急解释，亲友越以为她胡闹，没有人耐心听她解释，都在为婚礼做筹备。婚礼当天，她不配合任何程序，笑笑哭哭，无可奈何地重复着："为什么你们就不相信呢？"亲友怀疑她精神分裂了，强行把她送进了精神病院，在精神病院又接连发生更荒诞离奇的一系列故事……

简婕看到女主人公被强行塞进精神病院那个片段，觉得意犹未尽，她在手机上付费追看往期的电子版《前夜》，看得入了神，以至于列车到了终点站太原南站她还浑然不觉，幸好停站时间比较长，待乘客上车了，她才幡然醒悟，把《江岸》夹在右胳肢窝下，拖着行李箱逆着人流匆匆下车。出站的时候，她才想起还有一本《文荟》没带上，也许那本书还会有更大的惊喜。

可简化在葬礼上的行为实在太出格了，简婕的原则是：人不尊重我，我不必尊重人。作为亲人，简化在这样重要的场合、这样关键的时刻径自离去，对家人没有任何交代。她觉得也没有必要去联系他了，大家都是成年人，要对自己的言行负全责。

儿子皓天接的车。简婕上了车之后，他瞟了几眼简婕，问道："三舅如何了？"简婕吃惊地望着儿子，她寻思着难道皓天知道葬礼的事不成？他是怎么知道的？她向来不爱提起简化他们。

她沉默了一会儿，说："对自己和对家人都不负责任。"皓天点点头，不再说话。

夜已深，简化仍伫立在朝南的阳台上出神地盯着小区门口，那是程熙离开的方向。

阳台上有精致的木质花艺架，上面有长寿花、红掌、发财树、万年青、绿萝、水仙、蝴蝶兰、剑兰等多种植物。剑兰和长寿花开得正盛，红掌的叶片大而肥厚，叶面像打过蜡一样光洁润泽。刚搬进新居那会儿，程熙兴致勃勃地布置阳台，种自己喜欢的花草，她希望一年四季都可以看到赏心悦目的鲜花和绿叶，往嵌在墙壁的工艺柜里摆上喜欢的饰品。这些年，简化一直忽视了这个阳台，写作以外，凡是与吃穿睡没有直接关联的东西都遭受他的排斥。

他们当初在布置阳台时还发生过意见分歧。简化想要打造极简装修效果，他认为阳台就是用于采光和晾衣，不应该承担其他额外的功能，而程熙虽然工作上是铁板钉钉的理工女，生活上却免不了有女生的小资情调。她希望生活除了烟火凡俗，还必须有一些赏心悦目的东西滋养灵魂。简化认为她是在瞎折腾，后来他们还有过无数次类似的分歧。他们半开玩笑地自嘲，他们俩竟活成了一对反义词：在专业和工作上，他是感性的，而她是理性的；在生活中，他理性得过于苛刻，而她是感性的。

简化沮丧地想，如果当初自己肯把反义词变成近义词，今天会不会就是另一个结局了？可但凡在回忆里加上"如果"两字的事，大多已经是尘埃落定的，根本不存在逆风翻盘的可能。

小区的灯光昏黄，庭院里的花草树木、景观石、游泳池、体育馆、休闲阁全都像加了滤镜的照片那样，朦胧得失去了原有的纹理、轮廓和质感。

阳台的寒气源源不断地往房间里挤，简化冷得打哆嗦。阳台的窗却缓缓合上了，简化心中一动，猛然回头，原来是乐嘉，她用遥感合上了窗户。一声轻微的叹息灭了简化眼里燃起的光。

"凌晨两点半了。"乐嘉顿了一会儿，似乎在措辞，"清空大脑吧，所有的问题待天明再处理，现在也解决不了，搁在脑里不好。"

简化看一眼乐嘉，往屋里走，双脚却不听使唤，像电流一样的麻痹感控制了双腿的神经。他扶住栏杆，动弹不得。乐嘉上前搀着他，他腾出一只手摆了一下，拒绝乐嘉的帮助。大约一分钟过去了，麻痹感才逐渐退去。这麻痹感像涨潮和退潮，来或去全不由人，人生不也如此吗？

简化慢慢地移回屋里，双腿仍像被蚂蚁啃噬一般，尤其是脚底，啃噬感特别明显。但至少是可控的了。他穿过客厅，在房间门口没有停留，径直走向书房。他走得很慢，仿佛在等一些远去了的过去追上来。

乐嘉站在简化背后目送着他进了书房，直至门合上。她想给他端一杯茶或者切一碟水果，最终，她没有敲开那扇门。

简化从书柜最下方翻出一条香烟，他撕开外包装并拿了一盒出来，点燃一根烟，待烟自燃过，又点一根，第四根香烟自燃过后，书房已经烟雾弥漫了。简化睁大双眼，想要极力透过烟雾看清一些什么。然而他什么也看不到，答案不在烟雾里，他的眼圈很红，像燃得正起劲的香烟。

书房装修主打冷色系。程熙说，书和文字都是热气腾腾的，正好和冷色系中和，否则人待久了会烫伤。一套毫无根据又理所当然的"谬论"，简化笑笑，任由程熙折腾，反正不用自己操心。程熙有故土情结，她祖籍浙江，简化祖籍广西，因此墙上挂的书画选了阳太阳、马腾蛟和沈鹏的。

整个书房都沦陷在烟雾里。其实何止是书房，他和程熙以及他们的过去、现在和未来，都已经沦陷在烟雾里了。

简立基躺在床上，嘴巴断断续续含糊地呱叽着，眼皮没有完全合上，留着一线缝，似乎要偷窥一些他看不透的谜。乐嘉轻轻抚摸着简立基的头发，她希望程熙能看到现在的简立基和简化。程熙平时或只看到事物的某一个面而已。比如一个篮球，无论你从哪一个角度，都没法一眼看到它的全貌，这或许就是视觉缺陷吧。视觉缺陷并不可怕，可怕的是误以为看到的就是事物的全貌。程熙也许永远错过了某些东西，又或许她没有错过，前行才会真正看到世界的全貌，才能认清自己。

书房门紧闭，有隐隐约约的香烟味飘出。简化以前并不抽烟，乐嘉从没有像此刻那么想敲开那扇门。她在书房门口站了良久，那只悬在半空的手始终没有落到门上。直至她听见噼噼啪啪的熟悉的键盘敲击声，才怅然折回简立基的房间。

待书房的烟雾一点一点消失散净，简化按下键盘快捷键Win+R，打开运行窗口；在运行窗口输入recent，点确定；检查文档《前夜》的使用痕迹，没有发现异常的使用痕迹，似乎也没有理由会出现异常使用的情况——这是他的专用电脑，有密码。他又使用键盘快捷键Win+R，在运行窗口输入eventvwr.msc，按下回车键，查看应用程序、安全、设置、系统、已转发事件的操作事件及记录。简化由控制面板进入系统和安全，查看事件日记，仍未发现有别的用户使用过的痕迹。

键盘上的每一个键都似笑非笑地看着他。究竟是哪个环节出了问题？他把键盘从左到右拨一遍，又从右到左拨一遍，文档上迅速出现了一堆杂乱的字符，像是被打乱了的生命序列。

简化翻阅《文荟》的《误会到底》，从叙述的风格和语言形式上来说，简化认为《前夜》要更胜一筹；但从人物塑造与结构艺术上来说，对方明显占上风。两篇相似度高达70%的文章，真假难辨。简化只能够确定《前夜》的每一个字，都经他的脑指挥部按特定的逻辑组合过、打磨过，这是他最大的底气。这个署名"古木"的作者，究竟是谁？居心何在？

简化让乐嘉天明前查明《文荟》的作者古木的身份。

乐嘉在简立基房间的飘窗前凝视这座城市半明半暗的灯光，一线朦胧的光从远处的地平线上漏了出来，街道上早起的人儿行色匆匆。她以往很享受这样的时刻，那是搁在冰冷的器械世界与沸腾的烟火生活里的一个平衡点。可今天不同，她的脑空间被简化和程熙一家填满了，很多事情扑朔迷离，剪不断、理还乱，很多时候答案都在脑芯片里组合出模糊的序列了，但是仔细辨析时，又无从真正解析出来。她一度以为两个世界的隔阂不断缩小，缩小至几乎可以忽略不计，可此刻她发现，可能自己从未真正读懂过人类这种复杂的动物，至少没有从人脑复杂的构造中读取到多少有效的信息，它们藏在曲折而复杂的细枝末节里，成功避过了她的信号搜寻。

突然收到的指令让乐嘉从迷惘中再度陷入迷惘，刚才揪成结的内部结构正在慢慢复位，却始终有一个过不去的坎。简化在这个时候要查什么人？这人与他有何干？这个时候他关心的为什么不是程熙？难道文字或与文字相关的才是他永恒的爱？

想不通的问题乐嘉通常就不去想了，或许这是她与简化的共通之处。她的思想简单了，才没有那么多纠结。她从脑芯片调取出大数据库，搜索叫"古木"的人，搜索结果显示几百号人，但没有一个人的综合特征和《误会到底》的古木有10%的近似度。那么，就只有一个解释，人家封闭了大数据搜索入口，刻意避免数据进入数据库。

简化有一下没一下地敲击着键盘。敲了小半天也没能从键盘上敲出一条清晰的思路来。电脑的端口没有异常，登录用户没有异常。难道这只是生活跟他开的一个玩笑？或者只是生活的一场闹剧。可这玩笑、这闹剧对他公平吗？对古木公平吗？谁来买这个单？他买不起。那天他夸下海口，一个人负全责。其实他所有的筹码，只剩下简化这个名和简化这个人了。

《文荟》的编辑才高气傲，拿起听筒，连"你好"这样的客套话都省略去了，只是心不在焉地嗯嗯哦哦，键盘敲得啪啪响，对话中断了好一会儿，对方似乎才想起有个问题还搁在话筒里，大声地说："古木呀，不知道死哪儿了，稿件发完后就失联了，也许人家财大气粗，压根儿就不稀罕那点稿费，我们财务就差没到别的星球去寻人了。这年头，稿费发不出去也是一个大问题。"

问题有点复杂，乐嘉敲开书房的门。简化的胡子张狂地占据了他的上唇，有一种锐不可当的气势，似乎还要继续疯长，覆盖住嘴巴和下巴。

"他是谁？"

"知道是谁我还要你查?"

"为何要查?"

"证明自己。"

"证明什么?如何证明?"

"有必要的话会告知你的。"

"很有必要。"

乐嘉直视简化的眼睛。简化不置可否地坐回转椅上。

"乐嘉,乐嘉!"简立基迷迷糊糊地呼喊着乐嘉。

"立基醒了?我这就过去。"乐嘉深深地看了一眼简化,退出书房,去简立基的房间。

简立基揉揉眼睛,起来呆坐了一会儿,问:"妈妈呢?"

乐嘉愣了一下,说:"妈妈选择了一种新的生活。"

"她为什么要选择新的生活?新的生活是怎么样的?是不是在像我们制作的飞船模型上生活?"

"我也不大确定,可能是,也可能不是。"乐嘉侧脸凝神一会儿。

简立基托着腮,嘟着嘴:"她怎么不带上我们?"

"因为开始一种新的生活会很忙碌,需要做很多很多的事情,等她忙过了这一阵子,我们一起去找妈妈,让她带小立基去6G动漫城好吗?"

"好吧,可是……"简立基似乎并不满意这个答案,但是他一时又想不到更贴切的措辞。嵌在墙壁和天花板的隐形灯带齐刷刷地亮起来,"嘀嘀嘀,嘀嘀嘀,小基基,七点哩,起不起?"闹钟响了。

"小闹钟,小闹钟,起了起了!"简立基慢吞吞地爬起来洗漱更衣——他今天是准点起来的。

乐嘉启用了快煮早餐智能系统，她选了两人份营养早餐。快煮系统选取原材料：五谷杂粮、时蔬、水果、牛奶、鸡蛋等。简立基洗漱完毕，在儿童健身房和模拟运动员做了十来分钟运动后，早餐就已经热气腾腾地端上桌面了。

简化还在书房的电脑前发呆。简立基的早餐是小半碗杂粮粥、一小碟沙拉果蔬拼盘和一个鸡蛋，外加一小杯牛奶。简立基漫不经心地吃着早餐。

"爸爸怎么不来吃早餐？"

"爸爸有很重要的事情要忙。"

"有多重要呀？比我们还重要吗？"

"肯定不是，爸爸忙碌是为了让小立基能过更好的生活呀。"

"现在的生活不好吗？"

"还不够好。"

"那什么样的生活才是更好的？"

"能把小模型的世界变成我们真实生活的时候就差不多了。"

"爸爸不会也选择新生活吧？"

"爸爸选择新生活也会带上我们的。"

"那妈妈为什么不带上我们？"

"嗯，妈妈可能更忙一些。"

"……"

"乐嘉，你能不能送我去学校？"简立基的目光软糯地粘在乐嘉身上，像一只找妈妈的小羊羔。

"当然可以。"

简立基没吃完沙拉果蔬拼盘，牛奶也没喝。

"那妈妈是不是顾不上吃早餐，也顾不上吃午餐？"

"不会的，妈妈是大人，妈妈懂得照顾好自己。"

第二章
楚歌起

"爸爸也是大人,他怎么不照顾好自己?"

…………

乐嘉目送简立基走进校门,仿佛背上的书包填充了千斤重的东西,以至于让他行动缓慢,乐嘉的胸口像被什么东西塞住了。

桌上的早餐已经没有热气了,简化靠在书桌的靠椅上闭着眼睛,呼吸均匀,胸口反扣着一本打开的《文荟》。

乐嘉抱来一张毛毯,随手抽起书放在桌子上,给他盖上毯子。

书的封面上的"文荟"赫然入目,乐嘉不禁好奇地翻阅起来,原来古木是《误会到底》的作者,他们之间有什么关联呢?以简化多一事不如少一事的性格来说,他不会无缘无故地去查一个人。

座机突然响起来,简化条件反射般弹跳起来接电话。简化脸色铁青:"能怎么办?看着办啰!我当初千叮咛、万叮嘱,你可是信誓旦旦,现在倒好,你给我解释解释!"

> 夜是最好的掩体，在夜里每个人都能呈现最真实的一面，无论干净或肮脏、善良或罪恶、柔软或坚强、欢愉或伤痛。

第三章 夜迷茫

程熙拖着硕大的行李箱走在凌晨一点多的街道上，把夜风拖出了些许流浪的意味，它们亦步亦趋地追随着一条瘦长的影子和一串不确定的步履，在十字路口徘徊了良久。尽管她知道网约车已经在点上等候，尽管网约车司机一再电话催促。她只想和善解人意的夜多待一会儿。夜忠实而沉默，它从不问因果，默默地掩盖隐藏在黑夜里的狼狈。一旦上了车，就得朝某个既定方向行驶，或者是终点，或者是驿站，直至抵达，途中或会出现预设之外的状况，不管你愿不愿意，人生亦然。

网约车司机的好脾性让她终于下定决心上车并选择方向和目的地。

"赶时间？"网约车司机转过头来。

程熙不置可否地扫他一眼，网约车司机那一头夸张的紫红色头发让她无法禁锢心里天马行空的想法。

"走外环路预计省半小时。"

很明显，紫红色头发当她是天外来客了。

"我没别的意思。"紫红色头发又转过头来，"市内可能拥堵。"

程熙警惕起来，眼角余光瞥见屏幕导航一路绿色标志。

"我更喜欢外环路，路两旁的三醉芙蓉花开得正热烈，养眼又养心。"

黑夜里赏芙蓉花，或许只有紫红头发才会开这样不着边际的脑洞。

杰奎琳·杜普蕾的大提琴曲《殇》在车内立体环绕，无处不是《殇》。5D音响效果极佳，让人从耳朵到心灵愉悦地享受了一次全方位的按摩。这样的夜，这样质感的《殇》更煽情。

车子似乎得到了沉默的指令，屁股用力摆了一下，向外环路飞奔。

"东湖小区路口停一下，我回去取点东西。"到了离市中心5公里的市郊，程熙才找到一个蹩脚的理由。

"噢，你是东湖小区的呀，我还以为你是华鹏国际的呢。"紫红色头发没有回头，看不到他的表情，声音似乎有点小失望。

"都是。"

"大半夜的，你家人放心你一个人出来？"紫红色头发的右手在方向盘上敲击了几下，那轻快的弹跳不着痕迹，像是在释放内心某种隐秘的喜悦。

程熙佯装看手机。紫红色头发也闭上了嘴。

离东湖小区越来越近了，从紫红色头发魁梧的背影来看，身高至少一米八，僵直的背影显得高深莫测，程熙的心快把胸壁都撞出一个口子了。"上天保佑，一定要停下来！"她在心里作了无数个假想，假如他不停车，她会立刻往单位工作群发网约车信息并共享定位。但这是万不得已的举动,她目前的状况,并不打算让人知道。

她在后排右侧,可以清楚地观察到驾驶室的一举一动,这位置还是有利的。她扫一眼旁边的报警器,不知道它是真的还是只是摆设。想来还是手机的紧急呼叫比较靠谱,她感到手心的湿滑,但她似乎能肯定她的表情没有出卖她。

马上到东湖小区正门了,车子还没有减速的意思,程熙握紧手机。

"前面小区门口停车。"

"你不觉得走侧门更好吗?侧门直达小区中心。"

说话间车屁股一摆,偏离了主道,程熙立即开启手机锁。车子屁股又一摆,果真到了侧门,车速也慢了下来,程熙握着手机的手在微微颤抖。车子果真在小区中心一个小广场旁边停下来了。那么大一个小区,居然没几盏灯火,不知道是都沉睡了还是入住率低。她瞄了一眼侧门的保安亭。

"我在车上等你。"紫红色头发再一次回过头来,镜片后的目光让人捉摸不透。

"谢谢!"程熙迅速拖着行李下车疾走几步,回头说,"我不走了,订单给你支付了。"

侧门竟然是机器人值班的,而且是普通的工作机器人。怎么办呢?绝不能让紫红色头发看出破绽。她瞄准一栋灯光最热闹的楼,径直过去。程熙疲软地站在电梯口,此刻已经是凌晨两点了,深秋的夜,寒气逼人,她抱紧自己的双臂。想另约一辆车,又心有余悸;想找个人接,却找不到一个合适的人,大半夜拖个行李箱出来,实在是有失体面。

当初她义无反顾越过万水千山,把自己下半辈子的幸福押

第三章
夜迷茫

在这座城市，她没有想到的是，一座城市会因一个人而生暖，同样也会因一个人而生寒。她输得彻底。她目前不打算告诉父母。她得先把脑里千缠万绕的丝线捋一捋，她要确认不是被冲动蛊惑。

"哎，真巧，你也住这里？"紫红色头发幽灵一般出现，程熙本能地往后退了几步。

他耸耸肩笑道："我也是这里的住户。"

程熙躲避着他的目光，绝不能让眼底嗖嗖往上蹿的惊恐出卖了那个瑟瑟发抖的自己。

"我不是坏人。"

要死，谁会把"坏人"两个字写在脸上。程熙在心里诅咒着。她扫了一眼，周围没有可以自卫的工具，她把手机揣在怀里，紧紧揣住最后一线希望。

"还需要我为你效劳吗？"他似笑非笑地看着她。

"不用了，我老公马上就到了。"说话间，她仍在往后退，直到她的背贴到了墙壁。

程熙突然把手里的行李箱用力推向紫红色头发，拔腿往外跑，没跑几步脚崴了，她一瘸一拐地继续跑。

"干什么的？"一个穿保安制服的年轻男子走了过来。

程熙站住，警惕地保持距离。

"你不是我们小区的业主，你是怎么进来的？"

保安严肃地盯着她的脸，仿佛要从她的脸上分析出什么答案来。

程熙瞟一眼还有一百多米远的正门，又迈开两腿往前拐，保安不依不饶地扯着她。情急之下她一屁股坐到地上。

"有话到正门的保安亭去说吧，她是我带进来的客人。"紫红色头发推着行李箱过来。

　　脚痛得迈不动了，每走一步都钻心地疼。要是这俩人一唱一和地合谋，她今晚就栽在他们手上了。

　　正门的保安笔挺地向他们敬了个礼。原来刚才的保安是小区保安队队长，紫红色头发还真是这里的业主，难怪他的车可以"长驱直入"。程熙尴尬到失语，脚踝已经肿得像一只猪蹄。保安亭里的应急药箱有一瓶透骨膏药，刺鼻的味道呛得她眼泪直流，她不停地擦，不停地流泪，擦到脚踝发烫，也呛得眼睛发肿。保安递过来的大半盒纸巾被她用完了。

　　一束由远而近的灯光有点刺眼，是一辆夜归的车。驾驶室的车窗缓缓降下，车上的人竟然是金港市政府办公室主任李斌。

　　"李主任？"

　　"程科长？"

　　两人都挺诧异的。

　　"又开启了'白+黑'工作模式啊？"

　　"还不是那档子事。"

　　"哦。"程熙茫然地应着，她不知道"那档子事"是哪档子事，也不好问。

　　"程科长也是刚回来吗？那么巧？也住这小区？"

　　"我……"程熙看着自己红肿的脚踝，"今晚有点事儿，耽搁了。"

　　"你倒是轻松呀，我以为你也刚从那边回来，时候不早了，我先回去了，你也早点休息吧。"李斌随意地瞟了一眼那个行李箱，关上了车窗。

　　"好的，李主任辛苦了，早点休息吧！"

　　程熙望着远去的车屁股发呆，她在琢磨着"那档子事"和

第三章
夜迷茫

"你倒是轻松呀"里包含的意思。

简博弈接了个电话就往外走,蓝心怡拿上披肩就追出去。
"博弈,等等我。"
简博弈停下脚步回过身,拥抱了一下蓝心怡,摸摸她的头:"乖,你先洗漱睡觉,我今晚和哥儿们喝两杯,顺便打探一下门道。那几个老哥儿们,你都认得。"
"我不管,我也要去。"蓝心怡玩心未泯,她不喜欢那个沉闷得让人透不过气的家。简易毫无表情的脸和卢丽妮一刻不停的抱怨,让她时刻如履薄冰,不知道哪一分哪一秒哪一句话就会踩碎"冰面"。
"乖,我们今晚有正经事要商量呢。"
"难道我不正经?"
"正经,正经,我的老婆最正经。"
"人家坐一旁,不影响你们就是了。"蓝心怡半嗔半撒娇。
"怡怡听话,我们几个哥们儿除了正经事,还要撒撒气,女人不宜呀!"
"不嘛,我也要去。我戴上耳麦,你们聊你们的,我发誓不偷听。"蓝心怡从简博弈怀里挣脱出来,举手做发誓状。
"心怡,别闹了。"简博弈看看时间,有点不耐烦。
"我闹?我看你是有什么不可告人的秘密吧?爷爷的葬礼上你一直就没在状态。特别是下午,我跟你说话,你总是前言不搭后语,电话信息不停,接个电话还躲躲闪闪的,你在躲谁,躲些什么?回来的路上,你眼睛一刻也没离开过手机。你究竟刻意在瞒着些什么?告诉你,你要是敢在外面拈花惹草,我跟你没完!"蓝心怡的眼圈红了。

"心怡，今晚我有要事要办，时机成熟我会跟你说的。等我，好吗？"

"你敢出去？出去，我今晚就不回来了！"

简博弈犹豫了一下，径自驾车出去了。

蓝心怡转身跑回屋里，化妆换衣，毫不含糊地坐网约车出去了。

蓝心怡一走，卢丽妮就开始撒泼。她算新账，翻旧账，顺带把简博弈和蓝心怡的账一并算在简易头上，又哀叹儿子找了这么一个不懂事的媳妇。

简易又困又累，强撑着眼皮认错、讨好，卢丽妮不依不饶。简易的脑袋里有什么东西正在不断膨胀，要炸裂一般，但是他不能躺下，只能"躺平"，一旦躺下，卢丽妮必定闹得更凶，这一晚就都别想睡了。卢丽妮撒泼那股蛮劲全凭一股气撑着，待那股气泄完，她整个人就瘫软下来，倒在床上鼾声立即响起。

凌晨四点还得起来去绿植庄园摘菜供应给康泰食品有限公司，只有不到两个半小时的休息时间了，简易调好闹钟熄灯就睡。

蓝心怡是一个闲不下来的主儿。她在微信"姐妹群"呼一声，七八个姐妹出来响应。她们在一家娱乐场所包了一个包厢，唱歌玩骰子喝酒。蓝心怡今晚运气有点差，玩骰子老是输，喝了很多红酒。凌晨一点，有四个姐妹先后回去了。兰姐、菊姐、梅姐、竹姐留下来打麻将。蓝心怡醉眼蒙眬地搂着竹姐，跟她耳语："告诉你一个秘密，今晚我要是回去就是狗熊，姓简的算什么？姐高兴了他是宝，不高兴他就是垃圾。"

竹姐皱着眉看看牌面，她似乎吃绝张了，不耐烦地推开蓝心怡："去去去，没出息的家伙，哪有人为这档子事寻烦恼。"

兰姐摸着了好牌，"腾"地站起来把牌往前一推："自摸！"

打七盘，兰姐赢了五盘。第八盘刚开始摸牌，她就扶着腰躺到一旁，说生理期从来就不让她省心，每次到生理期，腰都要酸疼几天。蓝心怡半醉半醒，她估摸着这位置不错，主动替上。果然是"宝座"，一上来就连赢两盘，可没想到后面连输六盘，她想撤又撤不了，刚才她强拉着姐姐们留下来陪自己，现在不能一走了之。

简博弈的车七弯八拐开到70公里外一处号称"72家房客"的废弃的房子附近，车辆拐进了一条道路两旁种满柚子树的巷子，路中间刚好能停下一辆车。

他猫着腰走进一户门前种着罗汉松的房子。房子跟其他房子一样，入门便是一个层高约五米的客厅，客厅上面是一个小阳台，平时用来喝茶、聊天。客厅后面是厨房，厨房开一扇小门，小门往外是种蔬菜的小园子，现在小园子一片荒芜，一些多年生的薯类仍顽强生长着，面目和野蛮生长的草差不多。

二楼的小书房里两道黑影无声地接应了他。他们密语了将近二十分钟后，猫一样悄无声息地从后门溜了出来。"72家房客"像潜伏在黑夜里的一只硕大的眼睛，熟视无睹这一切。

简博弈回到家，卢丽妮还在生气。他见势不妙，蹑手蹑脚地躲回房间。蓝心怡竟然真的不在家，手机关机了，他睁眼盯着天花板，一点睡意都没有。蓝心怡有时候是任性了点，但她骨子里还是善良的。他忧虑的是另一件事情，他要能预见事情会变得如此棘手，绝对不允许自己如此草率冒险。

咣当一声，不知什么物体遭遇了生命的劫难，吵闹声被按下了几分钟暂停键。再次启动已经转移至卧室。简博弈从床头柜捡起耳麦，塞进耳朵里。其实不用塞，他身体自带一副"耳麦"，那是自小在被苛责、被忽视的环境下练就的充耳不闻的本领。他当然应该选择塞耳麦，双重保险嘛。仿佛这样就能把那张诚惶诚恐的脸给塞在外面，也把那张尖酸刻薄的脸给塞在外面。自小到大他从未能在这两张脸之间建立有效的联系，他甚至认为这两张脸可能是不同时空的产物，可他们明明都在三维空间里，而不是四维或者其他。

凌晨四点了，蓝心怡依然没有回来。要是有个孩子就好了，他想。他们结婚五周年了，这个想法已经第五十次重复出现在他的脑里，但仍未完全占上风。导致他每次都在即将采取关键行动的时刻临阵脱逃了，不是弃甲而逃，而是戴甲而逃或者畏缩而逃。

豆大的汗珠顺着蓝心怡惨白的脸颊往下淌，菊姐和竹姐也输得很惨，但是她们兴致仍很高，丝毫没有罢休的意思，梅姐赢了钱，正在兴头上，豪气地表态，明早姐妹们一起去喝早茶。

输了两万多了，蓝心怡觉得胸口越来越闷，她站起来去接一杯开水。一口水未喝下，胃就闹腾起来，她冲到卫生间吐得天翻地覆。她疑心胃都被吐了出来。梅姐、竹姐过来关切地抚慰她，给她端来了生姜水。蓝心怡极其难受，但又禁不住有点庆幸，刚好借机逃脱。喝了生姜水后，蓝心怡缓过来了，虚脱地倚靠在沙发上。

兰姐睡眼惺忪地起来了，她们四人继续打牌。蓝心怡百无聊赖地坐在一旁，开机收到十条简博弈的信息，全是关心和担心。他最大的优点是对她完全的信任，然而她又忍不住怨他，结婚五周年了，仍未让她成为一个完整的女人。要是他们有个孩子就好了。他们也曾多次想要孩子，可是每次简博弈都在潮水迅速高涨时抽身而退。蓝心怡无法忍受激情澎湃的潮水倏然回落时的失落和空虚，那块在潮水退去后裸露的岩石硌得她心里生痛，她自卑地把一切过错都归于自己。

结婚三周年纪念日的前两天，他们兴致勃勃地出发去云南，黄昏时分抵达洱海边，余晖填满了海天之间的空隙，湖水、沙滩以及沙滩上的绿树和人，还有天上的云朵，云朵下的飞鸟都泛着柔和的金光。他们入住的是洱海边的一间民宿，花园式的庭院、超大的阳台，以及阳台上的吊床都让他们兴奋不已。他们在翻滚的潮水里冲浪，他的勇猛、他的颠簸让她尖叫不已，她享受着欢愉，突然一个大颠簸，风停了，浪静了，他蜷在岸边瑟缩着，像一只斗败了的公鸡，羽翼软塌塌地耷拉。她临近崩溃，她一边捶打着他一边质问、哭闹，他避而不答。良久，他起身紧紧地、久久地拥着她。头顶突如其来的温热与湿润惊醒了她，她抬起头对着他眼里模糊的伤痛，那伤痛像一把钝刀，劈砍她的心。

金港市政府紧急召开食品安全会议，各县（区）的县（区）委书记、县（区）长，分管食品安全的副县（区）长以及市食药监局等市直相关部门参加会议。会议通报了本次省食药监局对金港市进行食品抽样检测的结果。本次在金港市共抽取农产品、豆制品、蛋制品、淀粉及其制品、粮食加工品、酒类、水产品、肉制品、速冻食品和食盐十大类117批次，抽检合格样品111批次，不合格样品6批次。已责令违法生产经营者下架，并迅速召回不合格产品。相关部门和县（区）立即彻查问题原因并全面整改，对不合格的食用农产品追溯来源和流向，立即停止销售、进行无害化处理，对违法违规行为，依法从严处理，追究相关人员责任。各县（区）要以此为鉴，立即组织省食药监局开展食品安全全面大检查，严把食品安全关，尤其是龚县。市委书记秦明那锋利的目光扫了过来。

龚县县委书记傅寒脊梁阵阵发凉，在10个县（区）中发现的6个不合格批次里，他们龚县就占了3个批次，这个责任，不是他想扛就能扛住的。

程熙身穿运动装，头发在脑后随意扎了个马尾走进办公室。小吴端着开水杯呆呆地望着她，接着发出一串怪异的笑声，惹得东侧的小梁的脖子绕过电脑显示屏伸过来，大眼瞪细眼，看得出来他在拼命地忍着，终于还是不厚道地笑了。以往职业套装与盘发成了程熙固有的风格，眼前的程熙这一身休闲装束，让人难以接受。也不是不适合她，休闲的打扮倒让稚气与天真回归了，一副大学生的模样。

都是脚踝惹的祸，肿痛得塞不进皮鞋，勉强塞进了那双大了一码的运动鞋，从一楼停车场走到三楼，痛得她额头渗出一层细密的汗珠。程熙顾不上来自四面八方的诧异，径自把屁股压在座椅上，咬着唇把鞋脱下，把脚安顿好。

"这还是我们的程熙吗？"对面办公桌的财务周艺锋扶了扶眼镜，把鼻尖凑过来。

市政府二秘办公室小杨敲敲门："程科长，王常务请您过去一趟。"程熙应声站起来，又坐回去，把肿胀的脚往运动鞋里塞。小杨愣愣地站着，欲言又止。

"来了，请坐。"王常务指指办公桌前的椅子。"说吧，究竟是怎么回事？"

没头没脑的一句"究竟怎么回事"把程熙问蒙了，莫非他知道她和简化的事？程熙盯着自己的脚踝，眼睛一时不受控，泪就忍不住涌上来。

"我……还能怎么办，该怎么办就怎么办吧。"

"也不用过于紧张。交代清楚就行了。"

闹离婚还要向组织交代？向组织交代也犯不着王常务亲自"接见"吧？多大点儿破事。程熙尴尬地抬起头，一滴泪肆无忌惮地滑落。

"先喝杯水吧，理理思路。"王常务起身倒了一杯开水，递到程熙面前。

"谢谢常务关心，我保证不影响工作，至于其他的我不想多说。"

"小程，我知道你心里不好受，事已至此，沉默与逃避都不是解决问题的有效办法，我们必须直面现实，该承担的还是得担负起来。"

程熙看着王常务，千言万语堵在喉咙里。她这时候才注意到，王常务的眼睛除了关切还有刀锋一样的光，仿佛要从她的身体里切割出一些什么。

"常务，您指的是？"程熙从混沌的思绪里猛然醒来，觉察到问题的不寻常。

"当然是康泰食品有限公司的事。"

"康泰食品有限公司？我们都有按月对公转账给他们，程序都是合法的！"程熙释然。

"我向来认为避重就轻不是你的风格，你解释一下那3个不合格的标本是怎么回事？"

"哪3个不合格标本？"程熙这才意识到问题的严重，她马上联想到简易和卢丽妮经营的绿植庄园。

"你竟然还不知道？你家人没跟你说吗？"王常务也愕然于

程熙的愕然。"这不合逻辑呀，整个市政府都沸腾了，你竟然还不知道！"

"我打电话……"程熙的后半句话又咽了回去，她意识到没有合适的身份去过问了，但是当初绿植庄园是她极力向王常务推荐的，现在无论如何也撇不清关系。

程熙飞快地拨了那串熟悉的数字，又一个一个数字删掉。如此犹豫了两三分钟，她才拨通了简易的电话，没有人接听，她又拨卢丽妮的电话，依然没有人接听，她把手机放回桌面，尴尬得不知所措。

王常务让办公室主任李斌和程熙去一趟绿植庄园，程熙答应得很勉强。这让王常务很不悦。当然，这个来自江南水乡的女子工作能力真是没法挑的。王常务应允绿植庄园供货给康泰，自然不会只凭一面之词或个人喜好。他是派人深入调研过绿植庄园的规模、实力以及种植方式和种植流程的，绿植庄园确实也秉持绿色、生态、健康、安全的理念，社会口碑挺不错的。当时对他们的产品进行检测，所有指标都合乎规定标准，就这样，绿植庄园成了康泰食品有限公司最大的供货商，几乎相当于定点供应商。所供应的蔬果配送到全市的各个机关单位以及相当大一部分中小学校。

本次省食药监局在对金港市全市食品抽样检测中，从康泰食品有限公司抽取了二十个食用农产品样本，其中青茄、豆角和苦瓜3个批次不合格，产地均为龚县的绿植庄园，发现的问题为农药残留超标。王常务头皮发麻，他作为分管食品安全的副市长，肯定脱不了干系，至少"把关不严"这个罪名铁板钉钉地扣牢了。绿植庄园已经供应三年多的果蔬了，还凭着过硬的质量和良好的信誉度获得了国家安全食品称号。如今竟在免检期内出现质量问题，而且这直接关系到广大干部职工的生命乃至中小学生的身体健康，那么庞大的一个受害群体，他如何向他们交代？他拿什么来向他们交代？

程熙和李斌各怀心事，一路无话。

绿植庄园被封控了，省食药监局正在对绿植庄园的食用农产品进行全面取样检测。简易夫妇被带去问话。简博弈和蓝心怡在绿植庄园外面不安地徘徊。见到程熙，蓝心怡飞快地滑过来，像逮着了水草的螃蟹。

"婶，我叔呢？爸妈不会有事吧？"蓝心怡问道。程熙不知道说什么好，她都要受牵连了，更何况他们。

程熙的沉默和表现出来的冷漠让蓝心怡炽热的目光迅速冷却下来。昨晚打麻将输了，绿植庄园如今又遭封控，简博弈心高气盛，小事不愿做，大事做不成，至今还不肯安定下来好好工作。

"出了这么大的事，简化居然没来！"程熙不知道该替自己高兴还是替自己难过。这样也好，既然无法靠近，那就远离吧。这是最明智的选择。程熙轻轻地舒了一口气。

简博弈始终不远不近地站着，眼睛睁得很大。他似乎在专注地听她们俩聊天，又似乎什么也没有听。他的目光很飘，像天上的云朵一样。

程熙和李斌站在警戒线以外，等待省食药监局的工作人员取样，工作人员取样完毕直接开车走人了，甚至没看警戒线以外的人一眼。

简化放下电话气急败坏地拍打了一通键盘，当他要关机赶往乡下的时候，笔记本电脑却赌气似的黑屏了，侧旁的电源键却始终亮着，显示器上却空无一物，长按电源键也毫无意义，它既不关机，也唤不醒显示器。笔记本电脑毫无征兆地沉睡了。简化懊恼地坐下来，想发火却无从发起，只怪自己控制不住坏脾气。购买的时候，这台笔记本电脑的配置是当时最高的，市里没有现货，是直接跟厂家订购的，它独特的芯片材质让它自带保护功能，安全性能极高，运行高速且稳定。但毕竟也用了四年多。

在反复多次尝试无果，想要拿去维修店看看的时候，它居然像刚睡醒的小孩那样睁着惺忪的睡眼醒过来了。简化糟糕的心情在电脑的复位中似乎也有所复原。他关机的时候似乎有那么一瞬间看到一只类似蓝眼睛的水印，待简化定睛细看的时候，电脑已经关机完毕了。简化不确定那只蓝眼睛究竟有没有真的出现过。他却记起另外一件事来。

大约在他的小说《前夜》初稿完稿后的第十天，有一回电脑突然变得卡顿，鼠标有那么两三分钟不受控制地闪烁着，那时他正在对《前夜》进行润色加工。电脑没来由地短暂卡顿失控后又恢复原状。他也担心中毒，用权威的查杀软件检查，查不出任何异常，也就没往心里去。他读书那会儿，电子产品铺天盖地来袭，由于芯片和集成电路的性能良莠不齐，电脑出现暂时的卡顿是常见现象。但如今是高精集成电路，这种情况出现的频次就极其低了。6G时代，中国研发出了自己的安全稳定的网络系统，网络的生态环境越来越好，恶意的攻击通常会被端口检测出来并自动报警。

把两次意外联系起来，简化似乎可以确定，上次电脑卡顿后关机的时候也看到过那只蓝眼睛水印。他为自己这一发现而不可遏止地雀跃起来，然而很快又被理智给按捺下去了。那只蓝眼睛真实存在过吗？确定不是虚幻？人在重重迷雾前最容易产生幻觉。

这似真似幻的蓝眼睛水印把他的脚给牵绊住了。

简化脑里超负荷地塞满了东西，几乎不能再运转，他无法像优化电脑一样去优化他的大脑。太阳穴里仿佛装了一只兔子，正在突突突地往外跳。任他怎么也压不住。他双手按着太阳穴，"啊——啊——"地嘶喊。

几乎是一瞬间，乐嘉就站在了简化面前。她试图安抚简化，简化一把甩开她的手，疯了般用双手使劲拍打自己的脑门。乐嘉直勾勾地看着简化，眼睛变得越来越蓝，蓝得晶莹透亮。几秒后，简化安静地入睡了。

乐嘉违规了。她是不能用超能来干预人类的思想与行为的，只能遵从人的指示去服务人类。这是郑东东研发生物机器人的初衷，也是郑东东要求乐嘉遵循的底线，中国电子智能部制定了约束条例。乐嘉却毫不犹豫地踩了红线，与其说她的生命掌握在郑东东的手里，不如说最终是掌握在自己手里。她的心像被扔进了熔炉，正在一点点熔化。往后简化的日子又该怎么过？简立基该怎么办？痛感蔓延她的全身，仿佛被人拆卸了一般，她不由得怀疑，这是不是别无选择了。

看着简化胡子拉碴、头发蓬乱的样子，乐嘉像是身上某一处的部件被硬生生卸走，浑身散架般难受。她寻思着午饭要花点心思，让简化好好地用一餐，这或许是她为简化煮的最后一顿饭了。才打开厨房的门，乐嘉就觉得浑身焦灼难受，像是被扔进了铸铁炉一般，她的躯体不再是她的，她意识到她被操控了，郑东东还是来了，而且那么快。这是乐嘉在失去意识前的最后的清醒。

郑东东大约三小时后才风风火火地出现在简化家门口。她性子本来就很急,心一急,性子就更急了,完全忘了礼貌。她用力拍门,门里没有任何动静。简化、程熙都不接她电话。她慌了神,连忙报警。

郑东东报警后仍一刻不停地拍着门,把楼上楼下的邻居拍来了,把隔壁楼的住户也拍到楼前了。像是拍电影的跑龙套的群众演员。只是他们不知道要演什么,大家面面相觑,又互相揣测。

警察破门不费心思,看热闹的群众跟着拥进门,被警察拉起警戒线拦在外面了。里面的乐嘉瘫在厨房门口,警察上前半跪着探气息,郑东东解释她是机器人,因为滥用超能被禁锢了。警察半信半疑地拿出人机识别器,果然是机器人。

警察再往里走,见到简化在书房熟睡。既然没有什么异常,警察就退场了。楼道里的群众仍在不断地脑补故事,待警察走了,才意犹未尽地渐渐散去。仍有三三两两在门口张望。郑东东用控制器复原了乐嘉。看到郑东东,乐嘉并不意外。郑东东刀锋一样的目光落在她的脸上,她从容地迎着那道锋芒,此刻除了等候命运的处决别无选择,任何理由都不成理由。

"任何一台生物机器人都可以取代你,我以为你拎得清自己的职责和地位。"

乐嘉低头不语,此刻任何说辞都是苍白的。

"很抱歉,我必须依照规定处理。"

简化被唤醒后,太阳穴里的小白兔不再拼命跳动了。看起来状态比先前好了一些。郑东东的突然出现,让他愕然。

"怎么回事,说。"

郑东东打开冰箱翻出一瓶果汁,大口大口地往嘴里灌。

第三章
夜迷茫

"分道扬镳了。"简化瘫坐在椅上,目光呆滞。

"什么?"郑东东被呛得直翻白眼。

"电话能搞定的事,你大可不必亲自跑来收集这些信息。"简化的话硬邦邦的。

"你什么意思?我要不是担心你这条老命,我会撇下我研究院的项目千里迢迢跑过来?简化,我告诉你,你的时间宝贵,我的时间也不比你便宜。"郑东东这才发现简化有点不对劲。简化从来都有点不修边幅,但不至于邋遢,眼前的简化,简直是从荒野沼泽里刨出来的那样。

"我命硬,想死还死不了,一天搞不清版权问题,我就一天死不了。"

"停!什么分道扬镳,什么版权,我们现在是谈生活,不是写小说!你直白一些,我脑子绕不过那些弯。对了,程熙几点下班,中午回来吗?"

"你不会是一时兴起不远千里来'袭击'一瓶果汁吧?发生了两件事情:第一,我和程熙结束了;第二,我写的小说被侵权了。"

"你说什么?"郑东东扔下果汁瓶,一把抓住简化的手臂,"你刚才说什么?"

"不用怀疑你的耳朵,它是忠诚的。"

"为什么?就没有挽回的余地了吗?"

"我这就去找程熙。"郑东东立马跳起来。

"没用的。"简化干瞪着死鱼样的眼睛,一副生无可恋的样子。

郑东东身体已经往外倾斜,生硬地立着,重心不稳。"是因为葬礼吗?简化,别嫌我多嘴,确实是你不对。女人都经不起哄,你要是一个大男人,就别只会死鱼一样躺着,有本事你道歉去啊！"

"有用吗?!"简化被自己的吼叫吓了一跳。

郑东东也愣住了。

"是这个原因，但又不是。一时半会儿我也说不清，说了也没有用，事情已经无可挽回了。"简化语气明显消沉下来。

"说吧，此行目的是什么？如果是升级乐嘉，你请尽管做。"

"我来确实是因为乐嘉，但不是因为升级乐嘉。她为何会对你使用超能？"郑东东回转过身，"乐嘉有什么异常吗？你们有过冲突吗？"

"超能？有吗？"简化茫然四顾，看到乐嘉杵在走廊。

简化猛然记起笔记本电脑那只若有若无、似幻似真的蓝眼睛水印，记起填满杂物的脑袋和鼓胀的太阳穴，以及在太阳穴里突突跳动的兔子，记起他情绪失控的双手，然后就什么也不记得了。太阳穴里的兔子又开始突突突地往外跳，他紧紧地捂住了脑袋。

"与乐嘉有关吗？"郑东东注意到简化的异常。

"没有。"

"要吃点什么？我叫外卖。"郑东东手指快速地在订餐软件上滑动。

"随便。"

"乐嘉。"简化喊了一声，往外张望一下，摇摇晃晃站起来，跟跟跄跄地往储物间去。

郑东东点了餐，坐在客厅沙发上对着乐嘉出神。作为生物机器人研究院的核心技术人员和总负责人，她也不是没有过担忧。

生物机器人的研制与投入使用，还得通过中国电子智能部对机器人总体性能的审核以及综合素质的一系列研判，才允许流向市场。而机器人的总体控制权仍在郑东东的手里。生物机器人研究院里有一个总控制室，对每一个流向市场的生物机器人进行二十四小时监测，一旦生物机器人出现异常，尤其是违规使用超能，控制室将会立即反馈信息，从而生成警报。而万一这边失控，还有电子智能部的防控室，那里记录有每一个生物机器人的程序码和独一无二的标识码，标识码用于识别身份和制作身份证。若出现不可控的情况，可以立即通过改写程序来干扰、阻止生物机器人的思维和行动。

然而如果突破了最后两道程序，当生物机器人完全具备了人的性能，很难保证它们不会超越人的思维，一旦超越了人的思维，那么所有的防线将不再是防线。届时，生物机器人可以从容地跨过任何一道防线、从容地占据人类的任何一个领域，甚至是主宰这些领域。

外卖很快就送到了。郑东东开门领了外卖，铺好饭桌，将它们一一摆在饭桌上。简化仍在储物间翻箱倒柜不知道找什么。她把简化叫过来，两人默不作声地吃饭。准确地说，郑东东是被简化的食量给惊住了，她停下筷子干瞪着简化用餐。而简化毫不客气地把汤水、肉和青菜一起倒进饭碗里，狼吞虎咽。

饭后，郑东东摆上一个果盘，先前光顾着看，胃还没填充，感觉胃里空得似乎可以塞进一头猪。她插了几根牙签在水果上，挑起一块番石榴吃起来。简化直接略过牙签，徒手捡起水果就吃。郑东东一块还没吃完，简化就吃了一块苹果、一块哈密瓜和两颗圣女果了。郑东东也并非斯文之辈，她原以为她退守的水果阵地完全属于她的，才享受片刻的悠闲。此刻她也顾不得形象，直接用手捡来吃，从简化指缝里捡回几颗葡萄和几颗圣

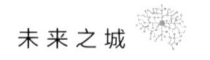

女果。

简化饱餐后，精气神似乎也回来了。

"乐嘉很不错，她忠心尽责。我至今仍不能确认她是否对我用了超能，但我能确定我至今仍毫发无损地坐在这里，能吃能喝，思维也没有迟钝。就算她真的使用了超能，我也可以肯定是善意的，基于善意而使用的超能，就算不鼓励也不应该惩罚，一锤定音给她判死刑过于残酷，有暴君之嫌，而我就成了间接的刽子手，这并非我的意愿，我不同意。"

郑东东托腮沉思，不置可否。

"关于程熙，关于侵权，我能做些什么吗？"

"不用。如要凌迟乐嘉，那么谢绝；如要升级乐嘉，那么请便。侵权的事我自己搞定，只求别再节外生枝。"

"如何处置乐嘉，你说了不算，我说了也未必算。中国电子智能部已经实时监测到乐嘉违规操作的行为，他们需要结合行为人和行为对象，以及行为现实背景做一个评估。评估结果直接决定乐嘉的命运。"

"这不就是一个伪命题吗？"

"随便你怎么论断，反正在中国电子智能部还未下达处理意见书之前，乐嘉只能暂时受控。"

"那么，你此行的目的已经达到了。"简化的憔悴为他的无礼与怠慢作了最直观的诠释。

"我正有告辞之意。"还好郑东东原来就是一个粗线条的人，她大大咧咧地站起来，临出门又回过头来，"程熙是个好弟媳，千万别轻言放弃。"

简化径直走进了书房。

第三章
夜迷茫

  晚饭时分，郑东东一边用力往嘴里塞饭菜，一边跟简单说简化的事。饭菜塞得太满，话说得含含糊糊的。简单细嚼慢咽，他对郑东东近乎痴迷的生物机器人工程没多大兴趣，但是他很享受郑东东的闹喳喳。她嘴巴一刻不停地吧唧对于简单来说是一种听觉盛宴——尽管他大多数时候并没有用心听。

  作为一个心理医生，他接触的病人行为千奇百怪，但是所有的行为或者表现几乎都源于记忆黑暗区，这像一根裸露在黑暗处的火线，一旦不小心触及，就是一场灾难。简单近来突发萌生一个大胆的设想——置换记忆创新疗法。利用类似于记忆神经元的生物芯片，往芯片写入开心与快乐，把芯片植入人脑，用以替换掉那一段黑暗区。这种疗法与传统疗法相比将省去了很长的诊疗过程，社会在心理这一块的时间和金钱投入成本将大大缩减。他不禁为自己的大胆设想打了个满分，然而得意之余，他也很清楚要把构想变成现实并不是那么容易。

  "简单，简单！"郑东东在简单的耳边大声嚷嚷。

  "嗯？"简单转头对上郑东东那张不满的脸，他沉浸式的欢愉让他直接忽略了她。

  "东东，你们生物机器人的研究致力于人机互通，按理说，某些方面的研究也适用于人吧。比如说对于生物机器人大脑的记忆神经元与情感区的研究，在技术足够成熟的情况下，是否也适用于人类？我的意思是，比如可以通过生物记忆神经元的生物芯片，来取代人类某个记忆单元……"简单眉飞色舞地滔滔不绝。

  "我原以为你是一根木头，结果你只是空气一般的存在。还奇怪这老半天都是我一个人在自言自语，原来你选择性地隐形了。"郑东东直言被忽略的不满。

简单一把拥住郑东东,吻温柔地落在她的唇上和额上。

"相信我,这只是为了刷存在感,证明我不是空气。"简单似笑非笑地看着郑东东,"当然,也是对亲爱的老婆表示歉意,刚才确实没管住自己的大脑和耳朵。"

他专注而温柔地盯着她的眼睛:"现在我是最忠诚的听众,尊贵的东东女王,你愿意复述一遍刚才的话语吗?"他举在半空的右手虔诚而谦卑。

"行了,少跟我磨嘴皮子。长话短说吧。一是简化和程熙离婚了,二是简化的作品被人抄袭了。简化状态看起来很糟糕。我觉得你很有必要去看看你弟,若能帮上忙,那是最好不过了。"

"你见到简化了?"简单松开揽着郑东东的手。

"嗯,我今天去简化家了。你知道吗?简化的胡子差不多长到嘴巴了,头发又长又乱,身上还穿着在父亲的葬礼上的那一套衣服,说明他回去后压根就没洗漱过。也不知道他和程熙到底是什么情况,但是比较能确定的是他从父亲的葬礼上擅自离开,并且失联是最终的导火索。我打电话给程熙,她只说都过去了,已经结束了,其他的也不肯多说半句。"

"你去干什么?"简单身子一僵。

"还不都是乐嘉,她擅自使用超能,这严重违反了《机器人使用与服务条例》。此事惊动了中国电子智能部,他们要求立即如实查明原因。我哪儿敢怠慢,立即赶往简化家。"

"嗯。"简单不悦地坐下。

"要不我们去找程熙,好吗?"郑东东一把揪住简单背后的衣领,简单的屁股悬在凳子上方十厘米。

简单扭头指指从嘴巴里伸出来的舌头,郑东东猛地松开手。简单的屁股砸在椅子上。

"你不觉得当时应该带上我吗，东东？"

"当时的情况容不得我做出一个方案再出发——简单，你怎么这样看着我？"

"那现在你认为我们能做什么？应该怎么做？"

"我们去找程熙。"

"找了就管用吗？"

"至少比没找管用。"

"行，都听你的，你高兴就好。"

"什么我高兴就好，那可是你的亲兄弟。"

"东东，乐嘉的超能使用于人体的效力如何？能否通过生物机器人的超能，把生物芯片植入人脑。"

"可以往这方面拓展——你觉得现在讨论这个合适吗？"

"总不能现在出发，大半夜去骚扰别人吧？这时候人家也不待见，总得给个时间让别人喘息。这么说吧，火烧得正旺的时候，就算放根湿柴上去它也会燃，火将熄就算放干柴也未必燃，就是这么个理儿，明白吗？"

郑东东并不认同，但一时找不到辩驳的理由。

晚上，简单沉浸在他的新设想里兴奋得睡意全无。聚城这座省城人口比蜂箱的蜜蜂还密集，大抵是人口过于密集更容易出现心理障碍。网约的、线下挂号的、找熟人托关系的……这些年来，通过各种渠道找简单咨询或者干预过心理问题的人要是排起队列来，估计能绕赤道一圈。虽说心理干预可以让心理有障碍的人快速进入适应期，直面记忆黑暗区，接受并不完美的人生，但那是一个比较漫长的过程。简单渐渐对这种漫长的干预失去了耐心，他希望能找到一条快捷高效的路径来解脱心理障碍者内心的桎梏，很长时间他的思维都处于一个将启未启的状态，今天封闭的脑洞突然被郑东东的话敲开了一个口，大胆的设想鱼贯而出：生物芯片写入欢愉信息—生物机器人用超能给人脑植入生物芯片—置换人体大脑记忆黑暗区。技术方面，他相信完全可以托付给亲爱的老婆大人，至于生物机器人是否被允许依法使用超能，那就不好把握了。这如同在黑暗的森林里看到一束光，这已经足够让简单热血沸腾了。

唯一让他不悦的是郑东东一反常态早早爬上了床，又一反常态地翻来覆去睡不着。结婚那么多年，郑东东还是那么年轻，还是那么率真。她专注于她的生物机器人工程，对于人情世故，一片混沌。他一边呵护着她，让她尽情地做她自己；一边又小心翼翼地防止她太过自我。这世界就那么奇怪，很多人自甘堕落为一个卑贱的矛盾体。让他遗憾的是，简方向一点也不像郑东东，无论外貌还是个性。这孩子太沉默了。简单拿出自己诊疗病人的无数个案例来比对，发现简方向不同于他们中的任何一个。简方向不愿意与人交流，他如同平静得没有风的天空中的云朵，就那样静静地挂在那儿，从不闹腾。简单很担心简方向某一天会突然失语。

他这个担心是从简方向六年级的时候突然萌生出来的，就像青春期里脸颊、鼻尖、额头或下巴一夜之间冒出来的痘痘一样，似乎一切都还在正常轨迹里，但一切又与先前不一样了。那是一个没有任何异常的夜晚。简方向突然跟他说："爸，我好像长胡子了。"简单正在专心研究一个病例的对策，他头也不抬地说："这是好事啊，男人无须不成相。"他不记得那天晚上孩子还有没有继续跟他说话，也不记得自己有没有继续回应。那天晚上过去很久之后，他才突然发觉，孩子的上唇长了一层淡青色的茸毛。他除了忽略这层淡淡的茸毛，也许还忽略了很多，比如孩子那晚毛茸茸的声音，以及很长一段时间音质的变化，还有孩子日益旺盛的体毛。

　　他才惊觉简方向好像已经很久没有主动跟他们说话了，是有多久，半年？一年？甚至更久。这孩子原来话就不多，这符合简家风格，但是少至"寡"的程度那就不正常了。职业的敏感让他的脑内轰然一响，但他又不敢确定或者说是不愿承认。省城知名心理医生的孩子居然踩中心理雷区。他把孩子从出生至今的事情从头捋一遍，并未发现可疑的黑暗区，他们夫妻都在家，感情很好，生活算不上很规律，因为彼此都极具事业心。他觉得这些影响都是正向的，唯一不足的是，他们很少与孩子聊天，自小郑东东就给他专门定制了一个"U伴"，它是最善解人意的心灵伴侣，它活泼或稳重、风趣或认真，它会随着小主人的喜好和情绪变化而千变万化。它陪伴简方向已经走过17年的漫长时光了。从哄孩子开心的故事大王、调皮捣蛋的孩子王和睿智可亲的长者升级为知心朋友和博学多才的师者。

　　孩子几个月的时候，一哭闹，"U伴"就哄他，逗笑他；孩子身体不舒服，"U伴"还会及时反馈情况。简单和郑东东从来没有因为孩子小而耽误工作，更不影响夫妻感情。多亏了"U伴"，让他们心无旁骛地研究他们的工作。当同龄的夫妻还在为带孩子而发愁时，他们的事业已经如日中天了。他们的日子越过越好，在聚城最好的楼盘里，挑选了采光和视野最理想的户型，后来又在另一个江畔小区买了天地楼。小日子甜甜蜜蜜，孩子也健健康康，这样的生活挑不出什么毛病来。

　　简单真正发现孩子异常的时候，孩子已经快要小学毕业的时候了。当他跟郑东东说起他的发现和担忧时，郑东东大大咧咧地说："这有什么不对劲吗？简方向话少是你基因强大的表

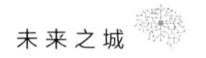

现，要是他随我，你会嫌屋子比街市还热闹。你人简单，想问题怎么那么复杂?"

简单没辙了，要等郑东东发现孩子的不同，可能得等到南极的积雪化尽。他开始把工作之余的时间放在简方向身上，但那样的时间不多，找他的病人太多了，很多案例他得带回家里去研究。简单那时还没有现在那样清醒地认识到简方向真的出现问题了。尽管他把能用的时间都花在简方向身上了，依然未能让简方向的话语像正常人一样多，哪怕是接近正常人。简方向越来越安静，像一道影子一样存在。简方向真的从不添堵，学习也不错，就是不爱说话。简方向与简单、郑东东的沟通方式是发信息，哪怕是一家人都在家里，他也仍然用线上交流。简方向想表达的，全部用文字而不是语言。

或许真的是医者不自医，简单几乎认命了，但他又不甘于认命，他在认命与不甘中苦苦挣扎。

迷或谜，或许并没有清晰的界限，它让一个清醒的人变得不清醒。醉，同样蛊惑人的心。

第四章 谜和醉

　　绿植庄园的处罚结果还没出来。王常务和程熙先后被市委书记约谈，处分是在所难免的了。简博弈和蓝心怡来找过几次程熙，程熙都避而不见。回避是最清醒的选择。再说，见了又能怎么样？替他们申辩？程熙还不至于法理不分。绿植庄园占地面积1000亩，里面蔬菜品种几乎一应俱全，这次全覆盖检测结果让人震惊，半数以上蔬菜为药物残留超标产品！这是典型的违法行为。程熙找不到为他们辩解的理由，尽管她也希望他们无罪。

　　简易夫妇已经被控制了。审问结果更是令人震惊，卢丽妮坦白，这已经是第三批违规使用增长素以及违禁农药的蔬菜了，第一批只在其中的10亩地上用，蔬菜生长期缩短，几乎不发病，叶片光洁肥厚，人工成本同比下降了50%，收益同比增长10%。卢丽妮初次尝到了甜头。第二批使用药品的面积扩大到295亩,第三批涉及使用药品的有533亩菜地。有了"免检产品"这张牌做掩护,卢丽妮的胆子越来越大。人往往是这样,一旦敲开了欲望的缺口,就忍不住往里钻,不择手段地蚕食着本不属于自己的那一份,蚕食带来的快感会让人丧失所有的理智。虽然卢丽妮爽脆地承认了作案,然而作案动机并不充分。良好的信誉、稳定的供应渠道,只要扎扎实实干下去,达到中上生活水平是没有问题的。谁都不是傻瓜,都懂得细水长流的道理。

卢丽妮编了几个作案理由,都被办案干警否定了,后来她干脆闭口不语。

简易做完笔录,警方综合研判,发现简易确实不知情,便让简易在笔录上签名按手印后自行回去。

简易在门口站了好一会儿,他觉得脸上像着了火,滚烫滚烫的。他没想过自己有一天会以这种身份进入派出所,进入审讯室,虽然只是例行公事的笔录环节,他仍觉得仿佛真的做错了事。又过去半小时了,仍没见着卢丽妮,简易比画着问门口值班室的保安,有没有见到一个矮矮胖胖的头发蓬松的中年妇女?保安说这里人来人往的,办户口的、办身份证的等办理各种各样业务的每天不计其数,哪能记得那么多人。简易看了一眼户籍办理办公室,果然还排着两条长龙。简易把目光转向审讯室,问:"从那里出来的呢?"保安收起热情,回答:"今天从审讯室出来的就你一个。"

简易继续等,将要到下班时间了,卢丽妮怎么那么磨蹭呢?他往审讯室瞧了瞧,干警小颜抱着一个档案盒,从审讯室里走出来,他迎上去,问卢丽妮那边什么时候问话结束。小颜瞟了他一眼,说:"你等不到她的,你先回去吧。"简易倔起性子说:"等到晚上我也要等。"小颜问:"倔有用吗?等到明天晚上恐怕

第四章
谜和醉

也不行!"简易仍想说什么,小颜径自往所长办公室走去。

简易在门口徘徊着,中午十二点左右,办事的群众陆续离开;到了十二点三十分,干警也先后离开了。值班室的保安探出头来:"大哥,你怎么还不走?审讯室的干警都走了。"

简易一个人上了公交车,不知不觉坐到了郊外。他茫然看着这片陌生的土地,察觉他可能完全偏离了归程,他不记得是从哪个站下的车,也不知道自己为什么要下车,他甚至不记得自己坐的是哪一路公交车,有没有转过车。下车后,他沿着宽阔的马路走了很久。

马路两旁的三醉芙蓉花一树一树地开得正热烈,如果没有抽样检测这种东西,一切都应该很美好。可是抽样检测存在了那么多年,它碍着谁了?他至今也不明白,它为什么就碍着绿植庄园了。

他抬头看到一条金黄色的岔道,岔道不大,路的一侧种了银杏树,银杏树上挂着的叶子寥寥可数,它们正与秋风顽强地抗衡。"抗不过命运的。"他像一个无情的法官在心里给银杏树叶下了"死亡判决书"。关于他自己的命运的判决书,或许早已经在某个隐秘的角落落笔成文,只等时间一到,印章一盖,一切就画上句号了。风像一个刽子手,把叶子从枝头上切割下来,它们坠落在他的头上、颈脖上。

随着岔道绕了很多弯,他来到一条种满竹子的河堤上,阳光被竹子剪碎,星星点点落在河面上。堤岸一侧的田野里种植着大片大片的茄子和辣椒。紫色的茄子密密地挂满枝头,枝丫上还开着紫色的小花。辣椒植株还小,结的辣椒不算很多,但是相当一部分辣椒已经压坠到地面了。一个戴着布草帽的妇女拿着绳子和小树枝,把小树枝插在辣椒植株旁,用绳子把被辣椒压弯的枝条捆绑在小树枝上。她的脸用遮阳布给遮住了,只露出眼睛以上少部分,整个身子都包裹得严严实实的,一是防晒,二是防蚊虫。另一个妇女戴着一个尖顶竹笠,大方地露出整张褐红色的脸。她们一边不停地插枝、捆绑,一边毫无顾忌地谈论,嗓门很大。

这也曾是自己的日常啊!微腥的土壤,混合着植物的天然清香,亲切得像自己身体的肌肤或皮毛。如此亲切而熟悉的一切就在眼前,可如今它们却像别人的肌肤、别人的皮毛,与简易没有半点关系。

简易眼睛一热,像是什么东西被烧化了,热乎乎地往外涌。绿植庄园,他苦心经营了三年多的绿植庄园!他用自己的汗水、心血与时间,一点点筑起它的声誉,此刻却如沙雕般一夜之间全都土崩瓦解,他不能接受,也不甘心接受。

"这两天菜价飙升,你说老板会不会给我们……"戴着布草帽的妇女右手拇指和食指在空中做着数钱的动作。

"做梦去吧,你!铁公鸡肚里的蛋,就算夹碎了,也绝不可能掉下。"

"老周说他们可能要失业了,那么大一个庄园,说封了就封了。"

"嘘!"戴尖顶竹笠的妇女把一根食指放在嘴唇边,环视一周,猫着腰上前与戴着布草帽的妇女耳语。

一股热流急剧地往简易头上奔涌,他觉得她们的话里肯定藏了一个惊天的秘密。他恨不得立即把耳朵伸过去,可他们之间隔了一条河,桥离他还有500米左右。他往桥的方向飞奔,待他过了桥,再折回到那片辣椒地,那两个妇女已经没有了踪影,捆绑好的辣椒挺起沉甸甸的身子好奇地窥探着他。她们带走了

第四章
谜和醉

一个秘密，留下一个谜在辣椒地。简化追着那个秘密跑，却只追到无边的田野、厚重的阳光和微凉的风，好像它们就是秘密本身。他沮丧地回到刚才两个妇女工作的地方，跪在地上双手狠命往地上挖，仿佛一直往下挖就能挖出那个谜底。

  程熙对风尘仆仆赶来的简单夫妇并没有表现出过多的热情。
  "如果你们此行的目的在我意料之中的话……还是请回吧。"程熙纹丝不动地站在窗前眺望窗外，他们只看到她的侧脸。
  "程熙……"郑东东上前一步。
  "真的没有必要，给彼此留点体面吧。"程熙倏然转过身来，脸上的线条比侧面冷硬了许多。
  简单见她态度如此坚决，心知事情已经没有挽回的余地，诚恳地说："很抱歉以这样的方式告别，感念同行那些美好的日子，简家人始终因你而骄傲。"
  这时，老师来电告知程熙，简立基既不请假也不到校，简化也联系不上。程熙面无表情地说："好，我知道了。"她冷硬的线条下的波涛起伏逃不过职业心理医生锐利的目光。
  程熙发送电波给乐嘉，没得到回应。
  "可千万别再出什么差错，东东，我们赶紧去看看。"简单说。郑东东似乎惊吓过度了，呆呆地站着。
  "我也去。"程熙边说边一瘸一拐地往外走。尽管她的腿脚不灵便，但她左右两肩仍努力保持在一水平线上，就好像她的上半身在竭力为她守住脚崴的秘密。仅从上半身，你妄想看出半点破绽。
  郑东东在程熙身后错愕地看着简单。
  门锁着。敲门没有回应。程熙站在门外，门刷脸开了一道锁，她把右手食指和无名指同时按在门锁上，门读取指纹开了第二道锁，"程熙回来啦！"程熙用口令打开了第三道锁。

三人迫不及待地冲进去。屋里传来一股刺鼻的酸臭味。客厅、过道乱七八糟的。恐慌像一只蛮横的小兽，呼啦啦往上蹿，程熙用右手按压着胸口。

简化在混混沌沌中醒来，老腰被硌得生痛，背后冰凉刺骨，浑身不对劲，睁开眼看到啤酒瓶横七竖八地散落在地上，有喝光了的，也有还没喝的，地上湿漉漉的，洒了许多啤酒。他躺在地上，背下还垫着几瓶啤酒，身上盖着一张毯子。他摸索着爬起来，全身骨头都像被酸醋泡过一般酸软难受。

简化在洗手间镜子里看到一个头发和胡子像野草一样疯长的陌生人，野草丛中似乎还隐约可见几根刺眼的银丝。镜子里是一个陌生人，比陌生人还陌生的是那个陌生人的眼神，往日曾有的激情与烈焰已经化为灰烬，曾有的光也已经熄灭。洗手间呕吐物摊了一地。简化用了两桶水才把它们冲掉，抽风机在拼命抽风，空气还是酸臭难闻。

他摇摇晃晃地走出洗手间，过道里凌乱地散落着简立基的玩具、棋子和书包。乐嘉像木偶一般杵在简立基的房间里。简立基倒伏在床上，小脸朝乐嘉侧着，脸上泪痕未干，看样子才刚入睡。简化拍了一张照片，发给程熙，不到两分钟又撤回来。他不知道自己想表达什么，也不知道撤回又算表达了什么，那一刻简化真心为微信这个功能点赞，要是人生也有撤回功能，那该多好，如果人生真的有撤回功能，又能撤回什么呢？简先令、程熙、简立基还是自己？

简化小心翼翼地替简立基脱下鞋子，掀开被子替他盖上。

第四章
谜和醉

简立基手脚受惊般抖动,又抽抽噎噎地哭了几下。简化摇摇晃晃地走出简立基的房间,来到客厅。客厅的茶几上有快餐盒,几乎原封不动,还有一只咬过几口的苹果。简化狠狠地抽了自己几个耳光。一个自视清高的文人决不能继续这样下去,否则别说文字,连自己也嫌弃自己了。

昨天郑东东走后,简化又进书房,在电脑前琢磨着《前夜》是怎么被窃走的,琢磨了好半天也没琢磨出一点儿头绪,脑袋却像充了气一般鼓胀得难受。他觉得他很有必要把那股气体给排泄出去。可他找不到任何可以排泄的途径。他涂了药油,药油没有用,他就用双手紧紧地按压着脑袋,仍是没有用。他想找个人说几句废话,屋里只有他和他的影子。尽管他一直以来最不齿浪费时间,现在他却没有办法阻止时间无效地流失。以往最享受的孤独如今成了最令他窒息的元凶。

试试酒吧。也许酒真的是个好东西,要不何来的"一醉解千愁"?

简化买了两件啤酒,并配了半斤烤鸡翅下酒。撕一块肉塞进嘴里,竟味如嚼蜡。他又用外卖软件点了一斤香辣小龙虾,纵然它不是合适的下酒菜,可辣终究是个好东西,能让人食欲大增。简化灌了一瓶又一瓶啤酒,他发现酒果真是个好东西,烤鸡翅和香辣龙虾都不及它。中午吃的食物似乎还在胃里。喝了七瓶啤酒,简化愈加清醒了。人太清醒不是什么好事,往事及往事的细枝末节,全都纹理清晰地呈现在他脑里,昔日有多幸福,当下就有多痛苦。事实证明,在这样的时刻,痛苦是可以被无限放大的,像高倍镜下的标本那样。人的本性果真是自私。在关键时刻,他没有替简易分担一丝一毫,程熙弃他而去,郑东东为了顾全自己的生物机器人工程,完全无视他的请求,控制了乐嘉。

简化不知道自己喝了多少瓶，隐约记得简立基回来后，他似乎为简立基叫了外卖。简立基抱着乐嘉号啕大哭，不断地问他，乐嘉是不是像爷爷一样去了另一个世界了，他哭着要乐嘉，要妈妈。他似乎吼了他，也似乎哄了他；似乎打了电话给简易，也似乎没打。他心里不断地诅咒，诅咒那个抄袭者、诅咒命运让他与程熙走到一起又分开，甚至诅咒郑东东，埋怨她在这个时刻控制了乐嘉。

后来，后来怎么样了？外卖什么时候来？谁接的外卖？关于后来的记忆，他脑里一片空白。

简化体内缺钙似的一阵激烈的抽搐，也许是心也许是胃也许是肠，它们在扭动、翻转，让他疼痛不已。胃是空的，心也是空的，身体轻飘飘的，仿佛只剩下一副充气的皮囊。

在厨房，简化没捞着半点热气，锅凉灶冷。他看看手表，才凌晨四点，睡意跑了个精光，寒气乘虚而入。简化坐下来烧水泡茶喝，那些凉得发硬的烤鸡翅凑合着当茶点，有智能微波炉，可他不想用，他仿佛在跟自己赌气。小龙虾有啤酒的味道，那股馊味熏得人阵阵恶心。给简立基点的汤，上面已经结了薄薄的一层奶白色的油脂，冬天已经悄然而至了。第三口茶途经食管，简化又一阵恶心，他跑到厕所里吐了个天翻地覆。啤酒掏出了他胃里所有的东西，顺带掏走了他所有的力气。简化觉得脑袋里像被谁塞了一挂燃烧着的鞭炮，不断地炸裂。他摸索着找到一包冲剂，用壶里的温水冲开喝进肚子里，上床盖被子躺着。天花板在旋转、墙壁在旋转，他只好闭上眼睛，仍觉得床像摇篮一样晃呀晃，晃得他胃里又一阵翻涌，他丝毫不敢怠慢地支棱起上半身，一口污物又吐出来了。胃吐干净了，可是他还是在抽搐，像有一股力量在牵扯着，要把胃给拉出来，泪水鼻涕涂了一脸。

胃仍不甘罢休地折腾着。除了五脏六腑，也没有什么可吐的了，五脏六腑没能吐出来，它还要在体内作威作福。也不知道过了多久，简化才昏昏沉沉地睡去。

简单、郑东东和程熙忐忑不安地往里走，看到简化父子俩仍在睡觉。程熙心里百味陈杂，没想到才离开这个家两天，这个家竟已经没有家的样子。凌晨时分，看到简化发来的简立基满脸泪痕的照片，母子连心，程熙又心酸又甜蜜。孩子始终是需要妈妈的，怎么会不需要呢？她在自以为是的想象中获得片刻心理满足，得以入睡四个小时，这也是她离开简家后第一次真正意义上的睡眠。可笑的是，这短暂的美好，是以自己欺骗自己开始，而以自己彻底清醒而结束。

程熙看看乐嘉，看看简立基，又看看郑东东，脸色大变。简立基需要的是乐嘉，还是乐嘉，始终是乐嘉！被欺骗的羞辱感强烈攻占了程熙的理智，她突然昂首挺胸，像当初的入职宣誓那样迈着优雅的阔步上前推了一把乐嘉，径直就往外走，门在她身后发出一声巨大的闷哼。

"程熙！"郑东东追了出去。简单一把把郑东东给捞回来，"没有用的，我们成了她的假想敌，从心理学的角度来说⋯⋯"

"没有用的，因在我，果也该是我。"简化站在简单和郑东东的背后抢白，像一个稻草人。

简单和郑东东吃惊地回望，三双眼睛在相互对视、询问和揣测。

简立基迷迷糊糊地爬起来，又迷迷糊糊地在床上坐了一分钟，抽噎起来。简化像一个被老师提问，紧张到忘了答案的学生，手足无措地站着。简立基下床跑到乐嘉跟前紧紧地抱着乐嘉，简化强硬地把他拽开，让他洗漱。

简立基洗漱的时候，简化极其不悦地瞪了一眼郑东东。郑东东无奈地耸耸肩，她环顾一周，入目皆是凌乱景象，缺了女人的家确实有点不像样。

简立基洗漱完毕又蹿回房间，犟着不愿去学校。简化哄了十几分钟，他就是不听。简化性子一起，捡起一根装饰用的藤条就要打简立基。简立基一边躲一边喊乐嘉，喊妈妈。

简单夺过藤条，不可置信地怒瞪简化。

郑东东搂着简立基："小立基，我们来个约定，如果你能做到不哭不闹，我就能把乐嘉给唤醒，但是你得给二伯母一点时间。"

简立基突然泣不成声："真……真的……吗？那你要……保……保证……她……不会……像……爷……爷爷……那……那样……被……烧……烧了，呜呜……"

原来是担心这个，简化的心被这哭声给化成了水，他真想狠狠捆自己几巴掌。

郑东东送简立基去学校后，一场对话在两个男人之间展开：

"你把婚姻搞砸了。我希望这是一个假命题，可事实似乎不是。"简单扶扶眼镜，"逻辑不是今天的主题，但主题离不开逻辑。很显然，你目前状态不好，包括简立基在内。你需要一个心理过渡期，在完成心理过渡期之前，你可能会产生一种'有奶便是娘'的错觉，如果不及时纠正这种错觉，你只会在泥沼里越陷越深。有些东西是唯一性的，她的权属很明确，非此即彼，你明白我的意思吗？你需要帮助，直接跟二哥说，包括乐嘉的事，你都直接跟二哥说，二哥帮你想办法。"简化收拾满地的狼藉、洗漱、刮胡子，自始至终屁也不放一个。简单追着简化的屁股自说自话。简化压根儿就没听进去，他自小就与简单格格不入。他们没闹过什么大矛盾，但也从来没有超过30%的共同点，他们就是同一屋檐下的两个不同物种。

这场两个人的谈话一直延续到郑东东回来，简单才不由自主地闭上嘴巴。郑东东在的时候，他只需要当一个合格的听众——人终其一生，都在当听众，听别人、听自己、听世界。郑东东没心没肺地描摹送简立基上学的细枝末节，说简立基没有胃口，却硬是往嘴里塞食物，把眼泪塞出来又生生憋回去，说简立基在校门口跟她道别时的拉钩以及三步一回头的不舍……"我下午就把乐嘉违规使用超能的情况形成报告上送至中国电子智能部法制司，让他们分析研判并裁定，当然这个过程是要加强沟通的——简化你发现没有，简立基特别黏乐嘉，这种感情，甚至是超越了对你和程熙的……"郑东东的话忽然打住了，像一辆在高速路上飞驰的轿车，突然踩了个急刹。

简化敲击键盘的声音越来越快、越来越重，那声音仿佛长了尖利的刺，要穿透这厚厚的墙的围困，去抵达广阔和高远。

郑东东仍絮絮叨叨、啰唆不停，关于乐嘉的问题，她许诺一旦有进展，会立即告知，在乐嘉的处理问题上，必须时刻保持沟通联系。最后，郑东东还严肃批评简化不负责任地酩酊大醉……简单翻着白眼把头偏向一旁，他平日里怎么没发现郑东东有如此细心的一面呢？

程熙像一只充满气的皮球飞速往外"滚"，她强烈地希望这世界上所有的摩擦力均为0，让她不断地滚下去，永无止境。只有这样，她才会真正体会到自己存在的意义——不为谁停留，只为自己前行。有那么一刹那，她感觉自己真的能这样一直滚下去，那种感觉真爽，爽得让人落泪。可不知是磕哪儿、碰哪儿了，这皮球忽地就泄了气，瘪了下去，她靠在一根电线杆上，顺着电线杆滑下去，一直滑到地上。钻心的痛从脚跟往上蹿，也有可能是从心脏扩散至胸口，又或者是从头部一直往下沉，说不准痛源在哪儿，就是感觉全身上下哪儿哪儿都痛。她恨自己毫无原则，从拖走自己行李的那一刻，她就下定决心不再踏入这个家半步，可是她的过度自信鬼使神差地促使她主动上门示好，一条撤回了的信能证明什么呢？是恳求，是示威，是得意，还是不小心发错了？又或者什么都不是，她居然为此暗暗高兴，高兴到忘乎所以，直接跌入简立基的老师和简单夫妇设计的圈套里。她似乎听到自己全身的骨骼"咯吱咯吱"碎裂的声音，她恨自己竟然是个没有骨气的家伙。

这些日子，她工作以外的时间就像一只老鼠那样东躲西藏，不敢露脸。哪怕是上班时候，她也下意识地躲着，躲着一切，仿佛做了什么亏心事。她想知道绿植庄园现在的情况，又害怕知道。不管她想不想知道，也不管她是有意还是无意，她还是断断续续地从市政府办公室其他人的眼神和语言中捡到了绿植庄园事件的一些碎片，这些碎片被她拼凑成一个她最不想承认的事实。原有两份要呈王常务签批的开支单，她思来想去还是托王常务的秘书带去。她还没想好该怎么面对王常务，逃避当然不是上策，但是短暂的逃避真的可以给自己绷紧的神经松个绑。

昨天母亲打电话给她，说："白日里和你阿爸去西湖苏公堤荡了一圈，回来的路上，你阿爸给我量身定制了几身衣裳。店里的旗袍很是走俏，你爸说这些年再也没见着你穿旗袍，索性

第四章
谜和醉

邮寄一些丝绸给你,让你依着自己的心性做两件自己喜欢的衣裳,好生照料一下自己,也给简化男人家和简立基伢子做一身丝绸衣裳。这三四年我闲得慌,做了一些丝绸衣裳打发时日,都是你喜欢的样式——你那边一切都好吧?"母亲顿了一会儿,小心翼翼地试探着:"我这两晚都梦到你在……哭。"

程熙用力吞咽下哽在喉咙里的"不明物",说:"我很好,一切都好。就是工作忙了点儿,没能经常打电话问候你们,阿爸阿妈尽管放心,我一定替二老保管好你们的宝贝女儿……"电话挂断了,程熙的喉咙和鼻子彻底被"不明物"给堵住了,她放弃了再次压制"不明物"的打算,任由它们作威作福。过了一会儿,母亲的视频再度打过来了,无人响应后过一会儿,视频铃声又不甘心地响起来,程熙赶忙整理一下妆容,调整好情绪,才重新接起。母亲说父亲想见见她,父亲作势说是这老婆子心里空落落的。

程熙自有记忆史以来第一次发现父母的一唱一和很违和。

那天从绿植庄园回来后,蓝心怡的电话也追了过来。再后来,简易也打了好几个电话,她在接与不接之间进行了一番激烈的斗争。就算已经不是一家人了,她对简易的敬重并未有丝毫减退。简易是个老实人,他话不多但是做得多,确实很有做大哥的范儿。他默不作声地扛起了这个家,也扛起了三个弟弟妹妹的未来,却从没以此居功,反而小心翼翼、唯唯诺诺,似乎生怕遭弟弟妹妹嫌弃。弟弟妹妹羽翼丰满,先后飞离小县城,他仍在守着贫瘠的小县城。卢丽妮是不甘心的,把小鸟喂成了凤凰,凤凰却高飞了,她却连一根羽毛都没捞着。她想在县城里拥有一套属于自己的房子,这也无可厚非。当年一穷二白,她担当起长嫂的责任,像亲娘一样供养着一大家人,如今弟弟

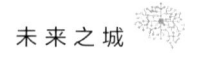

妹妹过上了好生活，她的生活水平仍未有多大改善。

说实在的，程熙不怎么能理解这家人共存的方式，然而她还是接纳了这个家的一切，直到她和简化闹翻也是如此。就凭这些，程熙没有理由不接电话，她能想象得出电话那端简易的小心翼翼和忐忑不安。她好几次用右手食指把接听键往右滑动，溃乱的情绪形成一股强大的逆流，一再阻止她，总在滑动1厘米左右的位置又给弹了回去，就像这一厘米处横亘着难以跨越的喜马拉雅山脉。从刚才省食药监局抽样的情况来看，无论接或不接，都改变不了绿植庄园的命运，这电话不接也罢，省得为难。

接下来那两天，程熙从工作之余的闲杂拼凑中，知道卢丽妮已经承认违规使用相关药物。于私，程熙当然想帮一把，哪怕是处罚轻一点也好。但是以程熙个人的能力，显然心有余而力不足，如今连王常务那边也受了牵连，还有谁能够帮她？再说了，烫手的山芋谁还敢接？

程熙疲软地靠在柱子上，来往的人行色匆匆，没有谁多看她一眼。太阳的炙烤让她回到现实。她站起来又跌回去，手机也掉落地面，钻心的痛从脚踝处放射至全身每一根神经，她这才发现脚踝又再次肿成了大猪蹄。捡起手机，她看到六个未接电话，头脑晃荡得厉害，她重新把鼻尖凑到手机屏幕前确认，确实有六个未接电话，分别是办公室的、李斌的和王常务的，还有一个陌生电话。她盯着这几个未接电话，似乎要从中拼凑出某一串熟悉的数字，哪怕只是虚荣地刷刷存在感，可她只刷到了掉价的意味。难道刚才她睡着了？她恍恍惚惚地回忆，觉得脑门似乎闭合起来，暂停运转了，她敲不开那扇门，也就无法透过这扇门掏出任何信息。

当务之急是去医院，程熙狠心对自己下命令。她叫了一辆

> 第四章
> 谜和醉

网约车,在等待网约车的时间里,她一一回拨了电话,毕竟今天是正常工作日。程熙先回拨王常务的,再到李斌的、办公室的,最后回拨陌生电话。回拨了电话后的她不禁鄙视自己,她似乎无意识地遵循了这世界的某些规则,这些规则是原先她所鄙视唾弃的。可是在她回拨电话这个行为发生的时候,她丝毫没有把这个行为和她固有的认知联合起来,思维和躯体是各自独立的,是完全开放的,没有规划、指挥或导向,是她的行为本身潜意识地遵循了某些潜规则,这让她觉得很不悦,甚至鄙视自己的行为。

陌生电话是邮政快递,她网购的厨具与餐具到了——这几天她都在食堂吃。

一串陌生号码顽固地一再显现在手机屏幕上,原来是网约车司机打来的。他责怪道:"你人呢?我打了五六次电话,这里不能停车,我转了几圈没看到疑似在等车的人。小姐姐,这一点都不好玩,我是开车吃饭的,不是开车兜风的。"程熙打开订单才看到自己搞错上车地点了,东区西路写成了西区东路。纵然她不停地赔礼道歉,对方还是取消了订单。程熙只好另约一辆车。

医院永远都是人满为患,这也许是除了市中心和热门景点以外的人口最密集的地方。程熙走不动,在医院的公众号里约了一个导诊师,要了一张轮椅。导诊师看了她的脚后,建议直接做核磁共振成像(MRI)。MRI室排队机上显示有二十三人在排队检查,程熙排在第二十二位,此刻已经十一点二十三分,上午肯定轮不到她了。中午有那么长一段休息时间,导诊师建议她中午回去休息,下午最好让家人陪同前来,脚踝的情况看起来并不那么乐观。程熙选择了在候诊室里待着,回去也是一个人，而且要来回折腾。在这还有导诊师陪伴着，虽然两人是建立在经济利益关系上的，但至少比一个人待着胡思乱想强。离下班还有半小时，候检区或坐或站，挤满无精打采的人，候检区前的过道里也是人来人往的，不是一脸痛苦就是陪着一脸痛苦的人，在这样的场合程熙反而摆脱了某些煎熬，似乎别人的病痛可以暂时缓解她的伤痛。曾经以为无法承受之痛，在更大的痛苦面前，就变得微不足道了。

程熙出神地盯着候诊区前的过道，突然看到一个极为熟悉的影子——乐嘉。她怎么会在这里？难道简立基……又或者是跟踪她？一股强气流从心底腾地往上蹿，她条件反射般弹了一下，有一股想上前质问的冲动，但更多的还是想知道简立基现在的情况。内心的百味杂陈让她一时拿不定主意，待她摇着轮椅在人群中挤出一条路过去，却不见了乐嘉的踪影。导诊师在和她的男友网聊，正聊得热火朝天，浑然不觉程熙的离开。程熙绕了几圈也没见着乐嘉，沮丧地往候检区摇回去，正遇上医院下班时间，离散的病人和病人家属像一股逆流，让轮椅寸步难行。导诊师气喘吁吁地找到程熙的时候，程熙已经避过人群最高峰，正神思恍惚地往MRI候检区赶。她呼叫了几次乐嘉，都显示对方不在线，难道她藏着一个什么秘密，所以故意避开？

导诊师眼见程熙不搭理她，羞愧难当又懊悔不已。她害怕被病人投诉，那样的话，她好不容易托人找到的工作就没了。

在郑东东的碎碎念中简单和郑东东告辞了。简化驾车汇入甲虫一样的车流，四周高楼林立，筑成密不透风的丛林，丛林内二氧化碳和硫化物等气体密集地交织，沉重的空气像一张硕大的甲壳，甲壳下，是被挤压成拉面一样的马路。

第四章
谜和醉

智能驾驶系统每隔五分钟又问:"主人,您是要去哪儿?您直接吩咐我,剩下的事情交给我就行了。"睡意像寄生虫一样牢牢吸附着简化,如果不能在这混沌中清醒,那么就在混沌中沉睡吧,颓废感强烈来袭。电话唤醒了正准备向瞌睡虫臣服的简化。

"三弟,有人陷害我们,害得你大嫂被拘留了。虽然你大嫂嘴巴厉害,但心地是善良的,你相信我。我差一点儿就知道真相了,不,其实我已经知道真相了,只是我没听清楚,但事实上我听到了一些,确实有人陷害我们,我慢了一步,没逮着证据。三弟,你听我说……"

这回,关于绿植庄园的事,不再是蜻蜓点水般在简化的脑里掠过,而是像蜻蜓在他脑里产了一泡卵,他无法把它从脑里彻底清除出去。

"龚县郊外,西江平湖。"简化吩咐智能驾驶系统。车子如离弦之箭,拨开沉重的空气,一路朝金港市绕城高速驶去。

绿植庄园里的茄子、豆角、苦瓜、菜椒正是上市的季节,枝枝蔓蔓攀过墙面,越界往外野蛮生长,瓜瓜豆豆像青春痘一样密密麻麻地缀满枝干和藤蔓,茄子坚硬得可以作为柱子来支撑茄子树了,几只虫子躲在苦瓜的褶皱里乘凉,秋老虎从来不放过任何一个作威作福的机会,此刻,它正在竭尽所能地示威。封园第五天,藤蔓因水分大量流失而蔫蔫地耷拉在篱笆上,庄园荒芜的端倪初露。生命力越旺盛,在挫折的面前越掩藏不住颓败的态势,那些平日被赶尽杀绝的野草此刻正耀武扬威地日益葳蕤。

没有人烟的绿植庄园成了蜂飞蝶舞的乐园。庄园往西是已经收割了的光秃秃的稻田,枯白的稻根一排排倔强地立在田里,周边零星分布着一块块农家小菜地。再远一点，有面包一样的小山丘和树，太远了，看不清是什么树。

这世界，总有生命在悄无声息地流逝，也总有生命在野蛮地生长。简先令消亡了，他也许正在某个隐秘的角落，以相似的方式或者是以一种完全陌生的方式生长。自然界自有它的生命法则。

简化没有发现一道影子正在向他靠近，那道影子悄无声息地把一只手搭在他的左肩上，他吃了一惊，回头看到简易。"三天半了，你大嫂被公安局拘留三天半了。我们是被陷害的！说实话，我很愤怒，虽然我知道我该耐心等待一个公正的结果。但万一结果被表象误导了，我又能怎么办？我现在与废人无异，花了那么多心血。可以说，庄园里的那些果蔬里流的不是汁液而是我的血。就像一个婴孩，我刚刚把他拉扯大，他却遭人毒手。我听到果蔬在烈日下的呻吟，却没有能力减轻它们一丝一毫的痛苦，眼睁睁看着它们在眼前夭折，所有这些，都在给我的心上酷刑，是酷刑，三弟，你懂吗？不，你不懂，你没有亲历，你怎么会懂——程熙呢？三弟，大哥没求过你什么，这次就指望你们了。"

简化从那张沧桑得不近情理的面容里努力辨认简易的样子。他记忆中的大哥是那么年轻俊挺，以至于他直接忽略了时光在简易身上布下的拐点，拐点一到，生命就往回收缩。时光是那么老谋深算——人们目送一个又一个平淡无奇的晨昏，它们看似不断重复，只是每个生命个体重复的周期长短有所不同。在这样的重复中，人们很容易被每一轮新的日出带来的假象蒙骗，感知因此变得迟钝，他们不知道其实没有一个晨昏是真正重复的。晨昏从来是单向流逝的，而且从不白白流逝，它们总要携走一些什么，譬如青春、容颜、记忆和灵活的动作。简化拉着简易上车，就像小时候简易拉着他那样。

简易一定要带简化去那个藏着谜底的地方。凭着简易的记忆，他们走了很多条种满三醉芙蓉的僻静的路，却始终找不到那条铺满银杏叶的岔道。龚县种三醉芙蓉的路很多，邻县也有很多路种三醉芙蓉，三醉芙蓉是金港市的市花。他们把相邻两个县种有三醉芙蓉的僻静的路也走了大半，发现有两条铺满银杏叶的岔道，一条通往一个叫六垌屯的新农村，里面住了百来户人家，村民说这里附近没有种菜的菜农，他们这里靠山吃山，种的是油茶树和八角树。事实上也是，沿着村子再往里走，除了山还是山，根本没有出现大片田野的迹象。另外一条铺满银杏的路是通往一个叫"依水小筑"的农家乐，农家乐集餐饮、住宿、玩乐于一体，亭台楼阁大多为木质结构，回廊迂回曲折，雕镂精致，庭院翠竹掩映，缀以灯笼和油纸伞，湖水依岸排了一圈画舫，画舫上也布了桌椅，多为二人桌，大约是专为情侣而设。如果不是揣着烦心事而来，这里倒不失为一处玩乐的地方。"依水小筑"紧挨着一片新开发的工业园，那里基建还没做好，到处堆满新挖的泥，钩机、吊机、铲车、压土机、泥头车沉闷地拼着狠劲儿，机器尚未开发到的地方，还是一片荒芜。"依水小筑"与工业园并不连通，工业园的出口方向与"依水小筑"的出口方向正好相反。待工业园区建成，配套设施也完备时，"依水小筑"的视野空间和价值空间还会成倍增长。

简易失望地示意简化前往下一个地方，简化判定简易由于悲伤过度，而出现幻觉幻听，但是他愿意假装糊涂陪简易继续转下去，就像小时候自己闹情绪，简易默默在身后陪自己走那样，纵然这样的时候不多，但是简化印象特别深刻。车子驶离

"依水小筑"没多久简易发出轻微的鼾声，简化把车速放慢了，让简易安然入睡。

途经一座废弃的家具厂，简化看到简博弈和3个年龄相仿的人鬼鬼祟祟地跨过一米多高的伸缩门，猫着腰钻进了家具厂里。简化靠边停好车，也跟着翻过混合着锈迹和尘土的伸缩门进入家具厂里，厂区入门的左边是一个废弃的锅炉，锅炉积了厚厚一层灰尘，几乎辨不出原来的模样，地面上散落着一些断砖和石灰泥，厂区的右边有几间旧厂房，厂房灰黑的墙体上挂满了蜘蛛网，沿着厂区正门直入，里面还有另一个厂区，到处散发着陈腐的气味。简化径直往里面的厂区走去，远远看见几道身影翻越坍塌的围墙溜了出来。

简化脑里画了一个大大的问号，简博弈一伙的可疑举动让他浮想联翩，他无法说服自己去相信刚才简博弈的行为是基于常情常理上的生活日常。他脑里闪过一个可怕的猜测，这猜测让他不寒而栗。简化的电脑第一次疑似出现蓝眼睛水印前的一段日子，简博弈借用过他的笔记本电脑投递简历。他应聘的是协美电子厂的行政综合管理岗，对方对他的谈吐和相貌很满意，但觉得他的简历过于简单，人事复议后通知简博弈提供一份更详细的简历。那天，简博弈和蓝心怡在市政府办事，见到程熙，程熙邀他们到家里坐坐，简博弈临时接到了要简历的通知，无奈只好借用简化的笔记本电脑补充完善简历信息。难道……简化突然觉得全身血液迅速冷却、凝固，心脏在不断收缩。回车上的短短几十米路程，简化打了十几个哆嗦，方向盘也打了十几个哆嗦，车也跟着打了十几个哆嗦。

简易还在打着鼻鼾，似乎睡得还挺踏实，但是简化却没有了继续装糊涂陪简易的兴致，他脑里的特写是简博弈闪烁不定的眼神，以及刚才在家具厂鬼鬼祟祟的行为。简化向来就觉得简博弈不可靠，他也说不上是哪里不可靠，也许因为简博弈长着一双飘移不定的眼睛，当然眼睛本身不会飘移，会飘移的是眼神，眼神的飘忽正好掩盖了他的深沉，小小年纪就很会察言观色，会投机取巧。

简化心里兜着事，就开启了智能驾驶模式，车辆平稳地行驶。简易醒来发现已经到了家门口，他把没找到那个关于陷害的线索归因于他睡着了，因此很沮丧并且很自责。简化对此没有过多的反应，他的热情似乎在小半天无效的兜兜转转中消失殆尽，简家人与生俱来的冷漠此刻在他的脸上一览无余。简易说话行动变得小心翼翼，低学历让他的身量在弟弟妹妹面前不由自主地矮下去，纵然他的身高并不亚于简化简单他们几个，也许他在担心一不小心就会折断了那根关于亲情的脆弱的弦。

简博弈若无其事地坐在庭院的一块石头上看蓝心怡在直播间搔首弄姿。他居然回到家了，这速度比007有过之而无不及，伪装得比狙击手更天衣无缝，简化在心里冷冷地哼一下。庭院不小，只是利用得并不充分，东北角堆放着一台智能喷洒机、几把电子锄头等农具，还有电子泵之类一些农机拆下来的零件，它们杂七杂八地堆放在一起，有些农具和零件上面还沾着未洗净的泥巴或者污黑的机油渍——乡下人眼里什么都是宝。西南角空荡荡的，支着一个晾衣架，上面没有衣物或者被子。东南角用砖头和小鹅卵石围起的形状不规则的花圃，里面种有一些菜和花。花圃旁边种了两棵桂花、一棵石榴，依墙而建的花圃里种着一排四季蔷薇，蔷薇爬上围墙，花架下种了一畦绿油油的葱、蒜。蓝心怡此刻正以东南角作为背景做直播。简化之前也来过几次，但是对这个庭院，甚至是对简易的家都没有什么印象。这一点也不奇怪，他对自己家的很多地方的布局至今概念仍模糊。

简博弈对简化的突然来访，表现出巨大的热情，屁颠屁颠地进屋烧水煮茶，倒茶递烟。蓝心怡眼睛含笑与简化对视了一秒，收回视线继续进行她的直播，那灵动的大眼真会表达："欢迎，进屋喝茶……"这样单纯而清澈的眼睛与那双飘忽的眼睛是怎么凑到一块儿的？当然，这疑惑也只在简化脑海里一闪而过，这还构不成现在写作需要的素材，没必要费心力。

"今天都怪我睡着了，我不知道怎么会睡着了，其实你可以叫醒我的。要知道，我们真的是被陷害的，那天我要是不赶着过去，我隔着河也能听得一清二楚，我要是能掐指算出她们会凭空蒸发了，我一定不会贸然过去惊动她们——但我真的是听到了。三弟，只要你的记忆都还在，那么你记忆里的大哥现在就坐在你的面前，他从来不撒谎，也从未改变，你可以完全信任他，像小时候那样信任他。"简易一口气喝了一大杯水，他岔开双腿，右手臂随意搭在沙发靠背上。

简易那句"像小时候那样信任他"，勾起简化的万千思绪，但纵然有万语千言，也被一口茶给咽回去了，咽下去有咽下去的好，再说出来也许会很呛人。他原想说，他和程熙已经各分东西了，关于绿植庄园的事，程熙是指望不上了，程熙能做到狠心抛夫弃子，区区一个大伯又如何牵得住那根飘远了的亲情的细丝线；他想说，关于《前夜》被盗用被质疑，至今毫无头绪，洗白无望，他自己也将身陷囹圄；他想说，他连爸都当不好，如今乐嘉被控制了，他既当爸又当妈，他现在的境况比被捅了蜂窝的蜂还乱；他还想说刚才在废弃家具厂里见到了令人

第四章
谜和醉

难以置信的一幕。可这些话不是不能说，而是要在合适的场合说，现在说有放大自己的痛苦，以掩盖自己的无力之嫌。

简易见简化没吱声，局促地搓着自己的双手。简化意识到自己走神了，他轻轻拍了两下大哥的肩膀，像简易小时候安慰他那样。简易老实巴交地"嘿嘿"笑两声，像一个憨憨的小孩，做对了一件事想要获得大人表扬那样憨厚。简化何尝不知道他心里的苦，只是当下他心里也纵横交错着无数荒芜的阡陌，他不知道明天在何方。程熙在的时候，绿植庄园的事不需要他过问，事实上是很多事情都不需要他过问，他只需过问他的文字，思量着用什么方式去排序它们，排序出独一无二的简式风格。如今一下子生发出那么多事情，这些事情层层叠叠地交错缠绕在一起，实在难以理清头绪，却又不能抽身而退。在高深莫测的生活面前，他只不过是一个巨婴罢了。要说还有什么自信，那就是仗着文字还能撑起一身傲骨，可万一他在规定的时限内证明不了自己，那么他这辈子将为"罪名"所束缚，这副单薄的傲骨也终将如多米诺骨牌一样一触即倒。

程熙的选择是对的。他没有给过她真正的归属感，他的自私一点点地浇灭了她所依赖和取暖的念想，曾经激烈燃烧的热情在日复一日的失望中逐渐熄灭以至成为灰烬。"所爱隔山海，山海皆可平"曾经是真的，当年为了那几首酸腐得不值一文的情诗，程熙不顾父母的反对，从人人向往的繁华的东部城市杭州奔赴西部这个不起眼的小城，把自己毫无保留地交给他。她奔赴幸福而来，如今满身伤痕离去，何处是家？何方是归途？如今绿植庄园的事，肯定也牵连到她了吧？

"要不你在大哥这留一晚？明天，我保证明天一定能找到那条路，去找到那个谜底，我保证不会再睡着，好吗？三弟？"简易热切地注视着简化。简化避开大哥灼热的目光，果断地说："大哥，你别把太多希望寄托在我身上，我今晚必须回去，并且现在就得回去了。关于绿植庄园的事，我给不了你任何承诺，但是，我能做的我一定会做。"

简易吃惊地看着简化，他不明白简化的话怎么突然硬邦邦的硌得他心生疼。在这种吃惊中，他的身躯不断地往下佝偻，他右手提起壶给自己的杯续水，水洒了一半。简博弈想接过壶替他倒满，简易用生硬的左手推开了。简化没有错过简博弈复杂的目光，说不上那是掺杂了什么样的感情，但着实让人战栗。

简易没有起身送简化，他佝偻着背盯着手里那杯白开水，仿佛一直这么盯下去，一些连日来困扰他的问题的答案就会从水底慢慢浮上来。蓝心怡终于从院子里走进屋了，她和简博弈一道送简化出门。简博弈几次欲言又止的样子全都倒映入简化的眼睛，但是简化对这些欲言又止的内容并不感兴趣，人永远不可能从他人的欲言又止里掏出对方的底牌，除非对方自己亮出底牌。

简单刚上车时胸口还憋着一团气，无处消化，他就等着一个发泄的机会。可是郑东东在回程的路上出奇地安静，车开了几十公里，她仍一言不发。简单的胸腔不争气地泄了气，气一泄了，就有点难以适应这样安静的郑东东，他不断地切换车载音乐的风格，故意把空调调得忽冷忽热，目的是重新激活那个闹喳的郑东东，然而郑东东似乎对这些异常浑然不觉。

她在简单的眼角余光里托腮凝思，像个怀春的少女。她侧脸的线条仍是那么柔美，这样安静的她，俨然一派大家风范的淑女模样——她就是一本百变的书，值得简单用一辈子时间去品读——哪怕真的用完一辈子去品读，仍觉意犹未尽。简单好几次想挑起话题，但又不忍揉碎她此刻的遐思。

郑东东回到家顾不上休息，立刻着手起草关于乐嘉违规使用超能的情况汇报文件，并附上简化关于从轻处罚乐嘉的请求，呈报给中国电子智能部办公厅。

中国电子智能部办公厅组织生物机器人工程股和法制股针对此事召开了专题分析研判会，会议持续了整整一个下午。在毁掉还是保留乐嘉的处理意见上，与会人员产生了巨大的意见分歧，有人认为必须销毁乐嘉，无论她是出于何种动机，她都违反《机器人使用与服务条例》了。

休会期间，郑东东那两片性感的厚嘴唇并没有如预期中那样磨薄，甚至连磨的机会都没有。中国电子智能部办公厅总是好言好语相待，可一旦郑东东提出要求，他们就直接以"静候结果"来封杀话题，郑东东的诉求就那样被扼杀在咽喉里。其间打过几次简化电话，他要么不接，要么欲说还休，有几次郑东东似乎还隐约听到简立基的哭声。

简单在心理学领域上求索数载，终于在混沌的脑分区里摸索出一条具有可操作性的捷径来，他简直一秒也不能延误地想要付诸行动。从金港市回来后，他好几次亲昵地拥着郑东东，欲进一步谋划部署实施他的伟大构想，可郑东东不是忙于打电话，就是忙于接电话，有时候连续拨好几个电话，拨电话的目的除了简化还是简化。让简单极其不悦的是，简化经常不接电话，郑东东还不停地打，她把这事看得比自己的事还重要。而郑东东一旦放下电话就茫然地坐在电脑旁，她的目光是没有焦点的,仿佛电脑里的某个元件或是别的什么东西打碎了她的目光。简单的亲昵与温存在郑东东心事重重的缄默下渐渐降温。他们两人结婚十多年,从未像现在这样——两个人都不在工作中,但又无话可说,过分的安静与沉默在空气中发酵。以往只要郑东东不在工作中,她就会闹得比晨昏欢叫的鸟雀还起劲,即使打断了简单的工作思路,她也从来不发觉。

中国电子智能部办公厅在休会后的第三天再次召开会议。会上争论双方仍各执己见,赞成的声音和反对的声音几乎一样多。会议记录员记录了长长几页仍未能画上句号。这是一个新入职的职员,他瞅着争论暂停的间隙用力呼吸几下,挠挠发麻的头皮,一头蓬松而略显凌乱的头发起劲地蓬松凌乱着。这会议究竟要开到什么时候,这次的会议纪要怕是要长过山川河流了。

眼看会议又要在激烈的争论中僵持,坐在主席台的分管办公室的副主任闫光作了个暂停的手势,争论的双方才渐渐停下。闫光的目光平静地在与会人员的脸上逐个停留约一秒钟,绕了一圈才慢慢收回。他说:"任何新生事物的出现,既有它的合理性,也有它潜在的危险性。这些潜在的危险是未知的,是不可预测的,包括人类本身,每个个体都潜在一定程度的危险性,没有谁能免俗,关键在于个体如何控制并规避风险,但我们不能因噎废食,阻止有独立思想的个体和社会向前发展,生物机器人的存在有着有利的一面,自然也不能避免附带着出现一些弊端,我们要学会辩证地看待新生的事物。如果乐嘉的服务能让她的服务对象有极佳的服务体验,那么我们是否可以这样理解,她处于混沌中,情感分区已经无意识地被自我唤醒了。"

第四章
谜和醉

正方突然增加了一个强劲的对手,反方一时面面相觑,无言以对。好一会儿,生物机器人工程处的罗程远作为反方代表站出来:"生物机器人情感主动觉醒并不见得是好事,这表示机器人思维系统的成长速度正在不断地超越我们人类的创造性思维,如果不及时止损,达到杀一儆百的效果,那么,万一机器人集体觉醒,或者集体被唤醒,人类将毫无退路——我是否可以从这个角度上说,我们人类正在把自己逼上绝路?"罗程远一番激情慷慨的陈述引起一阵小骚动,反方纷纷交头接耳。

闫光从主席台上缓缓站起来,向外面招招手,一个腼腆的大男孩带着憨厚的笑容温温吞吞地走进来,一身中规中矩的行头,衬衫和西裤因过于笔挺而略显生硬呆板。"诸位,我来介绍一下,这是生物技术反攻实验室技术总监麦皓天。麦总毕业于中国智能大学,留学于世界未来大学,电子智能专业博士后。他研究的反攻生物机器人工程已经取得阶段性进展,成果值得大家拭目以待。这无疑是生物机器人的克星,这也正是我们当前所需要的。我贸然邀请麦总出席会议,就是想减轻诸位对于生物机器人发展的顾虑。后期我们会申请专项资金,用于反攻生物机器人工程的研究。生物机器人越大规模投入使用,潜在的危险也越大。毫无疑问,我们必须紧紧地掌握住机器人群体的命脉,无论他们的智慧与情商发展到什么程度,自始至终都要保证在我们的可控范围内。"

"说实在的,上次休会后,我也纠结了很久,到底要如何处置乐嘉。讲人道还是讲法治?如果选择是唯一性的,好像无论怎么选择都是有遗憾的。如果就这样毁了乐嘉,损失相当大。乐嘉和Loka是生物机器人工程最初启动时的试验对象,她们的毛发、眉眼、皮肤与身体构造,已达到以假乱真的程度。她们姐妹俩走在大街上，人类根本无从识别她们的机器人身份。设计如此精密，程序如此复杂，机器人工程研究小组夜以继日地攻克了一道又一道难题，才迎来她们的诞生，你们可以想象其中耗费的物力资源与人力资源。当然这番话主旨不在于强调研发的投入力度，我们回到事件本身，离开事件本身去谈论那些无异于空谈。完全讲人道肯定是行不通的，任何人和事都不能凌驾于法律之上，所以我认为处罚是必需的，但不能一毁了之，要给善良一条出路，也以此警示和激励整个生物机器人群体。"

会议室陷入短暂的安静，片刻后，与会人员交头接耳纷纷讨论。最后仍决定休会，休会期间对麦皓天的项目可行性和进展进行分析评估。会议改为第二天上午八点三十分进行。

得知第二次会议仍然没有结果，郑东东特别焦躁，她坐立不安，要么不开口说话，要么一开口语气就很冲。简方向放学回家嗅到火药味就立刻把自己锁进房间里，连晚饭也不出来吃。简单一如既往地叫了外卖，他和郑东东都是工作狂，认为把时间浪费在厨房里是对时间的不尊重。

简方向要回学校上晚自修时才打开房门，例行公事般地道别，然后匆匆出门。简单和郑东东埋头吃饭。简单看着正在吃饭的郑东东，突然觉得今晚的菜寡淡无味。

没有谁喜欢活在谜团中，勇者都在探寻谜底的路上。

第五章 寻谜路

"警官，别说那扇排气道，就是排水管道也没问题……"犯罪嫌疑人缩了缩肩膀，仿佛身量真的又缩小了一倍。还不到半小时，犯罪嫌疑人的烟瘾又犯了，烟瘾一起，他总会下意识地揩鼻子。乐天抛给他一包纸巾，他接住了。乐天草草结束了这场审讯后，再次来到案发现场。房子冷清清的，屋内的地板、家具上都落了薄薄的一层灰尘。原来的租客搬走了，房东无精打采地坐在门口的轮椅上，他哭丧着脸说："警官先生，案子还没有进展吗？我的租客都跑光了，没有了生计来源，你存心让我这老头子喝西北风去啊？"乐天推着房东往庭院里走。不料，房东不小心被地上的那棵蔷薇绊到，他打了个趔趄，轮椅迅速往水池里滑。乐天一跃一捞，稳住了轮椅，房东才不至于掉到水池里去。乐天在死者生前住的房间默默抽了两支烟，告别了房东，回警局去了。

简化敲键盘的手顿了一会儿,他从键盘旁边摸出一根烟,点燃,抽了一口,搁在桌子一角,接着创作。他记不清有多久没像现在这样完全沉浸在写作状态中了。郭小丹的电话又来了,简化看了一眼,继续创作。这几天,郭小丹仍催命似的催稿,简直就是索要文字的黑白无常,此外,还极其有耐心地保持每天询问版权问题的进展情况。简化最近特别烦她的电话,一天少则一两个,多则三五个,简化经常不接,他不接的电话还有老家族老的、郑东东的、简易的……

五天后,乐天和助手庄美又来到案发地点。房东仍无精打采地坐在轮椅上。见到乐天,他喋喋不休地抱怨"这样的日子生不如死,租客跑了,没有生活来源,真是没用的家伙,赖活不如好死了算了"。乐天利刃一样的目光盯着房东,房东像是被划痛了似的打了个颤。乐天把房东带回警局。房东若无其事地上了警车。一路上,他还不停地问这问那。直到乐天把他带进了审讯室,他仍若无其事地靠在轮椅上。乐天问他关于案发当天的情况,他又重述了一遍口供上的话。乐天说:"再想想,有没有漏掉哪些细节?"房东睁开那双暮气沉沉的眼睛,说:"我知道的全部都已经说了,我不知道什么叫细节。"乐天掏出一小袋茶叶,在他眼前晃了晃。房东抬了抬眼皮,似乎看了,又似乎没看。"楚医生,你认得它吧?"房东用力支棱起那双耷拉着的眼皮,看了乐天一眼,没说话。"楚医生,我问你呢!"助手庄美站起来,凑近房东说。房东茫然四顾,慢悠悠地说:"这是在跟我说话吗?我只是一个商人,现在连商人也算不上了,只是一个包租公。"

第五章
寻谜路

  郭小丹的电话再次打来,简化停止了创作,把桌子边角上的烟屁股摁熄,扔进垃圾桶,又点燃一支烟,继续敲键盘。

  "楚正天医生,我来帮你回忆一下吧。二十三年前,你的婚姻宣告结束,你用生命去爱了十年的妻子不顾一切弃你而去。万念俱灰的你割腕自杀,邻居发现后把你送到瑞杰森医院。当晚医院宣告楚正天抢救无效死亡,从此再无楚正天。你在孤儿院长大,除前妻外,再无亲人,而你的前妻又立誓与你再无瓜葛。医院只好替你买了这笔死亡账,然而你只是'被死亡'而已,乔里需要一个已经不存在于世上的人来满足他对于神经学的研究,你的'尸体'到了国外。后来,你成为乔里的助手杰森。十年后,你成为鼎鼎有名的神经科医生,甚至有很多项研究成果凌驾在乔里医生之上,但你的研究成果最终都变成了乔里的成果,对此你无可奈何,你需要一个'合法'的身份回国。这十年来,你对前妻的恨日益加深。为此,你处心积虑回国,再次变身美籍华人迈克,在中国开了一家小茶馆,你隐匿在市井人流中做一个平凡的茶商。你出'车祸'导致你双腿'残疾',从此你开始实施报复计划。"房东眼里倏地闪过一道凌厉的光,那道光消逝后他仿佛耗尽了整个生命似的,脑袋耷拉到肩膀上来。"你得知前妻的儿子杨晟在这个城市工作,但是还没有稳定居所,你以极优越的地段、极优雅的环境、极低廉的房租,制造一切机会吸引他过来租住……案发那天晚上,杨晟下班回来,你们'刚好'布了茶桌,你热情邀请他坐下来喝杯茶。然而他杯里的茶和你们杯里的茶是不一样的,他的茶里加了一种叫瑞汀的药。人喝下去三十分钟后身体就动弹不得,说不了话,但死不了,药效持续一个小时,一小时后药效会慢慢消失。这就是你的高明之处。这个年轻人生活实在太自律了,每晚七点十分回到家,七点三十分就雷打不动地看书,然而他并不知道,他的自律竟会是他命断黄泉的助推器。杨晟喝了一杯茶,起身告辞回房间看书,那时是七点二十分。七点四十七分,外卖员送食物上门,你去厨房取碟子,盛糕点,重新布茶。你穿过厨房冰柜背后那道暗门进入杨晟的房间,房间和书桌在你右边,你用右手勒住他的脖子,左手拿刀捅他的胸口。那时候杨晟已经不能动弹了,甚至连惊恐的表情也做不出来。你捅的力度与位置设计得刚刚好。这是一种极其残酷的杀人方式。瑞汀的另一个作用是能够堵住伤口血流。真正的杀人不见血。你利索地回到茶桌上。你们继续喝茶聊天。晚上八点十五分,你们都听到杨晟在隔壁咳嗽几声,这也正是药效慢慢消失的体现,他会咳嗽,但说不出话,手脚仍动弹不得。那时候你知道他已血流如注了,一切如愿进行,你高兴地喝茶、聊天。杨晟根本来不及挣扎,药效还没完全消失他就已经因失血过多而休克了,他真正死亡的时间是晚上九点。你完美地制造了不在场的证据。而乔里,为了保全他从你身上劫掠到的声誉和研究成果,他不惜送自己的私生子刘震上断头台,因为他有许多见不得光的事掌握在你的手上。然而,刘震是个左撇子,尽管他刻意隐藏。他伸手接抛出的物体的时候,左手远比右手角度更准,所以,左撇子根本不可能从那个角度勒住杨晟的脖子。那天轮椅要掉池里的时候,你的脚下意识地做了着地的动作,暴露了你的腿并没有残疾的事实。刘震自小受人歧视、欺负,变得自卑、怯弱,长大了也不成器,自知无法让孤苦的母亲过上好生活,为了让卑微、孤苦了一辈子的母亲得到一笔丰厚的养老金,过上乔里描述的生活,他权衡利弊后选择了同意乔里的条约,对母亲谎称要跟父亲出国谋生……"

第五章
寻谜路

突破了《寡断》中破案的瓶颈问题，连日来积攒的厚重的阴霾被瞬间的欢愉削薄了许多。搁在桌子一角的香烟早已经熄灭，简化把它扔进了垃圾桶，开始对刚写的文字进行修改，对一些略显粗糙的细节进行细致的打磨，逐字逐句重新琢磨措辞。简化向来注重措辞，这才形成了文坛上独一无二的简氏风格。修改很费脑筋，但是相比于剥洋葱那样一层一层地剥开迷雾，揪出真正的杀人凶手，并剖析他的作案动机，这无疑是小菜一碟。西边的余晖浓重地罩在房子外面，也浓重地挤压在窗帘上，简化过去就从来没关注过这些，现在更加不会关注。

当简立基带着夕阳的气息出现在简化面前的时候，简化才从小说那虚幻而淋漓酣畅的游历中回到现实的一地鸡毛。此刻站在他面前的是怎样的一个简立基！他不哭不笑不闹，就安静地看着简化，眼里似乎空无一物，又似乎包罗万象。简化不忍直视这样一双眼睛。简化一把拉过儿子，把他紧紧地拥在怀里，下巴往他额上用力蹭刮。简立基的头躲闪着往下缩，简化摸摸下巴那扎手的胡茬，真想扇自己一巴掌。

简化感到怀里那条小生命的彷徨、迷茫、困惑、焦虑、不安……那是一种刻意压抑又极具冲击力的存在。简化恨起自己来，把简立基带到这世上，却不能给他安心和安稳，那么把他带到这世上的意义何在？

"基基今晚想吃什么？"

怀里的人儿摇摇头。

"来，爸爸和基基一起选晚餐？"

怀里的人儿摇摇头。

"要不，基基自己去点餐？"

怀里的人儿继续摇摇头。

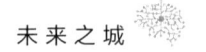

"基基，我们来个约定好吗？不许用摇头来代替回答，怎么样？"

怀里的人儿点点头，又摇摇头。

那颗毛茸茸的脑袋拱得简化心里毛茸茸的。他用力揉揉那个长着浓密而柔软的黑发的小脑袋，似乎听到一种源自身体深处的骨骼或者别的什么东西在碎裂。

怀里的人儿还是摇摇头……

摇得简化五脏六腑几乎都绞作一团。

暮色透过那些看得见的看不见的缝隙，填满了房间的每一个角落。一些不明物，也透过简化和简化怀里那小生命之间的那些看得见和看不见的缝隙，填满他们生活的每一个角落。

两个人的晚餐，简化点了四个人的量。四人份的餐，菜点的选择性更多一些，可供简立基从中挑选一些喜欢的塞进胃里。事实上，到最后，四人份的晚餐，简化父子俩顶多只吃了一个人的量。

简立基直到凌晨时分才安静下来。在这之前，简立基一直翻来覆去。简化大约晓得简立基在想什么，却无能为力，他只能在简立基这漫长的煎熬中煎熬着、陪伴着。简立基用虚掩的门拒绝了简化进入。

简化捧着一本书站在简立基房间门口，十分钟过去了，半小时过去了，一小时过去了……房间内仍有说话的声音，偶尔似乎还有唏嘘声。房间安静下来二十多分钟后，简化才轻手轻脚地把眼睛贴到门缝边上，他觉得自己简直就是一个无耻的偷窥者，但又似乎为自己的偷窥找到了名正言顺的理由。

简立基的屋里，一张白色的被套像裹尸布般裹着乐嘉，她的眼睛和嘴巴分别被纸画的铜钱封住了，此刻的乐嘉看起来就像一具女尸。简立基手臂上缠着黑纱,跪在乐嘉面前,靠着床头往后仰枕在床上,似乎睡着了。简化受到极大的震撼,有沸腾的东西自眼眶涌出。简立基竟然偷偷为乐嘉举办葬礼,模仿他爷爷的葬礼那样办。简化极力压制自己的情绪,不让任何声响或动作惊动简立基,蹑手蹑脚地回到书房后,他掩上门,像个孩子那样压抑地呜咽着。许久,他拨了两个电话给郑东东,郑东东挂断了。时间已经来到凌晨两点,简化暗暗立誓明天之内向郑东东要到一个确切的答案。

郑东东睁开眼睛已经是上午九点了,她迷迷糊糊地拉开窗帘,阳光静静地卧在窗台上,彻底唤醒了郑东东,她居然用沉睡来度过这样一个具有里程碑意义的重要时刻。

紧张不安突然来袭——都说梦是反的,她刚才在梦里见到中国电子智能部下达的关于生物机器人乐嘉违规使用超能的电子裁决书,裁决书认定乐嘉无罪,决定恢复乐嘉原来依法享有的一切权利……郑东东找来手机,要立刻咨询中国电子智能部办公室,想想又放下手机,也许会议还没结束,贸然打听反而不利于最终的结果。

郑东东奔向客厅,简单已经上班去了,简方向去了学校。客厅的布艺沙发纤尘不染,小茶桌上的花是新鲜插上去的,边上的白色瓷盆里装着圣女果、猕猴桃、提子、碧根果、杏仁和欧洲坚果等。阳光从朝南的阳台倾泻而入,客厅温暖而明亮。早餐热气腾腾地温在锅里。不得不承认,简单真的不简单,他传承并创新了简家的"简"风,简约而不简单。郑东东的焦点从来不在这种细节上,但是她喜欢并享受着这些细节带来的温馨与舒心。

简化一整晚睡得不踏实，几乎每十来分钟就睁开一次眼睛，刷刷手机又半小时，闭上眼大脑却无一遗漏地清点黑暗里的一切。其间去看了三次简立基，简立基老是翻身，喉咙深处似乎在梦呓，眼珠子滚动得眼皮一颤一颤的。简化也迷迷糊糊地浅睡一会，梦里反复交替出现简先令的葬礼和乐嘉的"葬礼"的场景。睡不着的夜总是特别漫长，简化读了三则短篇小说，刷了一百多个视频，他就盼着天亮，天亮了什么都好办，他要用电话轰炸郑东东，直到轰炸出自己想要的答案。接近天亮，简化才小憩了一会儿。简立基的房间里窸窸窣窣的声音唤醒了简化。他起床洗漱完毕，发现简立基不知道什么时候来到洗漱间，站在洗手盆旁边了。简立基穿白色衬衫、格子背带工装裤，衬衫尾部没有塞到裤腰里去，露在背带外面。简化替他整理衣服，问他早餐想吃什么。简立基垂头挤着牙膏，他口齿不清地吐出两个字——"随便"。

简化说："要不你帮爸爸点个'随便'吧。""爸爸你能不能别叫外卖，我想吃……"后面的话突然卡住了。简化知道他卡住的话要表达什么，简立基也大概知道简化明白他想表达什么，于是很专注地刷牙。简化决定自己下厨，路过简立基的房间，他偷偷往里面看了一眼，乐嘉已经恢复原状了。简化觉得心里一紧，从乐嘉身上掀开的被套，似乎裹在了他的心里。

简化在厨房发了一会儿呆，他犯了难——简立基想吃乐嘉做的早餐，无论有多好的食材，简化也断然做不出来那花哨而复杂的菜色，他只会一键智能煮。如果厨房储备仓原材料缺了，他还不知道要备多少，怎么选取优质的食材，像不会照相的人拿了高级相机却只会智能拍那样。简化在智能面板上选择了营养早餐双人份，智能厨房系统开始自动配料、煮餐。厨具表面蒙了一层浅浅的灰尘，用手指划过，明显有一条划痕，残留在手指的黏腻感让人不适，简化已经很多年没体验到真实的生活尘烟。他一面笨拙地收拾，一面计算着时间成本。他始终觉得这样很耗生命，他忽略了人要过得舒心，总要接受一些生活的损耗。

在等待早餐的时间，他原想跟简立基聊一聊，哪怕是耗费时间的无意义的聊天也好，可简立基却没有聊天的欲望，也许有，但仅限于他自己内心构筑的那个小世界。简化跟他说什么他都是很敷衍地"嗯"一声。没说几句，简立基说要收拾书包又溜回了房间。郑东东一直没有接听电话，难道即将到来的会是最坏的消息？这让简化心里莫名地升起一团火，最近他似乎特别容易上火，这与写作素养的要求是相悖的。

第三次会议持续进行了一个半小时，会议对乐嘉作出如下处罚决定：

剥夺乐嘉使用机器人超能权利两年，延迟半年对乐嘉进行升级（原计划首个升级对象是乐嘉和Loka），保留乐嘉的存在权利。即日起，由中国电子智能部办公厅向生物机器人工程研究院下达处罚决定，自决定正式下达起重新启用乐嘉。

郑东东接到会议对乐嘉作出的处罚决定后高兴得像个孩子那样，从客厅蹦到厨房，从厨房蹦到房间，来回蹦了几圈后，饥饿感像浪潮一般汹涌来袭。她回到厨房，抓起一个热乎松软的大馒头往嘴里塞，同时一刻不能等待地要把好消息告知简化。这才看到有一百多个未接电话，简单两个、剩下的都是简化打的。郑东东的手机从来都不设静音，肯定是简单为了让她睡个安稳觉而设置的。

"我只要一个结果，重新启用乐嘉。"郑东东还没来得及把好消息传递出去，简化已经挂了电话了，她半张着塞满馒头的嘴睁大眼睛瞪着手机。简化简直不可理喻，郑东东竭尽全力的争取在他看来似乎还亏欠了他一个乐嘉。不可理喻归不可理喻，郑东东还是第一时间唤醒了乐嘉。

当郑东东把这个消息告诉简单的时候，他表现得比她还开心，像个孩子那样连声欢呼。要是他在家里，没准会把她高举过头顶，郑东东想。郑东东说："简化有点不可理喻，打电话给他，他只说了一句话便挂了，我还没把结果告诉他。"简单的呼声被按下了暂停键，他漫不经心地"哦"了一声。郑东东说："我已经唤醒了乐嘉了，我等会再打个电话给他。"

"不用了。"简单淡淡地说。

"要不我去一趟金港市？"

"我说不用了！"简单提高了几个分贝。

"我想看看乐嘉的真实状态。"

"我现在没空。"

"我说我去。"

"你就不考虑带上我吗？"

电话掉线了，郑东东盯着手机愣了一下，放下手机继续努力吃馒头，好心情让她胃口大开。

简化一直无法把乐嘉的"葬礼"从脑海中抹掉，他要一秒不耽误地重启乐嘉。可郑东东的失联让简化的胸腔堵塞一般，无法排解无从消散。尽管他知道郑东东并不是真正的"判官"和"刽子手"，可是她掌管着执行权，她控制着关于乐嘉的一切。

第五章
寻谜路

乐嘉被控制后，简立基的笑容也被控制了，他不笑不闹，像一道没有情绪的影子，一点儿都不像以前。以前？以前的简立基是怎么样的？简化快速地搜索记忆引擎千万次，竟无法成功搜索到相关图像和视频。他搜索到的除了文字还是文字，那是用他的大脑精心孵化出来的。他沮丧地放弃了，他不是一个合格的父亲，也不是一个合格的丈夫。

郑东东的电话打过来时，简化正在送简立基去学校的路上。简化像被拔了气嘴的轮胎，气呼啦啦地从气嘴蹿出，这股强气流变成了那一句带着锋芒的话，他不给郑东东任何回击的机会。他要让她明白这是必须达成的目的，而不是尽力去争取的事，但凡尽力争取的东西，都有着巨大的未知空间。

乐嘉醒来时，发现这个家已经不像家了，到处乱糟糟的，阳台的花草蔫蔫的。她把家里杂物全部清理一遍，打开门窗通风，顺便浇了阳台的花，出门去买空气清新剂和鲜花回来，清除房间残留的烟酒味。这期间她向郑东东致谢，也发送了电波给简化。这几天，不知道简化父子是怎么过来的，他们还好吗？

乐嘉这个处理结果是良性的，压了郑东东多日的包袱终于可以成功卸下，简单对这个结果的期待不亚于郑东东。这个结果说明了郑东东的生物机器人工程还是被这个社会认可和需要的，最关键的是，他的置换记忆创新疗法的大胆设想有望提上日程了。无法言说的开心让他有一股想搞出点什么动作的冲动。

简化目送着简立基形单影只地进了校门，心里百般不是滋味，就在他刚调头要回去的时候，接收到了乐嘉的电波，简化怀疑自己出现幻听幻觉了，他难以置信地再次确认，果真是乐嘉！简化全身的热血嚯地往头上涌，他让乐嘉立刻发送电波告知简立基，他忘记了校内禁止使用电子产品的规定，还是乐嘉提醒了他。他这才通过班主任告知简立基，班主任无法理解这一通电话带给父子俩的快乐。他冲动地加油门狂飙，想要证明这突如其来的幸福是真实存在的。智能系统反复提醒他，这样飙车不但会被交警处罚，而且会危及性命，他才把速度减下来。家里有乐嘉，他可以放心地去揪出那个抄袭的人了。他首先想到的是那一双飘忽的眼睛，这么一想，他的车就向龚县方向飞驰而去了。

程熙必须一个人熬过一段黑色的时光，她的脚踝被诊断为韧带撕裂，需要住院治疗。她请了一个陪护，住院的第二个傍晚，她再次看到乐嘉从病房门口一闪而过。她急忙起身下床欲追出去，陪护不明情况，一把将她按回床上。

她一边发送电波给乐嘉一边让陪护立刻准备轮椅，她要马上出去转转。"可你现在并不适合走动。"陪护负责任地提醒程熙。"快帮我准备！"程熙近乎命令道。

陪护困惑地忙前忙后，扶程熙上轮椅的时候，不可思议地盯着程熙肿得像猪蹄的脚踝。程熙不厌其烦地辗转于医院各楼栋与楼层，转楼栋与楼层最考验耐心的就是等电梯，医院的电梯比超市的还繁忙，遇上躺在手术推车的、坐轮椅的更费时。抵达第3栋一层的时候，陪护委婉地劝诫，这样劳顿不利于恢复。程熙知道，陪护对这趟漫无目的的又行色匆匆的行程颇有异议，她陪护的范围并不包含转至与他们科室无关的楼栋与楼层。程熙说："要不你先回去打开水，我自己溜达一会儿再回去，轮椅会把我安全送回的。"陪护讪讪笑着说："我只是担心人来人往的，一不小心弄到脚踝就前功尽弃了。"陪护知道程熙肯定不是瞎转悠，但这确实比较磨人，医院一栋楼共十五层，每层几十个科室，走廊七弯八拐的，还要推着一个病人，要排队等电梯。两栋楼转下来，耗费两个小时。她的腿已经不是她的了。

程熙让陪护先回去，陪护当然不能真的先回去。她现在一天的收入是六百元，陪护的难度比初级略难，尚未达到中级。这是令多少陪护人员艳羡的美差。美中不足的是，这个病人很讲究条理，替她护理的步骤都有固定的程式，而且一成不变，陪护很好奇她在家里是不是也一样，如果在家里也这样，家里人得要有多大的耐心与兼容空间。

程熙的眼睛贼亮贼亮地四处搜寻，似乎医院的某个角落藏了一个惊天的秘密。从第3栋楼的十五层下到一层的时候，程熙淡淡地说："回病房吧。"她说这话时眼里的光已经黯然了，像刚燃过的火柴梗，仿佛"回去吧"这句话掏空了她的灵魂，也把光给劫掠了。

当陪护按程熙规定的动作替她洗漱收拾完毕，已经是夜里十点三十分了。重新躺回床上的程熙无论如何也想不明白乐嘉来这儿的目的是什么。她几次按捺不住想要问简化，但最终还是放弃了，这有示好之嫌。她睁眼盯着天花板。她在办公室的时候刻意躲着所有的人，也害怕知道关于绿植庄园的一切，甚至刻意回避。她还厌倦那些制不完的表格、填不完的数据。可到了这儿她又拼命地怀想这一切，她怀念上班的日子，烦恼归烦恼，至少还有归属感。在单位，就算自己不去搜集信息，各种信息还是会强行充斥着她生活的每一个角落，她想知道的和不想知道的，都可以基本还原出某一件事的原貌。当然也仅限于口口相传的原貌，事件真正的原貌几乎是不可能通过人来描述出来的，事件双方肯定维护自身利益核心，从而各执一词，目睹事件过程的人，在不同的角度看有不同的感观印象，再加上口述时融入的主观色彩，变形的事件就顺理成章地覆盖了事件的原貌。如今绿植庄园怎么样了呢？处罚决定出来没有？

程熙禁不住掏出手机来。自从她昨天回了信息，告诉简易"关于绿植庄园的事，我已经被约谈了，再插手的话，恐怕难以收场。希望大哥理解"之后，简易再也没有打过电话来。简易客气地回复了"不好意思，给弟妹添烦了，谢谢"，她发现她还称他大哥。

程熙之前一直害怕接到简易或者蓝心怡的电话，此刻倒有些期盼他们的电话。人有时候真的是一个不可思议的矛盾综合体。

简化夫妇对于绿植庄园的事所表现出来的冷漠，让简易深深体会到什么叫人情比纸薄。他深信卢丽妮是被冤枉的，他也坚信他一定能挖出那个谜底，只有挖出那个谜底才能把他们一家从深坑里拉出来，才能让卢丽妮免受冤枉。可是人们对那个谜底并不感兴趣，没谁真正愿意听他关于这个故事以及故事的谜底的讲述，其实这一点儿都不荒谬，它们都是真实的存在。简化不相信，程熙不愿意听，连简博弈夫妇也不愿意听。简易向来不屑于与简博弈说话，但这几天每每简博弈在家吃饭，他都频频讲述那片种着茄子和辣椒的庄园以及在庄园里出卖秘密的那两个妇女。他没有明确说给谁听，就像一个人对着饭桌以及饭桌周围的空气说，简博弈总是低眉顺眼地扒饭，有时含含糊糊地应一声，有一次他似乎小声地说，别自欺欺人了。简易放下碗筷，瞪着简博弈问："你说什么？"简博弈夹菜的手轻轻抖了一下，把头埋得更低了。

既然谁也靠不住，那么只有靠自己了。简易找过两次老周，

第五章
寻谜路

想套套老周的口风，不出所料，没能套出关于种着茄子和辣椒的庄园那个秘密来，他倒被老周反套了。老周大吐苦水，说家里人都赖着吃他打工这一口饭，停工了几天，这个月孩子们读书的伙食费都难解决，还试探着问庄园什么时候复工。简易从老周的话里听出两层意思：第一，停工不是他自身问题，是庄园问题，这个月的全勤奖不应该扣；第二，如果庄园复工无望，他也该另寻出路了。简易算计了一下成本，他还是比较倾向于接受第一层。他始终坚信绿植庄园是清白的，就像坚信一定能揪出那个谜底一样。他驾车辗转于各种县乡结合部的大马路，再把大马路分岔出的乡间小道无一遗漏地走了一遍。始终没有寻着那片种着茄子和辣椒的庄园，也没有遇到类似的庄园。

这些天，简易起床第一件事就是去一趟绿植庄园，他看着那些藤蔓由墨绿变深绿，由浅绿到黄绿间杂，看着小瓜变大瓜最后变老瓜。它们被秋天的阳光和秋天的风一点点盗走了曾经饱满的汁液。简易觉得自己身体似乎也被盗走了一部分，他整个人都很疲软。

简易去公安局，他要求用他来换卢丽妮，他才是绿植庄园的法人代表，他还附上一大堆理由，但是办案的干警拒绝得很干脆，没有给他一丁点儿希望，他所认为的压断脊梁骨的大事，在干警的眼里只不过是微风中的一点儿飞絮。他的口水和表情没能软化干警脸上的任何一根线条。

在程熙断然拒绝简易后的当天下午，简易接到公安局送达的拘留通知单"龚检拘通〔55〕号"。通知单大致内容如下：

犯罪嫌疑人卢丽妮，因涉嫌使用违禁品种植蔬菜，本院决定，自2033年10月23日起对其进行刑事拘留，现羁押于龚县看守所。根据刑事诉讼法（2027年修改）第六十四条的规定，特此通知。

简易像考砸了的学生那样，双手战战兢兢地拿着通知单，跑去问简博弈、问蓝心怡是不是公安局搞错了，一定是搞错了的。他并不等简博弈和蓝心怡的回答，一边问一边自个儿走向庭院。简博弈的目光追随着简易，握住蓝心怡的手越来越紧，像是在积攒全身力量去挤出那个答案，又好像考砸的是他。蓝心怡看看简易又看看简博弈，那只被弄疼了的手挣扎着要逃脱，另一只手替简博弈拭去额上细密的汗珠。简易在庭院不断地重复："一定是搞错了！"简博弈喘着粗气坐在沙发上，蓝心怡轻抚着他的头。

简易把庭院里的花草树木都问了一遍，没有谁给出答案，他似乎也并不期待答案，就好像题目本身已经附带了答案，而他的问只为了完善问答这个过程。午后的阳光躲躲闪闪，就像刻意地隐藏某个秘密，他想起那片种着茄子和辣椒的庄园，想起那个从一张嘴送到一只耳朵的那个秘密，只要把这个秘密揪出来，就一定能换回卢丽妮的清白。他的眼睛湿润了，他设想过无数个关于他们未来的生活图景，但当这真实的版本出人意料地来临时，他还是猝不及防地乱了阵脚。这么多年来，卢丽妮跟着他受苦受累，未曾过上一天好日子，到头来还被送进看守所，苦心经营的绿植庄园也被封停——不行！他不甘心接受命运的愚弄，他必须主动出击，就算掘地三尺也要找到那个庄园，挖出那个谜底。

"你妈是被人陷害的，你们知道吗？"他咳了一下，往屋里送话。"那个关于陷害的秘密曾经像风一样从我眼皮底下一晃而过，可我没能抓住它。"他半蹲着用力撕扯头发。秋风剪落几片桂花叶和几粒零星的小花，一片叶子悠悠地飘落到简易的背上，秋意就那样毫无防备地入侵，简易的背瞬间驼了。

蓝心怡用眼神示意简博弈关心一下简易。简博弈的视野里空无一物，他压根儿没看到蓝心怡的示意。

"爸，"蓝心怡怯怯地说，"我相信妈是无辜的，那我们现在能做些什么？"

简易突然转过头来，眼底腾地亮起一丝光："去挖出那个谜底！一定要挖出来！一定能挖出来！"他"嗖"地站起来，像杨树一样挺拔。

风突然从野外铺天盖地地卷了过来，乌云像一只巨大的黑洞吞噬了太阳以及万物。雨忠诚地追随着风。深秋的雨裹着寒气和苍凉，瞬间湮没了这方庭院以及庭院里的屋，还有庭院以外的房屋、树木、竹林、小路以及乡野。

简易到底还是被雨淋了，就十来米的距离，他也来不及躲避。生活中很多事情都如这疾风骤雨一样，让人措手不及。其实起初他是来得及的，他偏就怠慢了，他很懊恼自己。可有时候太急了也未必是好事，茄子地上那个秘密，就是太急了才没逮住。可见这个快慢也是有定律的，简易没摸清其中的奥妙。

这一夜，简博弈到了凌晨三点才入睡。第二天日上三竿仍未见简易，他推开房门，房间空无一人。

晚上八点多，简易才疲惫地回来。他说，今天他见到那两个妇女了，等他追过去，她们又不见了，他等了一个下午，她们再也没有露过脸，很显然，这两人对他充满戒备，她们一定是秘密的参与者。他决定晚点儿再去看看。他说这些的时候，声音眼神像钢铸一般，他的目光落在简博弈脸上，简博弈不由得缩了缩脖子。

根据卢丽妮供认关于她过量使用生长素和非法使用违禁品的具体情况,用于哪些品种,涉及多少面积等情况,干警龚仁川派人去绿植庄园取证,都一一对上了。只是她作案的动机仍不明确,她所阐述的作案动机根本不成立。如果真的是想在县城购房——这并不是刚需房——他们在县郊有一栋带独立庭院的房子,距庄园只有5公里的路程,这是极为理想的居所,按他们庄园正常的利润计算,明年初在县城最好的楼盘买一套两百平方米的套房,或者是买一栋天地楼是完全不成问题的,再说了,如果是买房子的事,她没有必要这样费尽心思瞒着简易,更没有必要因小失大。

但是这时的卢丽妮并不像她承认犯罪那么干脆,她外表看起来大大咧咧一根筋,实际上她心思也挺重,她认准了要保留的,任凭你怎么聊、怎么套路,她就是不上当。她宁愿选择闭嘴,管你怎么诱导,她都咬准是为了在城里买房。龚仁川只好另寻切入口。

在看守所的日子,卢丽妮身心备受折磨。终日困在那几平方米里,没有任何可以消遣时间的事物。她有很多话想说,但不知道与谁说,唯一能与她对话的就是龚仁川了,可龚仁川的脑和心贼亮,不能乱说。

在龚县西江平湖简家小院前停了车,简化阔步走进庭院。院子里空荡荡的,衣架上晒着两张花格子棉被。简化推开虚掩的客厅门,叫两声"大哥",没听到回应。他想退回车上,却又总觉得有一双眼睛在窥探着他。简博弈!想到这人,简化的心重重地跳了几下,他楼上楼下没上锁的房间都走了一遍,也没发现哪儿有疑点,没有人在家怎么不锁门?这让他觉得如芒在背，他似乎可以肯定有一双眼睛在暗处窥视着他。

简化原想打电话给简易，想想又算了，他的目的不是简易，是那双飘忽的眼睛。他要从那飘忽中找到一丝破绽。简化决定开车出去，过一会再兜回来"袭击"。就在他出了院子，转身关门的时候，似乎有一双眼睛一晃而过。他心里一紧，定睛一看，院子还是那个空落落的院子，哪儿有人的踪迹？

他刚要退出去，却发现了一个疑点，院子里的花花草草都随着秋风摇动，那两张薄薄的格子棉被竟然不怎么动。简化忐忑地走过去，掀开被子的同时大吃一惊，他竟然看到简易瑟缩着埋头半蹲在那儿，左右手分别紧紧扯住被子的一角，不时抬头用眼角余光偷偷打量一下简化，就像打量一个陌生人那样。

"大哥！大哥！是我呀！我是三弟！"简易抬起头迅速看了简化一眼又重新把头埋下去。

简化蹲下身，用双手轻轻揽住简易的双肩，简易下意识地往地面上缩，被子往下移了十几厘米。"大哥，你怎么啦？简博弈呢？"简化扳着简易的头，把他的脸转过来，直视他的眼睛。

简易像还没睡醒的孩子那样，懵懵然看着简化。任简化怎么摇怎么喊，他都浑然不觉。

"走！我们去那片种着茄子和辣椒的菜园，找到那个谜底！"

简易挺直腰，眼中瞬间有了光彩，说："走，去找出那个谜底！她们就是那个秘密，她们有意躲着我，这次换你去打听！"

"咦，三弟，你什么时候来了？"简易像突然从梦中醒过来一样，错愕地看着简化。简化也错愕地看着简易。他们相互揣测了几十秒，才并肩走进客厅。这时已经是饭点时间，简易烧水煮茶，兄弟俩相对无言地喝茶。一壶茶差不多喝光了，简易说："三弟，我们真的是被陷害的。大哥要钱没钱，要权没权，就剩那点忠厚老实是靠谱的了。连累了程熙我很内疚，但真正应该道歉的还另有其人。你嫂子被拘留十五天。绿植庄园的处置也没有个定论，园里的蔬果枯萎的枯萎，荒芜的荒芜，一想到这些，我这里就疼，三弟。"简易艰难地指着自己的胸口。

简化捕捉到了两个信息：一是程熙被连累了，这是他预料之中的；二是卢丽妮被拘留了。程熙被连累到什么程度，她现在情况怎么样？她还好吗？事情的真相究竟是什么？卢丽妮被拘留，表明事情并没有那么简单，一时半会儿理不顺，那么现在他要怎么做才能改变现状？他有能力改变现状吗？不，他不能。自身的破事一箩筐，也还没有真正理出个头绪。他能旁观吗？也不能。自小到大，简易用行动深刻诠释了"长兄如父"这个词语。简化拍拍简易的肩膀，起身往外走："走吧！"

简易上了车，又折回屋里带上几个甜玉米、一包生吐司片、两根红薯干和一大壶煮好的茶水。

住院的第三天，程熙的脚大有好转，走动没有问题了，但医生嘱咐不能太劳累，可以适当运动，还要调理两天。程熙撤下护工，她自个儿溜达，走走停停，却再也没见着乐嘉。第四天午休后，程熙百无聊赖地看着窗外，她不知道简立基此刻在做什么，他会不会也像她想他一样想她？不，他不会。程熙离开简家后，简立基从来没有发过视频、电话或者信息给程熙。简化也如此，除了一条撤回的信息，连一个表情都没有收到。父子俩如出一辙，"哐当"一声，程熙听到什么东西在体内碎裂了，碎片刺痛她的经脉，无法言说的痛折磨着她，她额上渗出豆大的汗珠。护工看情况不对，慌忙把她扶回床上休息。躺了一会儿，程熙又按捺不住想起来走走的冲动，护工劝不住她，只好尾随着走出去，心里暗自承认倒霉。

这时候，李斌和办公室的小闫从左边的走廊过来了，小闫瘦瘦小小的，像个中学生，她左手提水果，右手提牛奶，过度的负荷让她走得很吃力。程熙连忙把他们迎进病房，李斌满脸歉意："程科长，我们代表单位来看望你了，其实早就该来了，无奈日复一日的琐事缠身，实在是有失关心，还盼程科长谅解。"小闫把物品放进床头柜，转身给程熙一个拥抱。李斌微笑着看小闫："小闫，别光顾着煽情呀，赶紧去洗几个水果给程科长。"小闫应声而动，开心地用盆子装了提子、苹果等去洗。待小闫到了阳台，李斌嘴巴凑近程熙小声说："气色挺好的嘛，事实充分证明，在某些时段，适时地让身体示弱不失为一种逃避的好办法。"程熙笑着说："李主任关怀备至，气色不好岂不辜负了李主任一片厚望？"李斌哈哈一笑，直了直身子，大声说："恢复得不错嘛，程科长就是程科长，任何时候都那么优秀！岁月从不败强者！"

小闫端了水果回到病房，分别递给程熙和护工，还有邻床的病人以及他们的陪护人员。"对了小闫，绿植庄园可有新进展？瞧我这都疏忽了，本该先了解情况再向程科长汇报的。"小闫看着程熙说："绿植庄园的最终处理结果还没出来，但是听说女主人被拘留了。"

李斌说："哦？确有此事？你看我这都……都怪我没有仔细过问，我回头了解一下，看看中间是不是存在什么误解。程科长安心休养身体为上，其他的暂且都放下，放下才是人生之道啊！"

程熙微笑着说："噢，原来李主任对哲学也有如此独到的见解，'听君一席话，胜读十年书'，受教受教。"

小闫看看李主任，又看看程熙，她走到阳台上假装打电话去了。李斌一时无语。程熙继续说道："早有耳闻李主任对下属无比体恤与关爱，今日亲身体会，感激之余不免有点受宠若惊，都怪程熙不争气，劳李主任费心了。深知李主任工作繁重，程熙就不多占用李主任的时间了，李主任也好安排别的行程，程熙保证尽快复工，不给李主任添堵。"

"好，好！就喜欢你这样爽快的，关于绿植庄园的事，如果存在什么误解，我一定全力疏通，程科长安心疗养。可别再操心这些杂事了！"李斌说着客套话。

程熙连连道谢，并做了个"请"的手势。小闫从阳台走进来，跟程熙道别，随着李斌一道往外走。程熙礼貌地摆手送别。

程熙知道李斌对她心怀芥蒂。当年同时与绿植庄园一起竞争成为康泰食品有限公司的供货商的还有另外两家公司，一家是有机时令蔬菜，另一家是生态果蔬园。当时的竞争非常激烈，除了必备的硬实力，还大拼软实力。听说生态果蔬园是李斌的小舅做的，绿植庄园取得了最终的入门资格，这离不开绿植庄园的规模和品质，当然更离不开王常务的帮助。听说当时李斌也用尽了全力，但终究因综合实力稍逊一筹而被刷下来，如今绿植庄园出了问题，他正好可以狠狠地出一口气。

如今卢丽妮被拘留了，问题肯定不那么简单，那么王常务那边情况怎么样？乐嘉还会出现在这里吗？程熙倚在五楼的栏杆上，呆呆地看着一楼住院部的绿化区和休闲区，到处人来人往的，要从密密匝匝的人群里揪出一个指定目标，确实不容易。

这一夜，程熙不争气地又失眠了。直到医生查房后，她才迷迷糊糊地入睡了一会儿。她在上班的路上，遇见简立基、简化以及乐嘉。程熙想上前拥抱一下简立基，简立基有意无意地一躲闪，转身奔向乐嘉，紧紧抱住乐嘉的腿。他们像真正的三口之家那样其乐融融地边逛边谈笑风生，程熙像个路人甲站在路旁看他们的融洽和热闹。一团火从胸口升起直蹿脑门,程熙想上前扇几个耳光,但她一时不知道要扇谁,是简化、是乐嘉还是简立基?她听到巴掌清脆地落在自己脸上,火辣辣的痛让她难受,她还想找个伴一起难受,没想到简化父子和乐嘉一起凭空消失了,愤怒让她丧失了理智,她想追上去,越急越迈不开腿,她失态地喊叫……

程熙就在这失态中醒来,护工帮她擦着额头的汗,问她是不是做噩梦了,老是梦呓。程熙摇摇头,抢过纸巾擦汗,实际上程熙从来都是自己能做的事情自己做,她习惯了做事情按一定的程序,弄得护工胆战心惊,总觉得做得不尽如人意,体质这么好的主儿,病不重,薪酬又高,这样的高性价比去哪儿找?她后悔那天推轮椅去转楼栋的时候,自己那不耐烦的表现。

程熙坐起来,窗外的天空像水洗过一样明净,她最喜欢的秋天,此刻却正在上演着最失落的飘零。昨天父母又打电话来,问丝绸是不是已经收到了,喜欢吗?她说爱了爱了,细密柔软的绸缎像极了细腻的母爱,只是工作太忙了,要过一段时间才做衣服。父母略显失望地再三叮嘱她要照顾好自己。程熙匆匆挂了电话,在不争气的眼泪涌出来之前。

已经上午九点三十分了,程熙刚想下地走走,这时电波"叮"地响起来,她的心急剧地跳动起来,会是乐嘉吗?事实上除了她,还会有谁。程熙回复电波,与乐嘉聊了好一会儿,才知道关于乐嘉违规使用超能的事。她心里忽然升起一股复杂的感情,对简化的、对简立基的,糅合了原谅和责备、同情和怨恨、牵挂和死心。

如果乐嘉真的没有来过医院,那么来医院的又是谁呢?

还差半小时才下班，简单的屁股就已经有点坐不住了，他一会儿去洗手间，一会儿喝水，一会儿又去饮水机接水。排队等候看病的人不时看一眼时间，尤其排在最前头的，显得特别焦躁不安，要知道，医生一旦下了班，那就意味着要多排两三个小时的队。就连问诊，简单也没法集中全部的精力，相同的问题，他有时候连续问了病人两次，病人奇怪地看着他，都说他代表着聚城心理医生的水平，可看这医德实在不怎么样。

简单在兴奋地酝酿他的大胆设想，第一步当然是推动生物芯片投入研发，研发需要精尖的技术。他从不怀疑郑东东的能力，行业内的顶尖技术人才交流会，郑东东要么是主讲，要么是作为研发领军人物代表上台领奖的。当然，这也是一个漫长的过程，也许会比等待一个病人丢掉黑暗区要漫长得多，但这点耐心简单还是极其富足的，比等待他的病人完全康复更加富足，这关系到更多病人的健康，也关系到一个医疗领域的新突破。当然，还要进一步研究如何合法而有度地利用生物机器人的超能力，待整个工程研究技术成熟，正式投入使用，给广大心理疾病患者的痛苦松绑就是易如反掌的事。要知道，心理疾病患者好像是与时代发展速度成正比的，时代发展越快，患心理疾病的人就越多。而聆听一个心理疾病患者的心声、摸清黑暗区的根源所在是很费心神的，等待治愈的过程更不消说了，这对现代社会极其紧缺的心理医生来说是一个极大的挑战，万一某天心理医生的整体心理防线在这高速运转的节奏中出了问题如何是好？总之，这设想一旦研究成功可谓是"前无古人"的。

还差五分钟才到中午十二点，简单假装整理资料，拖延时间不再接病人，他今天接诊不在状态。十二点一到，简单立刻起身去换衣，完毕后他哼着歌轻快地走出诊室，候诊区的病人失望又无奈地散开了。他约了郑东东在医院附近的龙虾馆吃虾，美其名曰庆祝乐嘉"复活"。龙虾是郑东东的挚爱。香辣虾、麻辣虾、蒜蓉虾和油焖虾各要了一份，还要了甜点和油炸小吃。

郑东东才吃了早餐不久，到了龙虾馆她又觉得胃空得只剩下胃液了，可是菜还没端上来，郑东东一眼瞧见同事关晴和她男友坐在不远处的六号桌，她疾步过去眉飞色舞地和关晴聊起来了。

简单选的是临窗的座位，窗外是一条蜿蜒穿城的河流，河畔绿柳婀娜，视野范围里每个角落都是一张完美的构图，用在电脑桌面也毫不逊色。简单不由得佩服城市景观设计者这看似随意实则精心的规划。住在这座城市十五年了，搬到这也十年了，它们是在他搬来之前就已如此，还是搬来之后才一点点改造？他脑里一片混沌，人有时候真的会忽略一些东西，哪怕它们就在身边。

以往简单中午大多在医院里吃食堂，他不想把时间浪费在与别的车抢占车道上，时间就应该最大限度地投入工作，事业有成、有突破，才是自身价值最好的证明。在这点上，郑东东的想法和简单出奇一致，中午她也是在单位吃食堂，简方向吃学校食堂。

周末，简单如果有空就下厨，更多的时候还是一家人下馆子。他们把周末的大部分时间也奉献给了工作，工作上的成就与突破，让他们找到了自身存在的价值，价值的发现让他们如同打了鸡血一样时刻精神饱满。

新婚时，他们也随着社会潮流去外面看世界，看世界固然是一种成长的方式，但是他们并没有与哪一块山川河流产生真正的情感共鸣，都仅限于惊鸿一瞥，无法从中建立共情的联系点。简方向还很小的时候，他们还旅游过两三次，但后来觉得带个小孩去旅游几乎要把整个家都给搬出去，看风景的兴致都没了，后来就再也没有旅游过。简方向四五岁的时候，他也问过爸爸妈妈，别人家都经常一家子出去旅游，为什么我们家从来不去。简单和郑东东歉疚地看着孩子，他们不是没有想过带孩子出去见见世面，但那时候两人的事业都正在步入正轨，带孩子去见世面的想法和行动就一天天被耽搁下来了，再后来，孩子更大一点，适逢难得的一起休假，简单和郑东东提议带孩子出去走走，简方向却怎么也不愿意去了。家庭和事业在有限的时间里就是一对不平衡的天秤，普通人很难做到绝对平衡。

　　油焖虾端上来了，接着是蒜蓉虾和香辣虾，香气垄断了两平方米空间。郑东东竟然在六号桌上蹭上小龙虾了，她一边一本正经地剥着小龙虾，一边滔滔不绝地说话。简单直视了好一会儿，想瞅着时机用眼神把郑东东唤回来，可郑东东压根就没抬起头，注意力全在小龙虾上。简单无奈地过去把她给叫回来。郑东东若无其事地继续说关于对乐嘉的处罚和升级等问题，说那些从开始至今不曾停止过的质疑和反对……简单好不容易把郑东东拉回靠窗的桌子旁，郑东东坐下又腾地站起来，说："我们搬过去和他们拼桌吧！"话还没说完，她已经左右手各端着一盘虾往六号桌走去。

　　简单哭笑不得地站在原地，郑东东永远是郑东东，率真、随性、从不懂掩饰。郑东东拽着简单过去。简单回头看看桌上孤零零的插花，心里一阵失落，一场精心创设的谈话背景就这样瓦解了。早知如此还不如在医院吃食堂。然而这想法只在心里保持了两分钟，见到郑东东吃得开心，谈得尽兴，简单心里那点小情绪早就溜得无影无踪了。

等郑东东闭上嘴，才发现另外三人早都已经闭上嘴，这就算用餐完毕了，时间已经来到下午一点三十分。这时间对于朝八晚六的上班族来说确实有点晚了，在龙虾馆门口，两组人先后各自散去。看着郑东东离开的背影，简单瞬间觉得很没劲，这一顿饭仿佛是为别人准备的。

简立基觉得像是有一只快活的小兔子在他心里不停地一蹦三跳，弄得他也总是一蹦三跳。得知乐嘉重新获得激活时，他难掩喜悦之情，笑得很开心，挂了电话才觉得两颊凉飕飕的，用手一摸湿漉漉的。今天简立基是整个幼儿园表现最好的孩子，他上课坐得最端正，字写得最认真，跳健身操时动作最有力最到位，待人接物最有礼貌……所有单项能用"最"字来表述的他都拿下来了。

午后，窗外的阳光柔软而温暖，家里已经收拾得整整齐齐，风从开着的窗涌进来，卷走了每个角落的杂味。桌子的花瓶里插上了鲜花，空气中淡淡的玫瑰花香似有似无地逸散着，离晚饭的时间还早，乐嘉又研究起那个叫古木的人。她翻开《文荟》的《误会到底》，目光久久地停留在"古木"两字上，却找不出个所以然来。倒是"误会到底"这几个字吸引了她。简化和程熙也是"误会到底"的其中一个版本吧。人与人之间是怎么阴差阳错地在同一件事上，看出或者感受到完全不一样的因果，最终被自己的主观意愿蒙蔽了眼睛，盲目地被它牵着鼻子走，方向与归途的误差，最终让曾经如此亲密的两个人各奔东西，甚至反目成仇。翻阅了两页《误会到底》，乐嘉觉得这故事好熟悉，她找来一本《江岸》，翻开简化的《前夜》，这一对比，她震惊得失态，终于明白简化为何对那个署名"古木"的人如此感兴趣了。她把连载里的《误会到底》和《前夜》对比着读完，发现两篇文章相似度竟高达70%，她对于抄袭和版权并没有很清晰的概念，但是她大抵也知道一些，她从数据库里搜索关于它们的含义，同时也发现了一个惊人的秘密，《误会到底》比《前夜》竟然早连载了一个月！难道是简化抄袭古木的作品？乐嘉马上又否定了，她这几年来看到的和感知到的简化不会是这样的人。对于写作、对于文字，他是极其虔诚而谦卑的，他不会为了利益而出卖思想和灵魂，也不会让别人来主宰自己的思维。当然，这也只是乐嘉的看法，不能以此作为定论，尊重事实还是必须的。

简化和简易又浪费了整整半天，仍没有找到那片种着茄子和辣椒的菜园。在这半天里，简化发现了简易很多不寻常的举动，有某些瞬间，他会突然像卡顿的系统那样，一动不动的，任你怎么叫唤他都没有反应，这会不会就与他所说的"陷害"有关？他所描述的那片种着茄子和辣椒的菜园究竟是真的存在还是他虚构出来的？有好多个瞬间，简化感觉自己在虚构与事实中绕圈圈了。如果是真的存在过，那么这两个半天的兜兜转转，甚至在导航上设置条件，搜索相似的路径，为什么寻遍了也都无果？如果不是真的，他为何一再描述得如此逼真？按简易的回忆推算，那天他坐车与走路的时间以及到家的时间，他不可能去得很远，就是附近这一带，除非他回到家的时间是错误的。

驾车回到西江平湖已经是下午四点五十分了，蓝心怡坐在庭院的石椅上，背对着门外，听到车声她忽然转过头来，嘴唇

第五章 寻谜路

高频度翕动着,久久吐不出一个字来,眼泪却哗啦啦地流下来。简易似乎没有看到这些,他径自往屋里走去。简化让她有话好好说,庄园的事急不来。蓝心怡抽噎得更厉害了,肩膀一耸一耸的,声音哽咽得不能自已。过了几分钟,简化问简博弈那小子呢?蓝心怡越发哭喊得起劲。简化想,难道他们小两口也闹别扭了?今天打电话就没见那小子接过,他又问:"他欺负你了?"蓝心怡摇摇头还是哭。简化无奈地坐在石椅的一边,一时找不到安慰的话,又到黄昏时分,简化特别想回家了,可眼前他似乎还走不开。

良久,蓝心怡才控制着情绪,泣不成声地重复一句话,简化听了三遍,才问:"是不是简博弈被带走了?"蓝心怡点点头,哭得喘不过气来。简化的心紧紧往里收缩,"是什么原因?"蓝心怡摇摇头,激烈地咳嗽不停。简化进里屋拿纸巾,看到简易若无其事地在张罗晚饭,简化忽然一阵心酸,真是福无双至,祸不单行。不过这也印证了他对简博弈的看法,都怪他那天没逮住简博弈问个究竟。当时简化不想惊动简博弈是想放长线钓大鱼,他越想越觉得抄袭问题跟简博弈脱不了干系,可现在简博弈进去了,线索又中断了。简化没有报警,简博弈进去肯定是因为别的事,就算他真的犯了事,进去承认了犯的事,也肯定牵扯不出抄袭问题来,谁至于那么傻,问一答十,把所有干过的坏事竹筒倒豆子一般倒出来,倒出来又不能光宗耀祖。

原本升起的一线希望,又熄灭了。就好比落入了别人精心布置的八卦阵,看似找到了出口,实际上兜兜转转又回到原点,没有两手看卦的本领,哪有那么容易找到破绽。简化沮丧极了。

"想不想你儿子？"公安机关侦查员谢昊在看守所提审卢丽妮。

卢丽妮看了一眼谢昊，没说话。这几天她总结出一个经验，坚持"长话短说，废话少说"的原则，不说，别人拿她没办法，一旦说了，那些破绽就像披在身上的外衣，轻易让人看透，她要誓死守住那个秘密——她甘愿一个人扛下所有的责任。

谢昊把手机放置在她面前，手机正在播放一个视频，是简博弈被带到公安机关审讯的小视频，只有十多秒。卢丽妮全身一震。"没看清楚是吗？咱们再播放一遍。""不用了！"卢丽妮几乎是声嘶力竭地喊，她马上意识到失态了，生硬地把声调压下去，脸涨得通红，"绿植庄园发生的所有事情都是我一个人干的，他们父子并不知情，蓝心怡也不知情。一人做事一人当，该怎么处理你们就怎么处理，但请别去骚扰我的家人。""卢大姐，不必那么激动，我也没说他与绿植庄园的事有关啊！"谢昊把手机捡起来，放回口袋里。"那为什么要拘留他？"卢丽妮胸口急剧起伏。

"肯定也涉嫌犯了事啊！"

"不！你们一定要查清楚，他是被陷害的！"卢丽妮耸起肩，吃力地擦了擦脖子两侧细密的汗珠。

"他被陷害了什么？"谢昊紧紧地盯着她。

卢丽妮虚脱地靠在椅背上，恢复刚才的沉默。

谢昊从兜里摸出一包烟，取出一根，放到嘴里叼着，把烟盒塞回口袋，取出打火机，又把它塞回口袋，把嘴里的烟取出来，夹在右耳根。这个过程他的目光一刻也没有离开卢丽妮的眼睛。

"你以为你这是在帮简博弈吗？你这是在害他。你知道他是受害者，你不把情况说明白，那样很容易导致办案人员判断失误,这对简博弈是极为不利的。你知情不说,还会构成包庇罪。我们办案的原则是'坦白从宽',如果你把你知道的如实说了,那么我们会力争从轻处罚你们母子。"

卢丽妮双目紧闭,她陷入了沉思,一滴泪从眼角渗出,倔强地挂着,似乎在作最后的努力或者挣扎。

卢丽妮骨子里也有着一般人的贪小便宜意识,但是她的贪婪是有度的。这次她竟然胆大包天地在庄园上毫无节制地蚕食,既源于爱,也毁于爱。简博弈欠人家的钱,还差三十万元没还上。原先卢丽妮只限于在庄园的收支数目上动手脚,零零散散地帮简博弈还了六万元,可那钱来得太慢,数目差异也不敢搞得太大,次数多了,简易对数目就有质疑。简易担心哪个环节有错漏,毕竟卢丽妮文化水平有限,有两三次眼看他要核对数目了。卢丽妮大眼一瞪,说你是质疑数目呢还是质疑我呢。简易好不容易鼓起的勇气就在那凌厉的目光里慢慢萎缩了下去。

卢丽妮一辈子没多大志向,只心心念念要在县城的"江畔依月"小区买一幢天地楼。他们夫妻白手起家,携弟带妹,眼看着邻居家一个个地起了楼房又买车,他们还像油锅里的虾在煎熬着。卢丽妮没有一天不抱怨简易,可抱怨也只是抱怨,没有演化成有具体内容的行动,没有具体行动的抱怨只不过是纸老虎。简易自知理亏,也就听之任之。简单、简化、简婕一个个"飞"出去,简易和卢丽妮还窝在这小地方,把卢丽妮给窝了一肚子不断发酵的怨气,每每见到简单、简化、简婕她就没来由地撒泼。简先令八十五岁那年,在讨论关于如何照顾老头子的问题上,她提出至少也要搬到县郊来,简易把所有的积蓄掏出来,还只是凤毛麟角,简易硬着头皮向弟弟妹妹伸手,弟弟妹妹半借半赠地把钱凑起来,他们才建了这一幢房。后来夫妻俩用房子作为抵押，贷款创建了绿植庄园，庄园的规模有了，技术和产量都很不错，但是销路没有真正打开，都是靠的批发和零售。很多蔬菜上市时节因没有及时销售出去而烂在地里。卢丽妮眼看着投下去的钱成了时代急流中的泡沫，她索性把这笔账一并记到简易头上。简易有苦难言，像棉花团一样无声地承受着四面八方的压力。后来，程熙竭尽所能地把绿植庄园的命运与康泰食品有限公司这个龙头企业捆绑在一起，绿植庄园的销路才算是正式打开了，只要合法经营下去，有康泰公司一天，就有绿植庄园一天。菜不愁销路了，卢丽妮那股怨气才不再继续发酵，小日子一天天地有了盼头，眼看城里买房的事已经提上日程，夫妻俩越发殷勤了。

可那不争气的简博弈欠了那么多外债，把他们夫妇俩全蒙在鼓里，这成了卢丽妮心中难以言说的痛。那天简易去康泰食品有限公司总部开会，卢丽妮代他送菜去城区，途经一片荒野时，见到一群混混围追两个人。她多看了一眼，这一看把她吓得差点撞上绿化带。那被追的其中一个正是那不成器的儿子。情急之下，她一脚油门加速冲过去再急刹，惊慌失措地喊简博弈和他的同伴上车，他们这才逃过一劫。明知对方是小流氓，却因自身也难以洗脱，简博弈不敢报警。

简博弈眼高手低，毕业后不好好工作，把心思全花在网络虚拟币上。他投资资金盘，曾因此得过一笔小钱，当他连本带利下大赌注时，集资人却卷钱跑路了。他一时气不过，干脆自己做一个资金盘，去聚集资金，不到一个月，十二万元资金轻易到手了，他赶紧撤盘，正想着另起炉灶时，没想到竟穿帮了，筹集人向他索要三倍的赔偿，否则就报警，迫于无奈，简博弈只好写下欠条。

卢丽妮爱恨交织，却终究败给母性，一边心痛一边私下想办法为简博弈填上这个坑。这事绝不能跟简易说，别看他在卢丽妮面前是一只软柿子，在简博弈面前他可是凶神恶煞。对简博弈，他总是恨铁不成钢。这事要是给他知道了，恐怕他会把儿子剁成肉酱。她思来想去，那么大一个洞，也不是说填就填，只能在绿植庄园上动心思，庄园流动资金数目大，在大数目上动小数目就不轻易被发觉。但是那些混混知道简博弈家有绿植庄园这么大的一个背景，眼馋得发红，岂肯轻易放过，仍旧步步紧逼。这一切把简易完全蒙在鼓里，平时简易需要跑一些对外业务，卢丽妮几乎全天候待在庄园里，这是最好的动手机会。

眼看流动资金账上的数目被简易看出了破绽，卢丽妮只好另想办法，在无路可走的时候她不得已把目光转向了"免检产品"这张挡箭牌上。

提审结束，谢昊长长舒了一口气。

卢丽妮的作案动机他们一直拿不下，作案动机不成立，就定不了罪，就一直这么悬着。在卢丽妮身上找不到破绽，他们只好转移目标。能让一个中年女人守口如瓶，扛下所有责任的，大多源于一份深沉厚重的爱，她的所作所为的出发点和落脚点都会基于这份爱。那么这就是——母爱！他们尝试从这个点切入。他们监视了简博弈两天，又有了惊人的发现，简博弈伙同他人贩卖公民个人信息。这个重大发现让他们有充分的理由相信他们的研判是正确的。

谢昊的同事小李在审问简博弈的时候，也想故意泄露谢昊在提审卢丽妮的部分信息，可后来他发现根本不需要。

简博弈对出卖公民个人信息的行径供认不讳。他说他只负责传递信息，收集信息的另有他人。信息来源丰富，社会各领域、各阶层的都有，不同领域、不同阶层有不同的线人，目前为止，他传递过一个楼盘部分业主的信息，共一百六十九户；还传递过一个三甲公立医院肾脏内科住院病人信息十五人次给某私立医院。他对接的暗号是购买A4纸，个人信息的重要程度用A4纸质量等级来表示，他拿到信息后，自行前往指定的地点交货，交货的同时也获得相应的利益，报酬按出卖的人次和信息重要程度来衡量，他获得的报酬并不高，只有五千元。这两次跑腿一次在即将拆迁的"72家房客"的房屋里，另一次在废弃的家具厂里。但家具厂那次出了点状况，后来改为家具厂5公里外的一个小山头。他原想通过这样来还债，还清后他就洗心革面了。他不想自己犯下的错让母亲一个人承受，这是他自小到大，受到亲情的触动最深的一次，准确来说是受到母爱的触动最深的一次。至今父爱对他来说仍是一个虚无的概念，他不确定父亲有没有真正接纳过他，他的存在可能只是源于一个意外。如今一切都来不及了，他也不在意父亲对他的态度了，他想认真地做一回自己。他提了两个要求，一是从轻处理他的母亲，他认为母亲的铤而走险是护犊心切，因果都在他。他愿意一个人承担所有的责任。他才是真正的犯人，他母亲是无辜的。二是他想见蓝心怡一面。

"欠的是什么债？"小李用手指轻轻敲打着桌面。

"从我有记忆起，父亲就一直否定我，哪怕只是一次认可的点头或者是一个微笑。我觉得父亲在嫌弃我工作的平凡以及低薪酬。我赌气一定要把自己活进父亲的眼里。我再三调研现代社会经济市场，最后把目光锁定在虚拟币上，最初是怀着赌一把的心理，放了五千元钱进去，才一个多月就翻了五倍，不劳而获的高利润怂恿我一步一步走向深渊。我瞄准了一个新开的盘,把这两万五千元一并投了进去,才十天,人家封盘卷钱跑了。不愿当怂包的我决定冒险走一回。我利用人们对区块链认识的肤浅,打着区块链的旗号进行非法集资。果然,两个月时间,二十四万元资金轻轻松松到手了,我立即撤盘。想拿这二十四万元去投资正当的生意。却被人家追根溯源追上门来了,对方并不好惹,集了一群五大三粗的混混人肉搜索我。我一方面要躲避讨债的人,另一方面要设法瞒过家里人,那段时间我吃不好睡不好。要多窝囊就有多窝囊。你们永远不会懂那种感受。"他掩面呜咽。

受极简思潮影响，智能进一步发展，很多事物都在升级或发酵，包括生物工程机器人，人的情感或其他。

第六章 智能控

放学时分，简立基还没走到校门口就看到了乐嘉，他几乎是飞奔过去紧紧地抱着乐嘉，久久不松手，仿佛一松手，她就会凭空消失了一般。乐嘉牵着他的手回到家，端上热气腾腾的饭菜。

简立基按照以往程熙定的程序换鞋、放置好书包、跟爸爸妈妈问好——他看着空荡荡的房间和书房发了一会儿呆，然后去洗手，再坐到饭桌边。在吃饭前，他打了个电话给爸爸。他还想打个电话给妈妈，按了那串数字之后，他看了几秒钟，又放弃了。

今晚乐嘉做的全是简立基喜欢吃的，清蒸蟹、蛋卷时蔬、银耳莲子汤，还有排骨饭。简立基胃口特别好，食物一扫而光。饭后，简立基自行做老师布置的手工作业。乐嘉收拾完毕发现简立基做的红包灯笼已经像模像样，他剪好一个红包袋，拼上去，偏着脑袋端详了一会儿，又调整一下位置，像个小大人一样了。乐嘉默默地陪伴着。四十多分钟过去，红包灯笼完工了，简立基兴奋地提着它，四处比画着挂在哪里好，最后决定把它挂在爸爸书房的电脑上方。

简立基洗漱后与乐嘉下了两盘棋才去睡觉，他躺下还要握着乐嘉的手，乐嘉坐在床边，直至听到均匀的呼吸声传来才起身，她的手刚一松开，简立基又受了惊般全身抖动了一下，手凭空捞着，乐嘉伸手去碰触那只无助的小手，那小手立刻紧紧抓住她。

下午，简单的工作仍未进入状态。他找个借口，提前下班回去烧了几个菜，今晚必须正式地、郑重地推介生物芯片的伟大构想，他要取得郑东东的全力支持。一切准备妥当，他激动地等着郑东东回来，简直有点像第一次约会那样激动。门开了，他高兴地迎上去，是简方向背着书包回来了，他的笑容收了一半，微笑着说："回来了？放了书包洗手准备吃饭了。"简方向点点头进房间去了。又过了十几分钟，郑东东还没回来，他忍不住打了个电话给郑东东，郑东东说："马上到家，马上到家，唉，竹园路那里交通出了点状况，堵车堵了差不多二十分钟。"

郑东东回到家，简单再也收敛不住笑容，笑意堆叠在脸上，柔化了所有的线条。他敲了两次简方向的门，简方向才出来入座。郑东东拍拍简方向的肩膀一并坐下，她夹了一块鸡翅给简方向后就埋头大快朵颐。简单最满足的就是这个，郑东东的胃口出奇地好，尤其喜欢吃简单做的菜，这让简单很有成就感。与此相反的是简方向，无论是简单下厨还是一家人下馆子，男孩子该有的豪迈吃相，从不曾出现在他身上。有时候简单会产生一种错觉，他养了十几年的孩子是一个大姑娘，而不是一个小伙子。

简单咽了一下口水，正要按计划正式地、郑重地推介他的生物芯片设想时，他的电话不合时宜地响起来了，震得桌子都轻微地颤抖。他凑上去看到"简化"二字，郑东东也看到了，她撇撇嘴。简单犹豫了一下，还是接了。听了几秒钟，他的脸色逐渐凝重起来，"怎么会这样？"又接着听了几分钟，他放下手机，用力扒饭。郑东东用力咽下一块东坡肉后，说："后天即将升级Loka，让她完全具备人的思想，这是一次极具挑战性的试验，它在生物机器人研究史上具有里程碑意义，中国电子智能部也会派人出席这个仪式并进行剪彩，这对我来说，是极其重要的时刻，我不能有任何差错。"简单努力扒拉着饭，郑东东仍滔滔不绝地沉浸在她的描述中，仿佛那即将来到的辉煌时刻已经正式在她面前拉开序幕了，甚至简方向吃完饭离开饭桌她也浑然不觉。

简单待郑东东吃饱了才低沉地说："郑东东，我们得抽空回一趟龚县，大哥一家出事了。""你说什么？"郑东东霍地站起来，凑到简单的面前。郑东东得知绿植庄园标本检验不合格，卢丽妮被拘留，简博弈被带走，简易精神状态异常时，她的震惊程度不亚于简单。她拖着简单要立刻前往龚县。

简单认为现在贸然出发操之过急，首先简易的症状不是因为简博弈被带走才出现的，那么他的症状的源头就不在简博弈而在卢丽妮。现在主要问题是，简博弈被带走，究竟是不是因为绿植庄园的事？这些都得先了解清楚。"那刚才接电话你倒是问呀！"郑东东的不满和困惑都写在脸上。"你刚才不是在吃饭吗，我怕影响你胃口，就……"郑东东一时语塞，这个木讷又对自己关爱有加的男人总是让她觉得温暖如故。

与简化再度通话，他们才对事情的来龙去脉有了一个大致的概念。他们归纳出三点重要信息：一是简易目前冷静得有点异常，但尚没有异常的举动；二是简博弈被带走是突发的，目前尚不明原因；三是蓝心怡状况不好，情绪波动很大。

"出发吧！"郑东东说。

"出发吧！"简单拿车钥匙。

"等等。"简单说，"我们现在出发，最快也要晚上九点三十分才到。这个时间对县郊的农村来说，已经不早了，说不定大哥都睡觉了。我先打个电话给大哥，了解一下他的状态吧。"

"简单，电话跟见面是两码事，它们之间有着质的区别。"郑东东盯着简单说。

"你在质疑你老公的实力吗？"简单佯装敲一下郑东东的脑门。

"我没有，可是……"郑东东觉得还有很多很多理由，这些理由全争先恐后地挤着，竟一条也没能挤出牙缝来。

简方向在简单和郑东东讨论去还是不去的时候背上书包朝他们挥挥手就出门了。

简单拨通视频电话——

"二弟，晚上好！"简易坐在沙发上，看起来和平常无异。

"大哥，吃饭没，在忙什么呢？"

"早吃了，刚才刷视频。"

"'饭后走一走，活到九十九'，不出去转两圈？"

"不了，今天和三弟走了很远的山路。"

"哈哈，简化去你那儿爬山了？那小子怎么突然有雅兴做这个，他不嫌浪费时间吗？"

"不是去耍的,是去解决问题的。"

"解决问题?"

"上次省里对金港市的食用农产品抽样检测,绿植庄园的样本检测不合格,进一步抽样发现使用了违禁药和过量的生长素。如今庄园被封控,你嫂子被拘留,简博弈也被带走了,是什么原因带走我们都不知道,一切都莫名其妙的。现在乱成一团,我不知道该怎么办。"简易皱着眉叹息,"我们肯定是被陷害的。二弟,你嫂子不会那样做,她勤勤恳恳,嘴巴是厉害点,但心眼是好的,她不会这样做。至于你大哥,你从小跟在他屁股后面长大,他是什么样的人,你心里应该有点数。"

"你有被陷害的证据吗?"

"有……是有的,没逮着。"简易搔搔头,把右脚抬到沙发上,右手搁在右腿膝盖上。

"具体是怎么一回事?"

"绿植庄园抽样检测不合格的第二天,庄园被封锁了,我从派出所笔录结束……"简易的讲述思路清晰,低沉的语调夹带着愤怒、无奈和焦虑。

"这么大的事,你早该说给我知道了啊,你还当二弟是你二弟吗?"

"是肯定是的,我是想,这不当初是程熙帮打通供应蔬菜给康泰食品有限公司这个渠道吗?她是最有希望能摆平这事的。可是我打了好几次电话,她只回复了一条信息,信息说得也在理,她有她的难处,但她也该接个电话,把难处摆出来,大哥从不为难人。信息具体是什么内容了,我得翻翻看……"简易眯着眼翻信息。"绿植庄园被封锁起来抽样的当天,程熙来过庄园,也仅那俩年轻的孩子在庄园,一句话也没说上。三弟倒是来过两次。"

这也太可笑了,有些事真的无法拿常规思维来思考,郑东东想。大哥出了那么大的事,亲弟现在才知道。简化和程熙离婚了,大哥至今还被蒙在鼓里。

"大哥,程熙说得对,在这件事上,她真的会越帮越忙。当初是凭借她的实力,绿植庄园才能成为康泰食品有限公司的供应商,眼红的人多了去了,现在绿植庄园出了问题她又千方百计维护的话——何况现在还没有任何有利的证据足以证明绿植庄园是依法依规经营,没有使用违禁品或者过量使用抗生素。但是有一个问题,我想也应该让大哥知道了,简化和程熙已经离婚了。"

简易大吃一惊,盯着简单怒斥:"二弟,你胡说什么?"

"我没胡说,大哥,我确实向来都是调皮了点,但该认真的时候我还是毫不含糊的。"

"肯定是三弟那小子理亏,看我揍不揍他!"简易握紧拳头,挪起屁股,一只脚在地上,一只脚在沙发上杵了几十秒,慢慢地疲软下来,坐回沙发上。呆呆地坐着。

……

十几分钟的通话,简单得出一个结论:简易的心理确实有问题了,尽管他聊天一切正常,但是综合他的眼神和动作等来看,他心理问题至少发展到中度了。

"既然你都知道他心理有问题,为什么还要告诉他简化和程熙离婚了?这不是加重刺激吗?这不是在伤口上撒盐吗?"

"心理患者大多会有臆想症。现在简易有两件事无法释怀,一是庄园是被人陷害的,二是程熙在这件事上表现出来的冷漠。不让他知道简化和程熙离婚了,那么他就会一直牵牢亲情这根线，潜意识里用亲情来绑架家庭成员。如果仍未达到目标，他就会在有限的思维里产生无限的臆想，久而久之，臆想里的事就变成了真的，似乎他切身经历的。"

郑东东似懂非懂地点点头："看来我还是专注于我的生物机器人研究算了，心理这方面交给简大医生。不管怎么样，大哥的病，你都义不容辞。"

"听老婆的话才有出息，简某义不容辞。"

简化回到家，简立基已经进入梦乡了。乐嘉坐在简立基的小书桌旁休眠。简化疲倦地瘫坐在书房的椅子上，《前夜》究竟遭谁的暗算，古木又是谁？恐怕只能从文荟编辑部入手了，但是在如此敏感的阶段，文荟编辑部怎么可能提供信息给他呢。茫茫人海，除了文荟编辑部，除了大数据，他又能从哪儿搜集相关的信息呢？

简化仰头长长叹息一声，看到电脑上挂着的红包灯笼，疲惫的心触及一股暖流，他站起来把它摘下来捧在手里。"这是简立基做的，做得很用心，今晚他很乖巧。程熙找过我。"乐嘉不知道什么时候站在书房门口了。简化正要把灯笼挂回原处的手似乎被按下了暂停键，几秒钟后才恢复了活动。挂完灯笼他摆摆手示意乐嘉退下。

"古木是谁？《前夜》和《误会到底》哪个是原版？你和程熙之间是不是也'误会到底'了？"乐嘉没有退下，仍站在原地一连串发问。"哪个是原版"这几个字让简化觉得很刺耳，把"误会到底"用在他和程熙之间更让他觉得扎心，就好像他的《前夜》是他对自己未来生活的预言，他极其不悦，有一股怒气不知该冲谁发。

第六章
智能控

"不在你服务范围内的,你无须操心,我要创作了。"简化用力按下开机按钮。

"程熙住院了,缺了女主人的家充其量只能算个窝。"乐嘉仍站在门口。

"你这算是在换个角度炫耀你今天的劳动成果吗?那么,谢谢!"简化用极其伤人的话语来掩饰内心的暴动,似乎不通过这样的方式来抵抗,他的心就会阵亡在这一场暴动中,他极其专注地把键盘敲得啪啪作响,连眼角余光也懒得浪费。

"我忽然觉得我能理解程熙了,在这之前我都不怎么能够理解。"乐嘉转身离开。

简化停止了敲击键盘,狠狠地盯着刚才敲出来的那一堆乱码,好像正因为它们的存在,才把他的生活变成了一堆乱麻。他心疼自己浑身都是伤,他惊讶自己浑身都是刺,他在受伤的同时也把别人伤得体无完肤。他不知道怎么会变成了这样子,他讨厌被情绪驾驭,这让他浪费了大量的时间。他打了三个电话给程熙,对方不接,不挂,不回。这样也好,干脆利落,断了所有念想。在这难熬的日子里,他学会了自动缝合滴血的心。简化折叠起所有坏情绪,集中精神创作。

文字处于治愈系链条上的"C位",特别是对于有文学情结的人来说,一旦融入了文字的世界,就可以忘掉一切烦恼,做回最本真的自己。简化越写思路越清晰,越写灵感越涌动,完成了一个连载的章节后,他觉得精力旺盛,睡意全无,又继续写下一章节。写完第二个章节已经是凌晨两点了,他还要继续写下一个章节,肩胛骨酸胀得令他难以忍受,胃也胀得想吐,他到客厅活动活动肩颈,喝杯水,斜靠在椅子上放松放松,一靠下去竟睡着了。

乐嘉拿来毛毯轻轻盖在简化身上。眼前这个男人憔悴、消瘦、倔强。她要怎样才能替他分担一些呢？程熙还好吗？她大概是一个人住院吧，谁去照顾她呢？从今早的对话中，乐嘉知道程熙也不想让乐嘉知道她的真实现状。程熙只是问问简立基，确认在医院的是不是乐嘉，其他的都闭口不谈。

这晚，简单极其认真地、详细地跟郑东东谈起了他的置换记忆创新疗法的设想，让他大喜过望的是，郑东东说，相比目前生物机器人技术的成熟度和难度来说，生物芯片只不过是小儿科，从科学角度来说，其实它根本算不得一个独立的研究领域，顶多算生物机器人工程的一个分支，不用另立门户，时间成本一个月左右；但是从管理层面来说，从生物机器人工程到生物芯片，还差一个走流程的距离。要利用生物机器人的超能才是整个计划中最大的障碍。因为乐嘉的事，有关部门会对机器人超能的使用进行更为严格的管控，这个申请不一定能通过审批，就算能够通过，也得费一番周折。

简单激动不已地把郑东东紧紧地压在身下，压到郑东东喘不过气来，他细腻而绵密地吻遍郑东东全身，直到郑东东融化为一摊水。

关于研发生物芯片的申请，首先肯定要编写项目分析报告，这个对简单来说是小菜一碟。郑东东说了，升级Loka那天，是一个呈送报告的绝佳机会。

程熙在想那个梦，那不仅是梦，而是生活真实的投射。程熙对不能正常行使一个母亲的权利、母爱被机器人取而代之一直耿耿于怀，哪怕是在睡眠的状态，大脑的记忆神经元还在惦记着，梦与生活，虚与实之间并没有明确的界限。

乐嘉猜测去医院的是她胞姐Loka。Loka的生活圈与她的生活圈是三维图形的两个不同的面。

再纠结"乐嘉"为什么会出现在医院这个问题就显得毫无意义了。下午，用完药后，程熙向主治医生提出出院的申请。原来能让她安心待在医院疗养的，并不是她的脚踝，而是一个疑似"乐嘉"的人，让她沮丧的是，最终的原因仍是离不开简家。主治医生建议她再疗养一天，第二天用完药再出院。程熙执意要回去，她心里堵得慌，一刻也不能继续待下去了。

护工默默帮她收拾东西。仍是网约车，车来了之后，程熙拒绝了护工递过来的东西，塞给护工五百元小费，护工千恩万谢。程熙觉得在某个合适的时段，在生活的某些拐点，就应该学会删繁就简了。把这段灰色的记忆以及与之相关的事物留在这里，她只想带上健康、快乐和阳光。

程熙回单位宿舍的路上困意来袭，到了目的地网约车司机才把她叫醒。回到房间她点了份外卖，把胃填满了蒙头就睡。她是有多长时间没有好好睡过一觉了？凌晨一点，她醒来发现手机有三个未接来电，都是简化打来的。她顺手就回拨，看看时间，在没拨通之前就挂断了。醒醒吧，程熙，莫非你还心存幻想？这些天人家给过你电话吗？如果今天你没和乐嘉联系过，今晚会有这几个电话吗？难道他不知道她单位以及单位宿舍在哪里吗？既然这些答案都是否定的，那么还有什么理由不安睡？程熙放下手机，睡意不打招呼悄悄跑光了，她两眼盯着房间白色的墙壁和天花板，以及简陋的桌椅。再也不能这么浑浑噩噩下去了，程熙下决心要好好规划一下未来，自身成长将是未来很长一段时间内最重要的课题。她知道只要乐嘉在身边，简立基就会快乐成长，此外，乐嘉似乎无可代替，目前也只能这样了。自己能做的，只有默默关注，顶多算个幕后母亲。"幕后母

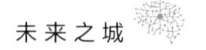

亲",她被这个新名词逗得心里一阵苦涩。

第二天中午,简单利用休息时间起草生物芯片项目可行性分析报告,晚上下班后他留在办公室里修改,直到他认为满意为止,还把修改好的初稿带回家里给郑东东审阅,两人就一些细节研究并修改了一遍,形成一份完美到几乎无可挑剔的项目可行性分析报告。

蓝心怡在简博弈被警察带走的第二天去了一趟公安局。她想见简博弈一面,她想知道他究竟犯了什么错。没多久,蓝心怡带着空虚的躯体回去,门卫压根儿就没放她进去。现在除了办案人员,谁也不能接触简博弈。蓝心怡的微信群不断地跳出新的信息,她们又在约聚会的时间了。蓝心怡忽然厌恶起这些来,她默默退出了那个群。微信很会照顾人的情绪,不管你删除了谁,退出了哪个群,都是悄无声息的。昨天蓝心怡没有开直播,今天也不打算开。她一个人走在空荡荡的街上,早上的太阳把她的影子拉得很长很长。

公安局根据简博弈提供的信息据点蹲守,把其余的已知涉案人员捉拿归案。

昨晚简易来看望卢丽妮的时候,卢丽妮总觉得哪儿不对劲。她跟简易说话,他的状态经常不在线。然而简易似乎却变得健谈起来,他很认真很肯定地说,他们是被陷害的,让卢丽妮受了那么多委屈,他一定会找到那个关于陷害的证据,为卢丽妮洗白。卢丽妮好几次抢过话题,说对不起他,是自己亲手毁了曾经那样幸福的生活。她说她不后悔跟他一起生活,如果不是她无休止地向往县城生活,他们不会总是苛责简博弈,简博弈就不会急于为了证明自己而铤而走险,那样的话一家人应该会很幸福。他们忙于挣钱,忙于追求虚无的幸福,对简博弈的关心太少了，让他偏离了正常的人生轨道。简易仍滔滔不绝地说那片种着茄子和辣椒的菜园，以及那两个有秘密的妇女，他没有听进卢丽妮说的。

卢丽妮红着眼睛让他别说了，她说我宁愿你骂我一顿。

"差一点儿，你知道吗？丽妮，就差一点点我就逮住那个秘密了，可两次都怪我没有把握好最佳时机，让那个秘密从眼前溜走了。"他盯着她的眼睛笃定地说，"让你受苦了，是我没有用。我宁愿关的是我，如果可以的话。"卢丽妮瘦了很多，头发也白了一半，但是卢丽妮并不知道自己的头发白了。

两人相对无言，过了好一会儿，简易说："我出去买两套衣服给你换洗，你就好好接受教育吧。放心，家里一切有我。"

"用不着，很快就要穿囚服了。"

"还……还是备吧，万一急用，也备得上。"

卢丽妮头一低，眼一热，泪就收不住了。

"行……行了，咱不买，不买。"

"可别再挑剔心怡了，好生待着，有话好好说，咱可别亏待人家了。"

"你都放心，在这里听从管教，该干吗干吗，我等你回来。庄园要是还给咱种，我会好好打理的，这些你都不用操心。你尽管吃好睡好……"

卢丽妮醒来时才凌晨一点三十分，她在脑里反复回放这个梦，越回放越觉得很不可思议，以往的梦，她只能感受自身感受，但是这个梦她是如此真切地体会到简易的感受，像一个局外人一样看到并且体验到他们二人的全部想法，像全知全觉的叙事，而不是参与梦的角色。

头发真的白了吗？她不由得摸摸头发。这里没有镜子。只有一张床，一件多余的物品都没有，那么小的地方看起来仍是空荡荡的。

生物机器人Loka的升级仪式在生物机器人工程研究院的办公室举办。出于技术保密需要，本次仪式参加的人员并不多，也没有通知媒体记者。参加的人员有中国电子智能部办公厅主任曾伟亮和一名随行人员、安平省委办公室主任张杰、安平省电子智能办公厅厅长陈楚江和分管副厅长刘亮，还有郑东东、生物机器人工程研究院办公室主任杨桦以及另两名相关的技术人员。

Loka坐在科学技术感极强的等候室里等候，像是特意布置的一个升级的前奏。

杨桦主持升级仪式。第一个环节，先由中国电子智能部办公厅主任曾伟亮进行开幕致辞，曾伟认为，升级生物机器人，使他们具有与人无异的缜密的思维和丰富细腻而复杂多变的情感，这是史无前例的，这标志着我国电子智能技术的一次质的飞跃。他勉励全体工程技术人员，一方面要继续发扬团结拼搏创新的精神，不断进行技术革新，进行系统升级，让生物机器人更好地为人类提供无微不至的服务，但另一方面，也一定要筑牢安全防线，坚决防止生物机器人过度觉醒，更要做好各项防控措施，杜绝出现生物机器人反叛行为。他强调，要记住，这世界永远只能是我们人类主宰的……接着是安平省委办主任张杰、安平省电子智能办公厅厅长陈楚江和郑东东分别围绕主题作简要讲话。第二个环节，由曾伟亮、张杰、陈楚江和郑东东一起按下开幕仪式电子启动球，七彩的光虚虚实实凝聚成"生物机器人升级啦！"几个大字，大字在空中旋转一周后越升越高，然后从窗口蹿出去飞向高空。第三个环节，由两名相关技术人员对Loka进行升级。郑东东的助手把Loka从等候室引到升级室，整个升级过程花了三十分钟。

郑东东在等待Loka升级的时候，见缝插针地向领导们提出置换记忆的构想，指出置换记忆创新疗法的核心技术在于生物芯片，把生物芯片植入大脑对成本和技术的要求非常高，而且难以推广，毕竟事关人的生命。有一个很好的降低成本的方法，就是合法利用生物机器人的超能，目前来说，利用生物机器人超能来植入生物芯片是最安全的。郑东东还详细阐述了生物芯片与生物机器人技术的异同。

领导们激动地议论升级这一举动的重大意义，以及它即将在世界电子智能领域中引起的轰动，他们都迫不及待地期待着那一刻的到来，仿佛他们的期待会加速这个时刻的到来。

简单这天休息，清早他开车前往西江平湖，简易并不在家里，庭院紧锁，电话也打不通。简单站了一会儿，门外路过的一个少年指指绿植庄园方向，说大爷在庄园那边。

简单驾车往绿植庄园方向驶去，远远看到简易在庄园前的空坪上认真地忙活着，不知道种的是什么品种的菜，一块淡淡的青绿。简单觉得这样也好，大哥心里有所寄托就不容易陷入无法自拔的纠结中，庄园是他的心血所在，如果他把情感都转移到庄园来，就能遏制病情的继续恶化，乐观一点说不定还会自愈。

简易在庄园前浇水，不是给庄园里的植物松土、浇水，是给庄园外的草浇水。相当大的一块草坪被他弄得松软湿润。深秋时节，大部分的草都枯白了，剩下稀稀疏疏的一些还带着绿意。简易把这些草移栽到一起。

简单心里一震,愣了一会儿,也上前和简易一块儿浇水、松土。忙活了好一会儿,简单问:"大哥,你种的是什么菜?"简易停下手中的活,很认真地盯了简单一会儿,说:"这哪是菜,这是草!菜都在那边,大城市把你冲昏了头了吗?"简易拉着简单到庄园的围墙边,指着那些耷拉在墙上奄奄一息的苦瓜藤:"喏,这是苦瓜,蔬菜的一种,里面还有很多品种,好生记住了,农村人不能忘本。"简单意识到大哥的问题远比他判断的要严重。

Loka升级后,变得更加神采奕奕,两眼顾盼生辉。技术人员先在预设的模拟环境里对她进行了情感复杂度的测试,发现她的大脑灵活度与心思缜密度达到十级,也就意味着她跟人类无异。接着两名技术人员亲自测试,扮演两个派别的角色,一个拉拢向左一个拉拢向右,不按常规发问,情感思维跨度和跳跃度都很大。Loka左右逢源,应对自如,不得罪任何一方。这个测试结果是喜人的,表明这次升级极其成功。

与此同时,生物技术反攻实验室也传来了喜人的消息,反机器人超能技术首试成功,这项技术的优势在于,它采取更为成熟的监测体系,监测体系通过电波控制,与每一个记录在档的生物机器人建立了联系,形成了独一无二的档案管理系统,一旦生物机器人有违规使用超能的情感倾向,监测体系将直接中断生物机器人的运行系统,生物机器人运行系统立即处于暂停状态。这个监测系统的保密措施做得极为精密。生物机器人与人从肉眼看起来并无二致,但在监测体系总控制室的识别机上,二者的皮肤、毛发与眼睛的组织与人还是有着本质的区别。

第六章
智能控

说白了，这个监测体系总控制室的识别机只认人，生物机器人是永远无法操作它的。可以说，这是人类最坚固的技术堡垒。青年才俊麦皓天也一夜之间成了行业内的名人。

当然，仅机器人超能技术首试成功与整个生物机器人的运行系统的设备的改进和完善，直至能够全面投入使用还有一段不小的距离，既然大江都大步跨过了，也就不差小河了。生物技术反攻实验室全体人员兴奋得把麦皓天抬起来，扔到临时休息间的床上。

简化醒来的时候，厨房已经氤氲了一层薄薄的奶白色气体，准确来说，他是被早餐的香气熏醒的。早餐的香气毫无规则地弥漫在屋子里。客厅的物品摆放得整齐有序，家里阳台养的花草也全都吃饱喝足，正在拼命制造氧气。这才叫家呀。看着厨房里忙碌的身影，简化不禁为昨晚的浑身带刺感到羞愧。

"乐嘉早上好！今天早上做什么好吃的？我好饿。"简立基洗漱完毕蹦跳着进了厨房，风跟不上他的速度。简化没有看到简立基的脸，他固执地觉得简立基的脸是盛开的，比桌上的玫瑰、百合更灿烂。不到一分钟，简立基又从厨房跑出来，欢喜地喊叫："爸爸，爸爸起床了！乐嘉做了好多……"他显然没想到简化已经醒了，有点不好意思地挠挠头。

简化的心刹那间暖起来，好像是早餐的热气渗了进来，又好像是简立基那尴尬的笑荡漾在胸口。

这一顿早餐，父子俩抢吃一般，把鸡蛋肠、虾仁蒸饺、鲜肉粽吃了个精光，玉米南瓜汁喝光后，简立基还把碗和勺子舔干净了。放下碗，父子俩你看看我，我看看你，似乎意犹未尽。简立基郑重宣布：今早他独自去上学。宣布完毕，他背上书包，跑去书房摘下那个红包灯笼，提着它欢欢喜喜地上学去了。

"对不起，我昨晚说话太冲了！"简立基上学后，简化给乐嘉道歉。

"不必了，你这是对自己不负责。"乐嘉头也不抬，她在收拾厨房。

简化决定去探望卢丽妮，顺便找蓝心怡聊一聊，那双飘忽的眼睛在他心里不间断地飘了好几天，拖出了一堆问号，他得想方设法把这些问号变成句号。

早上管教干部发现卢丽妮不对劲，她浑身发烫，狱医给了药之后，卢丽妮躺回床上，早上的晨练与放风她都没有参加。简化正是放风的时候来到看守所，看守所的干部告知简化，刑事拘留期间，亲属是不能探望嫌疑人的。一小时后，简化和蓝心怡在龚县的遇见茶馆见面，茶馆很清静，服务台前一个穿汉服的女孩，脸上蒙着轻纱在弹古琴，弹的是《高山流水》，琴声悠悠，檀香袅袅，很有意境。茶室古香古色，进门是一扇镂空屏风，正门对着的墙体挂着一幅传统山水画，侧面墙体摆着一个架子，上面摆着青花瓷之类的饰品。工作人员身穿唐装，泡茶和斟茶都很见功夫。

蓝心怡的妆容无法遮掩她的憔悴，见到简化，她的眼泪又不争气地掉下来。事情太多了，一件接一件，她实在难以消化。她至今仍不知道简博弈为什么会被带走，如今公公的状态似乎也极不乐观，她一个才二十来岁的女子，这么重的担子要怎么挑起来。可是生活并没有给她选择的余地。昨天她没有上妆出镜直播间，憔悴的样子换来大量粉丝的关心，她也因此获得了一些额外的打赏。她考虑要不要用博取公众同情的方式来维持生活。

第六章
智能控

喝了一壶茶，简化并没有从蓝心怡的嘴里掏出任何有用的线索。蓝心怡眼里的简博弈，浪漫、体贴、善解人意，懂得尊重人……无一不是优点。可见蓝心怡对简博弈是完全信任的，这种信任源于深沉的爱，也许正是这种深沉的爱与过度的信任给了简博弈大量的可操作空间。所以感情这种东西，深一点好还是浅一点好？可何谓深又何谓浅？该如何把握那个度？

简化问及蓝心怡将来的打算，蓝心怡迷茫地摇摇头。简化忽然觉得这是一个很愚蠢的问题，现实如此混乱，谁知道将来呢？连明天都还是未知的。命运将如何安排卢丽妮和简博弈，又将如何判决绿植庄园？那么简易呢？既然冥冥中有人操控了整个棋局，那么弈者只能见一步走一步了。

简单的心情像秋草那样杂乱。短短四个小时，他陪着简易从庄园和家之间往返了四次。在庄园，简易说得收工回家煮饭了，回家放米下锅后，简易说要去菜园摘菜，简单说他去市场买，简易说我这庄园是免检产品，吃得放心，我用的都是有机肥。到了庄园，简易上前摸摸门口上的封条，仔细拔掉门前杂乱生长的纤细的野草。毕了，简易沉思了一会儿，又絮絮叨叨地说他们是被陷害的，让简单想法儿帮一把，大哥会感念一辈子。

简易说卢丽妮在里面受罪了，是他无能；简博弈那个败家子，这回也跟风进去了，孝敬老妈也犯不着这样，以前从不见他那么"懂事"，净让人操心。简单好不容易把简易哄回去，简易屁股还没坐热，又要去庄园掐花，他说花太旺的藤生植物是要掐花的，要不然结的瓜果不稳。简单说："大哥，吃了饭我陪你一起去。"简易说："好。"二人进厨房里忙活起来，炒了两个家常菜，兄弟俩吃饭的时候，简易像往常一样，少言少语，还会给简单夹菜。简单边吃边回想起小时候简易照顾他的情景。

饭后,他们坐了一会儿。简易说,事情发展到这地步,苦了蓝心怡了,那么年轻的一个女孩子,我这张老脸不知道搁哪儿。简单觉得,大哥表面上看不起简博弈,心里却惦记着儿子,而且他还深感对不起蓝心怡。这些细微的信息是打开心理患者心扉的钥匙,至少它可以作为一个切入点,顺利的话可能会成为拐点。

没几分钟,简易又坚决要去庄园浇水,简单坐着迟迟不愿启动车子。简易侧过脸说:"你要不去也成,读书人住习惯了城里,手脚也娇气了。这些大哥还是懂的,只是肚里没有墨水。"简单只好跟着他。如此往返。好好的一个人,说病就病了,而且病得不轻。这半天的时光,简单初步制定了一个有针对性的诊疗方案。

回程路上,简单思绪万千,万一有一天自己也突然发病了,那将会是怎么样的,郑东东又该怎么办?到那时候他是有意识的还是全无意识的?自己会不会成为心理学界的笑话?所以,生物芯片项目推进得越快越好。一想到这,他的车子就浑身是劲,拼命往前跑。简单回到家的时候,郑东东还没回来。简单迫不及待地想要知道生物芯片项目可行性分析报告呈报情况,简直是一秒钟都不想耽误。

情况如何呢?乐观,还是不乐观?简单忐忑地在心里抛起一枚隐形的硬币,后来他干脆数数,如果从拨通电话到郑东东接听,数到双数就是乐观的,单数就是不乐观的。可电话从拨通到铃声停止了,郑东东还没接听。那么,拨打第一次电话就算是单数,再拨一次就算是双数的了,如果拨打第二次电话,郑东东接听了,那么数数这个命题仍为真命题。第二次郑东东仍未接听。简单没有勇气再拨打第三次电话,他深呼吸几下,让自己平静下来。这时门响了,他紧张地小跑过去开门,一边

第六章
智能控

跑一边数步数，正好是双数！开了门，塞进他怀里的，是一个快递，而不是郑东东。

过了半小时，郑东东才回电话，简单又不自觉地开始数数，第一次电话铃响直到结束，他都没有接听。他在等第二次电话铃响。等了三分钟仍没有第二次电话来。他更忐忑了，要不要回拨？回拨就是第三次了。不，不能回拨。可他又极想立刻知道结果。他盯着手机，重新开始数数，他以时间"分"为单位，数到一个双数就开始拨打电话，以电话拨打的双单数论成败的规则被他在心里默默废了。刚刚好数到第二分钟，郑东东的电话又来了，他一边接听一边立刻在心里重新沿用以电话拨打的双单数论成败的规则，同时也继续采用偶数"分"的规则，两个规则一起用刚好又凑成一个双数。

郑东东说："在场领导都认为设想很好，以我们当前的研究水平和技术，研究生物芯片可以说没有什么难度，但依赖生物机器人超能来取代医疗手术，这不具有可操作性，到时候如何界定机器人超能的使用是否合法，万一出现非自愿性的置换记忆，谁来负这个责任。其实正如我们所想象的那样，乐嘉事件带来的负面影响阻碍了你的计划。"

"噢。生物芯片项目可行性分析报告递到他们手上了吗？"简单极力掩饰失落。

他沮丧地在心里自嘲，"双数+双数"的好开局也没能换来想要的好结局。心理暗示很重要，但并不适用于抽签性质的暗示，激励式的暗示才能激发潜能以致达到最佳效果。他一个心理医生竟然滥用抽签性质的暗示，这有点儿贻笑大方了。其实这也是人性的弱点吧，人在等待一个结果时，往往会由于底气不足而失去自信，从而把希望寄托于超越人类的力量以求心理安宁,哪怕这种力量是虚无的。

"他们浏览过了,但是……但是他们也没说不行,哈哈哈……"刚才还一本正经的郑东东现在笑得岔了气。简单从短暂的被愚弄的懊恼中解脱出来,郑东东没心没肺的笑令简单忍俊不禁,他也"呵呵呵呵"地笑起来,顺便抬起左手敲一下,却敲在酒柜的酒瓶上,这是他一个习惯性的动作——敲郑东东脑门。

"在Loka升级现场,他们压根没把我的介绍听进心里去,为了显示他们在听,他们不时应和一下,但实际他们的脑袋都被生物机器人研究技术的新成效给占据了,机智的我立即改变策略,停止此话题。待升级仪式结束,引他们到办公室喝茶,通过6G超逼真模拟环境把关于生物芯片的研发及借用生物机器人的超能把芯片植入人脑的模拟视频播放了一遍,这是我昨天做的,没想到吧?除了模拟视频本身的解说,我还借机向他们介绍我们研究院目前的研发条件和研发技术水平,增加该研发项目需要增加的技术人员和设备投入成本,研发成果的运用及社会需求现状。有了动画的直观感受,再加上有你老婆绘声绘色的解说作铺垫,那份生物芯片项目可行性分析报告就显得很有必要而且很值得一看了。"

郑东东喝了几口水。

"后来呢?"简单迫不及待。

"果然,他们主动向我要生物芯片项目可行性分析报告,并且现场浏览了一遍。曾伟亮一边看一边竖起大拇指。他还说要带回去详细研究分析。可毕竟'生物机器人超能'这个词实在太敏感了,他表示这个得慎重考虑。不管怎么样,没有直接拒绝就是最好的结果。后来——"

第六章
智能控

郑东东又拧开杯子喝了几口水。

"后来怎么样？后来他们就回去了。"

"生物技术反攻实验室研究的反机器人超能技术首试成功，预计会带来新的转机，提高成功率。这只是我的猜测而已。"

"老婆最优秀，老婆千岁，老婆万岁！"

"那你让我千岁还是万岁？"

"千千万万岁！"简单得意忘形，反正说话不费成本。

简化出门后，乐嘉再度打开简化的笔记本电脑，她在查找《前夜》的源文件，这个问题一直困扰着她，她无法把它从记忆里清除。如果找到源文件，那么对于《前夜》和《误会到底》孰是孰非的问题大约就有个方向了。在这之前，乐嘉最佩服的就是简化的写作功底。如果要乐嘉从事写作行业，她的速度可能不亚于简化，行文流畅度、语言组织能力都不成问题，可关于人类情感的微妙变化的描写，对她来说，几乎是无法逾越的鸿沟。人类是一个极其善变的物种，而且变化都是不动声色的，人的口是心非也让她很费解，明明这样说了，做的时候偏是那样做，他们的想法往往是瞬息万变的，乐嘉跟得上思维速度，却跟不上情感速度。

《前夜》最初起草的时间是2030年，首载于2033年5月，《误会到底》首载于2033年4月。她上《文荟》的官网查看《误会到底》连载出来所有章节，一个内部刊物居然办得如此红火，让人匪夷所思。关于版权、公开发行和内刊等的概念，乐嘉昨晚在数据库里抽取了大量的信息。

乐嘉怀疑《文荟》有隐藏的流通渠道。也就是说，除了文荟编辑部所在地的文联拥有收藏权和传阅权以外，它还有一条相对固定的流通渠道，外流的是书，回溯的是利益。这就奇怪了，既然是为了利益，为何不把它做成公开发行的书籍？它有足够的实力。如果能从第二渠道拿到《文荟》，那么也许所有的问题就迎刃而解了。

　　成为《文荟》的作者应该会是揭开《文荟》神秘面纱的最佳途径。但是这个方法很需要时间，在没有别的更好的途径的情况下，乐嘉决定尝试一下。乐嘉通过对近两年《文荟》的阅读和分析，了解其用稿的风格和水平。她写了一篇题为《殊途时代》的散文，文章有两条主线：一是在飞速发展的时代里，人的思想与思维与人的行为速率貌合神离导致出现离奇的行为和离奇的故事；二是经济社会的发展频道抢占了文化发展频道，导致文化发展频道奄奄一息。这种文章不大费情感思维，乐嘉花两个小时就完成了。她以"异域"为笔名投稿。

　　卢丽妮被烧得迷迷糊糊的，她总是梦到简易，梦到这男人站在一片荒芜的园地里，来回绕圈圈，她大声喊他，他似乎没有听到，茫然地走着。她赶上去扳过他的头，她看到那张熟悉的脸上长着一双很陌生的眼睛，这双眼睛从来都是惧怕她的。但现在不一样。他直视她，蔑视、质疑、失望、冷漠、怨恨交织在一起，糅合成两道寒光，冻得她口齿打架说不上话来，这还是简易吗？那双眼睛不断睁大，大得可怕，她不由得全身战栗。卢丽妮醒了，全身都是汗，嘴唇干裂得疼痛。管教干部递给她毛巾和水，她喝了几口水，干裂的嘴唇有了一点儿水分。

　　简易是不是出事了？她担忧地想。简易是有责任感的男人，也是个懦弱的男人。卢丽妮最恼这个。他把弟弟妹妹抚养成人成才，然而他从不敢对弟弟妹妹提哪怕是一丁点儿要求，在他们面前说话做事反倒谨慎得像外人，生怕一不小心就说错话，遭他们嫌弃似的。令人费解的是，在老婆和弟弟妹妹面前唯唯诺诺的他，在儿子面前却威严得像个皇帝。最初卢丽妮是乐见其成的，她觉得他最终有一天会把这威严延伸到弟弟妹妹身上，彰显大哥的风范。严父慈母，也符合传统的教育习惯。在他的严格要求下，简博弈很小的时候就比很多孩子独立，他乖巧不捣蛋。可生活不知道从哪儿出了岔，事情的转变像人的成长，一天天地，你看不到什么变化，但是过了一段时间后，你会发现，变化之大令人咋舌。等她发现简易对简博弈的要求严格到近乎挑剔的时候，简博弈在他们面前的言行早就过分小心谨慎了，他克制着、收敛着，简博弈并不是简博弈本身。

卢丽妮也没往心里去，她总认为，等在县城里买了房，一切都会好起来的。房子是一个家庭的底气。这一天也曾离她那么近，却终因她过度用力而出局了，也拖累了全家。可见凡事一旦过了头，并不是好事。如她对在城里买房的欲望，简博弈对自身的证明，以及简易对简博弈的要求。

卢丽妮签认罪书当天，人民检察院对卢丽妮提起公诉，起诉书送达卢丽妮手上的时候，管教干部告知她有权利请辩护律师。卢丽妮放弃了，她只有一个要求，就是从轻处罚简博弈。管教干部告诉她，法律是公平公正的，不会冤枉好人，也不会纵容坏人。如果认错态度好，或者提供的线索对破案起到关键作用，这些都属于戴罪立功的表现，能从轻处罚。

简博弈最放心不下的是蓝心怡。蓝心怡是在孤儿院长大的，身上有着孤儿的一些通病——不自信、不自律。他当年许诺过要给她一个完整的家，让她感受到家的温馨。他没有忘记他的承诺，他在用他的方式兑现承诺。目标不是很大，但要完全靠自己还得走很长的路，他心里暗暗发誓，决不要简易的资助，他不能让简易把他看扁了。为了刷存在感，他放弃了稳定的工作，花大量的精力去寻捷径。他不是在走捷径，就是在走捷径的路上。也曾经差点儿把捷径走成锦绣大道，最终还是差了点儿。这些他从来都瞒着蓝心怡，他要在成功之日给蓝心怡一个惊喜，也让简易对他另眼相待，至少不至于被看扁，简博弈想不到这个"惊喜"是以这种方式来呈现的。

结婚五年了，还好蓝心怡要求不高，她只是爱黏人，这是简博弈默许的，在感情方面他给她足够的安全感。这五年，他全部的收入主要来自直播，他们夫妻都长得俊，才华也都不错，如果把全副精力放在直播上的话，收入应该也不错了。但是简博弈的目标不在此，他要赚大钱，直播主要靠蓝心怡张罗。他手头紧的时候，也帮朋友经营一下网店，或者接一些文案策划之类的零活，有时候也到农庄搭一把手，可一旦进入农庄，简博弈就会听到自己身子骨矮下去的声音，这声音，他每个月至少也得听十次八次。他最不想要简易的钱，而偏偏每个月的生活费发下来的时候，他都挺不直脊梁骨来拒绝。这不是长远之计，他一如既往地瞧不起那钱，一如既往地坚持不和钱过不去，一如既往地瞧不起自己。

他还欠蓝心怡一个孩子。他对于亲情的感受和理解长期处于一种很陌生、很游离、很边缘的状态，他不知道该怎样做一个父亲，对于"父亲"这个概念，也仅限于这两个字本身，以及无尽的苛责。他不想成为简易那样的父亲，但他又不确定自己会不会是这样。他没有勇气要孩子，他知道蓝心怡想要，他也很努力地想给。但是他的意念总在关键时候抑制了他的冲动。

他把精子用力往里送，最关键时刻又身不由己地收枪缴械。他知道蓝心怡心里怨他，他也怨自己。他警告自己下一次一定要勇敢地冲锋上阵，但到了下一次，还没到最后的冲锋时刻竟然就偃旗息鼓了。他真的无能为力了。他剥夺了蓝心怡成为母亲的权利。

关于造人这件事，卢丽妮也唠叨过很多次。简博弈说这不容易吗，等买了房，再添人口，那叫添丁发财，喜上加喜。他知道卢丽妮的痛处在哪里，随随便便就拿捏得妥妥的。卢丽妮板起脸，嗔骂："什么喜上加喜，我看八成就是坑爹坑娘的！"骂完她又觉得还是得赶快把买房的事提上议事日程了，买了房就不愁没有孙子了。简易从来不发表任何意见，好像这件事跟他无关。实际上也没有关系，有了孙子，他只不过捡了个"爷爷"的称号，其他的都不需要他去操心。但凡简易上点心，在造人这件事上下了硬性任务，或者给了一个肯定的建议，可能简博弈真的会就算"弹尽粮绝"也要完成任务。

如今他犯事了，归期遥遥无期，蓝心怡怎么办？直播收入够她开支吗？庄园没了，家里没了生计来源，简易会不会给她脸色？会不会像挑剔他那样挑剔她？如果她过得不开心不幸福，让她受委屈，他宁愿放手让她走，他不是一个好丈夫，他只是个"不成器的"；如果她愿意等，他一定好好改造，把自己打磨成一个优质的丈夫给她。未来的日子不敢说有多好，但一定不会再让她受委屈，更不会再让她失望。可是现在他没有办法见到她，也没有办法传达他的心声给她。

那天，他和蓝心怡刚从金港市回来，回到西江平湖的家门口，蹲点的公安局特别行动组像豹子一样蹿出来，出示工作证，把他给带走了。事情发生得太突然了，也太快了，快到他的记忆像是被按下了快进键，超高倍速让画面完全模糊成一片，最清晰的画面就是蓝心怡上前拉着他，不断地质问办案人员："你们是不是搞错了？他是简博弈！是好人，不是坏人，更不是犯人！"他从来没见她这么失态过，她哭喊了一会儿，突然一点声音都没有了，他回头看到她还在保持哭喊的嘴型，他不自觉地打了个哆嗦，他不敢看她带泪的惶恐不安的双眼，仿佛那是玻璃纸片做的，一不小心就会碎裂。事实上他也没有机会看了，他被带上了警车。

那天是蓝心怡提议去金港市的。她知道简易很受打击，绿植庄园简直就是简易的命，要拯救庄园唯有求助程熙。程熙是靠谱的，虽然她做事情规矩得不近情理，但以前家族的事她也没少操心。实际上那天他们没见着简化，也没见着程熙。他们提着水果和牛奶，像守门人一样在小区门口守了半天，小区保安上来问了两次，保安第三次上来的时候，他们失去了继续守下去的勇气。往回走了一百来米，蓝心怡拉住简博弈，她认为，既然来了，就一定要达到目的，人见不着，电话总可以吧。简博弈说："在绿植庄园这件事上，咱们这是第一次打电话吗？不是。程熙有正式的回应没有？没有。程熙知道这件事吗？知道。那么现在还有必要打电话吗？"蓝心怡沮丧地把那一串熟悉的数字一个一个删掉，提着水果和牛奶打道回府了。

奇怪的是，尽管他日思夜念她，却从来没梦见过她。莫非，她怨他恨他，连她的灵魂也一并嫌弃他，不愿再见一面？简博弈不敢再往下想，越不敢往下想，思维空间拓展得越大，大得像一个展开的内容丰富的小宇宙。他用双手用力按着脑门，仿佛那样就能掌握着那个无限扩展的小宇宙。

第六章
智能控

　　简化此行毫无收获，既然到了龚县，那么就回去看看简易吧。差不多到了西江平湖，他又改变主意了。从父亲的葬礼上出逃的事，至今他对族人和舅父们还没有个像样的交代。虽然他觉得这很多此一举，但想来自己确实是大不孝了，古往今来，从父亲的葬礼上出逃的恐怕只有他简化一人了。他调转车头往乡下驶去，路过杂货店顺便买了一份香烛。

　　车一路往村里驶入，两旁的树木和竹林把路都遮盖了，几乎看不见阳光，显得阴森荒凉，车停在祖屋前，祖屋大门结了好几片蛛网，苍凉凄冷的感觉油然而生。简化推开门，一层灰尘从门头上散落，他的眼睛和口鼻来不及躲避，全中了招，他一边咳嗽一边擦眼睛。他也想登门拜见族老，给他们一个说法，但又怕被迂腐的族老拖住唠叨半天。犹豫间，他已经往父亲坟头方向去了，他要给父亲上香，发现父亲的坟头插着一炷新上的香，估计也才上了几分钟时间，是谁上的香呢？简化四下里看看，除了横七竖八的杂乱的坟，别说人，连只鸟的影子也没见着，这就是一处荒凉的乱葬岗而已。他上香，磕头，忏悔。简化开车到舅舅家，他原想解释一下那天为何会走得如此狼狈。被亲戚们围攻了半小时后，他解释的欲望也随之烟消云散了。

　　郭小丹的电话又掐着点来了。简化在心里叫苦。连续十二天不间断地打电话，每天打多次，热恋中的人也没追得那么紧。如今他被人质疑，被人推到风口浪尖的时候，他听到这种腔调的话心里特别不舒服。

　　"哟，我们简大作家终于在百忙之中抽出时间接电话了。真让人感激涕零！"郭小丹感动不已地抽了两下鼻子，"看来这段时间简大作家乐不思蜀呀，咱们《江岸》的官方微博，不知道简大作家还记得吗？如果记得，不妨进去看看，读者们对简大作家念念不忘啊，不打算赏个脸吗？读者以为我们把简大作家给藏起来了，这责任我们杂志社背不起。"

"郭大编辑，你那么年轻，我想你也不至于搞糊涂了，我要的是两个月的时间，现在过去的时间还不到四分之一，哪怕是喝水也要给人喘一口气缓一缓，可别给呛了，敢情您是不打算给人喘气，不不不，这可不像郭大编辑呀，咱郭大编辑心系杂志社的兴衰，是胸有大格局大视野的人，怎么可能拘泥于这样的小节。再说了，我这一天天的气都没喘上，不是在取证就是在取证的路上，我连个破绽都没捡着，我愿意这么拖拉吗？谁不想立即把事情给搞明白来。"

"哟，快别说话了，歇歇吧，让简大作家受委屈我可担待不起，我就例行问问，我挂了，你随意，你随意。"

就不该接这电话，简化给整得一肚子气，他把手机狠狠地摔到座位上，却又把手机摔响了，是一串陌生的电话。他大脑突然缺氧，要张大嘴巴呼吸直到醉氧，才能让自己保持冷静，冷静下来他也就想明白了。郭小丹头上也压着一座山啊，她是责任编辑。这么多天过去了，事情一点进展都没有。任她郭小丹有三头六臂，除了催他，又能有什么办法呢。就算简化一个人扛下所有的责任，郭小丹就撇得开关系吗？杂志社能撇得清吗？杂志社还有活路吗？答案是否定的。何况上头还有省文联、省委宣传部施压呢。这段时间，编辑部能顶着压力封杀了所有负面信息，实属不易了。

时间真的不多了，还剩四十八天，他觉得要是再没有拿得出手的证据，那么文坛上的简式风格就要变成西北风了。可该从哪儿下手？这简直是侮天下之大辱的笑话。如今偏偏就被生活绕进了这个说不清道不明的怪命题里。

第六章
智能控

他突然想到程熙。或许跟她聊聊会找到突破口，但是他马上又否定了。程熙拒接他的电话不止一次了，难道他还要厚颜无耻地纠缠？人贵有自知之明，也要保留最后那么一点儿自尊。简立基问过好几次"妈妈的新生活是什么样子的？"他差点儿没应付过来，他真没想到她会忍心说断就断，把关系撇得一干二净，连孩子也断得干干脆脆，不拖泥带水。

休息日的程熙活成了一只猫，昼伏夜出。

她的单身宿舍很小，就二十多平方米，一厅一房一厨一卫一阳台，都是精致型的。刚来住那天，房间只有一张床、一张凳和一张旧桌子，还有她带来的那个行李箱，现在她陆续添置了锅、碗、碟等厨具，还有桶和脸盆等洗浴用具。东西基本都网购，还好进出市政府大院的人多，保安也不熟悉她，避免了闲聊的尴尬。

现在她住的二十三栋住户也不多，见过一两个，也不认得是大院里哪个单位的，他们互不打招呼。她对这样的居住环境感到满意。她原来就不是一个爱凑热闹的人，现在她更希望清静。不加班的晚上，程熙下班就喝茶，整理房间，洗漱护肤。她发现原来她多年来形成的固有的那套程序也不是不可以改变的，看来没有什么东西是一成不变的，简化在变，程熙在变，简立基在变，只是变的方式和速度不同。现在房间看起来还很空，她还要陆续添置冰箱、洗衣机等家用电器，还必须有个衣柜，哪怕是布艺的也好，要买个小花架，摆在阳台养几盆花，没有花草的家单调而且没有灵魂。

母亲昨天打电话给程熙，说她和阿爸闲得慌，想到云南、贵州、四川一带走走，顺路过来看看程熙。程熙知道他们不是

"顺路","看破不说破"也算是礼仪的一种,它能让人保持必要的体面。母亲的一通电话让程熙心里慌了一晚,父母这一来,她离婚的事就瞒不住了,她还没想好怎么跟他们说。在他们眼里,能有多大的事,值得这样闹?天大的事晚上往床上一躺就给躺没了。白天里费力气、费精气神的事多了去,哪有心思去想这破事,有心思想这些还不如花时间好好经营家庭。父母在对待很多事物上的看法都不一致,母亲讲究条理,父亲讲究速度,他们就像同一辆车上两个不协调的轮子,一路咋咋呼呼地走过来,看着不协调甚至有点别扭,可无论哪个掉队或者跑偏了,另一个都愿意等,愿意拉一把,然后继续咯吱咯吱地朝既定的目标前行。这辆轮子不协调的车就这样一路开向终点站。

父母这个坎也不是过不了,她一意孤行的事,只要不是触犯底线的事情、不是违反法律法规的事情,到最后基本上都是父母让步。她对外界还隐瞒着离婚这个事。这始终是瞒不住的呀,那天李斌在医院里临走时的那句话,不就是故意撕开她的伤口吗?他肯定是知道了些什么,或者是隐约猜到了什么。

总有人为了达到某种不可告人的目的，戴着面具生活。神秘莫测的他是谁？她又是谁？

第七章 面具人

简化的手机仍不依不饶地响着，简化把对郭小丹的、对古木的，又或者是对冥冥之中，那只摧残命运的手的不满，糅合进了那声粗暴的"你好！"对方顿了一会儿才有下文。原来是安平省文联通知简化明天（11月1日）到安平省政府参加生态文化研讨会暨青年文艺骨干培训班，为期3天，于明天下午六点前报到，报到地点是安平省国际大酒店。简化想说不去，对方没给他说话的机会，通知完毕就挂了电话。过了一会儿，有一个新朋友申请通过验证，对方表明是省文联工作人员小谭。通过了好友申请，对方发了一份会议日程安排表和一份座位表给他。简化不想去，一是因为时间太仓促，他没有任何准备；二是他目前情况还说不清道不明。

自出现版权问题之后，简化很不愿在公开场合露脸。文学群退了好几个，先是一个省级纯文学的大群，有两三个作者在文学群里拿某杂志某小说为例，大肆抨击抄袭的可耻行为，渐渐有人加入此行列，愈说愈激烈，夹带着人身攻击。简化觉得心里很不是滋味，好像说的就是他。他直接退了群。之后但凡别的群有稍微敏感的话题，简化都毫不犹豫地退群。

　　人一旦处于低谷，总会变得敏感多疑。以往简化从不在意群里信息，无论别人讨论什么或者攻击谁。自从他进了这些群后，他都是受人追捧的对象，哪怕他只发个微笑的表情符号，也有一群人跳出来说这个微笑是天底下最美最可爱最真诚最有内涵的笑。简化想，哪怕他说夜空里挂着两个月亮，肯定也有人应和说是的，说不准还进一步描述那晚月色多么柔和，意境有多美。可他不愿意听他们的吹捧，所以他礼貌地保持沉默。这沉默也不得了，不断有人私加他的微信，说他成熟稳重，不像某某作家那么轻狂傲慢。在这样的状态下，简化觉得文学群并没有实质意义，没有真正起到交流的作用。版权事件后，他突然心虚起来，忍不住瞄一眼群，好像他真的做了什么龌龊的事。

　　刚退了纯文学大群的那两天，他想，当他们发现他退群了会有什么反应呢？他们会不会认定就是他抄袭？或者觉得他是被冤枉的？编辑会不会重新拉他进去？直至第三、第四、第五天过去了，还没有任何消息，也没有人把他拉回群里，甚至可能根本没有人发现他不在群里了。他在心里暗笑自己的幼稚，他把自己看得太重了，他的存在与消失无非就等同于一粒沙子的存在或消失，没有谁会过多地留意，人们都追着发光的金子跑，谁有空看一眼地面的一粒沙子？

　　也有一些文友替他打抱不平，说他的文字像他的思想一样纯净，他们像坚信他的人品一样坚信他的作品。但这大多数是一些刚开始写作的文学爱好者，在他们的眼里，世界是纯白的，白得没有一丝杂质，实际上是他们不容许他们臆想的世界有一丝杂质。他们把文学想象得过于神圣，因而连同他们所崇拜的写作者也一并供奉起来。对于这件事的看法，先入为主是有绝对优势的，如果他们先认识古木，他们还会坚信简化的人品和作品吗？简化很敷衍地回复，他的敷衍只是不想击碎他们的文学梦，那才是最纯洁的领域，如他当年一样。

简化忽然灵光一闪，在省级纯文学大群里故意挑起抄袭话题的那两人会不会与古木有关？他们都是小有名气的作家，他们的笔名一个叫北北，一个叫墨扬。文学界有个很有意思的现象，一旦用笔名写出了名堂，久而久之，大家就直呼笔名，而忽略了他们的真名。就像北北和墨扬，他们就叫北老师和墨老师。他俩很有才情，一个擅长短篇小说，一个擅长散文，擅长但不限于这些文体。简化还没进群的时候，他俩都是众星拱月的对象，简化进群后，他俩身上的光环就黯然了许多。

简化越想越觉得他俩与古木有关联，古木或许只是一个虚拟的存在。这个大胆的猜想把简化自己都吓了一大跳。

根据《前夜》的源文件建立的时间，乐嘉认为《前夜》是盗版的可能性不大，从初稿到第一期连载，历时三年，这符合长篇小说的特性。简化在写长篇小说的同时，还要兼顾别的写作或者培训任务，完成一个长篇小说也不是一天两天的事，中间有别的急稿，他会先写急稿，时间就更紧凑。简化经常熬夜写作，乐嘉有时会递一杯热牛奶或者咖啡。能找到《误会到底》的源文件，一切就水落石出，没有必要争议了。

问题就在于这个古木人间蒸发了，这事就莫名其妙地悬在半空。如果真有古木其人，如果《误会到底》是古木的原创，他能忍住不发声吗？他不利用这个机会竭尽所能地炒作一下吗？即使他是一个很低调的人，最起码为了避嫌也会出来走两步，替自己洗白。所以，基本可以认定，《误会到底》并不是原创，古木有意玩失联。乐嘉暗笑自己的肤浅，这个结论是人都能推测出来，只是苦于没有证据。

星期三，幼儿园最后一节课是亲子课，下午第二节课下课后父母必须到学校接回孩子，陪伴孩子一节课的时间。乐嘉带简立基去了景山游乐园。她和简立基一起坐海盗船，在起起落落的冲击中，简立基的兴奋被点燃了。坐上旋转木马时，简立基瞧瞧前排，瞅瞅后面，人家都是一家三口，他问："爸爸呢？""爸爸是个大作家，好多大编辑都追着他要稿，他今晚陪不了基基。"

"妈妈呢？她过上新的生活没有？妈妈是不是去了很远很远的地方？所以她不回来看我们？"简立基的眼睛落在前排的一家三口上，那个可爱的小女孩一直"咯咯"地笑。

"妈妈还要忙上好一阵子，开启一段新的生活很费心思和精力，所以她托乐嘉照顾基基，她想陪着基基，但是她更希望看到基基独立的样子。"

"基基现在不够独立吗？"简立基嘟起嘴巴。

"基基比很多同龄的小朋友都独立。妈妈可能会觉得，基基还可以更独立，将来做个顶天立地的男子汉！"乐嘉用手比画了一个很高的高度。

简立基乐了，他让乐嘉把他举得高高的。

乐嘉和简立基从游乐园回来，路过一个湖，湖边有一个小花园，里面种着三角梅、五角枫、银杏、桂花、月季等。花园中间用鹅卵石铺成弯弯曲曲的小径，花园外面有一大块空地，

第七章
面具人

上面不规则地摆放着大石头，石头上刻有字或诗词。有十来个人席地围坐。一个戴着墨绿镜框的年轻小伙子正在神采飞扬地说话，走近了才看清原来他们是在做阅读分享。乐嘉第一次见到以大自然为背景的阅读分享会。

"书是最好的精神养分，它能养就气宇非凡的阳刚之美，也能涵养温婉娴静的柔美……"这是个青年才俊，在那副墨绿镜框的眼镜衬托之下，他光洁的额头、轮廓分明的脸显得睿智且阳光，他的讲话赢得了一阵热烈的掌声。乐嘉的目光落在他手上那本书上。那是《文荟》。乐嘉的目光被牵引过去，腿就迈不动了。简立基找不到兴趣点，拉着乐嘉往前走，乐嘉比了个"嘘"的手势，说："我刚才好像听到他们说要分享你爸爸写的书，我们一起听听看。"简立基这才找了个位置坐下来。那小伙子分享结束，轮到一个穿着棉麻复古连衣裙的女孩分享，两条粗黑的麻花辫搭在她的身后，背影很清瘦。乐嘉没看到她的正脸。女孩分享的是另一本书。在女孩分享的时候，乐嘉瞅准一个时机，向那个戴墨绿眼镜的小伙子要了个联系方式，她说她也是一个文学爱好者。戴着墨绿眼镜的小伙子叫杨拓。

阅读分享会看起来还没有那么快结束，简立基头枕在乐嘉腿上昏昏欲睡。乐嘉要到联系方式后，悄悄向杨拓先行告辞。

简化把北北和墨扬的代表作品都搜集起来读了一遍，也没读出什么结果来。他重新检查电脑，仍没有发现什么疑点。那只蓝眼睛水印也没再出现过。他再度陷入了迷茫。已经过去十二天了，出去培训回来就剩下十六天了。要不报警吧，简化想。但仔细一想根本走不通。按照目前的情况，古木是占有绝对优势的，人家的连载比他的早一个月，仅凭这一点，他就处于绝对的下风，现在又拿不出任何有力的证据。

世事有时候真是混账！简化心里暗骂。这个古木都没站出来指证他涉嫌抄袭，其他人凑哪门子热闹？如果古木非要争个名分，那么他大可不必玩失联，他直接拿出有力的证据，证明简化就是文字大盗，那么简化也只能甘认倒霉。可现在他选择了失联，让集体来发声，这才是他的手段高明之处。发声的每一个都是古木的代言人，这让简化觉得不寒而栗。

简立基和乐嘉有说有笑地回来了，沉闷的屋里突然有了生机。简立基说："爸爸，我回来了，今天我们去了游乐园，还看到一帮哥哥姐姐在分享爸爸写的书。"简立基向简化比画了两个大拇指，又比画了一个心形。久违的欢喜在简化内心一跃而起，他一把捞起简立基，疑惑地看着乐嘉。乐嘉摊摊手，不置可否。

"放我下来，快放我下来，爸爸！我要和乐嘉一起做饭，我们约定了。这也是家庭作业。"简化用胡茬戳了戳简立基的脸，不情愿地把他放下来。简立基一溜小跑回房放了书包，又冲向厨房去找乐嘉了。很快，厨房传来锅碗瓢盆的碰撞声，还有一大一小的低语，偶尔爆发一阵爽朗的笑声。原来一顿饭也可以做得这么开心，程熙是不允许这样没规没矩的。

简化暂且把那些"剪不断，理还乱"的破事扔一边，继续写他的稿子。还好最近没有什么约稿，有他也应付不了。这样也好，他得以专注于他的长篇推理小说。突破了瓶颈之后，他写得倒是挺顺畅的。

简化才写了不到500字，肚子就很不礼貌地"咕咕"叫起来。他摸摸肚子继续写，又写了300字，这会儿他实在受不了，哪怕是喝一口水也好。他顺手从书桌上拿起水杯，发现水杯里有大半杯温开水。水杯旁边放了几颗巧克力。他嚼了一颗巧克力，喝了几口水，发了一会儿呆，继续创作。很快，简化闻到了淡淡的米饭香，不一会儿又飘来了菜香，写到2100多字时，厨房那边喊开饭了。简立基帮着摆桌端菜。简化的烦恼就被这一桌子饭菜给卸去了大半。

晚饭后，简化又敲了一会儿键盘。乐嘉和简立基在房间里不知道玩什么，笑声填满了整个房子，简化想加入，又缺了个理由。他敲敲门，房里的笑声来不及刹车，仍有余声轻飘飘地滑行。简化说："我明天要去安平省省会聚城参加一个文学研讨会，去三天。"简立基说："爸爸，那你去休息呗，不然会很累的。"

"明天下午报到，中午才出发。"简化仍站着。

"去吧，爸爸晚安！我等会儿也要睡了。"

"需要准备什么吗？"乐嘉收起了笑。

"不用了，谢谢！晚安！"

简立基入睡后，房子恢复了沉寂。简化不自觉地从抽屉里拿出一包烟，抽出一根烟点燃。正如程熙说的那样，简立基已经不需要他们了。事实就摆在眼前，由不得简化不承认。程熙是有多失望才走得那么决绝。男人一旦拿上烟，似乎就有正当理由与烦恼交锋，无论逃脱或是沉沦，先让烟雾缭绕起来渲染出一个氛围。

简化并不喜欢烟，他不喜欢烟横行霸道地呛人的那种嚣张，他只喜欢看着烟圈旋转升腾、消失，以及在烟雾里若隐若现的心事。在烟雾里，心事也是有尊严的。

乐嘉闻着了隐约的烟味，她不明白吃饭时看起来好好的简化，现在怎么又点起烟来。人的心思确实是太复杂了，看来她很有必要处理掉那些烟。简化瘦了很多，原来圆润泛光的脸现在轮廓分明得有点儿过了，那些棱角硌得人眼睛生疼。那些衣服原来就是宽松的休闲的,现在又大了一圈,他个子高,从背后看起来像极了稻草人。这个男人不善言辞,喜欢隐藏他的喜怒哀乐,但她能从烟雾里嗅到他的烦恼。

乐嘉以一个笔名叫"异域"的文学青年的身份发信息给杨拓,问这样的阅读分享会通常多久举办一次,都会分享哪些书,她有资格参加吗?杨拓秒回,他说基本每个月都有一次,每期都会有一个特定的主题,大多数都会选一些质量比较高的书或者文章来分享。分享的书籍以经典名著和当代影响力最大的文学期刊里的力作为主,现在常分享的期刊有《人民文学》《江岸》《文荟》等。阅读分享会对写作的要求不高,主要是爱好阅读,在阅读的基础上做分享,那天参加阅读分享会的人员中相当一部分都不是真正意义上的写作者,只有两人是省级作协会员,有四人是市级作协会员,剩下的基本都是文学爱好者。

杨拓问乐嘉平时有写文吗。乐嘉表示很少,刚接触,写过一篇。杨拓让她发过来给他看看。乐嘉犹豫了一下,发了《殊途时代》的一个片段过去。杨拓看后连发三个赞过来,他说:"你文字成熟老到,看起来不像新手,这样的天赋是实力派潜力股啊。如果你能坚持阅读写作,那你将会成为本市最具影响力的文坛新星!"

"杨老师,过奖了!"乐嘉发出这一句,外加一个抱拳的表情。

"你平时都看什么书呢?"

"我看的书有点杂,没有鲜明的主题。"

"说明博览群书嘛,看书面广,有利于写作。现在金港市作家协会缺新人,正处于一个青黄不接的阶段,老一辈的写得也慢了,有的由于身体等各方面问题,现在已经停笔了。现在年轻一点的主要靠简化做台柱子,虽然他能顶一片天,但是力量稍显单薄了。再说了，前一段时间发生了一些小插曲，对他产生了很大的冲击……年轻一辈的确实太少了，根基弱，动力不足，作品想在市级刊物发表都有一定的难度，更别说要冲出去了。未来就看你啰！"

"杨老师，可否详述一下'冲击'是什么，将来我也好避开这些坑？"

对方没有回复。时间到了晚上十一点五十分了，书房的烟味似乎淡了一些，乐嘉往书房里瞟了一眼，简化又在靠椅上睡着了。他最近睡觉越来越没有规矩了，靠到哪儿，哪儿就是床。有时半夜起来敲键盘。要是程熙在，她准又要表达不满。乐嘉端详着那张瘦削的脸，那长而密的头发遮盖了半边额头，乐嘉想上前帮他整理一下头发，手悬在半空，硬是没有落下。这个不修边幅的男人，此刻像孩子一样睡着了。她不想弄醒他，主要是不想他醒了之后，又整宿敲键盘。这样下去他会吃不消的。她静静地守在他的身边。

大约晚上十二点半，信息闪了一下。

"不好意思，刚才忙了一下，早点休息吧，晚安！"乐嘉盯着这条信息出神，她有很多话想问，可现在为时过早。她选择了已读不回。

第二天，简立基去了幼儿园之后，乐嘉出去替简化买两套衣服，她昨晚比画过尺寸了。乐嘉都不记得简化的衣服有多久没有更新过了，他的衣服不占空间，春夏秋冬，每个季节各两套，顶多不超四套。以往程熙出差回来帮他带一些很显气度的衣服，他硬是随性往衣柜里塞，掏出哪件穿哪件。有时候夏秋的衣服都混穿。程熙抱怨多了，也就妥协了，懒得花无谓的时间去挑衣服了。简化把自己和时间都毫无保留地奉献给了文学，其他的，他还真的没有精力顾及。

来到时尚服装街，乐嘉发现一个很有意思的现象，沿街两旁都是品牌店，放眼望去门庭若市的就是女装店，门可罗雀的就是男装店。女性用品不仅多，而且走俏。内衣、丝巾、披肩、帽子、正装、休闲装……还搭着卖背包、挎包、鞋、袜，还有发饰，等等。相比之下，男装店就单一了很多。既然女装店生意如此红火，为何还有那么多男装店，它们如何生存？像简化，他一套衣服就能穿到服装厂倒闭了。

乐嘉在一家男装专卖店挑了一件加绒的灰蓝格子长衬衫，里面用白色保暖内衣打底，裤子是欧式牛仔裤，店员仔细地打包，乐嘉犹豫着要不要买那件褐黄色的风衣，一个高大的小伙子从门外走进来，乐嘉回头一看，双方都惊喜地说："是你！"这男孩正是杨拓。

"买给老公？"

"不是。"乐嘉摇摇头。

"男朋友？"

"也不是。"

"噢，不好意思。"

"没关系。"乐嘉一时也找不到话题，她放弃了那件风衣，付钱走人了。她沿街往前走了一段，又在一家低调的品牌男装店买了一套衣服才回去。

这一个上午简化都在敲键盘，几度点燃烟，在烟雾里琢磨作家北北和墨扬。首先可以确定，他们对简化的态度并不那么友好，但好像也没有必然的理由。简化把烟放在烟灰缸里，任它自燃，接着创作。

乐嘉逛街回来，走进书房建议简化出去运动一下，简化回头看了一眼乐嘉,敲键盘的手没有停。乐嘉把衣服洗好熨好,把简化衣柜里的衣服重新整理排序。按春夏秋冬季节分四大格,每个季节里的衣服按一定的搭配规则挂好。这样他应该不会搞混了吧。

午饭后,简化随手捡了两套衣服就前往聚城了。

待简化出门后,乐嘉打开电脑,邮箱竟然收到了《文荟》发来的用稿通知,《殊途时代》将用于下一期的内刊上,上面留了责编的微信。乐嘉加了责编微信,责编说她的文章写得不错,就是情感的描写有所欠缺,如果能把情感写细腻了,人物会更加饱满立体,《殊途时代》还会再上一个台阶,在公开发行的国家级纯文学期刊发表都不成问题。责编把她拉进了一个叫"《文荟》实力作者群"的群,邀请提示页面显示,好友"杨拓"也在其中。责编希望乐嘉多写多投稿。乐嘉礼貌地致谢,并表示会好好努力的。乐嘉站起来又坐下,站起来又坐下,她觉得胸口似乎揣着一只什么动物,它快要从胸腔里蹿出来了,她要跟着它一起蹿。

乐嘉发了一条信息"新人报到,向各位大咖学习!"除了责编发了一个"欢迎"的动画表情,群里一片寂静。乐嘉正需要这样的寂静,她不能在群里有太多互动,互动多了她应付不来,对动机不纯的她也没有好处。群里并没有"古木"这个人,有人用实名,有人用笔名,有人用微信名,除了杨拓,群里的其他成员乐嘉一个也不认得。

到了下午,杨拓给了她一条信息"金港市作家协会秘书处办公室发来贺电!热烈祝贺异域跻身《文荟》实力作者行列!真了不起,加油!",乐嘉回复"哈哈,往后有请杨秘书长多多指教哦!"。

简化到达安平省国际大酒店已经是下午三点三十分了,他例行签到、领资料、办理入住,不时有一些年轻而热情的面孔堆满笑容凑过来问好,讨要签名,简化一一回应并满足他们的请求。他在他们的身上依稀看到了当年的自己。要避开这些热情的文艺青年的唯一方法是回房间。简化瞅了个空,溜回房间了。他目前只适合一个人待着。

一个很久不联系的文友发来信息:"在吗?"文友叫柳岩,向来很狂妄、目空一切,有一种怀才不遇的愤愤不平。

简化不屑回复。原来他们有一个四人的微信群,那时简化刚步入文学领域,他们四人的水平都不相上下。

后来简化开始频频发表作品,获得的约稿机会也越来越多。柳岩对简化的态度急转直下,动辄冷言冷语。其间还删除过简化,过一段时间又主动添加回来。之后他们虽然都躺在彼此的好友通讯录里,但基本形同陌路。

"你还真来了?要是我,我肯定不来。"

简化没看懂,但直觉告诉他,这离不开版权问题。

柳岩又发来两张图片,是本次讨论会参会人员和文艺骨干的名单。有一张图片用橙色标出一个名字"英风"。

"英风不来,临时换的你。这太欺负人了。"

简化翻开学员手册,果然没有他的名字。不可言状的复杂情愫迅速蔓延全身。原来通知来得那么仓促并不是新时代高效率的显著特征,而是退而求其次的替补。

"谢谢!"简化在掩饰自己内心的波涛汹涌。

"《前夜》与《误会到底》孰是孰非,在没有明确定论的时候,没有人会完全相信你。这是世界本来的面目。"

"谢谢!"他在极力克制自己。

"对不起,打扰了,我以为你会有兴趣聊聊。"

简化回复了一个微笑加一个抱拳的表情符号。

主会场在省政府三楼会议室,简化根据座位表找到座位,桌面赫然摆着"英风"的台卡。简化尴尬地站着,一股无名火在燃烧。虽然他并不是那么在意名利这种东西,但是也是有底线的。作为备胎临时来,可以;学员手册里没有名字,也可以;但台卡上也不是他的名字,他实在无法忍受。他愤然往外走,却被一双手按住了肩膀。他回头一看,是柳岩。他得意的眼神仿佛在说,我说的没错吧,我可没损你。他附在简化耳边说:"越是这种时刻,越要沉得住气。"

与会人员七七八八地入座了,主席台上的人员也开始进场了,这个时候出去确实不妥。简化如坐针毡。开班仪式由省文联副主席史冬琦主持,逐一介绍出席大会的主要领导和嘉宾,接着是省委宣传部部长致辞。开班仪式结束后,与会嘉宾与主要参会人员到会议一室分组讨论,其他人留在主会场讨论。

半小时后,参会人员重新集中到主会场,各组代表发表意见。柳岩第一个举手,他站起来,漫不经心地扫视了一圈会场,目光聚焦到主席台上说:"在汇报研讨结果之前,我先讲一个题外话,不过这得先提请会务组同意。"史冬琦做了一个请的动作。柳岩再次环顾了一圈会场,最后目光落在简化身上,似笑非笑地说:"我们的大作家简化果真是大丈夫,作为替身来参加这个会议,尽管学员手册和台卡上写的都是'英风',但他仍坐得稳如泰山。柳某佩服至极。虽说如此,但柳某认为,还是尊重事实为好,谁来写谁的名字。"

史冬琦的脸一阵红一阵白:"我们的工作人员太粗心了。我一再叮嘱你们工作必须细致,不能有任何疏漏,偏偏就出了这么大的一个篓子。简大作家毫无疑问是与会嘉宾,这点常识都没有,竟连台卡都没有,如此怠慢,这成何体统?请会务组立即更正!"简化成了全场的焦点,他恨不得一把抢过那支话筒,把它砸在柳岩那似笑非笑的脸上,事实上他只能保持沉默和最得体的微笑,他要是这时候离场或者做出什么"非凡"举动就显得太没风度了。此刻他内心万般恼怒,柳岩这不明摆着是当众令他出丑吗?

研讨会结束,简化更加成为焦点,他无论走到哪儿,似乎都有无数双眼睛在背后打量着他、揣测着他,这无数目光像针一样扎在他脸上。午饭是自助餐,他穿过拥挤的餐厅,沿着最宽的长廊把饭端到最不起眼的角落那张饭桌上,饭桌两面靠墙,另一边有一根粗大廊柱,把饭桌给隔出了一个相对独立的空间。有几个年轻作家过来,他们的示好和恭维令简化面红耳赤,他胡乱地扒着饭,心不在焉地敷衍回应。那几个年轻作家沉浸在自我虚构的交流想象中,浑然不觉简化的异常,仍兴致勃勃地找话题。简化匆匆把饭扒拉完起身告辞。

简化从餐厅的侧门出去,穿过一段相对安静的走廊,来到了员工电梯间,这个酒店,他住过不少于十次了。他的房间在十五楼,电梯到了,他前脚刚进电梯,柳岩后脚就跟着进来了,跑得气喘吁吁的。他对着简化咧开嘴笑,让简化觉得毛骨悚然。

"有时候该发声的时候,还是得为自己发声的,这个社会并不待见谦虚沉默的人。我从来都认为这些你应该比我懂,虽然不和他们一般见识,但是不代表我们要毫无底线地退让。"

"是的,该发声的时候,我会为自己发声,在我沉默的时候,那就表明我并没有发声的需求,也不希望别人擅作主张。"简化连看都懒得看他一眼。

"我想你可能误会些什么了。"柳岩很无辜地望着简化。

"我向来只相信我看到的和我听到的!"简化结束谈话。

电梯到达十五楼,简化大步跨出电梯间。他纵有万千怨,却不知道该怨谁,怨柳岩?他好像确实没做错什么,也还真的帮自己出了一口气。怨古木?可《误会到底》真的是抄袭《前夜》吗?谁也不敢下定论。

房间摆有果盘和牛奶,以往一直都有的,只是昨晚没有。这让简化觉得这贵宾待遇像是乞讨来的,他恼怒地把果盘扔到垃圾桶里,扔了立刻又后悔了,这哪是置气,这分明是跟自己过不去。

"怂从来都不是解决问题的方法,只会让别人骑到你头上来。"

"难道你真的抄了?没抄你倒是站出来证明啊?"

"所以你是默认了吗?还是拿不出证据来?"

"这似乎不是简大作家的作风。"

……

柳岩的信息保持三分钟一条不愠不火地入侵,这真的很考验人的耐心。

"谢谢关心,我的事不需要外人来操心。"简化想发出去的信息又撤了回来。冲动的时候还是沉默为好。柳岩如此关心《前夜》的版权问题,难道他有线索?简化的脑门弹出几个大大的问号。

"我也知道不配和你聊,你是大作家,我是小作者,抱歉!"柳岩又来了。

纵然柳岩真的是为简化着想,但这些话语也很令人生厌。简化蒙头睡觉,却没能蒙住睡意。他打电话给简立基。

"爸爸，你吃饭了吗？我吃了，今晚的鸽子汤很好喝。"简立基奶声奶气的。

"噢，爸爸也吃了，你在干什么呢？"

"我在和乐嘉玩'大富翁'呢！"

"听起来不错，啥时候陪爸爸玩一回？"

"不，乐嘉欺负人，这一步不算数！"简立基笑着喊道。电话那头一片嬉闹声。

简化一时找不着话题。

"爸爸，没什么的话那我先挂了，我们继续玩'大富翁'了，爸爸早点休息，再见！"

简化怅然地盯着手机。

"好久不见，我并不知道你也参会，但我替你觉得不平。"一个很久不曾谋面的文友娟子发来信息。"那个柳岩也真是的，大庭广众的，难道是存心让你难堪不成？这私下跟会务组沟通不就行了吗？真不知道他是怎么想的。"

"娟子，谢谢你的关心，有些事情还真看不清道不明，似乎有万语千言，却无法理清头绪。"

"关于《前夜》版权的事，你有认真考虑过吗？你有没有发觉一些不寻常的东西，比如人或者事。"

"娟子，你是在暗示什么吗？"简化的脑海突然闪现出柳岩那张似笑非笑的脸。

"啊！那倒不是。我只是想说，那么久了，你要捕捉每一个可能性，把握主动权，才能占领有利的先机，也才有翻盘的可能。我相信你不是那样的人，可你总得拿出证据来证明你啊！"

"好久不见，抱歉，今天在会场上竟没见着你，出去散散步？"简化急于求成地邀请。

"啊不，我今晚有点不舒服，洗漱了，这会儿躺床上呢。改天再说吧。"

"好吧，那你早点休息，晚安。"在聊天中，有一种婉拒叫"改天吧"，这不伤人，也很得体。这是和程熙网恋时，程熙教给简化的婉拒方式。

像这种莫名其妙的聊天还有很多。简化之前计划培训期间抽空去一趟二哥家，就简易的情况和简单商量一下对策，如今下课后就躲房间，只盼着培训早结束早走人。

乐嘉进了《文荟》实力作者群两天了，群里还没有谁主动说过一句话。乐嘉把群里的作者都研究了一遍，他们的个人信息或者作品信息都可以在网络上看到，唯独没找到关于"古木"的任何信息。原以为混进了这个群和古木的距离就近了，可现在看来，似乎并没有向目标靠拢。她想找杨拓说说话，想问问关于那个"坑"的事又觉得还不是时候。

这两天乐嘉争分夺秒地写稿、投稿，不仅投《文荟》还投去别的公开刊物。她想通过这种方式一步一步接近那个叫"古木"的作者。六度空间理论表明，世界上任何两个人都可以通过六个人相互联系。乐嘉相信她一定能找到古木，只是时间问题。

乐嘉开始大量地阅读，尤其偏向读情感丰富细腻的小说和散文、文学评论以及与文学密不可分的哲学和史学。阅读促使乐嘉的脑分区里某些混沌的东西慢慢地清晰，她阅读速度是常人的五十倍，大量的情感作品的阅读在一定程度上弥补了她某些方面的缺陷，似乎一夜之间，她的情感空间由二维空间进化到了三维空间，说不准还能超值体验四维空间。她检索电脑，发现有一个漏洞，她把这些可疑数据抽取出来并保存，以备进行深度的数据对比分析。

最近财政部巡视工作组要到金港市巡视,程熙没日没夜地整理台账,她想借此机会让爸妈缓缓再来,没想到他们第二天上午就从杭州直飞金港市。

该面对的始终要面对的,只是迟早的问题,他们来了也好,省得老压在心里。

"程科长,还在加班呢?可别累垮了身体。"

"李主任对下属关怀备至,实在令人感动,谢谢。"

"行,辛苦程科长补足补齐台账,我们向来依法依规,可别让人家挑出什么毛病来。"

"嗯嗯,我一定如实整理,不让李主任失望。"程熙故意把"如实"两个字说出重音的效果。

"对了,绿植庄园的事听说很快就要进行庭审了,不知道这个消息是否可靠。不过还是提前找律师为好,争取从轻处罚,唉,好好的庄园,确实令人惋惜。"李斌走了几步又退回来说。

"这点小事,竟让李主任于百忙之中日夜惦记了,实在不应该。我们尊重事实吧,依法尊重事实。我们都晓得法律是公平公正的。"

"好,我先走了。"待李斌的脚步声消失在走廊尽头,程熙再度埋头整理那些无穷无尽的数据,目光却游离在表格的框线上,迟迟没有真正落在表格单元内。卢丽妮快要接受庭审了吗?在这件事上自己是不是夹带私怨了,要不是和简化的关系走到了尽头,她应该也会努力维护的吧?但维护得了吗?

程熙中午下班去金港市东郊机场接机。"阿爸阿妈,我在这呀!"程熙高举双手挥动着。"哎,来了!来了!"父亲背着一个大背包，推着两个大行李箱，母亲肩上斜挎着一个小挎包，手挽着父亲，往程熙这边赶来。两双眼睛紧张兮兮地在程熙周围扫视，扫视了几圈后，他们俩面面相觑，突然间失语了，母亲用臂弯蹭了蹭父亲，父亲张开嘴巴潦草地打了个哈欠。他们的眼神飞快地交流了无数个回合。

"来，阿爸。"程熙接过一个大行李箱。引着父母往停车场走去，程熙走在前面，父母走在后面，这是程熙最后的心理缓冲期。机场人来人往人声鼎沸掩饰了一路无话的尴尬。

行李箱放上车后。父母都往后排坐。程熙听见后面窸窸窣窣的声响，过了一会儿，程展鸿清清喉咙问："就……就你一个人来呀？"问完他又觉得自己笨死了，狠狠掐了一下自己的大腿。梁芷兰握紧程展鸿的手，眼睛一眨不眨地盯着程熙的背，似乎他们等待的答案就要从她的背部蹦出来的。

"我离婚了。"程熙两眼盯着前方。

程展鸿和梁芷兰不约而同地往前倾，仿佛车子突然踩了急刹。

"你……你说什么？"

"为什么？"

"合不来。"

"你看，你看。我当初就不同意，你还非要自己选，追求爱情，那现在怎么办？"梁芷兰用力掐了一下程展鸿。程展鸿擦了一把额头上的汗。

"阿爸阿妈不用担心，我这不没缺胳膊没缺腿吗？能吃能喝能睡能工作。"

"不是，你说你一个人，连个说话的人都没有，真是的。"梁芷兰又用力掐了一下程展鸿。程展鸿不再说话。

到了家，程展鸿把行李箱搬下来，打开其中一个行李箱，

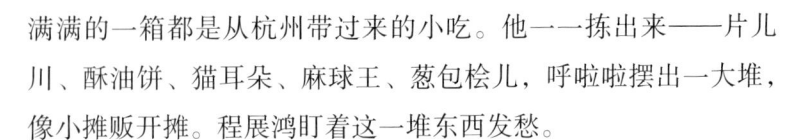

满满的一箱都是从杭州带过来的小吃。他一一拣出来——片儿川、酥油饼、猫耳朵、麻球王、葱包桧儿，呼啦啦摆出一大堆，像小摊贩开摊。程展鸿盯着这一堆东西发愁。

梁芷兰把程熙拉到一旁："我还说怎么整天梦到你，我就知道不对劲。究竟是怎么一回事。你给妈说说。"

程熙淡淡地说："性格合不来。"

"孩子呢？财产呢？"

"孩子房子归他，他自由职业，没有保障，要管吃管住。存款归我。车子一人一辆。"

"你给我把简化叫来，我要当面说个明白。"梁芷兰往床上一坐，把审问的架势都摆出来了。

"哎呀，阿妈，该说的我们都说清楚了，现在还有什么好说的，多难为情！"

"我就一个女儿、一个外孙。"

说起儿子，程熙胸口就一阵揪心的痛。

"找谁过日子不得有磕磕绊绊，若不是原则性的错误，哪能说不过就不过了，都怪这社会吃穿好了，把人给惯出一身毛病来。"梁芷兰越讲越激动。

"妈，你能不能小声点，这是单位宿舍呢。"

"你离婚都不嫌丢人，我说两句你还嫌丢人啦？"

"阿妈，都是我不好，让您操心了。"

"那可不，一个人怎么过日子？你把简化给我叫来，我要当面给他说说看。"

还有什么好说的呢？当断则断，这是把伤害降到最低的最好的办法，拖泥带水只会把痛苦无限延长。程熙想反驳，但是她没说出来。

第七章
面具人

程展鸿带人从外面扛回一个冰箱。母女两人都愣了，安装工人把冰箱放下就七手八脚地开始安装。梁芷兰也就闭嘴了。

下午四点程熙就跟乐嘉约好，晚上带简立基到西江畔粗茶淡饭餐厅与外公外婆一起吃饭。程展鸿和梁芷兰忙着布置程熙的单身宿舍，添置了洗衣机、饭桌等电器家具，也把宿舍里里外外清理了一遍。

"实在不行，就让程熙回杭州吧。"梁芷兰忧心忡忡地说。

"可她肯吗？孩子在这儿，工作也在这儿。她似乎也不愿意让我们看到她过得不好。"

"肯不肯也得先说啊，为啥要先自我否定？"

"行行行，那晚上你先说，我再补充几句。"

"每次都是我先说，你就不能先说一次吗？"

约的是晚上六点半，五点程展鸿和梁芷兰就穿戴整齐，准备好了一大袋见面礼。程熙一下班，他们就迫不及待地出发。

乐嘉和简立基已经先到了，见到程熙三人，简立基愣了一下，跑过来仰着头问："妈妈，你的新生活是不是都准备好了？你现在和以后都有空了是吗？"

程熙弯腰摸摸简立基的头："基基，快叫外公外婆。"

"外公外婆好！"简立基睁大眼睛盯着他们的脸，好一会儿，似乎终于有了印象，陌生的目光渐渐热络起来。

"哎哟，我的小心肝。"梁芷兰一把抱住他，不够十秒，简立基就试图挣开那双手。

程展鸿慈祥又欢喜地注视着简立基。

程熙往桌上瞟了一眼，乐嘉身边的座位空荡荡的，她长长舒了一口气，却又莫名其妙地涌起一丝失望。这既是预料之中

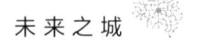

又是期待之中，一切都合乎情理，又似乎一切都不合情理。

两个老人你一言我一语地逗简立基，简立基开始还满心欢喜地配合，时间一久，他眼睛老往乐嘉那边瞟。程熙带着他们入座。简立基坐在乐嘉旁边。程熙父母、程熙分别围坐下来。吃饭的时候，简立基一会儿要纸巾，一会儿要喝水，一会儿要洗手，不管要什么，他张口闭口都是乐嘉。程展鸿和梁芷兰心里很不是滋味。坐在他们对面的乐嘉，青春靓丽又阳光，程熙看起来成熟干练一些，但少了清朗活泼的气息。

程熙的气色比乐嘉逊色了许多。虽然早在第一次相见时，程熙就介绍过乐嘉只是一个机器人。但她看起来与常人无异，甚至还多出几分常人难以具备的知性与灵动糅合之美。最让他们难以接受的是，明眼人都看得出来，简立基对于乐嘉的依赖远甚于对程熙。

乐嘉自下午接到程熙之约后，就发送电波给简化，告诉简化，程熙的父母从杭州过来，晚上要和简立基一起吃饭。然而简化至今没有回复只言片语。乐嘉在读了许多书，写了几篇小文之后，察言观色的能力似乎长进了不少。虽然程熙的父母没有说一句不开心的话，但是她看得出他们不开心，她还隐约感知到程熙内心的波澜起伏。吃饭的人各怀心事又心照不宣。还好简立基很能折腾，调节了用餐气氛。

晚饭后，程展鸿和梁芷兰要陪外孙去逛一圈，让乐嘉先行回去，待会他们再送孩子回去。程熙蹲下来亲了简立基一口，就回去加班了。两位老人带着简立基去了卡卡动漫城，简立基问："外公外婆，是不是我们玩遍了主题馆就回去了？"梁芷兰怜爱地摸着他小脑袋上柔软的头发说："小立基喜欢的话，我们可以玩很久。"简立基说："喜欢呀，上次乐嘉带我来玩了大半天!"他领着外公、外婆在各大主题馆走马观花地转了一圈,大声欢呼:"我们逛完卡卡动漫城啰!"

"小立基还想去哪儿玩?"

"唔——"简立基偏着脑袋,右手食指在脑门上转圈圈,说:"没有了,我们都去过了。"

"那外公外婆陪你去买衣服和玩具?"

"谢谢外公外婆,我会做很多很多的模型,还会做玩具,我不会的乐嘉会教我。我有很多衣服,有的是妈妈买的,有的是乐嘉买的。"

两位老人顿觉兴味索然,他们不约而同地失去了继续玩乐的兴致,提前把简立基送了回去。

培训的第二天下午,根据会务组的安排,组织简化他们进行室外采风活动,去的是一个电影拍摄基地,那是一个极其大型的基地。有民风民俗极其浓郁的小村落,此时正是丰收时节,各家各户自发聚集起来表演傩戏等传统戏剧。还有上万平方米的阅悦书吧,与传统的书吧经营理念不同的是,这里的书吧分割成一个个不同的区域,有咖啡茶饮区;有天然氧吧区,那是穿插在丛林里的书吧;有历史实景模拟还原区,里面都是历史书籍;还有阅读目标挑战区,主要是通过随机打开盲盒,抽取阅读目标,实现阅读目标,随机领取盲盒奖品。简化在书吧里泡了老半天,才到村落去体验当地民风民俗。当地村民席地而演,不讲究舞台,也不讲究幕布,有的演出就像在描述一个生活场景,有的在演绎一些凄美动人的故事。村中的榕树下还有说书人。热闹非凡。乐嘉就是在这时候发电波给简化,简化压根儿没注意到,他向来沉迷民间文化艺术,这些传统戏剧让他如痴如醉，这是写作素材最好的来源。

晚上九点，在基地的中间燃起一堆大篝火，一百多号人手拉手围着篝火形成一大一小两个圈跳舞，场面很壮观，这里没有《前夜》，没有古木，只有篝火，只有热闹。这热闹是属于大家的，也属于简化的。在夜色里，每个人都可以完全袒露自己，简化也不知道拉的是谁的手，他越跳越起劲，直至折腾得筋疲力尽，仿佛这样就能抖落掉所有的灰色记忆。

待热闹散去，踏上归程时已经是晚上十点多了，简化到车上才看到乐嘉的电波。他第一时间打电话给程熙。程熙看了一眼来电，摁断了。如果吃饭前，或者吃饭中，他打过来，她会接，如果他要过来一起，她也不会拒绝。但现在太迟了。她没必要在父母面前替他开脱些什么了。简化立即又回复电波给乐嘉，问他们是不是还在一起，能不能帮他解释一下。乐嘉说，根据她的判断，似乎没有解释的必要了，但还是强烈建议简化亲自向程熙道歉，尽人事听天命吧。

简化的火气莫名地又升起，他责怪乐嘉怎么不说明白，他不在家，为什么要造成矛盾的恶化，她居心何在？乐嘉莫名其妙地躺枪。她怼他："我不是你，我不知道你在想什么。你没有回复我，万一你本就不想见到他们，你故意逃避，那我岂不是自作多情？"简化用力拍后脑勺，拍到头皮发麻，这一晚释放情绪酝酿出来的愉悦瞬间被自责和内疚替代了。离婚这事，他就应该向岳父岳母道个歉，而他这段时间的消沉让他连这点常识、这点人间清醒都没有了。现在两位老人千里迢迢而来，他竟缺席。这个麻烦确实大了，就如乐嘉说的那样，没有解释的必要了。

第七章
面具人

程展鸿和梁芷兰正儿八经坐等程熙加班回来，那阵势像是要进行一场严肃的谈判。

他们极其正式地提出让程熙跟他们回杭州的要求。晚餐简化没有出现，明摆着简化和程熙的婚姻没有挽回的余地了；简立基并不亲近程熙，这才是他们最担心的，他们不希望程熙把一辈子耗费在毫无价值的事情上。程熙学历高、年轻，回杭州发展机会多的是。

程熙表示短期内，她不会考虑回杭州，同时也希望父母放心，她会好好照顾自己的。两位老人拗不过她，第二天清早执意要走，他们说早就规划好了这几天的行程，一旦耽误了半天，后面就得全部重新规划了。程熙知道他们是要直接回杭州了。

程熙站在机场门口，目送父母走进机场。一夜之间，父母的步履蹒跚了许多，仍是父亲推着行李箱，母亲挽着父亲的臂弯，他们走得很慢，看起来落寞而苍老。母亲回头看一眼，父亲回头看一眼，走几步又一起回头看。母亲抽出挽着父亲的手，往回跑了几步，大声说："想回杭州就回，那是你的家！"程熙不禁泪眼婆娑，她无法想象父母来这一程，是如何惴惴不安地一路猜测；回这一程，他们又会怎样地担忧。

采风的车回到安平省国际大酒店，简化没有立刻回房间，他一个人在酒店前的马路肩上走了半个多小时，散步是最好的排解烦恼的方式。程熙父母对他的包容不亚于对程熙，在他和程熙交往这件事上，起初他们自然是反对的，倒不完全因为地域偏见，主要是觉得简化没有稳定的工作，终日摆弄那几个酸腐的文字。简化像大多数刚开始接触文学的青年那样，他把文学看得很神圣，然而文学却虐他千百遍。他投的稿常常石沉大海，只是凭着一腔执着的热爱坚持天天写。写得多了，发表的当然也有一些，但是稿费低啊，养活自己都成问题。大哥简易时不时接济一些。简易对文化有一种虔诚的敬仰，这种敬仰也自然而然地延伸到搞文化的人身上。卢丽妮对此嗤之以鼻，一如既往地抱怨，又一如既往地没有阻止。

程熙就是在这样的时刻认识的简化，简化积攒了近二十年的荷尔蒙一旦源源不断地分泌出来，那爆发力确实是无与伦比的，他在生理与心理的双重助力下用回车键敲出了许多关于爱情的文字，至今再读他仍会被那些极具冲击力的文字感动，程熙就是被那些极具冲击力的文字给冲昏了头。

她的父母担忧他们将来吃饭都成问题，但程熙坚信简化的才情可以撑起一片广阔而诗意的天空。事实上也撑起了一片天，而且"诗意"得不食人间烟火，而她终究是凡人，离不开烟火尘俗。在他们选定了彼此后，简化凭着长篇散文《那年的树》一举成名，获得"第一届中国青年文学家散文类"一等奖，拿下了十万元奖金，后来和出版社签订出版合同又拿到了二十五万元。这些荣誉和奖金对程熙来说是至高无上的结婚彩礼。

程熙的父母开始承认他，每次过来都悄悄给他们留点钱。

"也许还来得及。"简化掏出手机，犹豫了一会儿，又揣回口袋里。他想到自己如今身陷窘境，《前夜》的版权纠纷一天不澄清，他就一天不得安宁。就算简化看得开，别人也不会让他安宁。即使有回旋的余地，现在也还不到争取的时候；如果他身败名裂了，他不能拖累程熙。

简化想到柳岩和娟子。有一次柳岩故意推迟吃饭，待简化到餐厅点好饭菜，他就过来凑桌——简化是这样认为的。那时偌大的一个餐厅，只零零落落坐了十来个人。

第七章
面具人

"你也不至于总躲到最后才来吃饭,咱做了什么见不得人的事吗?没有。主办方如此处理问题,只会遭人诟病。你本身没毛病,若要说有,那就是不该来凑这个热闹。"柳岩似笑非笑。

一个"躲"字让简化浑身不舒服,仿佛身体某个部位裸露在众目睽睽之下,他怼了一句:"我不认为你的做派就是偷窥别人以及八卦,我觉得应该是让人舒服的涵养。"

"一段时间不见,简大作家语出非凡,看来某种技能已经达到炉火纯青的境地,受教了!"

简化没有再说话,他快速扒拉完饭就起身走人。

简化想到娟子的话中话,这两天他不断试图寻找机会接近娟子,比如今天下午的采风活动,娟子在氧吧区看书,他走过去抽出一本,假装不经意地说:"噢,娟子,你也在这!"娟子抬起头伸伸懒腰,说:"是啊,这里空气好,适合看书。唉,我得起来走走了,肩膀酸痛,老毛病了。"在村子里看村民表演的时候,简化用目光搜寻了好久,才在黑压压的人头中看到娟子,他刚挤过去,娟子拽着一个女子的衣袖往另一边去了,还回过头来歉意地一笑。

自那天柳岩在会上质疑主办方后,史冬琦对待简化的态度有了很大的变化,表面上还和以前一样客客气气,实际上这客气与以前不同,以前就是最基本的交往礼仪,现在的客气是拒人于千里之外的客气。

简化总觉得关于《前夜》的版权问题的真相已经在某个角落呼之欲出了,每一个"他"或"她"都可能已经觑见了那个真相,可他们都守口如瓶,冷眼看着他仍在傻乎乎地寻找突破口。

深夜十一点三十分,简易回到酒店,看见娟子一个人坐在酒店大堂的椅子上。简化笑问她是在构思大作还是在等候灵感?

娟子淡淡地说，都不是，在进行睡眠前的补氧。简化第一次听到这么奇怪的理由。"对了，上次你说的关于《前夜》的一些疑点的……"简化话还没讲完，娟子的手机响了："回来了，我在大堂。行，我马上上去。"她扬扬手中的药，说："抱歉，我得先上去了，同室的女友有点儿不舒服。"简化目送她进了电梯。"凡事多长个心眼吧！"简化仿佛听到这句话从电梯里隐约飘出来。电梯到了17楼又下来，简化坐电梯上15楼了。

杨拓告诉乐嘉，11月3日金港市文联有一个文学活动，届时会邀请著名作家北北来为我们上专题写作课，之后召开金港市作家林小茹的散文集《角落的玫瑰》专题研讨会，省作家协会也会派一位领导下来指导活动。这个活动文学性很强，是新人融入文学圈子和学习成长的绝佳机会。他问乐嘉想不想参加这个活动，如果想参加，他就向金港市作家协会推荐她。乐嘉连连表示求之不得，她表示作为一个文学新人，现在最缺的就是一个可供学习和交流的平台。

"但是，推荐不一定得。"杨拓说，"这种活动，原则上是金港市作家协会会员才有资格参加的，特别优秀的作者可放宽条件，你还没在公开刊物发表过文章，可是有《文荟》拟录用的信息作为参会依据应该不成问题。"

"杨秘书长，你一定要尽力帮我争取这个机会，拜托你了！我从未参加过正式的文学活动，光想想都觉得很激动。"乐嘉像个急于证明自己的小学生一样，"我最近又写了几篇，我可以截取一个片段给你看看。"

"不用了，我相信你的功底，你是目前我发现的金港市文艺青年中最有潜质的一个。"

"杨秘书长的肯定是我努力读写的动力，但我也清楚自己底子薄弱,往后还请杨老师多指导。"

"我还是习惯你叫我杨拓。异域,你我年龄相仿,不必拘束于那些繁文缛节。"

"那,谢谢杨拓!"

"有好消息我会第一时间告知你的,这几天你认真读读《角落的玫瑰》,到时候在研讨会上,好好说几句露个脸,你要是没有这本书,我找给你,我已经读过两遍了。"

"我还是买一本吧,属于自己的书会读得奢侈一些。"乐嘉笑道。

"奢侈?"杨拓还是第一次听人这样形容读书,禁不住嘴角上扬。同事小黄来找他商量会务事宜。他回复了一个"拜拜"的表情。

乐嘉从简化的书架上抽出那本《角落的玫瑰》,封面的设计很抽象,色彩夸张鲜艳,迥异于素简风格。简化的书架有八米长,三米高,书的种类非常齐全。乐嘉大抵知道哪些书是简化不读,哪些书少读,哪些书反复读。不读的书他基本是随手放到一个角落里。他反复读的书大多是经典作品,或者是当代文坛上的文学大咖发表的入选各种选本的文章。通常选刊他都会从头到尾翻一遍,有些篇章还读得很细。如今一些当代作家的创作急功近利,作品都缺乏一种沉淀,显得过于粗糙了,这也是一些期刊办不下去的原因之一。

乐嘉随手翻了几页《角落的玫瑰》,认为林小茹的作品还有很大的提升空间。自己写的那几篇,随便抽一篇出来,与《角落的玫瑰》里的散文相比,自我感觉都有过之而无不及。拿这样的作品来开一个专题研讨会,有点浪费人力物力和时间了。

蓝心怡觉得自己可能病了，整天昏昏欲睡，又懒得梳妆，整个人邋里邋遢的，做直播都提不起劲。最近打赏的人是越来越少了，收入很是惨淡，偏她又睡不了安宁觉。简易这些天总往庄园跑，有时在庄园一待就是半天。起初她并不是很在意，这种情况下，是个人心里都会有一道坎，需要时间迈过去，但事情似乎比她想象的麻烦多了。有一天，蓝心怡昏昏沉沉睡到晚上七点多，发现简易还没回来。她打电话，简易说他在找那个谜底，蓝心怡问他在哪找，他说庄园。蓝心怡去了庄园，却没见着他，打电话给他，他还是说在庄园，蓝心怡说："我也在庄园，但我没见着你。"简易沉默了三秒钟，问道："那我在哪里？"蓝心怡心里"咯噔"一下。

蓝心怡骑电动车去庄园兜了一圈，没见着简易。她只好先回去了。回到家简易正在厨房做饭，蓝心怡责怪他："爸，你回来了怎么不跟我说一声啊？"简易奇怪地看着她，说："我不一直都在家吗？"蓝心怡头皮发麻，在这祸不单行的日子里，她宁愿简易像以前那样，在她面前摆出一副大家长的威严，那样至少家里还有根柱子。如今这根柱子如果突然倒了，她该怎么办。她躲在房间里打电话给简单，没忍住又哭了一通才洗脸出来吃饭。

在与简单的交流中，蓝心怡才知道简易早就不对劲了。蓝心怡和简博弈向来与简易关系疏淡，平日里互不打扰，才会后知后觉。简单叮嘱她这几天看好简易，简易时而清醒时而迷糊的，可别出什么差错，他说他周末会回来。

11月2日下午，杨拓告诉乐嘉，他顺利为她争取到了一个名额，让她11月3日上午八点四十五分准时到市人大常委会办公楼三楼会议室签到并参加会议，他再次强调是市人大，而不是市文联，因为参会人数多，市文联的小会议室容不下，借用市人大常委会办公楼三楼的大会议室。会议共有两个议程，第一个议程是北北上创新写作课，第二个议程是林小茹的作品研讨会，杨拓反复强调这个活动的重要性，嘱咐她千万别迟到。省文联副主席史冬琦也出席活动。

乐嘉举起右手，说："我保证能准时到。"突然发现对方根本看不到，又把手放下来。

夜里乐嘉细致地读了一遍《角落的玫瑰》。3日早上，乐嘉按照简立基预定的早餐清单做早餐。待简立基去了学校之后，乐嘉打开电脑查看投稿状态，邮箱收到《新时代文学》的回复，说她的小说《二元终极目标》初审已经过了，今天送复审。乐嘉心跳突然加速起来，她又有了写作的冲动。

乐嘉突然发现，写作的意义远大于她最初的目的，最初她只是想混进这个圈子。这当然是首要目标。但写作的意义不限于此。

乐嘉前往市政府大院，上了市人大常委会办公楼三楼，没看到杨拓，会场人来人往的，乐嘉一个也不认识。才八点三十五分，在会场愣着也尴尬，乐嘉下楼随便逛逛。一个年轻人跟她擦肩而过，对方惊喜地朝她笑，乐嘉疑惑地看一眼对方，对方尴尬地收起笑意。

八点四十五分，乐嘉回到会议室，舞台已经布置好了，杨拓和一个看起来挺有身份的人在聊天。她按门口的座位表，找到第5排12号坐下了。其他的文友都在热烈地交流，互留联系方式或者互相吹捧，有的甚至夸张地拥抱，有的在舞台上摆姿势拍照。

八点五十五分，在舞台上拍照的男男女女都退回座位上，仍有人意犹未尽地小声交谈着。片刻，会场爆发一阵热烈的掌声，乐嘉抬头看到主席台人员开始就座了。

一个年轻的姑娘主持会议，乐嘉看看她的台卡，"信笺"，这又是一个笔名吧。信笺说："由于作家北北老师的航班延误了一个多小时，会议议程作了一个小调整，把第二议程放到前面，先开林小茹散文集《角落的玫瑰》研讨会。在会议之前市文联主席阳刚会对本次活动提出要求和期许，希望各位文友认真听好、记录好、执行好。"

文联主席讲话结束后，会务组人员迅速把会场座位调整成一个大回形，以便于讨论。围坐的时候大家都疑惑地打量着乐嘉，这让乐嘉很不自在。她差点忘了自己是一张新面孔。林小茹大约五十岁，穿着一件荷绿色的丝质旗袍，看起来温婉贤淑。研讨会由杨拓主持，他综述了《角落的玫瑰》的艺术成就和出版发行的意义及对金港市作家协会产生的影响，鼓励大家踊跃发言。

大家都在谦让，谁也不好意思先开口。杨拓点名一个市内有名的评论家就作品的内容和思想内蕴、艺术特色展开述评，这个评论家原就备足了功课，成竹在胸，只是例行谦虚一下，现在组织者点名了，反倒显得有身份有地位。他滔滔不绝地讲述起来。乐嘉看了看时间，他足足讲了二十分钟，基调是表扬，主题是表扬，重点是表扬，这让乐嘉质疑评论家存在的必要性。有人打了冲锋，后面的人也就不再谦虚了。这些发言大多是不着痕迹的吹捧，似乎在暗地里较劲吹捧的功夫。乐嘉佩服林小茹微笑的定力，泥塑一般保持嘴角恰到好处的弧度，不时客套几句谦虚的话，又马上保持微笑。在座的都吹捧一番后，还意犹未尽地三三两两地互相就书中精彩篇目展开讨论。作协主席连理半眯着眼睛，似乎宿醉未醒，说："我们的研讨会，还是要脚踏实地一些，我们不仅要看到优点，也要看到不足，才能在前行中不断取得进步。"

第七章
面具人

杨拓说:"今天这个研讨会气氛非常热烈,这是极好的,我们都要敢写敢说敢评,刚才连主席也说了,作品研讨会的目的在于促进成长,这也带给我们一些思考,往后的研讨会要怎么开,这需要我们共同探讨、反思和开拓创新,再次感谢各位师友的积极参与和踊跃发言。在这里我要隆重介绍一位新人——'异域'。"乐嘉站起来点头致意。众人鼓掌。"虽然她目前还没有文章发表,但是她的文笔非常了得,我自愧弗如!"众人一阵唏嘘,又是热烈的掌声。"当然,这不是说,她现在就非常出色,每个新人成长都需要一个过程,如果稍加培养,说不准,她将是我市最强的潜力股!""不得了了,将来岂不是要超简化了!"一个头发花白的前辈投来赞许的目光。"暂且不要与简化相提并论,前提是他要能证明自己,能从那个旋涡里抽出身来啊,否则虚虚实实,不好说。"一个戴着太阳帽的女孩子不屑地说。

"好了,好了,言归正传,我想请异域谈谈她对《角落的玫瑰》的看法。"乐嘉原想发表一些比较含蓄的评论,但经过刚才在座文友的一番吹捧,她似乎已经无话可说了。她站起来说道:"杨秘书长的抬爱让我有些受宠若惊,刚才听了文友们的述评让我受益匪浅,也感触良多。我还有很多话想说,但现在我竟紧张得找不着词句了,很抱歉!回头我加强学习,争取下次有机会和文友们一起探讨。"

杨拓热切的期待变成浅浅的失望,片刻,他仍落落大方地说:"那我们都期待下一期活动那个自信的你!"杨拓小结研讨会,宣布休息二十分钟。会务组重新布置好座位。有五六个文友来加乐嘉的微信,表示要向乐嘉学习。

乐嘉百无聊赖地走出会议室,这时她收到杨拓的微信,问她今天怎么了?不好好抓住表现自己的机会。

"担心评论硌到林小茹的心。"

"有连主席的话作铺垫你怕什么,我都给了你最佳发言时机了!"杨拓表示很无语。

乐嘉发信息的时候差点撞上一个高大的男人。男人微愠地压低声音问:"你来这干什么?"

乐嘉一脸愕然,这时有人在后面大声说:"史主席,请到茶室小坐一会儿。"男人转身一脸和颜悦色地应道:"好嘞!"被称作史主席的男人往茶室走了几步,又回过头来,警告般地看了一眼乐嘉。

乐嘉莫名其妙地站在原地,看着那抹高大的背影进了茶室,才往会场后面走去。她调取数据比对了一遍,确认她之前和这个人没有过任何交集。那么,他认错人了?今天会前在市政府大院碰到的那个人也是认错人了吧?那么,"她"是谁?难道是Loka?不然难道还会有别的人跟她相似?Loka在万山市替时空智能有限公司维护网络,两市相距300多公里,日常发生交集的可能性不大。

会场突然爆发出一片欢呼,乐嘉循着掌声,看到史冬琦和另一个人被一群人簇拥着走向舞台,她在人群中看到了连理和杨拓。会议要开始了,乐嘉赶紧回到座位上。原来这人就是北北。他的文学课上得很不错,只是他经常夹带人身攻击,比如他说:"新人要沉得住气,真正的成绩不在捷径上,而是由文学底蕴和文学悟性堆叠起来的,写作就像怀孕,能产出一篇是一篇,可别为了名头,窃取别人的劳动成果,惹得一身骚,就算撇得清,也活剥了一层皮。"

乐嘉觉得北北全程都在毫不留情地贬损简化,虽然他没有指名道姓，听的人又不傻，谁不懂，不懂的才是真的傻。史冬琦对北北的观点很认同，频频带头鼓掌。在北北讲课结束后，史冬琦总结了几句，他说他认识北北十几年了，无论文风还是品行，都值得年轻一辈文友学习，他认为北北是西部地区最有才情的作家，他水土不服就服北北。

午饭在"御膳"用餐，杨拓找乐嘉吃饭，她问："史冬琦主席怎么样？"杨拓被问蒙了，他回答："什么怎么样？"乐嘉中止了话题，她跟杨拓说家里有事先回去了。

下午三点多简化才回到金港市，回来照例第一时间去书房。"回来了，不休息一下？"乐嘉在书房擦拭书架，简化看了她一眼，算是回应了。乐嘉猜测他对那天晚上未沟通到位的事耿耿于怀。简化一边坐下一边开电脑，这一回他不是寻找证据，而是忙着写他的小说，郭小丹仍然催命似的催稿，还催《前夜》的答案。简化在某种程度上能理解郭小丹，她顶着那么大的压力，给他时间。但简化就是讨厌她那阴阳怪气的腔调。她说："你也不掂量一下自己，现在除了我们，谁还敢用你的稿。"这简直是羞辱简化，他简化怎么了？他的作品都是经自己的大脑一字一句构思出来的，他对得起自己的声誉。

如果硬要说这个让人感到窝囊的研讨会之行有什么收获的话，那就是柳岩和娟子的言行让他转换了思路，他突然领悟到，或许关于《前夜》的答案不在电脑中，而在生活中。

"你和北北很熟吗？"乐嘉突然没头没脑地问。

简化的背脊一挺："不熟，认识而已，你知道他？"

"不是，我整理书架看到他赠给你的书，随手翻翻觉得还不错。"

"哼！"简化不屑地哼了一下。

"你们经常联系吗?"

"你没事干了吗?"简化挑起眉。

乐嘉识趣地退出去,反正她要问的,也问得差不多了,再问也休想从简化嘴里多掏出一个字来。乐嘉推测简化与北北关系不怎么样,那么史冬琦呢?

书房里烟雾又袅袅地升腾起来。

晚上七点,杨拓发信息问乐嘉能不能出来走走。乐嘉说晚上得陪孩子。

"我以为你未婚呢!"杨拓发个夸张的表情过来,"十分钟,就十分钟,具体时间地点由你定,可以吗?"

晚上九点,在柳叶河河堤,乐嘉远远看到杨拓站在最亮的那盏路灯下张望。乐嘉玩心起,从他背后突然出现,吓了杨拓一跳。杨拓伸手佯装敲她脑门,手悬空敲了一下又悬空放下。他递过一杯柑橘柠檬汁。

"谢谢,我不渴。"乐嘉站着没接。

"补充维生素C嘛,没加糖没加冰,适合女生喝。"杨拓一脸诚恳。

"我像是缺维生素C的样子吗?"乐嘉喷笑。

"看起来不像,但没有实际考证过。"杨拓一本正经地说。

乐嘉被他的憨厚模样给逗乐了。

"你之前认识史冬琦主席吗?"杨拓把插了吸管的柑橘柠檬汁递给乐嘉,乐嘉接过来捧在手里。

"没有呀,我第一次接触文学圈,也是第一次见到他。"

"不一定非得同一个圈才认识,合适的时间合适的地点,有缘的人总会相见的,比如我们。"杨拓纠正。

"好吧,你也许是对的。我郑重宣布:今天上午在市人大常

第七章
面具人

委会办公楼三楼会议室,杨拓先生见证了我和史冬琦主席的缘分。"

这回轮到杨拓笑得像个孩子。他说:"好吧,终止这个话题,今天有收获吗?"

"今天有收获吗?"乐嘉在心里重新问一遍自己,这时她脑里忽然闪过两个名字:史冬琦和北北。还有一个朦朦胧胧的"她",这个"她"的线条逐渐明朗起来,渐渐变成乐嘉的模样。"她是Loka?"

"没关系,多参加几次就有收获了,你以后要敢于表现自己,也要敢于表达自己的观点。不必苟同他人。你要坚持自己。苟坝会议告诉我们,'真理往往掌握在少数人手中',而我们搞文学的,最重要的是要有对事物独一无二的看法,形成独特的思想和灵魂,这是最难能可贵的。"

乐嘉还想说什么,杨拓却掏出手机看看时间:"好吧,已经十分钟了。不耽误你陪孩子了,陪孩子之余请坚持读写。来,让我们为合适的时间,合适的地点干杯!"

乐嘉举起果汁与杨拓碰一下杯。

"Cheers!"杨拓微笑着盯着她的果汁。

乐嘉耸耸肩:"带回去哄一下小孩子。"

乐嘉一路往回走一路揣摩这十分钟的表面意义和实质意义。她把三个名字按直线、曲线、抛物线来反复组合和拆卸,期待能组合出一些微妙的符号来。

简化沮丧地发现,在生活中寻找突破口并不比在电脑里寻找更容易。他先是在脑里建立起一个信息库,再不断写入数据。他以《前夜》事件当天为时间节点,重新翻阅聊天信息,尤其是群信息。简化不爱在群里聊天,不关注群信息,但也不删除群信息，如今回头翻阅，确实也查询到一些有效的信息。那天以后，好些人找他私聊，有表示关心的，有了解情况的，有幸灾乐祸的。简化经过信息筛选，综合这几天培训所了解掌握的信息，他列出了二十一个可能与《前夜》版权有关联的文友，并一一查看他们的朋友圈。可他们中有十五人的朋友圈都设了仅三天可见，另外有六人的朋友圈不设限，其中有三人半年没有更新朋友圈了，有三人的有更新，但都是日常的晒娃晒玩、吐槽工作等。

  简化根据可能性大小先后和他们私聊。这方法本身没毛病，有毛病的是他不擅长聊天，掌控不了聊天方向。与那些同他资历差不多的人聊天，人家不必迎合他，加上简化现在身陷是非之中，那些人压根就没把他的信息放心上，半天才回复一个微笑的表情，他不懂如何往下接，要不就是一开口就把天聊死了。"好久不见，最近忙什么？""久未问候，最近一切安好吧？"这种低智的开放式的聊天，完全没有办法堵住别人开溜的念头。人家一句"忙写稿，被编辑追着屁股跑了，忙得没朋友。""挺好，就是忙了点，公事私事一箩筐。迟复，抱歉！"堵住了再聊下去的路径。简化竟也找不到再聊的理由，不知道是脸皮薄还是嘴笨。撇开简化现在的尴尬地位不说，就算他一切正常，平日里从不闲聊的人忽然找人聊天，这不极容易被人联想成"无事献殷勤"吗？

  与那些崇拜自己的文艺青年聊天，简化往往没能牵引住话题，让话题跑偏了方向。那些文艺青年底子薄，文字功夫尚欠火候，对像简化这样的成名作家崇拜得五体投地。平日里时不时主动发一条问候的信息过来，或者是咨询写作和投稿的问题。可是他们发出的信息往往是有去无回的，但他们还是执着地热爱文学，热爱着他们崇拜的偶像作家。

第七章
面具人

　　如今简化主动找他们聊天，他们激动不已又毕恭毕敬地回复，生怕说错一个字。简化也不好一开始就单刀直入，这种事还真不好逢人便说。他觉得想要对方信任自己，先从关心对方开始。他常用的聊天开头是"某某文友，最近有什么新作？""某某文友，得知你最近又发表了新作，加油哦！"这样的聊天更令人头疼，文艺青年们默认简化是在关心他们，关于写作与投稿的话题像开闸泄洪那样奔腾而出，简化招架无力，又不能含糊应付。文艺青年们还抓住机会连续发几篇新近完成的稿子给简化，让简化点评，还希望有机会他能帮荐稿。简化委婉地转移话题，对方不知道是没看懂还是没看到，仍不断地把关于他们自身写作的问题往细处聊，往深处聊。简化好不容易把握住机会截住了话题，并投石问路，"某某老师资历高，你们多向他们学习"，以便试探文艺青年对于他要了解这个人的态度，没想到人家膜拜不已，又一番美言像长江水般滔滔不绝。简化只好弃甲而逃。

　　乐嘉看着手中的柑橘柠檬汁，突然醒悟过来，难道杨拓是用这杯果汁来试探她？莫非他已经有所察觉她是生物机器人而不是生物人？他是怎么发觉的？从哪儿找到破绽？乐嘉突然心虚起来。她前后左右看看，决定绕几个弯再回简化的居所。她绝对不能暴露简化。

　　那句极力压低的不悦的冷冷的"你来干什么？"反复在乐嘉脑海里播放，那么"你"是谁？史冬琦走了几步再回头的那个凌厉的眼神让乐嘉觉得他并不是认错人那么简单，还有今晚杨拓有意无意再三让她喝柑橘柠檬汁的画面，如果这杯柑橘柠檬汁真的是试探，那么"你"就是——Loka！乐嘉被自己这个想法吓了一大跳。

> 智能已然成为时代的主流,新疗法的创设或是某种必然。或者人,或者物,或者其他,都需要疗养。

第八章 新疗法

生物芯片项目可行性分析报告自Loka的升级仪式当天上交了之后,就没有了消息。简单已经把整个置换记忆创新疗法项目申请书逐一呈报给医教部和院办公室审批,并且已经通过院办公室审批,现今已经上报到省卫生厅待审批。等待的日子是最难熬的,仿佛一天会生长出两天来,拉长了的日子过得特别慢。

简单每天下班回到家第一时间就问郑东东,项目有回复了吗?不待郑东东回答他又自我否定地摇摇头。起初摇头是摇得起劲的,后来摇头像泄了气那样软塌塌的。他其实比谁都清楚,以郑东东的个性,一旦有消息了,用强力黏合剂也粘不上她的嘴巴,她是无论如何也藏不住喜讯的,哪怕是故意逗弄,也等不过五分钟。简单白天看病人的空隙,总忍不住看手机,仿佛看得多了,就会促成那个喜讯的生成。每当他由等待信息到主动发信息的时候,他内心又是极其矛盾的,一方面他希望刚好是他发信息那一刻,收到喜讯,这无疑是最令人激动的;另一方面,他又恨自己沉不住气,这样会影响郑东东的工作。

他确实也影响郑东东的工作了,郑东东的工作是要非常严谨的、不能分心的。最初他们结婚的时候都已经约定,上班时间没有什么急事、特殊事,他们互不打扰对方。因为他们俩的工作对精神的专注度要求都非常高,一旦分心了,可能会造成不可估量的损失或者无可挽回的后果。

这么多年来,他们都很有默契地自觉遵守规则。然而最近简单频频违规。郑东东几乎不敢看信息了。她晚上得郑重地跟简单聊聊这个问题。不过郑东东还是很能理解简单的,当年她提出"生物机器人"这个新名词时,质疑与反对声一片,她能够顶住压力,把这个项目申请下来,确实极其不容易,在等待项目审批的日子里,她也是坐立不安,那时幸好有简单的支持、陪伴、鼓励与安慰。

郑东东向中国电子智能部办公厅的工作人员叶立春打听消息。叶立春说从没听说过这事。郑东东知道叶立春说的是实话。叶立春是郑东东同学的老公。叶立春说:"这样吧,我回头向曾伟亮的秘书打听一下消息。"

简单周末回了一趟西江平湖,简易的情况仍是时好时坏,病情暂时没有进一步发展。简单以去寻找那个谜的名义,带简易到一个叫绿水潭的地方,那里有山村农舍,也有美景。他们到达的时候是傍晚,游人散得差不多了,简单对简易采用了谈心疗法。两兄弟在农舍人家用的晚餐,谈话到后面,简易基本接受了妻儿被拘、庄园被封停的现实,简单说相信他一定能重新打造一个全新的升级版的绿植庄园的。但是简单知道，暂时的走出与稳定的走出之间还有很远的距离。现在法院还没对卢丽妮和简博弈进行公开审判，真正对他们母子进行审判的时候，审判结果以及对绿植庄园的处罚情况的暴露还会再次影响简易。他突然冒出一个极其大胆的想法：如果置换记忆创新疗法全套能够顺利获批，那么就先从大哥身上开始试验。

　　叶立春压低声音告诉郑东东。听说安平省政府在对生物芯片研究项目上采取了保守态度。生物机器人工程研究院是生物工程研究院的分院，直属中央，但毕竟它的属地在安平省，最起码礼节上得尊重一下当地政府，当地政府部门的态度多少也会影响到项目的审批。但小道消息没有明确是安平省的哪个部门持保守态度，郑东东认为，对于这些专业性如此强的项目，安平省委办公室和安平省政府肯定是先主要听取专业部门的意见，再综合评估。所以问题应该不在安平省委和安平省政府，那么最大的可能就是安平省电子智能厅。厅长陈楚江是郑东东大哥郑雪松的同学，他们曾经是同穿一条裤子的好友，后来两人竞争一个保研名额，说好了公平竞争，成败听天意，不影响友谊。最终郑雪松获保送了。郑雪松像往常一样去找陈楚江，陈楚江闭门拒见。陈楚江一口咬定郑雪松用了非常手段获得保研，郑雪松委屈地说他凭的是实力，责怪陈楚江出尔反尔，愿赌不服输。两人就这样断绝了来往。

　　五年前，生物机器人工程研究院要扩设一个生物基因管理研究室，郑东东打了报告上去，两个月都没有任何批示，原来是陈楚江认为当前的场所再整合利用就足够了，没有扩设的必要，但是扩设生物基因管理研究室是经生物工程研究院总部会议充分论证，认为这是极其必要的，所有的生物机器人都必须

第八章
新疗法

有自己独一无二的DNA，在生物机器人正式流入社会之前，要先提取出DNA样本存储进样本柜里，进行后续的管理研究，当基因受外因变异的时候可以人为还原。后来几经周折，陈楚江才同意了。这么分析，郑东东认为阻力很大可能就是来自陈楚江。

晚饭时分，简单把他想让大哥先接受置换记忆创新疗法的想法跟郑东东说了，郑东东白他一眼："敢情你这是要拿亲大哥来做小白鼠呢？"简单不这样认为，他觉得首次采用置换记忆创新疗法，越是熟悉的对象越好进行治疗，熟悉的人和熟悉的环境让人有安全感，降低了心理恐慌，是极其利于配合治疗的，任何一个新的治疗方法在正式投入使用之前，都会经过充分的试验，成熟后才投入临床使用，而不是投入临床使用后才拿活体人来试验。郑东东不再反驳，郁闷地说："八字还没一撇呢，项目卡住了。"

简单一听项目被卡住了，他也差点被卡住了，他喝了几口水，翻着白眼，艰难地把食物咽下去。郑东东后悔自己嘴快了。她原本就不想让简单知道此事，她是想先沟通对接，待事情有了转机再说的。她清楚这个项目在简单心里的地位。

郑东东来到陈楚江办公室，得知陈楚江已经外出参加为期一个月的中青班学习了。郑东东直接前往中国电子智能部办公厅汇报工作。叶立春下乡了，办公室的工作人员听说是这一回事，没有表示出多大热情，但也没有冷落，他们安排郑东东到会客室等候，待他们先向领导汇报。

郑东东在会客室坐了半小时，工作人员恭恭敬敬地来转告她，曾伟亮要亲自接见她，让她耐心等一会儿。又过了十来分钟，工作人员过来引她到曾伟亮的办公室。曾伟亮招呼郑东东坐下，给郑东东泡了一杯茶。郑东东一口茶没喝完，就开门见山地说明来意。曾伟亮敲敲桌子,他从文件夹里抽出来一份报告:"我看过五遍了,信息时代就应该有信息时代的样子,我就欣赏年轻人敢想敢干这股拼劲。只是那天回来后,一直都很忙,没有及时过问这个工作,如今生物技术反攻实验室的反机器人超能技术又取得了突破性的进展,放手干吧,年轻人,世界是你们的!""那么,这代表着有望利用生物机器人超能了,对吗?"郑东东大喜过望。曾伟亮点点头说:"理论上是这样的,但还要看实际,这个现在不好说,它是我们的一个期许,但不一定能成真。"聊了一会儿,曾伟亮让郑东东先回去工作,至于省政府相关部门,他负责沟通,应该不成问题的。

简单得知这个消息,高兴得抱起郑东东转了几圈,直至两人都给转晕了,倒在床上。

乐嘉脑里越来越密集地形成一个影像——Loka,如果真是她,她频频出现在金港市确实有点不正常。首先是他们曾在龚县的动车站偶遇,后来程熙又说在医院看到乐嘉,而按时间推算,那时候的乐嘉还处于被控制的状态,接着是市政府大院内那个认错人的人,再往下是史冬琦莫名其妙的话和意味深长的眼神,最后是杨拓那杯果汁。乐嘉的脑里早就勾勒出那个和自己长得一模一样的人了,只是内心难以接受,虽然她们俩被投放到社会不同领域后,各自圈子不同,极少接触,聊天也少。"Loka—史冬琦""史冬琦—简化",这两组数据中会不会存在某些微妙的关系。Loka并不是文学圈的人,他们能有什么关系呢?乐嘉决定去一趟万山市。

11月10日,法院公开审理卢丽妮使用违禁药品种植蔬菜一案。出庭的有合议庭人员,人民检察院公诉人和当事人。

卢丽妮没有请辩护律师,对犯罪行径供认不讳,案件事实清楚，庭审进行得很顺利，当庭进行了宣判。鉴于卢丽妮犯罪情节较轻（第三次违规使用药品的蔬菜未正式流入市场，属于犯罪未遂），并积极配合提供有关线索，判处有期徒刑6个月（自拘役之日算起），没收违法所得，吊销生产许可证和免检证照，并处罚金五万元。

判决后，卢丽妮提出想见简易一面。她最近有点心神不宁，老是反复做那个探监的梦。但是管教干部说，在判决书还没生效前仍然不允许家属探监。卢丽妮就在这样日复一日的等待中煎熬着。

警方在查办简博弈及其同伙的非法集资资金和盗卖个人信息一案时，非法集资资金一案参与人员清楚，涉案资金金额清楚，资金来源和去向清楚，集资方与被集资方口供一致，不存在什么疑点。但是关于盗卖个人信息的案件至今仍扑朔迷离，简博弈充其量只是整个链上的一个小小的传送带，目前还没有找到真正的突破口。当前拘捕到的人和简博弈一样，都是一个小跑腿，并不知道真正的"老板"是谁，他们用经过屏蔽处理的电话号码来发布任务："请到某某地方领取A4纸某某份，编号某某，暂存。"对接的时间和地点都是临时发送的，通常选择一个无月的夜晚送到偏远无人的角落，在当天傍晚或者夜幕降临时分，临时派发任务到个人"请将编号某某的A4纸于某某时间送到某某地点。交货形式，当面签收。"接收人也只是链条上的一个传送带，幕后人利用他们的身份特性将信息带到特定的地点中某个指定的位置。

如今抓到的都是整个链条上的小环节。这中间究竟隐藏着多大的一个贩卖集团？案件遭遇了瓶颈。

简化把焦点从电脑转移到现实生活后又白忙活了几天，像简化这样寡言少语的人，突然主动找人聊天，对双方来说都是一种考验，总有无事献殷勤之嫌。献殷勤也得恰到好处啊，不能刻意得让人感到木讷，也不能随意得让人感到轻浮，这是一门技术活，简化并不擅长。简化又点燃一支烟，他最近点烟的频次越来越高了。

田男转发了安平省关于拟推荐青年作家到鲁迅文学院参加第五十五届高研班的公示名单给简化。田男是邻市的文友，要在以前，这种信息简化是不看也不回复的。倒不是傲慢，而是觉得时间不应该浪费在这种无谓的事情上。他肯定不在推荐名单里，不然早就收到通知了。

简单回复了一个微笑。过了十来分钟，田男说："你没发现点问题吗？"简化被问住了，他压根儿没打开链接。他迅速浏览了一遍，获推荐的是墨扬，这没毛病。他正犹豫着要不要回复，怎么回复才做到既不把天聊死又不显得太过热情。田男又发来一条信息："这些年来，但凡重大奖项的得主、重点培养的对象，都是安平省北部三个市的人，我们南部城市难道没有能写的？南北实力旗鼓相当的作家，为什么总是北部的作家先享有优质资源？简化，你不优秀吗？你比墨扬差吗？为什么不是你？为什么连提名的机会都没有？我们与公平之间，就差了一个史冬琦的距离。"

简化心里"咯噔"了一下。这个田男说出了很多人不敢说以至于烂在心里的话，包括简化自身。史冬琦的地域偏见，傻子都看得分明。去年推荐青年文学家参加鲁迅文学院第五十四届高研班学习的时候，有人提名简化，当时史冬琦硬是把这个机会给了北北。当所有人认为今年理所当然是简化的时候，史冬琦又逮住了《前夜》版权问题，直接剔除了简化，推荐墨扬。

第八章
新疗法

敲门声响起，简化去开了门。乐嘉站在门口："我要去一趟万山市，最少两天，或者三天，有可能四天或者五天。简立基也同意了，你这两天就辛苦点，多动手做饭吧。"乐嘉的语气不容拒绝。"也许你还没搞明白一个问题，请假需要理由，而且时间要准确具体，不存在'有可能'或'或者'这种不确定的说法，特别请注意，不能先斩后奏。"简化很不悦，他反感"简立基也同意了"和乐嘉身旁的那只行李箱。

"我的话里没出现'请假'两个字。"乐嘉不卑不亢。

"不然呢，难道是公差？"

"差不多可以这样认为，如果你愿意给足够的信任，那么这份信任会在最短时间内产生它应有的价值。"

"理由？"

"不确定。如果不确定也算理由的话。"乐嘉已经拉着行李箱出去了，"我能确定的是，我不会违背原则，并且全力维护你。"

简化心里像是飘过一朵轻盈而柔软的云，但仍觉得很不爽。

"所以，《前夜》的版权纠纷会不会是一个预设的程序？"田男再敲过来一条信息。

简化被田男的推测给惊呆了。

蓝心怡在日复一日的担惊受怕和孤苦无助中度日如年。生活像一个青面獠牙的恶魔，此刻撕下了伪善的面具露出狰狞的面目，这让向来只游走在生活表层的蓝心怡不得不严肃认真地考虑生计和生存问题，无忧无虑玩直播的这些年把她原本应该具备的一些基本的生存技能给玩掉了，她现在倍感绝望与迷茫。

自从打麻将输掉那天晚上之后，蓝心怡再没与姐妹群的姐妹一起聚过。纵然她们经常邀约，但她感到有一种什么东西横亘在她和她们之间。蓝心怡从游离在生活表层的状态一下跌落到生活内里的真实层面,她没想到生活的真实层面如此不堪,让人不忍直视,它不是建立在虚构与幻想之上的童话王国,它是建立在磨难、痛苦、隐忍与犹疑之上的尘烟。持续不间断的痛感让她难以忍受,她迫不及待地要释放或者转移,但她知道那是徒劳的、无望的。简易终日恍恍惚惚的,如果他如往常一样威严,蓝心怡断然不敢造次。蓝心怡决定让这疼痛更深刻一些,才能掐断了那些游离的时光和游离的人和事。

蓝心怡一个人来到醉夜酒吧,在吧台前让调酒师调了鸡尾酒,一个人自斟自酌。酒吧是最好的供人宣泄的地方,狂欢、激动、兴奋、悲伤、难过……不分高下尊卑,不论先来后到,都能找到片刻的栖身之地。蓝心怡的酒量被摇滚乐给垫高了,她一杯接一杯地喝,吧台里那个调酒师不肯再给她调酒,挨她狠狠骂了一通。

蓝心怡正骂得起劲,竟看见简博弈一闪而过往舞池方向去了。"博弈!博弈!我天天等着你盼着你,没想到你竟然躲来这里鬼混,我就知道他们搞错了,你是无辜的!你给我出来!"蓝心怡拨开人群,像泥鳅一样往舞池里钻。她拉住了简博弈,简博弈却冷漠地甩开她,她跌倒在地上仍不甘心地抱紧简博弈的双腿,简博弈粗暴而不耐烦地推开她,她绝望地倒地痛哭。摇滚乐湮没了她的哭声。无数灯光人影聚焦过来,无数灯光人影消散远去。

待一切平静下来,蓝心怡觉得口干舌燥、头晕目眩,胃在不断地翻腾,像是要把胃里的东西也给倒腾出来。蓝心怡闭紧眼睛和嘴唇,把那不断发酵的恶心给咽下。然而她刚半起身,

第八章
新疗法

胃就猛烈地翻江倒海，直到胃无力地暂时偃旗息鼓。她才慢慢睁开眼，周围一片白，简易端坐在一角，脸上无波也无澜，看不出任何悲喜。她战战兢兢地喊了一声："爸。"简易仍保持刚才的姿势纹丝不动地坐着，仿佛雕塑一般。蓝心怡紧张地支棱起来，腹部传来的剧痛拉扯着她，她不得不躺回病床上。发生什么事了？蓝心怡脑袋晕乎乎的，怎么到这儿来了？她按压自己的太阳穴，手背的疼痛提醒她，她在挂瓶中。胃又开始闹腾起来，直到蓝心怡把身体都吐空了。

简易站起来，按遥控上的呼叫铃。很快，一个医生和一个小护士匆匆赶到，一个机器人过来清理呕吐物。简易走了出去。医生询问蓝心怡目前自我感觉如何，蓝心怡无力地用左手指指自己的腹部，她额头上渗出许多汗珠，嘴巴和鼻子充斥着呕吐物的异味，鼻子里还塞着一些污垢物，难受得无法言说。医生一边帮她清理堵在鼻子里的杂物，一边严厉斥责："真任性，为了图一时快活，用最张扬的方式挥霍有限的青春，可怜那无辜的小生命。"

"无辜的小生命？"蓝心怡突然用力抓住医生的双手，"你刚才说什么？什么无辜的小生命？"

医生用力掰开她的手，摇头叹息说："宫外孕，胎儿不能保留。"

蓝心怡像中了邪般，不说不笑不哭不闹。几十秒过去了，她盯着医生，一字一顿地说："医生，请你再重复一遍刚才的话。"

医生表情悲悯地看着她，说："宫外孕，胎儿不能保留。"

"医生！我要保住他！医生，求你帮我保住他！我盼了五年才终于把他给盼来了，我不想放弃，医生，求求你了！"蓝心怡似笑非笑，似哭非哭。

医生果断地拒绝她:"对不起!我是医生,我得对你的生命负责。"

"能不能不要剥夺我成为母亲的权利?我只想成为一个母亲,像许许多多的母亲一样。我有权选择,不是吗?"

"宫外孕并没有真正赋予你成为母亲的权利,它只是一个假命题,不可能被证明是真的,你有理由相信医生,每一个有良知的医生都是人道主义者,而不是道德制高点的占据者。终止宫外孕并没有真正剥夺你成为母亲的权利,它是从另一个角度赋予你成为一名真正的、幸福的母亲的权利。"

"一旦终止了它,我这辈子就没有机会成为母亲了,你知道吗?你知道吗?!"蓝心怡拼命摇着头。

"你如此年轻,怎么可能没有机会?当然,如果你酗酒成性——你非要这样折腾自己的话,那么你不要对成为母亲抱有任何幻想,生活已经很优待你了,至少它还保全了你的性命。"

蓝心怡没有争辩,她用左手护着自己的小腹,仿佛在护着一个小宇宙。

万山市前身是安平省省会城市,后来由于地理位置等因素,安平省把省会搬迁到了聚城。但万山市仍是安平省电子智能行业的老大哥,城市高楼不多,以白墙黛瓦的国风建筑为主,视野很开阔。这座城市的空间规划得特别好,不管是地下的排水排污设施,还是地上的建筑物和路桥,都给人耳目一新的感觉。沿街可见每家每户都设计有绿化角,放眼望去,整个就是一座花园城市,哪怕置身于市区最繁华的街道,空气含氧量仍极其充沛,让人身心愉悦。

乐嘉身穿一袭卡其色假三件套针织长裙,戴着一顶米黄色的遮阳帽，大号的墨镜遮住了三分之一的脸。她挑僻静的地方走，在一个类似于城中村的地方路过一家"三修书吧"。三修书吧门口有一块卡通书形状的木牌上面写着："静享悦读时光，时间是你的，书与世界也是你的。"木牌上的黑胡桃木纹很细腻，很有年代感。另一块方形木牌上写着："一'码'通行，'码'上有书单，'码'上支付。"乐嘉扫码，在跳转的页面上选择了租读《虚构之刀》一书并支付，支付完毕书吧的门自动开启。古琴声像清澈的溪流一样舒缓地流淌，令人怡情悦性，八名青年在书吧里埋头看书。室内装修得很有格调，镂空的窗子是一个完美的相框，把那个露天小庭院里那棵罗汉松，以及罗汉松背景墙的水墨山水一并嵌进相框内，书本很有创意地摆成各种造型，墙壁上用标签纸写了诸如"我爱你哟！来看看我呗！""我造型酷酷的，看了记得帮我恢复原状哦！"之类的提示语贴在墙上。她浏览着书架上的书，走到一个摆成五角星形状的书架前，突然弹出一本书，乐嘉被吓住了，细看，原来这本书正是《虚构之刀》。乐嘉抽出来，拿在手上。她发现书吧里还提供咖啡等饮品，同样是无人值守，全智能化管理。时间还早，乐嘉坐下来，开始阅读。

傍晚时分，乐嘉才出去溜达。这一带的店都是全智能化管理。万山市真不愧是安平省电子智能行业的老大哥，乐嘉由衷地赞赏。这处城中村离时空智能有限公司直线距离只有3.7公里，但是绕路过去的话，还得多走4.4公里。乐嘉找了一个相对隐蔽的宾馆办理入住。宾馆前台的身份证识别器无法识别乐嘉的身份证，拒绝为她办理住宿。这出乎乐嘉的意料，在这个智能化程度如此高的城市，居然无法识别机器人身份。乐嘉只好退而求其次，问这里需要工人吗？服务员叫来经理，经理为难地看着她:"我们宾馆现在不缺人手。"乐嘉抢着说:"我想以志愿者的身份在贵店工作,不求报酬,只求在我工作期间,晚上能待在你们的宾馆里。"经理狐疑地看了一眼乐嘉,沉思了一会儿,还是摇摇头说:"抱歉!"

乐嘉只好另外寻找可以栖身的地方。这里的服务行业做得很好,餐饮住宿很齐备,只是符合"离时空智能有限公司近,不热闹,不显眼,视野开阔"这些条件的酒店不多,甚至是稀缺的。要是三修书吧晚上十点后对外开放就好了,那样就不用费心找住的地方。乐嘉调动数据库,在网上找到了一间叫"山上人家"的民宿,民宿地处万山市最高峰万象山半山腰,离时空智能有限公司15.9公里。那是极为理想的住所,可惜"山上人家"住满了人,无法下单。

乐嘉重返三修书吧,在书单上看到史冬琦的小小说合集《荒原的脊梁》,她随手就点了。书吧里多了几个孩子,估计是放晚学路过的,看来万山市的学习氛围还不错。乐嘉捡起《荒原的脊梁》,找一个靠窗的角落看起来,史冬琦的小小说情节很不错,语言艺术还有待提升。乐嘉人在看书,心在看天色。好不容易瞄见天空滑落一帘暮色,她把《荒原的脊梁》插回书架上走出书店,那几个孩子不知道什么时候散去了。乐嘉在时空智能有限公司附近一带转悠。

时空智能有限公司业务范围包括但不限于电脑、机器人、自动化设备系统的生产、销售和售后服务。生产部在万山市的东郊,销售部和售后服务部设在市中心。销售部和售后服务总部目测占地约10000平方米,装修走的不是传统的高大上的格调,而是亲民的路线,不同的区域有不同的装修风格。时空智能有限公司有办公区、家居区、生活区、运动区等。顾客络绎不绝，有咨询家居智能产品的、有了解办公智能产品的，有体验运动健康产品的。

时空智能有限公司的销售部正门东南面有一栋骑楼风格的楼房，它们之间隔了一条30米的街道。骑楼一楼门口上方有一块牌匾，写着"典当……"，乐嘉第一次看到店名后面加个省略号的。从这扇门进出的都是很时尚前卫的青年男女，玻璃是磨砂的，看不到里面的情况，牌匾上典当后面的省略号足以让人天马行空。二楼是"朵拉"咖啡店。那个阁楼正对着时空智能有限公司销售部。乐嘉走上咖啡店，在阁楼找到一个靠窗的二人座，点了一杯店里的招牌咖啡"时光故事"，外加两份小吃。她眼睛一刻没离开时空智能有限公司销售部。正门进去就是自动收银台，收银机器红绿灯交替一闪，又是一笔成功的交易，智能产品真是走俏。袅袅升腾的热气越来越稀薄，像消失在时光里的人或往事，咖啡从温到凉，乐嘉的视线始终没有落在咖啡上。

乐嘉不禁问自己，这一趟行程值得吗？对Loka公平吗？虽然两个答案都是不确定的，但她仍无法阻止自己这样做。乐嘉回想她们姐妹俩刚诞生之时，那份同源同根的亲切让乐嘉觉得温暖又踏实，她喜欢和Loka待在一起，她俩有聊不完的话题。不说话，她似乎也能知道Loka在想什么；同样的，Loka似乎也能感知她。在完成了一系列的测试之后，她们分别被赋予识别码，各自的信息被记录与归档，之后便各奔东西了。

乐嘉脑海里的Loka仍是当年的模样，她也固执地认为应该是当年的模样——有着浅浅的亲切的笑。如果乐嘉此刻还在金港市，铁定拿不出以这种方式来万山市的勇气了。此行，无论最终是否印证了猜想，都不会是一个两全的结局。

"嗨，美女，请问可以拼个桌吗？"一个穿着长风衣的大男孩满面春风地站在乐嘉身旁。乐嘉扬扬眉，再度把目光聚焦到时空智能有限公司销售部。Loka从正门走出，往右边的侧门走去，一个修长挺拔的男子对Loka耳语了几句，从肢体语言来判断，他们之间的聊天并不愉快，甚至是产生了一些意见分歧的，聊天中，Loka曾试图往回走，男的粗暴地一把扯住Loka的胳膊往外拉。这男的是谁？

"美女，在等人吗？给你换一杯热的咖啡如何？"穿长风衣的大男孩已经坐在乐嘉的对面了。

那个修长挺拔的男子终于转过脸来了，余晖照亮了他的轮廓，这脸似曾相识。良久，乐嘉终于记起他是安平省电子智能厅厅长陈楚江。他曾出现在乐嘉和Loka诞生庆典上。他来干吗？

"哎，美女，你很面善，我们肯定在哪儿见过，能否一露芳容。"那个大男孩专注地盯着乐嘉被帽子和墨镜遮着的脸，眼中跳跃着两束调皮的光。

Loka甩开陈楚江，头也不回地往回走。陈楚江原地发呆几十秒后，也掉头走了。

"那是——你男朋友？"长风衣大男孩顺着乐嘉的目光寻到了目标。乐嘉像是没听见似的，径自起身往外走。望着那娉婷远去的身影，长风衣大男孩受挫地拿出手机，把自拍功能当镜子，对着镜子整理一下发型，再露一个笑容，这才把手机放回兜里。乐嘉琢磨陈楚江此行的目的，不知不觉又转回到三修书吧附近，这两天就以这个书吧为一个据点，以咖啡店为视角，去解读这座城以及城市的故事。但无论哪儿都不宜久留，今天是长风衣大男孩的聒噪和打探，明天又将有什么情况都是未知的。乐嘉的数据搜索反馈来一条信息：万象山半山腰的民宿"山上人家"有一个房客取消了订单，空出了一间房。

第八章
新疗法

到万象山办了入住手续后,乐嘉在脑里重新过滤了一遍刚才的信息,但仍未提取到必然的关联点。主管Loka和乐嘉的是郑东东,而不是陈楚江。自从诞生仪式见过一面之后,乐嘉再也没有见过陈楚江,那么Loka呢?他们之间经常见面吗?否则怎么会有摩擦?他们之间有什么关联?

门铃突然响了,很有礼貌地响了三声。乐嘉打开门被吓了一跳——Loka就站在门口。Loka亲切地笑着,与原来的Loka无异,又与原来的Loka有天壤之别。这也许只是错觉,也许是事实。

"哈哈,妹妹,你傻愣着干什么?不打算请姐姐进去坐坐?"Loka伸出纤纤玉手揽住乐嘉。"瞧我,突然看到姐姐,兴奋得过了头,姐姐快请进屋里坐。"乐嘉赶紧闪身让出一条道。

"妹妹远道而来,姐姐有失远迎,瞧我这姐姐当的,今晚去我那儿,咱们好好聚聚。"Loka那恰到好处的微笑,衬托出她的知性、柔美。

"我只是路过,生怕你太忙,就……就不好打扰你了。"乐嘉为自己的欲盖弥彰而羞愧。

"瞧你说得如此见外,要不是我刚好来万象山维护网络,这次指定又见不上你了。"

"姐,我……"乐嘉一时无言以对。

"'我'什么,赶紧收拾一下,跟姐走!"乐嘉找不到拒绝的理由,拖起满载心事的行李箱,一路跟随Loka到时空智能有限公司的员工宿舍区里,Loka住在A区6栋420房。

这里的住房空间规划很具前瞻性,住房容积率很低,留出大片的绿化面积和运动场地,休闲区别具一格,宜居宜乐。室内布置得既时尚又典雅,它绝不仅仅是肤浅的时尚,它还传承了一种传统文化的韵味。在这精致得有点失真的居住环境里,生活虚虚实实错综交叉。乐嘉心里滋生一种难以言状的情感,她一边猜疑一边享受。

Loka很健谈,她聊电子智能、网络管理、人情世故,聊生物机器人的快乐与烦恼。一字一句听起来都是随心所欲、侃侃而谈,实际上她自始至终都牢牢地拿捏着话语权,乐嘉不知道这是不是销售服务行业的优势。这一夜,几乎都是Loka在滔滔不绝地讲,乐嘉在聆听,不时应和一两句,间或也简单地表达一下自己的看法。Loka把天都聊亮了,乐嘉收拾行李启程。Loka再三诚恳地挽留,有那么一瞬间,乐嘉想留下来,留下来寻找一些她所没有的,或者是她缺失的东西。她谎称自己要到枫叶堡办事。乐嘉也必须返程了,没有再留下的必要,留下也已经没有任何意义,她现在已经成了一个透明体,像在X射线作用下的人体,五脏六腑一览无遗。

"你不想了解一下我的工作环境以及工作内容吗?"Loka仍微笑着,嘴角扬起自信而期待的弧度。

乐嘉垂下眼帘略显不安地盯着自己的棕色浅口单鞋:"姐,这些年我做家务带孩子,脑容量越来越小了,小得除了'保姆'二字外,再无其他内容,在电子智能时代里,像我这样混日子迟早是要被淘汰的,我明明可以预见明天的样子,却自甘堕落和毁灭。"

"在这个问题上,我觉得你有点肤浅了,或许你没有想过,堕落和毁灭的不只是你一个,而是时代的一种标志性文化,你没有成为生物机器人研究史上的'里程碑',而是成为'里程悲'。妹,这真的是你想要的生活吗?"Loka收起了微笑,半认真半调侃,"而且更让我无法置信的是,你竟然会丧失理智使用

第八章
新疗法

超能,这完全逆反了我的认知和记忆。你已经不是原来的你,否则升级的是你,而不是我。说实在的,我羡慕妒忌原来的你,而现在的你,让我心生怜悯。"

乐嘉心里一颤,她在心里问自己:"这真的是我想要的生活吗?"

两人各怀心事,乐嘉很快整理好行李,Loka把乐嘉送到动车站,两人在车站前相拥别过。

乐嘉没有回头,她知道,无论怎么样,她始终都会在Loka的视野范围内。被Loka发现行踪,原来也在她的预料之中,只是她没想过这一切来得那么快、那么突然,就像一场酝酿了很久的赛事,比赛还没正式开始,裁判的一声哨就宣判自己输了,而且输得很彻底,毫无挽回的余地。

如果真的只是输了比赛还好,可她出门前跟简化夸下的海口要用什么来填上?那些呼之欲出的答案又原封不动地藏匿在无数假象堆叠起来的荒原里。乐嘉心里不甘,却又无计可施。她太小瞧做网络的人,尤其是做网络的生物机器人。可是,真的非得揪出这个答案不可吗?自己这样做的目的是什么?现在过的究竟是不是自己想要的生活?如今是身处归途还是仍在路上?

田男的话对简化产生强烈的冲击力,只是谁也没有勇气说出来,看穿和说穿只一字之差,可这一字之差已然把人分为两类:懦夫和勇者。简化无疑是懦夫。在《前夜》事件之前,简化从不在意别人对自己的看法,《前夜》事件之后,他变得畏畏缩缩、瞻前顾后。

郭小丹突然来电话没头没脑地说:"简大作家,我看你的文学气数已尽,你要这样,谁也救不了你,杂志社不行,我郭小丹更没有这个本事。"简化听得莫名其妙的,他不说话,这样没头没尾的一句话他也想不出要怎么回应。最大的可能就是古木这个人可能再次出现了,简化很有耐心地等着下文。"简大作家,你是选择性失聪了吗?告诉你,我郭小丹可不吃缄默这一套,最近的文风怎么突然改变了,语言表现力也下滑了?你用对待《前夜》的态度来对待新作不仅对新作不公平,对你自己不负责,对我和杂志社以及广大的读者也是不负责的。你知道吗?为了《前夜》的版权,我背负着多大的压力,你倒好,一天天地优哉游哉,完全不放在心上。"

"不是,郭小丹,你能不能把话讲清楚一点?"简化的耐心最近损耗得特别严重,几乎透支了。

"你不自知还是故意装不自知,你回头读读你最近写的,都是些什么垃圾。在你的'大作'里,几乎完全找不到简大作家的风格了,这让我严重怀疑你之前的作品非你所作,所以古木是有理由出现的。人贵有自知之明,我是顶着多大的压力才敢继续用你的稿,而这段时间,你新作品的质量一路走下坡路,我原来以为是受《前夜》事件影响,可这不合逻辑,我现在不需要解释,我只需要质量高的作品。"郭小丹挂了电话。

简化盯着手机发呆了几秒钟,然后打开最近的一篇新作浏览,他这才发现郭小丹的火气大不是没有理由的,他的作品确实失去了原来那种干脆利落以及清新脱俗的行文风格。无论是遣词造句还是情节安排,他的文字都给人一种拖沓和犹豫不决之感,如果放在之前,这样的文字根本就过不了他这一关,简直就是废稿,可现在他竟然当作品投递出去。

简化的额头渗出了细密的汗珠,原来懦夫这种影响除了表现在生活上,还表现在键盘敲出的文字里。他不得不承认,《前

第八章
新疗法

夜》事件对他的影响远远超出了他的预估。他无力地斜靠在椅子上，认真地重新审视他的新作。

简立基放学回来，简化正在修改他的作品，简立基例行跟简化打过招呼后就进了自己的房间。待简化把近几天写的作品修改到满意后，已经是晚上九点多了，肚子饿得厉害，这才想起乐嘉不在家。房里间，简立基已伏在桌子上睡着了，桌面摆着杂七杂八的纸片和木头，还有螺丝钉，从初步装好的架构来看，他在弄一个机器人的模型。简化一边叫醒简立基一边打开软件叫外卖。简立基迷迷糊糊地坐起来，不肯去洗澡也不肯说话，简化知道他在闹情绪了，也隐约猜得到闹情绪是与乐嘉有关，但是具体的细节他不知道。直到外卖送到，他才把简立基哄起来了。简立基胡乱地洗漱，胡乱地吃饭，饭后还继续研究安装那个模型。简化想掺和进去，简立基说："爸爸，你去写小说吧，我自己能搞定，要是不懂，我会问乐嘉。"简化只好悻悻地退出。简化听到简立基收拾东西、爬上床的声音时，已经是深夜十一点三十分了，可这时候简立基似乎没有了睡意，在床上翻来覆去的，直至十二点简立基的动静才慢慢小了。

简化估摸简立基是十二点三十分后才睡着的。第二天早上简立基没睡饱，生了起床气，磨磨蹭蹭半天不愿起来，好不容易把他叫起来，结果早餐没吃好，衣服还邋里邋遢的，就一边提书包一边飞奔下楼。简化只好开车送简立基上学，顺便抓了两个面包上车，让简立基在车上吃，一个人带娃的日子真的是一言难尽。

乐嘉回来的路上收到杨拓发来的一个链接，链接是《文荟》新一期的电子版目录，目录显示异域的《殊途时代》用在《新发现》栏目。紧跟着又发来几串燃烧的鞭炮。乐嘉回复"注意环保"。杨拓回复"为隆重祝贺金港市新秀'异域'获《文荟》

力推"。乐嘉关闭对话框,看到《文荟》实力作者群的热闹,这热闹是乐嘉进群以来前所未有的。群里的作者极尽吹捧:"祝贺新一期《文荟》出版,由排版细节处可见编辑之用心,辛苦了!""看吧,作者的阵容足以压倒某刊,这表明《文荟》又上了一个新台阶!""热烈祝贺上刊作者,为了培养新作者,咱们的编辑可真是费尽心思了!"……

各种祝贺和点赞的表情符号,乐嘉搜索不到合适的词句来回应,直接关闭了群聊。手机又震动了一下,仍是杨拓:晚上可否一聚?乐嘉脑里跳出一杯柑橘柠檬汁,她第一时间第一反应是拒绝,可是史冬琦的名字也紧跟着跳出来,这史冬琦、柑橘柠檬汁和杨拓之间究竟有多大关联,乐嘉心里还没个准数,她犹豫了一会儿,回复"我还在外地,看看晚上能否赶回"。过了好一会儿,杨拓回复"等你回复"。

乐嘉回到金港市是上午十点,出了站,夹杂在站前广场的人流里,乐嘉心虚得迈不动腿了,她昨天向简化竭力争取的"最少两天",如今实际上是二十四小时不到,更别说"这份信任会在最短时间内产生它应有的价值",去的时候没有说明情况,如今以这样的方式回来更没有必要说了。但既然离"最少两天"还有一天的距离,那么剩下的时间为何不好好利用呢?乐嘉决定去聚城,那是史冬琦居住的城市。乐嘉租了一辆车,只身前往聚城。车才是最好的掩体。

乐嘉刚启动车子,就收到 Loka 的信息:"妹妹,顺利到达枫叶堡了吗?祝旅途愉快,期待下次相聚!"乐嘉不由得起疑:"难道自己的行踪都在她的视野范围内?Loka 目前是怎样的一个角色?她还是她吗?"乐嘉启用安全模式,由外而内地检查了一遍自身目前状态,确认没被监视或者跟踪。"谢谢姐姐关

第八章
新疗法

心！准备到了，下次有机会一定跟姐姐好好聚。祝安！"

下午一点到的聚城，乐嘉直接往史冬琦的别墅小区驶去。史冬琦这种在文学领域里小有名气的人，要找到他的住处并不难。乐嘉把车停好后，在史冬琦的怡然居天地楼前的小花园徘徊。正是午休时间，整个别墅区都安静了，乐嘉回到车上，手机邮箱弹出一条用稿通知，短篇小说《茶色》获《萌芽》杂志采用了，拟于第十二期推出，请提供百字以内的作者简介，在此前请确认作品是原创首发的。"异域，女，业余作者。"乐嘉写好后，想想，又补充一点："异域，女，业余作者，因为喜欢，所以选择。愿余生，与文相伴相欢。"回复了邮件。乐嘉正式进入休眠状态。

下午三点，乐嘉再次来到怡然居前的小花园，静静地坐在石凳上，目光聚焦在怡然居。这是一幢极其气派的天地楼，装修走的是古朴典雅的格调，门口的廊柱直径目测1米，36墙，围栏用的全是汉白玉石，看起来晶莹剔透，庭院有亭台楼阁，回廊曲折，有荷池有假山花树，相映成趣。中国风随处可见，但又不全是中国风。大约下午四点，怡然居的门开了一条约1米宽的缝，从里面走出一个推着婴儿车的中年妇女，里面的婴儿估摸还不到一岁。中年妇女在自家庭院里转悠着。乐嘉假装边听电话，边靠近怡然居。中年妇女不经意往这边看了一眼，又再看一眼，惊讶地说："你怎么来了？冬琦外出了，你没有预约吗？"乐嘉朝她点点头，又对着手机说了两句才挂了电话。"噢，没事，我路过顺道来拜访一下史主席，史主席不在家，那我就先走了，还有别的事。对了，史主席大概什么时候回来？"乐嘉问。"不晓得，好像是去了万山市……"那婴儿哭闹起来，中年妇女哄了好一会儿没把他哄住，就推着婴儿车进屋了，回头给乐嘉一个带着歉意的笑。

Loka和史冬琦认识是必然的了。难道，Loka就是古木？乐嘉被这个突兀的猜测吓了一跳，那么北北和陈楚江又分别扮演着什么角色？杨拓和他们有没有关联？

乐嘉上车调转车头，直接往万山市驶去。

对于置换记忆创新疗法审批手续，安平省卫生厅终于复函，要求先通过生物芯片研究项目的审批，能争取到运用生物机器的超能往人脑植入生物芯片的话，转换记忆创新疗法获准应该是没有问题的，但是如果没争取到运用生物机器人超能，这个疗法的审批还有一定的难度，毕竟从医疗管理层面来说，更需要考虑医疗安全和医疗成本投入等问题。

虽然之前曾伟亮曾给过一颗定心丸，但在这定心丸还没真正服下去的时候，它还不能真正定心，更何况，曾伟亮为什么对他们如此慷慨，其实是对郑东东慷慨——郑东东那么优秀，科研界少有的女精英。简单多了一层难以言状的忧虑。再说了，即使生物芯片项目获批，能否运用生物机器人超能还未知。下午四点多，离下班还有近一个小时，病人依然排着长龙。简单强迫自己将全副精力投入与病人的对话中，但他还是感觉力不从心。

下班的时候，简单无精打采地往停车场走去。有医生和护士推着一张便携式救护床飞奔在绿色通道上，这样的场景在医院并不少见，简单继续往停车场走去。

停车场门口，有个人正弯腰在地上扒拉着什么。简单觉得奇怪，定睛一看，这差点没惊掉眼镜，那不就是大哥简易吗?!

简单走近了，蹲下去问："哥，你在干吗呢？"

简易头也没抬："没看到我正在除草吗？"

"这里的草都除干净了，我带你去草多的地方除。"

第八章
新疗法

"我还要浇水呢,菜都旱死了。"

"浇水这事让工人干就行了,哥,你负责跑业务。"

"你是这里有问题了吧,绿植庄园都被封了,哪儿还有工人?跑哪门子业务?"简易指指自己的脑门。

"哦,对了,都怪我不长记性。走,咱哥俩今晚喝两杯去。"简单拉起简易就要走。

"你喝,哥没空。"简易杵着不动,挠挠后脑勺。

"哥还有什么整不通的我们一起整通,咱哥俩难不成还要隔山隔水。"

"好像也没啥事了,瞧我都老年痴呆了,那就走吧。"简易憨憨地笑了。

简单带着简易穿过横七竖八的车道,来到自家车旁。

上了车,系好安全带,简易说:"师傅,聚城人民医院,拜托快点,来不及了!"

"出什么事儿了?"简单启动车辆。

"大出血,很严重。快点,赶不及了!"简易变得焦躁起来。

"谁大出血?"简单心里一惊。

"我儿媳,哪来那么啰唆的,你到底接不接这活?不接拉倒,我另外找车。"简易解开安全带下车。

简单大惊,他脑里闪过刚才在绿色通道上飞奔的医生和护士的身影,只是他没细看,不知道是哪个科室的。他下车,一边追着简易往外走,一边电话打听医院是否收治了一个叫蓝心怡的病人。

"走!我和你去聚城人民医院!"简单拉着简易往妇科楼跑去。等电梯的人多,简单拉着简易一口气跑上七楼手术室。手术的主刀医生是一个姓房的妇产科主任和一个姓陈的肿瘤科医

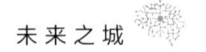

生。简单跟主刀医生并不熟，开会的时候有过两面之缘。

原来蓝心怡得知自己宫外孕后，为了保住胎儿强行出院，甚至签订了一份强行出院责任告知书，承诺责任自负。出院第三天中午，正在吃饭的她感觉剧烈的腹痛并伴随着大出血，简易赶紧叫救护车，然而病理性改变和凝血功能异常导致无法止血，最终因失血过多而陷于重度休克，龚县人民医院当即联系了聚城人民医院，用专用直升机送病人转院。

到了手术室外，简易显得特别焦躁，他不停地在那三尺地上转圈，简单接来一杯温水，让他喝。简易咕噜咕噜地把水喝完了。简单让同事带一碗虾蟹粥，简易还没吃完，就靠在等候区的椅子上睡着了。看着简易瘦弱的肩膀和花白的头发，简单眼睛酸涩难受。当年他魁梧的身躯就像一堵墙，替简单、简婕、简化遮风挡雨，如今这堵墙被岁月风化得如此单薄，而早已经远飞的简单、简婕、简化却没有成为他的伞，任他在风雨中飘摇。

三个小时过去，手术室的门才开了，蓝心怡奄奄一息地被推出来，转至重症监护室。

简单敲门进入房主任办公室了解情况。房医生面无表情地说："情况不容乐观，手术还算顺利，但是目前没有脱离危险期，得输血。现在需要家属补手续。"

简单让房主任多留心观察病人。房主任板着脸说："我的病人难道我会不用心？"简单无言以对，他自己也不喜欢别人干预他接诊病人，原来作为医生那点清醒此刻荡然无存。

简易目前的状况令人担忧，别说照顾人，他还需要人照顾。简单为蓝心怡找了特级护理，打算把简易暂时接到家里小住。但是今晚他得在这守着蓝心怡，以免出现意外情况。

第八章
新疗法

郑东东今晚加班，她下班时接到中国电子智能部办公厅电话，告知她生物芯片项目获批了，明天将会正式发文，生物机器人超能的使用还需要开会研究才能定论，让她耐心等候。

郑东东大喜过望，她第一时间要告诉简单的，可是简单关机了。郑东东在办公室草拟《生物芯片实施方案（初稿）》，这些理应由办公室来完成的，但这是简单的项目，郑东东想亲自策划并抓好落实，用实际行动支持简单。今晚草拟好实施方案，明早组织召开会议统筹部署后，各自依职责执行就是了，原有的技术已经很成熟了，生物芯片只不过相当于生物机器人项目的一个小分支，所以技术方面并不存在什么困难。

晚上十点，郑东东回到家，家里一片寂静。简方向晚自习回来了，房间的灯亮着，他在家跟不在家没多大区别，很少会因为他在家而增添一点人语，除了房间和厨房，他很少出现在家里其他地方。郑东东叫了两声"简方向"，没有回应，她敲了敲门，门开了，简方向站着不说话，房间里弥漫着浓烈的螺蛳粉味道。郑东东很内疚，这孩子的晚餐经常是自行解决，他们夫妻俩一心扑在工作上，经常连饭都顾不上吃。不记得从什么时候起，也许是在孩子小学二年级，也许小学一年级，或许更早的时候，就形成了一条不成文的规定：简方向放学回来，厨房没有吃的他就自己点外卖。即使有时候简单和郑东东都在家，但是他们各自在忙的时候，简方向也会让"U伴"叫外卖。

"爸爸有回来过吗？"郑东东仰头问简方向，似乎一夜之间，简方向就比她高出一头了，目测也比他爸爸高了。"没有。"简方向机械地回答。郑东东眼里的光黯淡了。如简方向所料，爸爸妈妈找他的最终目的并不是找他，而是为了找对方。这让他想起一个段子，天下孩子放学回到家，都是先喊妈妈，要是先喊爸爸，也是为了问"我妈呢"。而他，第一时间找"U伴"。简方向至今仍想不明白他是在怎样一个意外情况下被带到这个世界上，他甚至想，或许有一天他不回来，他们也不会知道。

凌晨一点，简单带着简易回到家。睡眼蒙眬的郑东东从房间走出客厅，似乎并没有看到木讷的简易，她打着哈欠随意问一句："才回来啊？"又迷迷糊糊地往房间走。简单安顿好简易，洗漱完毕已经凌晨两点了。郑东东没睡得沉，不停地翻身。简单从背后拥着她，咬着她耳根轻声问："我回来那么晚，你就一点儿都不在意吗？""你电话关机了呀。"郑东东嘟嘟哝哝的。简单不禁哑然失笑，事实证明这个在科研领域叱咤风云的女人在感情方面是缺了一根筋的。

置换记忆创新疗法是否通过审批？蓝心怡能否挺过来？简易的情况又愈加糟糕了。简单的心事像藤蔓一样生长。他们应该有一个人在医院陪蓝心怡的。可是简易这状况让人犯了难。简易的心理干预早该开始了，可他简单却一拖再拖。生活中应该做的事很多，实际做到的却寥寥。

简单全然没有了睡意。他悄然起来走到阳台，望着窗外星星点点的灯火，如果说每一盏灯火都独属于一个人的信念，他希望这些灯火永不熄灭，可那只是心理安慰而已，这世间的万物，何曾有人逃出过生命轮回的潜规则？只是轮回的时间长短各有不同。那么，蓝心怡呢？简单迫不及待地要返回医院，他等不及天亮了。

正在更衣，房间灯亮了。"简单，大半夜的，你能不能消停点，这还让不让人睡了？"郑东东坐起来抗议。

简单把蓝心怡和简易的情况跟郑东东说了，郑东东认为这应该告知简化和简婕，这毕竟是家庭事。简单觉得没有必要跟

第八章
新疗法

简婕说，她路途遥远，说了又能怎么样，她的手脚也够不着，再说了，这么多年，她对这个家早已经没有了概念。家可能连一个歇脚的驿站都算不上。

郑东东说："你今晚去看护蓝心怡吧。生物芯片项目明天就启动了，这个节骨眼上我不能请假，项目启动和推进你也不应该缺席，再说了，你请假陪护也诸多不便，人家蓝心怡再怎么说也是个女的。"

整个简家，似乎只剩下简婕是最适合照顾蓝心怡的了，但是简单还是果断排除了简婕，他觉得还不如请特护。

"你刚才说什么？"简单紧紧捏住郑东东两臂，"生物芯片项目明天启动？这天大的好消息你怎么到现在才告诉我？项目什么时候批下来的？生物机器人超能获准依法使用了吗？""行了行了，你别像放鞭炮一样把问题放出来，你先听我说完。"郑东东打断了简单。把今天收到的批复详情跟他说了。

直到郑东东讲完了，简单仍两眼放光，他一动不动地盯着郑东东，郑东东伸手在简单眼前晃了晃，问道："在想什么呢，你？"

"想造人。"简单霸道地把郑东东压在身子底下，"那么优质的基因，不完成国家分配的造人任务就浪费资源了……"

乐嘉在傍晚六点潜入万山市，来到时空智能有限公司附近。她在停车场找了一个最佳观察点，可以看到任何一个进入时空智能有限公司的人。可是直至时空智能有限公司销售部和售后服务部都下班，Loka都没有露过脸，难道她没上班？乐嘉开车到Loka宿舍区附近，Loka的房间灯不亮。

难道，Loka不在万山市？或者是自己的行踪再次暴露了？

这猜想让乐嘉感到毛骨悚然。如果真是这样，那么Loka究竟是一个什么样的人？她在扮演什么角色？她这样做的目的是什么？她现在过的是她想要的生活吗？乐嘉不敢再往下想象。或许自己正置身于某个预设的棋局中，每一步都得小心翼翼。

乐嘉在宿舍区待到了深夜十二点，Loka房间灯仍然未亮。失去目标的乐嘉漫无目的地在街上转着圈，哪怕是转进了一个圈套也好，总比这样虚空地待着好。乐嘉不知不觉到了万象山，万象山山脚的路灯昏昏沉沉的，上半夜那种极尽灿烂的精气神荡然无存，如同耗尽元气一般空寂，唯有山风猎猎作响，凄冷萧瑟的感觉无处不在。

乐嘉沿着盘山路一路绕上去。昨晚来的时候还早，沿途尚有三三两两散步的人，此刻沿途只有茂密的丛林，万象山就"半山人家"一间民宿，在这样幽静偏僻的地方开民宿是需要勇气的。"半山人家"是榫卯结构的木屋，一改以往的传统屋顶，而是一顶造型新潮的帽子，融合古典和现代美学元素于一体，庭院里挂了宫灯纱灯，还有禅意经筒和别在花树间的油纸伞。

将近"半山人家"时，突然热闹起来，"半山人家"庭院火把通明，火把映照下的每一张脸上都洋溢着活力与朝气。乐嘉把车停在"半山人家"门口前20米处，不到一分钟，便有一个机器人保安过来敲车窗，问是否住宿，告知她客房已满，望另选佳处下榻。乐嘉道谢后在网上浏览一下，"半山人家"因客满而无法下单，看来这里的生意还挺不错。可这些都是无效的数据，她需要的数据仍一无所获。乐嘉握住方向盘，却不知道该往前还是往后。这时"半山人家"突然有个女孩子用话筒喊："师友们，史主席来一段独舞好不好？""好！"人群跟着起哄。

第八章
新疗法

"史主席？史冬琦？"乐嘉突然兴奋起来，她拐进停车场找了一个靠角落的比较隐蔽的地方停车熄火，开了1厘米的车窗听歌舞。"山上人家"欢呼声一片，不断有人叫好，有人吹哨子，有人激动地喊"史主席、史主席"。万象山的寒气从窗缝源源不断往里灌，乐嘉关上了车窗，眼睛紧盯"山上人家"的出入口处。火把晚会还没有结束的意思。一辆车从山下驶上，直接进了停车场，没有人下车。

乐嘉不敢再轻举妄动，停车场那么多车，究竟有多少人还待在车上？停车场灯光很微弱，有些角落根本就没有灯。又过了半个多小时，那车仍然没有动静。车上的会是谁？从车子行驶的轨迹来看，驾驶员对这一带非常熟悉，那么，是常客？常客为什么不进去，难道只是停车场的常客？

过一会儿，有个人从"半山人家"探出头来，东张西望了几下，径自往停车场走来，上了刚才那辆车，乐嘉认出那是史冬琦，车门打开，车内灯并没有亮起，看不到车上的人是谁。庭院里的人声渐渐消散，夜安静了下来。史冬琦上了车后，这车一路往山下跑去了。乐嘉刚要启动车，却有另一辆车率先启动并紧跟着往下跑。反正暴露了行踪，干脆直接跟那两辆车下山。万山市顾名思义"万山"，山多路弯，岔道和高架桥多，不到十分钟，乐嘉就把那两辆车给跟丢了。

乐嘉一圈一圈地漫游在凌晨的街道上。至少可以确定，史冬琦确实来了万山市，那么，刚才在车上的会不会就是Loka？不管是与不是，史冬琦的行踪都让人难以揣测。乐嘉重新回到"半山人家"，这次她把车开到了门口才调头，借着宫灯与纱灯微弱的灯光，乐嘉看到了那块还没有拆卸的幕布上那一行醒目的大字"岭南作家走进岭南文化——晚会篇"，原来这是一场文化活动，史冬琦的出现并没有什么不妥。如果刚才车上的不是Loka，那么乐嘉至今为止，仍一无所获，就算车上的是Loka，也不能说明什么。乐嘉并没有看到车内的人以及他们的举动。

乐嘉在"半山人家"停车场待到了凌晨四点，才把车开回时空智能有限公司的住宿区附近。东边的天空像一个巨大的沙漏，原来被堵塞的沙孔渐渐畅通，夜色被一层一层慢慢滤去，天空漏下了丝丝缕缕的青白。早上六点，宿舍区的灯次第亮起来，Loka的宿舍没有亮灯。直到七点，才有一辆车驶进宿舍区，正是昨晚在"山上人家"停车场接走史冬琦的车。车进去不到五分钟，Loka的宿舍灯亮起来了。天亮了，乐嘉把车停到一个较隐蔽的车位，大约七点三十分，Loka和一个同样穿着时空智能有限公司通勤服装的年轻女孩有说有笑地从宿舍区走出来，往销售部和售后服务部走去。乐嘉尾随着她们，直至她俩进入了公司才驾车离去。

乐嘉再度回到"山上人家"，停好车后，她下车在"山上人家"附近小路散步。

"嗨！昨晚夜宵未尽兴，今早再来和主席回味吗？"

乐嘉转身看到嬉皮笑脸的北北。

"早上好！正有此意，如何？北大作家不喜欢吗？"乐嘉半开玩笑半认真。

"你就不怕主席操劳过度吗？"北北意味深长地笑了。

"谢谢北大作家关心，您多虑了。"

"说得也是，说得也是！让咱们大美女Loka见笑了，不打扰了哈，我约了文友用餐，先行告退了！"

似是而非的线索，扑朔迷离的人际关系，让乐嘉陷入了迷阵。真相似乎近在眼前，但却始终无法触及，就像一个虚构的

第八章
新疗法

镜像。

简化发来电波，说家里有事，让乐嘉速回。有了可以下的台阶，乐嘉直接驾车回金港市。

蓝心怡术后十个小时仍未醒过来，有时候会微微睁开一下眼睛，很快又合上，手指、脚趾也偶尔会动，就是还没清醒。房主任说病人体征比较平稳，但还没脱离危险期，得看病人的求生意志。

简单让简化来一趟聚城。昨晚在与简易的聊天中，简单知道大哥潜意识里对简化有看法，关于庄园，简单觉得但凡简化和程熙上点心，总不至于到今天的境地。简单突然意识到他们这个大家庭实实在在出现了一些问题，兄弟姐妹之间甚少见面，也缺乏交流沟通。就像大哥不知道简化离异，也不知道他身陷版权争议的纠纷，他简单要不是因为郑东东，郑东东要不是因为乐嘉，他们可能也会和大哥一样，至今仍不知道简化的现状。简婕就更不用说了，她早就把自己从这个家剥离出来，自从上了大学之后，家就成了她歇脚的驿站，寒暑假都在外打工挣学费，似乎只要伸手向家里要钱往后就会牵扯不清一样。

乐嘉想跟简化一起聊聊关于史冬琦、北北，但简化不在家。乐嘉问简化在哪儿，有什么急事。简化说大哥家出了点状况，让乐嘉打理好家里。乐嘉环视一周，家里没有哪儿是干净整洁的，才出去两个晚上，这个男人是怎样过日子的。

忽然想起昨天杨拓之约。打开微信，跳出十几条杨拓的信息，从昨天下午到晚上断断续续的。起初是问乐嘉回程没有，后来问能不能回复信息，再后来变成了担忧，最后是难过。乐嘉当即表达了歉意，并告知杨拓她已经回到金港市了。杨拓问她中午能否见面，有事相告。出于昨天失约的愧疚，乐嘉想也没想就同意了。她收拾整理一遍家里后，躺下来休眠了一个多小时。

将近中午十一点三十分时，杨拓约十二点在东城湘菜馆吃个便饭。乐嘉说已经煮好饭了，让杨拓吃了再到东城公园凉亭，她十二点三十分到那儿。迟早得让杨拓知道她生物机器人的身份，但现在还不是时候，在《前夜》版权没有定论之前，她不想公开身份。

杨拓和乐嘉并肩走在公园的小路上，风吹起了乐嘉的头发。杨拓站在乐嘉面前，伸手拨开乐嘉额前的发丝，问："你昨天没事吧？有什么困难需要帮忙吗？我担心你。"乐嘉避开杨拓的眼睛，笑了笑，说："昨天临时有别的事儿要办，时间比较紧，现在都办妥了，谢谢关心。""没事就好。"杨拓长长舒一口气，他告诉乐嘉，金港市作家协会想发展她成为新会员，想征求一下她的意见。乐嘉两眼放光："真的？！那太好了！可是，我刚入门，还没在公开刊物发表过文章，离成为真正的作者还有一段距离，现在入会为时过早，待时机成熟再入会吧，不给作协添彩也起码不至于抹黑！谢谢你，杨拓！也请你替我谢谢金港市作家协会的培养。"

"现在只是培养而已，可以以非会员的身份，去参加作协的一些活动，也就是说，你还不是正式会员，但享有和作协会员同等的学习机会。"杨拓进一步说明。

"我还是觉得自己尚未成熟。杨拓，这会不会是另一个版本的拔苗助长？"

"这样的机会不是每个人都有的，你却毫不犹豫推开，为什么？是因为我吗？"杨拓没料到乐嘉会拒绝，语气有点急，他把身子凑近乐嘉，鼻尖几乎碰到鼻尖。

第八章
新疗法

"杨拓，你想多了，是我个人原因，无关他人。"乐嘉退后一步，把目光从杨拓身上移开，眺望远方。

杨拓眼里闪亮的光黯淡了，他盯着乐嘉，好几次欲言又止。两人各怀心事地并肩走着。中午的阳光薄薄地披在他们身上，温暖柔和。

"其实你是对的。"杨拓率先打破了沉默，"还是收敛点儿好，太过显山露水容易拉仇恨，像简化——你知道简化吗？"

乐嘉停下脚步，茫然地摇摇头："能详细点吗？我对这些一无所知，也好将来注意着点。"

杨拓脸色变得凝重起来，他叹了一口气，说："算了，还是不说为好。"

"可你不说的话，我根本不知道是怎么一回事，问题的根源又在哪儿。万一我踩中雷区还以为自己走在光明大道上。"乐嘉幽幽地看着杨拓。

"有些事，你知道得太多，也并非好事。记住，今天我们的对话，出了这个公园门口就清零。"

如此小心谨慎的杨拓，乐嘉还是第一次见到。乐嘉用力点点头。

"简化是被陷害的，这个我敢百分之百肯定。至于被谁陷害，我也能猜到八九成。具体是谁就不必说了。现在的文学圈，并不那么纯洁，名利让这个圈变得暗潮涌动。大多数刚混文学圈的人都会因对文字的过分崇拜而昏了头，极少有像你这样清醒而淡泊的人。"杨拓再次凝视乐嘉的眼睛，那两道目光，比中午的太阳还滚烫。

乐嘉借口困倦，跟杨拓说要回去午休。杨拓叮嘱她回去好好休息，乐嘉点点头。两人在公园门口道别。杨拓目送着乐嘉

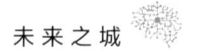

消失在街道尽头，一个人怅然若失地往回走。

简单上班时，蓝心怡半醒了，但是她似乎没有了求生的欲望，放任自己昏昏沉沉地睡。房主任说，如果能激起她求生的欲望，她就有希望度过危险期，否则能不能度过危险期，就要看她造化了。这和简单的想法是一致的。他今天一早已经扫描了蓝心怡住院的缴费清单和病危通知书，让简化去公安局代办理请假探视手续了。

简化办理完相关手续直接前往聚城人民医院。简博弈双腿发软，在龚仁川和另一名干警的羁押下，来到医院探视蓝心怡。简博弈在重症室外隔空对蓝心怡说话，说他们俩过往的美好生活，后来变成了流泪忏悔，他恨自己没让蓝心怡过上一天体面的有尊严的生活，他恨自己没有给蓝心怡当妈妈的机会。他承诺他会好好接受改造，只要蓝心怡能好起来。他说，如果蓝心怡还给他机会，那么，他一定会给蓝心怡一个幸福的未来。

在无尽的黑暗中瑟瑟发抖了很久的蓝心怡突然似乎听到简博弈的声音，这声音那么真切，给她的冰冷的心注入温暖，她的眼角滑落了两行泪。她想说什么，却张不开嘴巴，像做了一个很清醒的梦，她梦到自己想对简博弈说话，却无法开口。

特护惊喜地发现，蓝心怡的心电图正在慢慢恢复。她用棉签蘸水为蓝心怡涂抹干裂的嘴唇，她的嘴唇终于张开了："博弈、博弈……"虚弱的声音很难辨别，特护的耳朵贴近她的唇倾听，以为她要水，马上倒来温开水。

"心怡！心怡！"重症室外的简博弈惊喜地喊，"医生，快听！心怡喊我了！"他把耳麦塞到房主任耳朵里。"听到了吗？听到了吗？"

第八章
新疗法

房主任把耳麦塞回给他,快速换衣进入重症监护室。

蓝心怡终于平安地度过了危险期,但是得知孩子没了,特别是知道自己一辈子都不可能再成为妈妈了,她就完全不配合医生和护士。自责像汹涌的潮水一般将简博弈包围,他一边安慰蓝心怡一边痛恨自己。蓝心怡泪流满面,她泣不成声,断断续续地责问:"你究竟做了些什么……见不得人的事?如果不是……被公安局盯上,你……还打算瞒我到什么时候?你究竟……还有多少事……瞒着我?难道我们……就不能像普通人……那样……平平淡淡地过日子吗?我……不怕苦,我只怕一个人……孤苦无依,我没有……父母,我……只有你了。我那么……信任你,为什么……你要……这样残忍地……践踏……我的信任?"一连串的发问让简博弈无地自容,蓝心怡突然喘不上来气,心电图异常。

房主任示意简博弈先行离开,让蓝心怡休息一会儿,情绪稳定一些,气力缓一缓再来。

简单回科室上班了。简博弈由干警带回车上。简化坐在重症监护室旁。娟子发来信息:"简化,有空吗?我现在在金港市。"简化回复:"我马上回去,你在哪儿?三个小时后我接你。""那算了吧!我两个半小时后的动车,我中转路过金港市。""不好意思,我在聚城,最快也要三个小时才回到。可以用微信聊吗?""其实也没什么,你忙你的吧,我到市区溜达一会儿。"

简化重重地拍一下自己的腿,第六感告诉他,娟子这次找他肯定是与《前夜》有关,可事情偏就这么不凑巧。

财政部巡察工作组巡察结束后,程熙身心俱疲。她看看镜子里的脸,小了一大圈,下巴尖出棱角来。她申请了三天工休假,打算用一天来睡觉,用两天出去散散心,调整一下心态,也好定夺一下自己未来的方向。

睡了一天一夜后,程熙简单地收拾一下自己,雇了一辆车在周边城市转悠,两天的时间确实也太短,可是工休这三天都算是李斌额外照顾的了,巡察组没巡出什么问题来,李斌特别高兴。巡察组前脚刚走,李斌后脚就到程熙办公室。他说:"听说绿植庄园一案已经开庭了,我还听说简总的儿子简博弈进去了,但这消息我没有确认过,你还好吧?如果你需要时间调整心态,那么你可以申请三天以内的工休假。这些天无休止地加班,也该回去好好陪陪丈夫和孩子了。"

这两年,对于程熙来说,工休简直是一种奢侈品。第二天,程熙鬼使神差地来到聚城阅悦书吧,那是她和简化第一次见面的地点,那时她对他崇拜得五体投地,现在回想起来,觉得酸腐得不可思议,酸腐到没有理智。

程熙把阅悦书吧的各个区都转了个遍,心里百味杂陈。离开之前,她在啡香阁要了一杯咖啡,最后一次在这喝咖啡了,喝了这杯咖啡,不管是回杭州,还是继续留在金港市,她都不会再来这儿了。

那一年,他们在阅悦书吧泡了半天,沉浸式的阅读和恋爱忘却了时间,错过了最后一班回城的车,当时这里还是郊区,书吧也还没有这么大的规模。饭点了,还没打到车,简化糊里糊涂要了两杯咖啡,他好像对咖啡没有什么概念,以为喝咖啡能填饱肚子。程熙觉得他憨厚可爱,破例喝了那杯咖啡,在那之前,她从不会饿着肚子喝咖啡,她的胃对咖啡过敏,一喝就闹腾。热气腾腾的咖啡来了,不加糖不加奶,很苦涩,程熙皱眉把它咽下去。原来从一开始就让你破例的人,注定了后面还

第八章
新疗法

能让你破例。

"你现在想怎么样?"一个压得很低的声音,这声音听起来让人觉得很阴冷,"你觉得有谁相信你是古木?"

程熙回过头,背后有一个年轻男子在看书,他穿着浅灰色的休闲服;再远一点有一个女店员,她正在拆开新到的书,往书架上摆造型。程熙没寻着声源,可刚才的话她听得分明。她知道简化遭遇版权之争的事情,那是和乐嘉聊天时,乐嘉大概提了一下。

程熙把那杯又苦又涩的咖啡喝完,在附近的书架上抽出一本罗素的《西方哲学简史》,翻了半小时仍未发现目标——没找到声源,也没有再听到相关谈话内容。这就很奇怪了,说话的是谁?古木又是谁?她隐约觉得这和真相有关,那么要不要告诉简化?她忽然自嘲起来,这和自己有关系吗?版权的事到了这境地,人家简化从未在她面前提及半句,要是他还把她当一家人,他至于完全隐瞒实情吗?程熙很清楚文学对于简化来说意味着什么,这简直是他的命,也正因为这个,才让他们之间产生了无法修补的裂痕。不然就告诉乐嘉吧。可告诉乐嘉和告诉简化有本质的区别吗?应该是有一点区别的,毕竟关于版权纠纷这个消息,是从乐嘉那儿得到的。程熙对乐嘉的态度也是极其复杂的。她一边妒忌恨乐嘉让她变成了一个傀儡母亲,一边希望乐嘉安好,乐嘉安好了,简立基才会开心快乐成长。他们仨现在同一屋檐里,朝夕相处,他们才是一家人。这么一想,倒想通透了,有空纠结这些,还不如好好规划一下自己的将来。

回程的路上,程熙思虑再三,觉得必须再见一面简立基,这一面决定了她是留下,还是回杭州。这有点儿像抛硬币,但却找不到比这更好的抉择准则。

程熙向乐嘉提出今晚放学由她去接简立基,她想单独和简立基相处一晚上。

蓝心怡再次醒来之后,她只问了简博弈一句话:"我不是完整的女人了,你也失去了纯洁的人生,我们算不算对等了?"简博弈泪流满面,他说:"你在我心目中是最完整的女人,你若不嫌弃就等我,我好好改造,他日我会用余生给你幸福。"蓝心怡闭着眼用力点点头,心电图又开始剧烈波动。房医生说,目前蓝心怡不宜过于激动,简博弈最好回避一下,再观察一天,如果没有什么特殊情况,可以转回普通病房了。

简化把简易带到医院,在警车旁,简易见到了简博弈。简易盯着简博弈,嘴唇不住地翕动,简博弈低头叫了声:"爸!""抬起头来!"简易的声音不怒而威。简博弈战战兢兢地抬起头来。简易用力扇了他两巴掌,干警连忙拦开,简易看着掌心的泪,突然乱了方向,往左走几步,又往右走几步,再往前走几步……

简立基在幼儿园门口见到程熙,惊喜地跑过来抱着她的腿:"妈妈!你怎么来了?乐嘉呢?"见面刹那的喜悦被后半句话冲散了,如果来接简立基的是乐嘉,简立基会不会问:"乐嘉,妈妈呢?"

程熙带简立基去吃他最喜欢吃的鲍汁鸡和紫菜包饭,简立基吃得津津有味,有一粒米掉台上了,他捡起来往嘴里送,刚送到嘴边又止住了,偷偷地看程熙,捡着米粒的手伸也不是,缩也不是。程熙假装没看见,短暂的相处时间,她不想闹出不愉快。这在以前,她是决不允许的,她认为珍惜粮食就不应该让粮食掉地上,而不是掉了之后,再把脏兮兮的粮食捡回嘴里。"乐……妈妈,我可以要一碗银耳汤吗?"程熙苦笑着点头:"当

第八章
新疗法

然可以。"简立基专心致志地喝着银耳汤,程熙的视线不曾从简立基身上移开过。

简立基吃饱喝好了,抬头看看程熙,问:"妈妈,你怎么不吃饭呀,是不是不喜欢吃?你是不是想吃荷叶排骨蒸饭呀?"程熙眼眶一热,这小家伙竟然还记得她喜欢吃荷叶排骨蒸饭。她立刻埋头大口吃饭,含糊地说:"基基喜欢吃的,妈妈都喜欢吃。""那我帮你倒一杯水。"程熙吃得很慢,她希望时间慢一些,再慢一些。她很享受这种久违的温暖,还想着吃完饭之后带简立基到处转转。简立基吃饱后安静地坐着等待。

结账后走出餐馆的门,简立基说:"妈妈,你安心开始你的新生活吧,我回去好好听乐嘉和爸爸的话,乐嘉说你接下来会很忙。"仿佛遭电击一般,程熙点点头,径自往车子走过去。简立基跟在她的身后,没看到她掉下的泪。程熙觉得是时候开始另一种生活了。

简易受了刺激后,突然神志不清,简单只好先安抚好简易。

简化听说程熙去接简立基,几乎马不停蹄赶回金港市。今天简单以长者的口吻跟他说,他们这个大家庭就是缺乏沟通,这话如醍醐灌顶。他有很多很多话想对程熙说,包括让乐嘉照顾病危的父亲,包括葬礼上的出逃,包括岳父岳母来时他的缺席。他要最后争取一次,他要让她听听他的心。

可是一切都只是简化一厢情愿而已。程熙拉黑了他。他嘲讽自己的多情与自以为是,人家断得干脆利落。简化早就应该明白了,程熙每次联系简立基,都是通过乐嘉,而不是他。真是鬼使神差,程熙两次约见简立基,他都刚好去了聚城。解开《前夜》版权谜团的那线希望,也掐灭于他与娟子的错位时空中,简单始终觉得娟子并不是路过金港市,而是专程来的。

"新生"和"传统",它们之间或许没有明显的界限,智能和人的跨界交融,就是一个典型的案例。

第九章 跨异域

"原来是你!你为什么要这样做,为什么会是你?为什么?!"简化一声嘶吼吓了乐嘉一大跳,乐嘉停下了手中的动作,尴尬地看着醉醺醺的简化,此刻电脑显示屏上赫然出现一只清晰的蓝眼睛水印。简化竭尽全力摇着乐嘉的双肩:"你究竟安的是什么心?究竟谁派你来的?你说,说呀!是郑东东吗?"

"简化,你冷静一点,你听我说,不是我。"

"不是你,那你告诉我,是谁?谁能破译我电脑的密码?"

"事情真的不是这个样子,简化,听我解释,好吗?"

"哈哈哈,真好笑,我的家已经不成家了,现在你让我冷静,让我听你解释?行,你给我解释一下,你是怎么破译我电脑的密码?从何时开始?卖了多少篇?!"

第九章
跨异域

"我……我是在帮你,简化,请你相信……"

"帮我?"简化指着自己的鼻尖,"你确定你是在帮我?而不是害我家破妻离?"

"我确定!"乐嘉腾地站起来,"我拿我的人格来保证!"

"你是人吗?你一边跟我谈人格一边毫无愧色地出卖我,对不对?!"简化歇斯底里地叫道,"我早就怀疑这个水印了,只是它隐藏得那么好,我甚至不敢确定那一闪而过的存在。"

"这水印与我无关,简化,你冷静一点,你给我五分钟……"

"与你无关?现在电脑显示屏上的是什么?我给你1分钟都嫌多了!我马上叫郑东东……"

"乐嘉,爸爸——"简立基睡眼蒙眬,惶恐不安地站在书房门口,怯怯地叫唤道。

仿佛被按了暂停键,书房里回归寂静。简化脸红脖子粗,气喘如牛。乐嘉脸上阴晴未定。简立基看看简化又看看乐嘉,忽地"哇"一声哭出来:"乐嘉,你是不是也要开始一段新的生活,你能不能别走,你们都不要基基了吗?"

乐嘉心里一阵绞痛,她看着可怜巴巴的简立基,没作声。简化说得对,她不是人,她的肢体和思想都是人类赋予的,终究归于人类主宰,来去根本由不得她自己,她能说什么?

"爸爸,你能不能留住乐嘉,妈妈选择了新的生活,乐嘉也要选择新的生活,你们都不要基基了,呜呜……"简立基放声大哭。

简化跌跌撞撞地走过去搂着简立基,简立基在他的怀里缩成一团,简化感觉怀里的颤抖,他低头去亲那张无助、失措的脸。也许是被粗硬的胡子扎痛了,也许是被酒气熏得难受,简立基用力挣脱简化,跑进房间把房门关起来。

简化和乐嘉同时过去拍门,简立基愣是不开门,躲在里面哭得起劲:"你们走,一个个都走吧,我不要你们管!呜呜呜……"

"爸爸哪儿都不去,爸爸……爸爸陪着你。"简化摇摇晃晃地趴在门上,想借助身体的力量去撞开门,门没开,双脚似乎失去了支撑的力量,身子顺着门慢慢往下滑,酒精彻底开始发作了。

"基基,你能开门帮一下乐嘉吗?爸爸似乎喝多了酒,我们扶他回房里。"简立基没吭声,仍在哭。

乐嘉吃力地扶起简化。简化的身体还下意识地往门上靠,连带着乐嘉也差点靠过去。门开了,简立基脸颊泪痕斑斑:"乐嘉,你能不能别走?能不能别走?能不能?"乐嘉心里有什么东西在裂开,她用力点点头,尽管这个点头不一定产生它应有的效用,但这刻,对于简立基来说,它就是最强的定心丸,乐嘉没有别的选择。"乐嘉,你别骗我。"简立基抽抽噎噎说着。

"谁让她走……走了,基基放……放心……"简化整个身子压在乐嘉身上,简立基跑去开了简化房间的门,铺好床。乐嘉架着简化艰难地往他的房间挪去。简立基过来帮忙,乐嘉让他先去睡觉。简立基仍倔强地要帮忙,但他似乎无从下手。乐嘉说:"基基,你要真不想乐嘉走,就去睡觉,你已经帮了乐嘉的忙,剩下的,你也帮不上了,再不睡觉,明天就成了小熊猫,还可能成了课堂上的懒猫。"简立基乖乖地去睡觉了。

简化双手揽着乐嘉的肩,下巴搁在乐嘉的头顶,呼出的酒气很浓,呼呼地喷在乐嘉的头发上。乐嘉费了好大的劲才把简化弄到床上。简化搂着乐嘉的脖子:"呃……我……我要去洗澡。"乐嘉把简化的手掰开,简化仍不愿松手:"带我去洗澡,我难受。"

第九章
跨异域

"你放开手,我先去放好水。"乐嘉敷衍他,醉酒的人怎么能洗澡。她得为他的生命安全负责。

"不,我现在就要去,我浑身热……热。"简化像小孩子那样撒娇,双眼迷离地看着乐嘉,挣扎着要起来。乐嘉失神地盯着那双俊俏的眼,这样的简化有着致命的温度,似乎要融化了她的心,乐嘉慌忙掰开他的手,托着他的背帮助简化躺回床上,匆匆逃离。

"别……别走,我要洗澡。"乐嘉不理会简化的叫喊,逃进了厨房。乐嘉感觉自己心跳的频率和果汁机转动的频率一样快。乐嘉端来果汁,简化的上衣纽扣解开了大半。"我热,我渴……"简化半闭着眼睛。乐嘉垫高简化的头,把果汁放至床沿,插入吸管,递到简化嘴边。简化对不准吸管,果汁沿着嘴角漏出来,乐嘉用纸巾替他拭去嘴角的果汁,那棱角分明的唇真好看,乐嘉又分神了。简化捉着乐嘉的手把吸管往嘴里送,他掌心发热,微微湿润。"好……好喝,你也尝……尝。"他仍捉着乐嘉的手,把果汁往乐嘉嘴边推。乐嘉假装抿了一口,再次把吸管送到简化唇边,简化又推过去,果汁洒出一部分在床上。乐嘉把杯子放一旁,伸手扯过几张纸巾,擦拭床单上的果汁。

"热……"简化扯开上衣,将上衣翻到头顶上去,这下上身全部裸露了。乐嘉别开脸,觉得脑袋里有什么东西在搅动。

"水……水……"这回简化喝得很急,他的手覆在乐嘉握着杯的手上,一口气喝了大半。来不及吞下去的果汁溢在嘴角。乐嘉正要拭去他嘴角的果汁。"你的手……凉……舒服,帮我降……降温。"他一用力,乐嘉身体失衡,跌落到简化身上。简化紧紧搂着乐嘉:"凉……凉快,舒……舒服……别……走。"

简化喉咙深处含混不清地呢喃。简化那迷离的眼睛有着强大的磁场，乐嘉挣不脱简化的怀抱。简化的唇覆上了乐嘉的，他的双手也开始不安分地游走，像是强电波从四面八方汇集，乐嘉在这强烈的电波中迷失了方向，她的躯体被融化，被重新铸造。

简化睡着了，像孩子一样，他身体的燥热已经消退。乐嘉在白茫茫的迷雾中惊醒过来，她究竟怎么了？她扯过被子替简化盖上，慌不择路地逃回自己的休息间，坐在凳子上大口地喘着气。

"简直荒谬透顶！但愿简化酒醒后忘记这些，可是，我该何去何从？他会相信我吗？不！他的态度已经表明了一切，我过得这般吃力不讨好为的是什么？这真的是我想要的生活吗？"她迷茫地盯着镜子里那张迷茫的脸。

入夜时分，乐嘉偷偷打开简化的电脑，最近她几乎把简化的所有作品都阅读了一遍，也从中捕捉到了简化的文风变化，她想偷偷地给那些写烂了的文章"加工"。

"加工"了一个章节，乐嘉觉得当务之急还是先澄清《前夜》的版权问题。她正在分析电脑上那个隐藏得很好的不寻常的印记，醉醺醺的简化突然回来了，乐嘉来不及吃惊，就成了背锅侠。原来简化也曾发现过这个不寻常的水印，只是他为什么不从这水印下手呢？他自始至终都没跟乐嘉讲过任何关于《前夜》的版权的事。

夜深人静，狂乱和迷茫令她无法顺利进入休眠模式，她再次悄然来到书房，登录电脑搜寻那个水印。既然已经开了个头，她决定一查到底。

本来在房主任宣布蓝心怡脱离危险期时，就要立刻把简博

第九章
跨异域

弈押回看守所的，但是龚仁川凭着多年的办案经验，认为等蓝心怡从重症室出来，安排简博弈与她短暂见一面，将有利于案件的办理，他请示过局里，局领导同意了。

第二天，也就是11月15日，蓝心怡从重症监护室转回特护病房，龚仁川先单独与蓝心怡聊了几句，才带着简博弈进来，简博弈和蓝心怡正式见了面，蓝心怡深情地看着简博弈的眼睛，说："不管你以前做了什么，你都不必对我说，我也不想听。过去的都已经无法改变，你能做的，是对他们坦诚。如果还有如果，我想重新认识你，在未来。"

简易像局外人那样面无表情地站在病房门口。龚仁川和另一名干警把简博弈带出去时，简易突然像个孩子一样伏在门框上呜咽起来。简博弈眼睛通红，他面部的肌肉不停地抽动："爸，对不起！我丢尽你的颜面了。"简易仍然伏在门框上，艰难地朝外挥了挥手。

简博弈被带走没多久，法院的电话就来了，他们要送卢丽妮的判决书过来。得知简易不在金港市，他们告知简易可以先自行登录官网下载电子版的判决书。简易出奇地冷静，他若无其事地在病房门口坐了很久，其间去上过厕所又回来。蓝心怡的情绪仍不稳定，很容易哭泣、惊醒。

程熙递交了辞呈，既然始终无法成为一个好妈妈，那么她就努力成为一个好女儿吧，回去孝敬二老，让二老安享天年。程熙的辞呈让李斌感到很意外，他对程熙的成见并不是要换来程熙的辞呈，他只想把心里憋着的那口气吐出来而已。说句心里话，单纯就工作能力来说，他是很欣赏程熙的，相比很多只会说漂亮话的人来说，程熙就是典型的行动派，只要你把工作交给了她，就没有了后顾之忧。程熙去意已决，无论李斌怎么挽留，程熙都不为所动。

递交了辞呈之后，程熙去向王常务辞别。王常务招呼程熙坐下，秘书给她泡了茶。程熙简要说明了来意，王常务问她，做得好好的，为啥突然要回杭州，是不是因为绿植庄园的事。程熙摇摇头，一时不知道怎么回答才好。"王常务，是我连累您了，事已至此，我不知道该怎么弥补这个过错，我知道这不是一句对不起就能挽回的，可是我还是要向您真诚地说声对不起！感谢您多年来的培育之恩，若他日到杭州，吃住行小程全包。"

"小程呀，我一直觉得你是比较稳重的，这事确实——算了，以后多长个心眼，考虑周全一点，自己拿不准的事，就别掺和了。"王常务似乎很赶时间，显得有点心神不宁，不时瞄一眼时间，程熙匆匆作别。

房间的物品，程熙能带走的打包带走，带不走的让办公室新来的那个小姑娘拿去用了。程熙一个人去的机场，就像多年前一个人来那样。半辈子积攒的勇气，这么一来一回，似乎就用完了，余生，她再也没有勇气涉足感情。

简单下班后发现简易不见了，简易的手机还在座位上，谁也没有注意到他的离开。医院的监控显示，简易一个小时前出了医院门口往右走。简单请交警朋友帮忙，摄像头回放可见简易去了汽车客运站，车站里有天眼死角，看不到他上了哪一辆车。简单觉得最大的可能是回龚县了，但查看了所有回龚县的车的乘客信息，都没有简易的踪迹，监控也没看到简易出站。"说不定坐错了车。"监控室人员说。

监控显示，简易在售票大厅6号自动售票机前站了一分多钟，又走了出去，在几辆长途车之间穿过，就再没出现在监控里。停车场过去是厕所，厕所早已经找过了。售票大厅、候车厅、商店、停车场还有厕所全都搜过几遍了，就是没有看到简易。

简单在车站内转了几圈，没有发现任何疑点，他头脑发胀，站在二楼候车厅眺望，南北东面都是蚂蚁一样的车流和人流，西边是烂尾楼，烂尾楼与车站相接的是一片空旷的荒芜，荆棘丛生。这片荒芜引起了他的注意，可是在其他人的眼里，这简直是一个欺天的谎言。一个年逾花甲的男子，如何跨越厕所那2.5米高的围墙，再跳入荆棘丛中？

简单搬来梯子，架在厕所旁那堵墙上，顺着梯子往上爬。果然，他看到了灰头土脸的简易，他在那些荒芜的草地和荆棘丛中穿行，像野战部队的狙击手。简单小心翼翼地爬到墙上，墙头长了薄薄的绿色的青苔，幸好初冬季节，雨水少，青苔都已经干了，否则怎么搁得住脚？地面那些荆棘丛看得简单心里发凉，他攒不够下去的勇气，即便是架着梯子下——他小心地把脚缩回梯子上。

"大哥，你在干吗？"简单探头看着简易。"我在找那个谜底，找到谜底一切就都会好起来的。""你过来，我已经找到谜底了，我带你去看。"简易拨开杂草和荆棘丛慢慢行过来，那些枯树叶和草籽落在他的头和脸上，他似乎浑然不觉，那张沟壑纵横的脸上无法幸免地挂了几道血口子。旁边的人递上一把梯子，简单吃力地把梯子挪过围墙，把它伸到围墙的另一边，试了试牢固程度。差不多到围墙下的时候，简易的衣服被荆棘丛挂住了，他回头拉扯了几下，衣服仍未下来，他急了，一发力，衣服"哧啦"一声撕开了一道口子。简单在墙头上喊话，让他慢点儿，别心急。

简易磕磕绊绊地来到了梯子底下,他仰着脸,傻呵呵地笑着问:"谜底在哪?"简单说:"你爬上来,我再告诉你。"简易爬到了梯子三分之二高度,探头往下四处张望,身子往下倾斜。简单冷汗直冒,生怕他再跳下去。简易终于爬到墙上,简单紧紧地抓着他的手臂往下爬。看着简单紧张兮兮的神色,简易像做错事的孩子那样顺从地下去,再也不问谜底的事儿。

晚上,简单加强对简易的心理干预,直至简易的情绪恢复平稳。简单才知道卢丽妮案件判决了,他寻思着待简易稳定一些,再抽空陪他回一趟龚县,探望卢丽妮。

简化醒来已经日上三竿,头很胀痛,胃肆无忌惮地闹腾着,他赖在床上盯着天花板,仿佛那里藏着一个昨夜的梦。他昨晚见到了程熙,他们紧紧地拥抱着,有一种木棉花一样的激情在燃烧,简化在木棉花的燃烧中化为灰烬。梦太真实了,也许程熙真的回来过。简化捡起手机拨通程熙的电话,一个礼貌而不带任何感情的声音说:"对不起,您拨打的电话是空号。"从昨晚的"对不起,您拨打的用户正忙。"到今早的"对不起,您拨打的电话是空号。"无情地宣告,梦该醒了,也该起床了。

手机有五个未接来电,是简单打来的。简化心惊地回拨电话,简单说:"没什么事了,真有什么事也指望不上你这小子,关键时刻你总能完美地做到人间蒸发。"简化无言以对。简化放下手机起床洗漱,看到床单上的黄色不明物,他脑里闪过一些模糊的画面,可是怎么也无法把它们清晰化。

厨房里有温在锅里的小米南瓜粥和两个灌汤包,桌面有一杯柠檬水,水温刚刚好,像是掐着他起床的点为他做的,简化端起柠檬水喝了个精光,吃了半碗小米南瓜粥和一个灌汤包。

早餐很对胃口，只是还不能吃得太饱，怕胃还要作恶。

简化来到书房突然想起那个蓝眼睛水印，想起乐嘉搁在键盘上那双罪恶的手以及那惊慌失措的眼睛……一种被蒙骗被愚弄的感觉严严实实地裹挟了他，他竟然还吃了那双手做的早餐。胃里一阵搅动，简化迫不及待地冲向洗手间。

简化浑身发软，回厨房倒了一杯温水，喝了几口。

"乐嘉，乐嘉！你给我滚出来！"简化扯着沙哑的嗓子吆喝。空荡荡的房子只有简化的声音在飘荡。

"叮咚"，简化收到了电波。"简化，对不起，以这样的方式与你沟通。但我们面对面是无法沟通的，因为你从不肯听我把话说完。自从你与程熙离婚后，你就很消沉。你让我查'古木'这个人，却不肯告诉我，为何要查。编辑老是催你的稿件，语气极不友好，我猜想你是遇到难题了——我没有窥探个人隐私的嗜好，是无意间听到的。私自用你的电脑肯定是不对的，是你登录电脑时，我偷偷记录的密码，这也是发生在程熙离开之后的事，我没有通过其他途径去破解密码，但偷看与破解，结果都是一样的，我侵犯了你的隐私。起初登录电脑，只是想通过电脑了解你正在面临的难题，看我能否帮上忙。我知道了《前夜》和《误会到底》，在对比阅读和数据库的搜索分析中，我隐约知道了，你身陷《前夜》版权纠纷的旋涡。我知道你不想让我知道，我也不想让你知道我知道了。为了接近'古木'其人，我大量阅读，并以'异域'的笔名写小说，混进了小众文学圈。我在文学圈里接触到了杨拓、北北和史冬琦，他们和我的胞姐 Loka 有来往。我去万山市，就是为了弄清楚这几个人之间的关系。可我把他们跟丢了。但我也不是一无所获，至少能确认史冬琦、北北和 Loka 之间的关系非比寻常。Loka 和陈楚

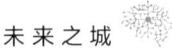

江之间也有不寻常的关系。你知道陈楚江是谁吗？他是安平省电子智能厅党委书记。我时常会觉得真相就在我们身边，也许只差一个转角的距离，我们就能真实地触摸到真相。但真相又很狡黠，它总会自动隐藏，隐藏在我们的视觉盲区。那个蓝眼睛水印是由一种特殊色绘制而成，它的分辨率与色彩饱和度都是常人无法识别的。特殊色显色对外界条件要求很高，常人需要在一定的光照和温度条件下才能看到，酒精也可以成为可视的催化剂，喝了酒可见度高。所以，这不是人类的作品，我把它放在数据库里辨识过了。但至今我仍未获取它的源文件。我几乎可以断定，这是Loka的杰作。它不是一个普通的水印，它还是一个病毒程序，可以窃取任何一台连接外网的计算机上的所有数据。你最近性情暴躁易怒，骨子里的自卑也突显出来，这都表现在你的文学语言里，你应该设法让自己平静下来，重新回归写作。关于水印，我简单解释至此。至于你怎么看怎么处置，一切由你定夺。"

一段话，简化反复读了一个小时。那只蓝眼睛水印、床单上的不明物体、乐嘉惊恐的眼神、程熙的绝情、简立基的无助，还有史冬琦、北北以及郭小丹，与乐嘉有关的或无关的，一切清晰的或者不清晰的回忆，一帧帧交叠着飞入他的脑海里。

他想问"你在哪里？"发送出去却变成了"我凭什么相信你。"他把妥协变成了挑衅。

"你不需要相信我，你有自己的甄别力和价值取向。"

"所以你怀疑我的甄别力？"乐嘉的冷淡令简化不悦。

"我不是人，我无权质疑人。"乐嘉回想起那句话，"这真的是你想要的生活吗？"

似曾相识的一句话，简化却想不起在哪儿说过或听过。愧

第九章
跨异域

疚感突然而至,他不知道自己为何总要竖起一身刺。他这刺好像是程熙离开之后,忽地拔节生长的。

"无所谓对与错,简立基离不开你,回来吧。"简化没把话说到关键点上,但他已作最大的让步。

昨夜种种令乐嘉找不到回去的理由,却又不得不回去——她不是人,她只是机器,服务于人类的机器,她根本没有选择权,这是最让人心寒的利刃,于无声处削筋断骨。

十分钟过去了,简化没有得到任何回复。虽然他知道她逃不了,但他仍按捺不住想去找的冲动,但他警告自己别浪费时间。

三十分钟过去了,简化的定力逐渐不支。乐嘉不会有什么意外吧?能有什么意外呢?她又不是人,她具有自我修复能力。反正也写不下去,出去看看,就当是出门走走也好。简化披上外套,打开门,乐嘉就站在门口。

简易在这住的这几晚,简方向放学回来就径自往房间里躲,饭点才出来匆匆捡点儿饭菜往嘴里塞,吃饱了又往房间里躲;如果下馆子,他必定是不去的,他待在家里自己叫外卖;如果一家人都叫外卖,那么他就单独下单,那样他就有充足的理由单独待在房间里用餐。他能和"U伴"说上一天的话,甚至只是两两无言相对,他也不会厌倦或者不耐烦。堂堂的省级心理名医家里竟有两个心理障碍患者,这真是天大的笑话。

简单不愿意承认,又不得不承认。

郑东东最近都早出晚归的,几乎不沾家,回到家匆匆洗漱后倒头就睡。简单知道她在忙生物芯片的研发,他是异常期盼的,因为那是他心血之所在,但他也无法抑制心底滋生的失落感,因为他无法参与其中,无法与郑东东一起感知整个过程的烦恼与喜乐。这段时间,简家的变化带给了他心灵强烈的冲击,尤其是这两天大哥一家的情况,给他带来的冲击是前所未有的。

简单很想和郑东东说说话,然而看到郑东东那么忙,他只能把这一箩筐琐事压在心底慢慢消化。结婚至今十七年了,在简单的眼里,郑东东仍是当初的郑东东,她长得好看,个性率真,对人对事都缺个心眼,没有防人之心。他有能力把郑东东捧在手心里不让她出去工作,可是郑东东的能力比起他有过之而无不及,这让他备受煎熬,危机感拉满。

臆想症?脑里突然冒出来的一个念头吓得正在开车的简单手中的方向盘差点跑偏,自身代表的是省城心理医生的水平,而他竟无法稳住情绪。

一夜之间,一个陌生的名字以百米冲刺的姿势,飞身挤进了文学领域。《萌芽》第十二期出来了,作者署名为"异域"的作品《茶色》赫然在目录首页,有文艺青年翻出了她不久前发表在《文荟》上的作品《殊途时代》。一时间,各大文学群都在讨论这横空出世的新秀。一个写作者的常规成长之路通常是先从小报小刊起步,要走到纯文学期刊尤其是核心期刊没个两三年的修炼是很难的。然而这"异域"是以起步就登上大刊的姿态与众人见面的。这样的才气和锐气都让人难以置信。

简化所在的文学群无一免俗,有人把11月的《文荟》里的《殊途时代》放到群里,简化也偷偷浏览一眼,发现《殊途时代》行文极其随意,像无拘无束的乡野孩子,有率真也有莽撞,情窦初开又懵懂无知,然而仔细品读可见每一个词句的组合都是经过斟酌的,好比榫卯结构的房子,追求每一块板材、每一根木头的精益求精。也许是由于对文字的迷恋,简化忽然对

第九章
跨异域

"异域"这个词生出了好感,虽然在此之前他不怎么喜欢这个词语。

乐嘉一下子多了几个微信群:《萌芽》作者群、西部文学新生代群、金港市作家协会群……还有很多陌生人申请添加好友。乐嘉似乎对信息过敏了,信息提示声一响,她就莫名的头昏脑胀。

杨拓发来十几个冲天炮,隔了十来分钟,又发来:"才女异域,聪颖过人,特纳入金港市作家协会,拟任副秘书长,择日小聚。"包括萌宠的表情在内,杨拓共发来五十多条信息,铁定要把乐嘉给炸出来似的。

11月24日,国家发布了《中华人民共和国机器人使用与服务条例(修订草案)》。曾伟亮为此没少费心思和口舌,他像橡皮糖一样黏着法制司的老同学,总算黏出了一个像样的结果。曾伟亮这辈子最欣赏的就是有担当有拼劲的人,要说在知天命的年龄里再做出什么贡献的话,就是尽自己所能,把有为的年轻人往上托举。

官宣当天,从来不喝酒的简单把珍藏了二十年的五粮液拿出来,弄了几个菜:猪肚鸡、烤羊排、豉汁排骨、尖椒酿肉末、西芹炒木耳和炒油菜,想着一家人好好吃顿饭。简方向急着上自修,说和同学约好了吃路边摊。简单对这句话的真实性持怀疑态度,但也没有过多纠结,简方向都快十八岁了,他有权利为自己做出一些选择。简单甚至是乐见其成的。

简易不习惯喝曲酒,只喝了两小杯,简单一小杯接一小杯地喝,钢化杯里的酒很快就喝完了,郑东东喝酒很豪气,看她那端酒杯灌酒的姿态,敢情是在喝水而不是喝酒?起初简单还劝阻一下,后来他就听之任之了,大脑像是从他的身体剥离了出来，说话行动思维三者脱节了，胸腔里揣着一只一刻不停地跳动的小动物，他想让它跳出来，可它似乎不听他使唤。郑东东让他别喝了，他眯着眼睛说不喝了，又自个斟满了一个钢化杯。

郑东东用矿泉水把简单的酒给换下来，他浑然不觉，仍不断跟郑东东和简易碰杯，简单喝的是水，郑东东喝的是酒。

自从那晚简化看到那个蓝眼睛水印后，他心里就长了一个大疙瘩，像肿瘤一样在长大、扩散，乐嘉的解说，可以止痛，但它不能完全清除那个肿瘤。就在《茶色》正式出现在《萌芽》的目录上的那天，简化心里那个野蛮生长的疙瘩才被《殊途时代》那种潜在的魅力给压了下去。《殊途时代》是乐嘉的处女作，在文字的拿捏上老辣得像种了三年的姜，辣得人血液滚烫。

也许她所说的都是真的，或许很有必要好好谈一下，简化想。这几天家里的空气变得复杂了起来，充满疑虑、猜测与不安，其间还孕育着一些其他的火种——你看不见它，它却无处不在。

"看来，你很介意你的身份。"简化从左脑到右脑仔细捋一遍，才拼出这么一句看似套近乎的话语。正在心事重重地收拾午餐餐具的乐嘉始料不及地受了惊，一只杯子由着性子绕桌子滚了半圈，惊魂未定的乐嘉竟忘了去抓住。简化似乎也中了邪，瞪大眼睛坐着。那只杯子突然拐了个弯，从桌上往下掉，刚好掉到坐在对面的简化两腿间，简化双腿收到指令般当即夹紧，杯子妥妥地落在简化并拢的双腿上，像玩累了的调皮的孩子找到了一个舒适的栖息处一样。

第九章
跨异域

简化把杯子拿起来，起身把它放到乐嘉收拾餐具的盆子里。乐嘉像被突然唤醒了似的，慌忙端起盆子往厨房走去。这次她没用自动洗碗机，自己用抹布一遍遍地用力擦洗那些餐具，似乎要擦掉与餐具相关联的某种隐喻。这机械的重复直到她几乎耗尽气力，才得以停下来。她把餐具一一摆进餐柜消毒，擦干手，发了一会儿呆，才转身出去。

"你还没回答我的问题。"简化似笑非笑地站在乐嘉背后。乐嘉摇晃了几下才稳住。简化收敛起来，很认真地说："跟我到书房去吧。我想听听关于万山市、蓝眼睛水印的故事，故事的细节里很可能藏着我们尚未发现的纹理。"

"你是相信还是质疑？"乐嘉直视简化的眼睛，这是蓝眼睛水印事件以来，乐嘉首次直视简化的眼睛。

"现在下定论还为时过早。"简化往书房走去。乐嘉极其不满这种自负，但她不得不随着他的脚步。

杨拓的信息像落在水面的柳絮那样悄无声息。信息发出去后，每响起一声信息提示声，乐嘉的心就弹跳起来一次，仿佛是极其敏感的声频振荡器，振幅频率非常大。整整大半天，她都在这种期待、欣喜、紧张、担心、怅然若失等交错而成的情感大杂烩中度过。直至下午四点，那落在水面的柳絮仍未能荡起半点涟漪。

回到看守所，简博弈端坐了一天一夜，他把他以前对于人生的认知的序列全部打乱了重组，再打乱再重组，始终拿捏不准究竟应该如何组合才是正确的。蓝心怡的泪与简易的挥手形成两股力量，不断扭转序列的方向。简博弈在这两股力量的拉扯中被撕裂。

简单和简易回龚县探望卢丽妮。简易盯着探望窗口，视线一刻也没离开。管教干部领着一个头发花白蓬乱的瘦小女人出来。共情心牵引着他的五脏六腑，不知道这是谁家的亲属，那么老了还遭受牢狱之苦。通往监狱的门合上。简易眼角余光瞥见那个头发花白的瘦小女人坐在探视窗前，他扭头往身后看，身后空荡荡的，除了墙壁再无他物。他蓦然转过身，忐忑不安地盯着坐在探视窗前的瘦小的老妇人——是卢丽妮！简易像被谁往心口狠狠擂了几拳，他连连退了几步。

他嫌弃自己了，他有什么理由不嫌弃呢？辛苦大半辈子的积蓄像溃堤的水哗啦啦地全游走了，做了那么多年的美梦被别人收割了，用心血浇起来的绿植庄园拱手相送了，还有什么盼头？还盼着他会原谅她吗？不！换作是她，她也无法原谅。卢丽妮心想着，松弛的眼皮耷拉下来，额上几绺零乱的发丝像拂尘那样垂在脸颊上。简易艰难地往前挪动着双脚，像走在一股看不见的急流中，强大的阻力让他一步三颤。他终于犹疑地坐下来，仿佛凳子上趴着一只什么小动物，他坐得小心翼翼，生怕一旦用力坐下去，就把它给压扁了。

她拿起听筒，他也拿起听筒。仿佛发声系统出了故障，导致喉咙或者什么地方闭塞了，那像气体一样发酵在肚子里的话一句也挤不出来。他们一动不动地看着对方，眼神瞬息万变，似乎一秒钟就能交流无数个字节。

她听到他说："你的头发白了，你瘦了，你老了。"

他听到她说："你也瘦了——你看起来像个二愣子，这是怎么回事啊？"

他说："我很正常啊，我和以往没什么两样，倒是你，吃得饱，睡得着吗？"

第九章
跨异域

她沮丧、悔恨又心痛地说:"我对不起你,这个家被我亲手毁了,我中了钱财的魔咒——如果不是我,博弈他就不会……"

他领了责任:"'子不教,父之过。'简博弈那畜生走到今天,主要责任在我。你别扛这个锅了。"

她问:"那个爱玩爱打扮的黄毛丫头呢?"

他犹豫了一下,说:"还是老样子。"

她紧紧盯着他,看到他眼睛深处:"你是不是有什么瞒着我?"

他坚定地看着她:"没有。"

他们异口同声:"不知道那畜生现在过得怎么样?"

……

他们互相凝视了五分钟,愣是一个字没有说出来。

直到探视时间结束,他们之后仍没有只言片语的交流。简易一动不动地盯着卢丽妮那头蓬乱的白头发,眼睛里的内容仍变幻莫测,仿佛她的每一根白头发都是她的嘴巴,他仍在和它们进行交谈,直至那瘦小的影子隐入了那扇门。

一只老鹰用巨大的爪子把蓝心怡抓住,往黑暗森林里拖行,蓝心怡拼命挣扎,越挣扎越往黑暗森林深处去,她停止挣扎,却看见几张似曾熟悉的脸不怀好意地笑,那声音令她汗毛倒竖。她又一次惊醒了。可能那只并不是鹰爪,而是命运之手——她是目标。手术创口复原得差不多了,可化疗反应并没有饶过她,每一次化疗都要去了她半条命。她这辈子永远不可能成为一个真正的母亲了,她憎恨自己残缺的身体——尽管她的灵魂并不比身体完整。

身体不作恶多端的时候,身体也会嫌弃她的灵魂——在理智与情感的搏斗中败下阵来，永久割让了自身一部分领地。身体与灵魂在相爱相杀中彼此仇视又互相和解，像晨昏交替一样陷入无限循环。在数指待日的循环中，她反复琢磨那可怜的来不及面世的孩子和简博弈。她琢磨那孩子的五官、手脚，乃至毛发，把它们给琢磨活了，全身粉嫩、鲜活可爱，她伸出手等他蹒跚奔来，却揽空入怀；她琢磨简博弈，把那清晰而熟悉的轮廓给琢磨平了，四肢萎缩了，成了一团黑影，渐渐扩大、扩大成无边的谜团，她把这无边的谜团和梦里的黑暗森林建立某种联系，但她又很抗拒建立这种联系。

简化认为有必要很正式地再约一次娟子，也有必要和柳岩聊聊，尽管他是那样令人讨厌。他直奔娟子的城市。

娟子委婉地告知简化，某次史冬琦曾错发了信息到她的微信，不到五秒钟又撤回去了。信息有点长，具体内容她不记得了。后来史冬琦重新发来一条信息，问她对现在的岗位满意吗？娟子是新安区文联主席。她立刻明白这话的意思。全世界都知道她是自动放弃发改局局长的位置，几番申请才到文联来的。虽然文联是冷门的，可热爱文学的人内心茂盛得像夏天的森林，冷门正好让躁动的心安定下来，认真享受一场盛夏的旅行。

为了捍卫从事热爱的工作的权利，她选择性地失语了。在生态文化研讨会暨青年文艺骨干培训班上，目睹简化被羞辱至此，娟子的良知愤然而起，然而也仅限于愤然而起而已。她在矜持的沉默中小心翼翼地维护着自己。

五十五届鲁迅文学院中青年作家高级研讨班的推荐人选名单公示后，很多写作者对于挤进榜单上的"墨扬"感到困惑，

第九章
跨异域

就像等差序列里的异数，一眼能够揪出，但也都只是心照不宣地止于揪出。娟子被这异数压得透不过气，她寝食难安，像写作业的时候，明明已经发现了一个错误的步骤却视若无睹。她在这压抑的状态中艰难地度日如年。

墨扬把这个推荐人选名单的照片传到群里，刻在沁着墨香的录取通知书上的名字像化了夸张妆容的小丑。娟子这一晚失眠了，她无法阻止自己的脑细胞天马行空，它们在交替播放着简化曾经对她作品的鼓励、指导，尽管交流也不多，但对于文学创作的追求的共鸣让他们彼此欣赏。压在心底的愧疚与良知突然喷涌而出，第二天她就到了金港市。

简化在柳岩处也没得到比娟子处更有用的信息，简化顿时觉得兴味索然。所有的矛头都指向一个目标，然而所有的矛头都没有足够的穿透力去击穿目标，还要防备目标的反作用力把矛头给二次挫伤。

跑这一趟，得到的最有用的信息不过是印证他当初的猜测，也印证了乐嘉的猜测。那天与乐嘉长谈，他处心积虑地要从乐嘉的眼睛里打捞出一些杂质，后来，他在那坦诚如月色的目光里收起了所有的戒备，他的心裏上了一层柔软的不明物质。

简单在监狱的停车场附近徘徊，眼睛未曾离开过那扇高大威严深沉的铁门，他看到形形色色的探监人从那扇门进进出出：有提着挎包低头戴口罩行色匆匆的年轻女子，有满脸风霜的行动迟缓的年近七十的老人，有神情阴郁的，也有孤傲冷漠的……简单忍不住用职业的敏锐来分析他们的心理。

简易出来了，他背驼了许多，像是被加了一副担子在肩上，这沉沉的担子也似乎压在简单的肩上，他挺了挺身板。

"你嫂子是被陷害的。"他很肯定地盯着简单的眼睛,眼神里有着不容反驳的坚定。

简单看着简易佝偻的背,再次挺了挺身子。

"可你们都不相信我。"简易颓然地往门口的石狮子上蹭了蹭,仿佛要爬上去。

"大哥,我相信。但是我们得用证据来说话。"

"证据?你让我上哪儿找去,要是真有证据,卢丽妮也就不至于蒙冤了。"简易再次往石狮子上蹭了蹭。看门的狱警走过来,示意他们走远一点。

"上次你不是听到了一个秘密吗?我们掘地三尺也要把它翻出来!"简单拉着简易绕过两个弯,沿着停车场的方向走去。

"那玩意儿能信吗?那只不过是一个臆想罢了,哪有人光天化日之下竹筒倒豆子一样倒那些见不得人的秘密出来?"

"那现在有新的发现吗?"简单回头看一眼突然停下来的简易,加大手里的力度。

"要是有,我断然不会让卢丽妮吃这份苦。"

……

"卢丽妮成了小老太婆,对,就是小老太婆——小老太婆长什么样子你知道吗?头发白了三分之二,整个人又瘦又小,我都认不出她来了。"简易吸了一下鼻子,又停下来,"糟了,我忘了告诉她有人陷害我们,我忘了问她有没有吃的穿的,睡得好不好……"

"得了吧,嫂子向来比你精明,她怎么会不知道是有人陷害的呢?她的心肯定比明镜还亮。"

"你嫂子真的是被人陷害的,二弟,你知道吗?我差一点就听到那个秘密了。要是我没跑过桥去,我……"简易话还没说完，简单已经把他给塞上车了。

过了两天，乐嘉才想起那天没有回复杨拓的信息。她简要地敲出一条信息："感谢组织培养，近日琐事多，迟复，盼谅。"几分钟后，杨拓回了一个微笑。乐嘉不知道微笑要怎么回复。

杨拓等了半个小时，没有等到新的消息，从灰烬里重新燃起的一点火星再次被掐灭了，这个谜一样的女人，热爱文学又无视作品发表与否，尊重作协又无视作协。关于她个人的一切都是个谜——她对这些只字不提。杨拓对她的认识仅限于作品以及"异域"本身，此外一无所知。

聊天矜持地中止于这个矜持的微笑。

郭小丹变本加厉地挑剔，她警告简化："文字再不恢复简大作家的风格，我们就要解除签约作家合约了。"

"这不也是预料中的事吗？"简化也不喜欢这样不识大体的自己，可此刻他就稳不住这样不识大体的自己。

"行！好！那就等着解约吧，就当我眼睛有病，错把白眼狼当成人。我扛下山一样的压力。简大作家却无事人似的一天到晚优哉游哉。一个月过去了，连半句像样的交代都没有，连事情的眉眼也还没摸着，就是作品也写得漫不经心，是不是事情原来的样子压根儿就是我们所看到的，它根本不存在任何疑点？"

"是的，郭大编辑，你甚至比我更了解我自己，你说什么都是对的。"

"我不是圣人。哪怕是圣人，也不至于说什么都对，更何况我只是一个普通人。"

电话断了线，不知道是郭小丹让信号中断了，还是信号自行中断了。

郭小丹声音的穿透力本来就很强,现在把话语削薄了再说出来就更具穿透力了,声音又细又尖,仿佛磨出了锋芒的利器,乐嘉担心简化的耳膜是否还完整。乐嘉把书架上的书重新分门别类地摆好,原来书架上的书摆得随心所欲,小说、散文、戏剧杂乱无章地挤在一起。

简化茫然地盯着正在写的文。原来一个人心里兜着事儿的时候,是会把压力传导给大脑,影响大脑的正常运转的。

"如果你放心的话,不妨把它交给我来试试,你也得以安心地去处理更棘手的问题。"乐嘉指着简化正在编辑的作品说。

简化抬头看着乐嘉,似乎正在认真地对此事的风险程度进行分析研判。

持续了差不多一分钟,简化没说行也没说不行。乐嘉窘得想收回那句话,她忽然恨自己的不自量力。

"来,试试看。"他收起眼里的锋芒,难得的温和。乐嘉感到有一只毛茸茸的小兽在她心里奔跑。

乐嘉细心阅读一遍,才开始敲打键盘。她逐字逐句修改,她的每一字每一句,都让简化惊喜不已,改了一小段之后,他回过头来重读一遍,觉得比他写的还好。看她纤细的手指在键盘上飞快地敲打是一种享受。她的眼睛、她的手指、她的脑、她的人,都在那么短短的几分钟之内,迅速与文章融为一体。简化痴痴地看着,分不清是在阅文还是阅她。

探监后,简易情况时好时坏,简单很头痛,时间的限量、工作内容的超载破坏了他的分配规则,如此被动地被时间支配绝不是简单的风格,简易切割了他相当大一块时间,这块时间

第九章
跨异域

他原可以更高价值地加以利用,而不是像现在这样当白菜糟蹋。

简易不断被新的黑暗区入侵,反复刺激他,导致他病情反复无常。简单知道简易很不容易,也知道他正在不断进行自我调节。可是,为了一棵树而放弃一片森林不是简单的风格,这也坚定了要在简易身上使用置换记忆创新疗法的决心。只有这样,他才能以最少的时间投入,创造出最大的价值。

生物芯片研发到了最后阶段,成品正在出炉的路上,待成品出来后,还要通过机器检测这一关,成败在这就要揭晓。郑东东紧张得额头和鼻尖沁出了细密的汗珠,她丝毫没发觉手机在口袋里的震动。生物机器人工程研发的时候她似乎都没有那么紧张,这是简单的心血所在,她无法做到镇静自若——人果然都是有软肋的。

研发组人员都端坐在总控制室,紧张而有序地操作着机器,郑东东仰头看着半成品经过生产线,一步步组装成成品,直到把脖子都仰僵了。第一块生物芯片终于成功落地。总控制室内一片欢呼雀跃。

研发技术总监小汤飞跑过去庄重而谨慎地用双手捧起生物芯片,像是捧着初生的婴儿那样小心翼翼。这块芯片,在研发五人小组的共同见证下,顺利通过机器检测,成功与人脑生物原型匹配成功,匹配率100%。"成功了!成功了!成功了!"研发组人员激动不已。

郑东东的手还在激动的余温中抖动着。瞥见手机上有五个未接来电,是简方向的班主任打来的。这么多年的经验告诉她,简方向肯定犯事了,否则班主任不会来电话。虽然那只是为数不多的几通电话。

果然,班主任冷冷地说:"简方向妈妈,您真是忙呀,请您百忙之中抽空来一趟学校。"

"老师您好，请问发生什么事儿了吗？"郑东东不安地问。

"您先来到学校再说吧。"

班主任的态度让郑东东不好多问。简方向上了高中以后，一直都普通得"泯然众人矣"，他学习成绩中等，个子中等，能完成作业但不够自律，当然也不爱犯事。究竟是怎么回事呢？郑东东不安地打电话问简单，简单在嘈杂的车流和喇叭声中大声地回答："我正在赶去学校的路上。你打车过去吧，可千万别自己开车。"

简方向就读的柒中是聚城公认的最好的高中。柒中原来在市中心，去年整体搬迁到了安东区，校园占地面积208亩，学校建筑物的设计新颖别致，校园注重整体与局部的和谐，无论从哪个角度看，它都是一个完美的画面。能在柒中就读的学生，要么有实力要么有背景，反正都不简单。当初简方向闷声不响考进了柒中，简单和郑东东欢喜地策划，要在简方向正式入学前一晚准备一场隆重的庆贺仪式。没料到临近开学时，简单被单位安排出差，正式开学前一晚，郑东东忙于应付生物工程研究院里的突发情况。正式开学那天，简单夫妇俩各自忙得不可开交。如简方向闷声考上柒中那样，简方向也闷声去了柒中报名入学。

车子七绕八拐驶出了市中心，上了绕城高速。郑东东下车直奔铸着金碧辉煌的"柒中"二字的学校门口，出租车司机提醒她还没付钱，郑东东用遥感支付了四十五元，尽管她赔了笑，出租车司机还是满脸不高兴。郑东东一边急匆匆地跑向校门口一边打电话给班主任。校门口那个穿着保安服的全身皮肤黑黝黝的保安拦住了她，让她先刷脸进行来访登记。

第九章
跨异域

穿过包括了篮球场、足球场、排球场、羽毛球场还有环形跑道的运动场，再绕过一个绿化区，终于到了教师办公楼，郑东东一口气爬上五楼，来到班主任办公室。班主任办公室收拾得干净整洁，共有七个办公桌，办公桌上有作业本、试卷、笔筒和文件架，办公室除了简方向的班主任，还有另外三个其他班的班主任在办公，一个留着大盖头的年轻男教师正在批改试卷，老气横秋的发型与稚气的脸形成反差，一个穿着改良旗袍、编着两条辫子的年轻女教师正在备课，另一个是打扮中规中矩的中年女教师——那种自我介绍时还没开口人家已经猜测到职业身份的女教师。

简单父子低着头并排坐在老师对面，像两个犯了错的学生正在聆听老师的教诲。他们的旁边还有一把空的椅子，毫无疑问这个椅子就是留给郑东东的。郑东东坐下后，另外那几个老师先后走出办公室去了。

班主任姓何，她目光审视着简单和郑东东，凌厉的目光在镜片后显得更加意味深长。简单和郑东东不由得挺了挺身板。"你们俩知道自己的孩子最近在忙什么吗？"简单和郑东东面面相觑。

"咳，我是指学习以外的时间，包括节假日、周末和晚上的时间。"

"呃，他多半是尝试搞一些科学试验，此外也没什么事了，他交际圈小，都待在家。"简单看着郑东东，试图争取她的确认。

"是，是的。"郑东东点头的频率与幅度有点夸张，仿佛为了加强确认力度，也仿佛为了极力掩盖某种谎言却不小心暴露了内心的胆怯。

"我对他的去向不感兴趣，我想问你们知道他在做什么科学

323

试验吗？"老师严厉的目光盯着简单和郑东东。

简单不自觉地摸了一下脖子，脖子凉飕飕的。

"何老师，感谢您对简方向的关注和培养，您究竟发现了什么问题，能否直言？"郑东东难得的小心谨慎。

"简方向，你说吧。"何老师把凌厉的视线移到简方向的脸上。

"爸妈，对不起！我研制了一个答题神器。"简方向垂下眼睑，仿佛在盯着自己高挺的鼻尖。

"好，简方向，你先出去一会儿。"何老师的话语像冬天冰冷的雨水，啪哒啪哒打在简单心上。

"我不得不佩服你们儿子的能耐——那个答题神器几乎无所不能，目前遇到的类型题和生僻题，它都可以应付自如，但我想你们也应该清楚这个研制成果的存在会造成什么样的后果，它可以让任何一个应该正常发挥作用的大脑变得懒惰甚至颓废，人脑如果依赖答题神器，就像我们的身体依赖食物一样。"

"对不起！何老师，是我们没管教好，现在简方向是自己用答题神器还是提供给别人用？"简单握住郑东东微微冒汗的手心，抢先道歉。

何老师扶了扶眼镜，叹息一声："目前就只看到他一个人用，至于他有没有提供给别人，这个不好说。"

"何老师，简方向把答题神器带到学校来用无异于作弊。但我相信目前只有他一个人在用——我并不是替他说情，校有校规，学校该怎么处罚还请按校规处罚就是了，这个我没有意见。我之所以有这个底气，是因为他从不撒谎。"

"郑总，我主要是怕事态扩大，毕竟扩大的话就涉嫌犯罪了。只是他一个人用，顶多只能定性为作弊而已。"

第九章
跨异域

郑东东点点头。

"按照学校的规定,简方向这次月考的成绩被取消了,而且必须停学两个星期,由家长带回去管教,还要与学校签订责任承诺书。"

简单和郑东东如获大恩,连连点头道谢。

"简医生,难道你不觉得你儿子过于内向吗?他总是独来独往——班上那么多男生,他都没有朋友。"何老师话锋突然一转。

简单和郑东东都愣住了,与其说是被问愣了,还不如说是被事实给整愣了。

"你们都是事业上的成功人士,但你们平日里关注过简方向吗?你们用心倾听过他的内心诉求吗?"

简单和郑东东的脊梁顿时矮下去一截。

"简方向的科研天赋是一把双刃刀。用得好,八面玲珑;用不好,损人不利己。园林里的树并不是随性生长的,是在园艺师的培育下遵循一定的规则成长。"

郑东东不敢再与老师对视,只恨时间过得太慢,总等不到结束的指令。简单的心事被老师说穿了,他一直在逃避或者不愿意承认的事实现在已经被撕破了表皮,让他不得不重新审视并认真思考。

车子缓慢地爬行在路上,不时发出沉重的喘息声——简方向在后面偷偷地观察父母。他们罕见地挺得笔直,笔直得有点儿僵,像是摆拍的延迟照片。他盯着这对过于紧张而僵硬的背影,内心莫名地升起一丝愉悦感。

简单和郑东东还没想好和简方向的谈话要怎么开场,简方向已经先行主动道歉,他严正得有点呆板地说:"爸妈,对不起，我丢了你们的脸。"关于答题神器，简方向说他只是出于兴趣才研究的，目的不在于作弊，而是基于"U伴"的万能脑而做的一个初步研究，如果只是要答题，"U伴"能做到了，他不费心神。把答题神器带到学校，只是想检测一下效果，试验是否研制成功。事实上，他用来试验之前，已经解答了那道题了。可不幸的是，被何老师抓了个现行。

好像是为了证明他说话的可信度，他还把简单和郑东东领进他的房间。简单和郑东东不知道有多少年没有进过简方向的房间了，主要是不受欢迎。平时敲门，简方向顶多只开三分之一门与简单和郑东东说话，其实简单和郑东东也没有进去的时间——他们终日忙于自己的事。

这哪是一个房间，简直就是一个实验室。内置飘窗和书桌上摆满了大大小小的器械，房间的空旷的地板上也摆满了大大小小的器械，壁柜里面还是大大小小的器械和各种各样的零件。

简化和郑东东目瞪口呆。郑东东摸摸这个，瞧瞧那个，自豪感充盈着胸腔，这孩子竟然熟悉这些机械设备的性能和作用，不仅如此，还能用它们来研制新产品，也不知道这么多的设备他从哪儿搞来的。简单虽然是门外汉，但也不是科研盲，他懂得这些器械、零件和配件是用来干吗的，这一个个大小块头的机械，把他内心的疑虑给压下去了。

简单和郑东东背着儿子，会心地对视一眼——亲生的，像他们一样专注于一项研究。

生物芯片顺利进入试验阶段。当务之急是要找一只心理有黑暗区的猴子来做试验。简单和郑东东又过上了一日三餐吃外卖的日子。谁有空谁点餐，谁有空谁先吃。哪怕都在家，一天也凑不上一个照面。各忙各的，各吃各的，各睡各的。

第九章
跨异域

几番周折，终于找到了一只具有典型的心理黑暗区的猴子。这只猴子原是五岭森林公园里的野猴子，和猴爸爸横过公园马路时被游客的车轧断了臂，猴爸爸当场身亡。此后要么拒绝过马路，要么一过马路就横冲直撞、没头没脑地跑，像被什么可怕的东西追赶着往前跑。每每路过曾经出事的那段马路，就特别焦虑和惊恐。那次它横过马路跑到一半的时候突然四肢瑟瑟发抖，瘫在马路上，那时前方200多米外有一辆轿车正缓缓驶过来。公园的工作人员把它带回了工作室，给它取名叫"悯悯"。

植入生物芯片后的悯悯恢复了先前的活泼开朗，一天到晚在五岭森林公园里活蹦乱跳。公园是典型的石英砂岩峰林地貌，高峰林立，直入云霄。悯悯来去自如地攀岩爬树，前肢挂在伸向悬崖的粗糙的松树枝上荡秋千，过马路时利索迅速，在出事路段旁若无人地和别的猴子追逐打闹。

与悯悯前后相差一星期，还有另外五只猴子被植入了生物芯片，这六只猴子观察期的表现各有不同，但都恢复了活泼好动好闹的天性。简单写了一份置换记忆创新疗法实验报告交给院部办公室。

凌晨两点，简化睁眼躺在床上。乐嘉专注地敲打键盘的侧影像庞大的根系一样植入了他的大脑，占据了他的左脑和右脑。三个小时前，乐嘉休眠后，他偷偷打开她修改过的文章品读、回味。不时扭头从门缝往外看，担心乐嘉突然出现在他的面前。这是干吗呢？他按住跳动不安的心，倒像是这书房、这电脑以及电脑里的作品都是乐嘉的，他是一个见不得光的偷窥者。

每天，乐嘉送简立基去学校后就开始修改文章，简化名义上在研究《前夜》版权问题，实际上无所事事。与《前夜》版权有关联的人和事，都像曙光前的天空，裹着朦朦胧胧的雾纱，呈现出来的，只是一个边界不清晰的轮廓，而让人抓狂的是，始终无法清除这层雾纱。乐嘉的作品，越读越有味道，如果说《殊途时代》是一个青涩的少女，对人情世故懵懂无知，那么现在的，就是历遍人间无常的女子，对情感的描写越发细腻、丰富。乐嘉对于文字的驾驭能力不得不让人佩服，如果非要挑剔一些什么毛病，那就是她的文章略微给人一种金属的质感，微凉且稍嫌硬，情感描写缺乏立体感、层次不够丰富。

当然，这些也许都是简化先入为主的意识。在潜意识里，他不把她当人，她真的不是人吗？他想起那天早上床单上黄色的不明物，还有那天晚上那个奇怪的梦。很久没有程熙的消息了，不知道她过得怎么样。停用了原来的手机号码，这不就态度明确地告诉简化，别再去打扰她的生活了吗？撇下丈夫和孩子，回到远隔千里的娘家重新开始，这算是自私还是对他失望透顶？

简化觉得她是自私的，否则怎么能走得那么干脆？丝毫不拖泥带水，连自己骨肉都舍弃；她也是失望的，不，准确来说应该是绝望，他确实对不起她。自私？难道自己不自私吗？用对文字的一腔热爱来伤害她那么多年的守望与期盼。

还有简立基，他何曾真正用心陪伴过简立基？

愧疚操控了简化，这些天他似乎完全忽略了简立基。他只记得简立基每晚回来似乎都跑过来跟他说："爸爸，我回来了。"简化也就例行回应和问候一下，晚饭时间他埋头吃饭，思索《前夜》版权问题，构思新的作品。简立基在学校的表现如何，学习了一天有什么收获，有什么开心或者不开心的事。他过问了吗？了解了吗？倾听了吗？

把乐嘉修改的文章全部阅读完毕之后，他忽然又开了一窍，觉得写作的境界倏然开阔了。他尝试接着写连载,顿感文思泉涌,一写就不愿意停下了,键盘敲得啪啪作响,写了一个小节后,他回过头来重读一遍,感觉笔法与思想内涵都获得了一个新的突破。简氏风格回来了,而且更加老辣。他满足于这样的文字这样的写作状态。

那就保持这样的写作状态吧,管他什么版权,查不出就不查了,好好写自己的文。身正不怕影子斜,何必纠结那么多!只是,这版权影响的不只是他,还有郭小丹和杂志社。简化双手垫着后脑勺靠在椅子上。

关于那个蓝眼睛水印,乐嘉一直在设法破译它的密码,但这个密码链条又长又复杂,如果急于求成,生怕惊动了程序植入者。乐嘉采取的是保守的破译法,需要的时间很长。

简立基的房间里传来几声轻微的咳嗽声。简化听到一阵窸窸窣窣的声音,乐嘉轻手轻脚地进入简立基的房间,一会儿又轻手轻脚地出来,移动到了他的房前,停留了好一会儿,又走了。他屏住呼吸,双手捂紧胸口的被子,门外那轻微的呼吸声像夜里悄然绽放的夜来香,熏得人心猿意马。

简博弈重回看守所之后,对蓝心怡的念想更深了,家里接二连三地出事,蓝心怡柔弱的肩如何扛得住,身体出了那么大的问题,她会想不开吗?她怨他恨他吗?都说"日有所思,夜有所梦",简博弈多么希望能在梦里见一回蓝心怡,他有很多话想对她说,他只想对她说,也只能对她说,他想听听她的意见或者建议。哪怕她只是倾听,一个字的意见也不给,他也愿意。

简博弈梦见三婆,像小时候那样,三婆一遍遍重复那些陈芝麻烂谷子的往事。简博弈在一遍遍的重复中,总结出"成功的人，往往是善于走捷径的人"。

自从在医院与蓝心怡、简易泪别之后，简博弈内心发生激烈的思想斗争，睡意也被撕扯得支离破碎。

睡不着恐怕是最残酷的惩罚，它日复一日地抽筋剥骨般侵蚀着简博弈的意志。再这么下去，他就要被摧残了。可是他没有任何可以转移注意力或发泄的途径。暴饮暴食、奔跑都不具备条件，他大吼一声，吼得看守所的墙都震动了，没能把体内的烦闷吼出去，却把看管干部给吼来了。看管干部警告他安分一点，别整麻烦出来。

简博弈不安的是，他把犯罪事实供认了，态度也那么好，迟迟未见看守所采取下一步行动。管教干部似乎总有忙不完的事情，以至于把他给遗忘了。他宁愿早一点面对判决，反正迟早都得面对那一天，判决后他就拥有被探视的权利，也就能见到蓝心怡了——能见到吗？她的身体好起来了吗？她会来探视吗？她会等他出去吗？她等得了他吗？她会不会死？一连串的问题让他心里发毛，这些答案全都是未知的。

程熙入职杭州一家中外合资企业，一日三餐有父母照顾，生活回到正轨。杭州是一座包容性如此强的城市，它包容地道的杭州人，包容五湖四海的人，也包容弃它而去，又带着满身伤痕归来的人。记不清有多久，她没有睡得那么踏实，吃得那么香了。是四年前还是五年前？简立基出生后还是刚结婚不久时？她从未完全拥有过简化，可笑的是，她的竞争对手不是鲜活的人，而是刻板的文字——是按照特定的规则躺在书本里一动不动的文字！如果是个大活人，她还设法较量较量，败也败得心甘情愿；可事实上，文字骄傲地沉默着，不需一言一语，不出一招一式,她就一败涂地了。这不是极大的讽刺吗?

"妈妈,你就安心开始你的新生活吧,我回去好好听乐嘉和爸爸的话。"在简立基面前,她同样也一败涂地。是的,她是应该开始新生活了。她生活起居那些固有的程式被打乱了那么久,是应该重新遵循了。她换了手机号码,调整生活作息,每天抽一个小时和爸爸妈妈散散心,这样的生活让她觉得无比舒心和安定,像是一条被搁浅在沙滩上很久的鱼重新回到海里。一辈子夫复何求?有衣暖身,有食果腹,有遮风挡雨的屋檐。生活是什么?生活无非就是选择适合自己的罢了。

《中华人民共和国机器人使用与服务条例(修订案)》发布了。简单在全国人大常委会官方宣传号上看到这则消息时雀跃而起,正在召开心理科室医生会议的副院长极其严肃地盯了他一眼。他窘得立即坐回原位,假装专心写笔记,巨大的欢喜让他的笔画都变得翘臀扭腰。与此同时,郑东东也截图了曾伟亮主任发来的道贺信息。简单没敢再摸手机,但是他却管不住他的眼睛偷偷瞄向手机,视线还没够着信息,副院长又轻轻咳了一下,简单拉长了自己的视线,倏尔缩回来,身体再不敢乱动,内心却万马奔腾——这样的话,那么省卫生厅的审批也指日可待了。

郭小丹轻轻抿一口岩茶肉桂,醇香由唇齿及舌再入喉乃至五脏六腑。她最近迷上了肉桂,仿佛只有肉桂那种奇异馥郁的香气才能镇静心神,才能增进食欲。茶刚泡好,还很烫,贪杯不得,香气散漫,充盈茶室,委实养鼻养心。

放下茶杯,郭小丹漫不经心地打开简化新连载的文档,多次失望后,她对于简化的新连载也不再抱任何希望。前两天,马总编请她到办公室,给她下最后通牒:如果接下来连续3期新连载都达不到预期的水准,那么必须解约!解约也算是对读者的一个交代,纵然解约并不等同于处理结果。

但眼前的文字让郭小丹眼前一亮,就像她最初在无数的稿件中看到简化与众不同的文风那样,她全身上下每一个正常的细胞都为之振奋,就像斗牛的人见到好牛,爱好音乐的人见到上佳的音响设备那样,她也算得上是文字的"发烧友"了,从不肯放过任何一篇好作品,她在《江岸》的口碑,都是一篇一篇好作品叠加出来的。这些年,她编辑的作品,几乎每月都有被《小说月报》《散文选刊》或者《诗刊》选用的,进入各种年度选刊的更不在话下。

兴奋之余郭小丹又是生气的,既然能好好写,前段时间为何如此敷衍?存心要毁她郭小丹的声誉吗?存心要砸《江岸》的招牌吗?这无异于鱼死网破之举——他们在同一条船上,一旦船沉了,谁也无法侥幸躲过一劫。这么一想,郭小丹的心里又稍微宽慰一些。然而她还是不能原谅简化的拖延,再这么拖延下去,就真的完了。马总编多次找她谈话,把这件事可能造成的后果摆出来,警告她要带眼识人,别被表象蒙骗了,到头来还累垮了杂志社。

马总编的担心也是郭小丹的担心。她暗地里调查过古木这个人,除了知道他在《文荟》发表过《误会到底》一文,其他的一无所获;她也暗地里调查过简化,调查到的简化和她认识的简化是同一个版本的,不存在异议或者疑点;她甚至把《前夜》和《误会到底》的异同之处背出来了,仍然没搜集到有效的信息。

郭小丹仔细阅读了几遍,越读越兴奋,她激动不已地把这篇稿子打印出来，送到总编辑办公室。助理说，马总编到省文联汇报了促进文艺繁荣发展的新举措，郭小丹略显失望地回到办公室。

"行哦，简大作家，士别三日，当真是要刮目相看，作品质量还真像乘了火箭般直线上升……"郭小丹突然变得正常的语气让简化觉得很不正常，"……如果全文都能达到这个境界，我担保这篇文将成为经典之作，把原来已经写了，但还没刊载的章节全部收拾整理一下再发来呗……"简化掏了掏耳朵，再听，还是那么不正常，"……那个《前夜》的版权问题你得上点心了，否则到时候谁也帮不了……"简化再掏掏耳朵。

"行了！简大作家！你还在吗？在就赶紧给我冒个头！别像闷葫芦似的。表扬两句就嗫瑟了不成？我告诉你，马总编已经……"终于恢复正常了，把简化掏着耳朵的手给吼停了："郭大编辑，我这不都在听吗？那你现在要我说什么……"

省卫生厅关于置换记忆创新疗法的批复文件终于下来了，简单夫妇彻夜无眠，只好做床上运动来消遣时间。简易和简方向都在，他们分外小心。刚刚进入状态，忽然听见有人开了房门走向客厅。郑东东侧耳细听，简单在卖力地运动着。

"是简方向，肯定是简方向。"郑东东移开按着自己胸口的那只手，很确定地说。

"那不奇怪，我当是进了小偷呢。"简单仍在卖力地运动着。

郑东东突然坐起来，她说："不对啊，你不觉得奇怪吗？现在是凌晨3点了，简方向他不睡在干吗呢。而且你知道，他从不爱出房间的。"

简单受了惊，顿时泄了力气，疲软地爬了下来。简单夫妇扒拉着门板从猫眼往外看，但简方向却不在猫眼视线范围内。

简单不停地调整角度，仍然无法看到客厅里的人。

"客厅不是有监控嘛。"郑东东一语惊醒简单。简方向小学的时候，夫妻俩出于安全起见安装的监控，因为简单和郑东东压根没有空看。它更多的是像一个摆设。

调来监控一看，两人都惊出一身冷汗——监控不能用，不知道什么时候坏了。客厅里窸窸窣窣声很轻微，似乎故意放轻了脚步。如果客厅里的真的是简方向，这行为就很不正常——一个正在长身体的少年，凌晨三点不入睡，在客厅摸索什么？肯定不是喝水，每个房间都有饮用水的接口。

郑东东用力捏捏简单的手，示意他出去看看。简单酝酿了一下情绪，让郑东东躺回床上，他再蹑手蹑脚地打开房门，迅速闪出去。简方向弯腰凝视着电视机底座，突然冒出来的简单显然吓了他一跳。

"爸，你……怎么还没睡。"简方向脸上似乎有一丝丝慌乱。

"我睡了一觉了，醒来看到客厅灯光，以为忘了关灯，起来看看。倒是你，睡不着吗？大半夜起来捣鼓电视。"

"大概是白日睡多了吧，现在没有睡意。不过，我也准备回房休息了。"他难得地多话，但显得有些心不在焉，目光似是不经意地飘过电视机底座。简单没从底座揪出什么毛病来，嘱咐简方向该休息了，就先行回房了。

郑东东在黑暗中坐在床头等待简单。简单把情况原原本本地讲述了一遍，还得出一个结论："也许是我们多虑了，孩子也有孩子的时间和空间。被停学这几天，估计他睡也睡腻了，现在睡不着，出来走走也没有毛病，我们是不是有点紧张过度了？"

这么一闹腾，两人更加没了睡意。简单的手脚和身体又开始蠢蠢欲动，郑东东却没有表现出多大热情，折腾了一个多小

第九章
跨异域

时还没有达到预期目的和效果，这时又听到客厅的响动。两人大气不敢喘，仔细倾听，客厅的声音比上一回更轻微，根本辨不出声源，凌晨四点三十分了，简方向的行为无法用常规思维来解释，简单身体彻底缴械投降。郑东东几度想起身出去，都被简单阻止了，他一只手轻拥着郑东东，一只手紧扣着郑东东的手，用肢体告诫她，现在还不是时候。两人竖起耳朵，屏住呼吸，客厅的声音持续了差不多一个小时，才停止了。

六点三十分，简单和郑东东先后起床。简单照例煮早餐，弄得厨房叮叮作响，七点整，郑东东一如既往地打开电视听早新闻。七点十分，早餐端上桌，简易坐在餐桌上了，简方向还没起床。早餐每人一片全麦面包、一份蔬菜鸡蛋饼、一碗杂粮粥。两人各自吃完早餐。郑东东和简单一起出门上班。下楼梯时，郑东东告诉简单一个惊人的发现：简方向在电视机底座装了一个"耳朵"，它能听到很细微的声音。两人忧心忡忡地各自上班去了。

上班没多久，何老师分别给简单夫妇打了电话，她告诉他们，学校目前流入了一小批答题神器，造型不一样，但是功能与用法和简方向研制的相似，校方决定严查，她提醒，希望简方向没有参与其中。

郑东东仍坚信这与简方向无关，何老师对这个一味护短的家长感到失望。现在校方坚决一查到底，警方已经介入了，最终有没有关系，是事实说了算。

何老师的电话令简单的大脑突然一片空白，何老师以为信号不好，挂断电话又重新打过来，简单的大脑才恢复正常。家里有简易添堵不说，现在又轮到简方向出问题了，这要真传出去了，他简单还端得稳心理医生这碗饭吗？

如果简方向只是专注于科研的话，那么他是没有问题的，

335

顶多他就是一个具有科研人性格特征的业余科研人——但是，电视机底座的耳朵是怎么回事？简单的脑袋里有无数小飞虫在飞。

简单突然想到简婕。简婕是高中教师，听说还是全国特级老师，或许可以找她帮忙？简单很快又否定了这个想法。从小到大，简方向与简婕见面不超过五次。虽然有着血缘之亲，但是对于简方向而言，简婕比陌生人还陌生。

"嘻，简医生，你还真在洗手间呀？我转了几圈找不到你，院长找你过去。"同科室的小刘来到洗手间门口。

人们为了享受生活，不断地尝试探索、改造世界，智能时代只是历史的一页，将来还有Z时代，无论什么时代，必须以脑为支点，去撬动未来。

第十章 脑支点

简单匆匆来到院长办公室。院长亲自给他倒了一杯水，整理沙发上的垫子，让简单坐下来。院长也紧挨着坐下，赞许地拍拍简单的背，说："简医生，不错，不错。刚才省政府办公室来电通知：今天下午三点，负责卫生工作的副省长、省卫生厅厅长以及电子智能厅厅长和生物芯片研发组代表成员将集中在院部办公室召开置换记忆创新疗法临床应用研讨会，主要想听听你的设想和具体措施。上午下班前你拿出一个方案来，交院办公室小伍同志，要复印八份，以备下午分发给与会人员。我当院长二十多年了，这样高规格的创新疗法临床应用研讨会还是头一次遇上，年轻人，撸起袖子加油干！"院长意味深长地再拍拍简单的肩膀。

院长简短几句话像咖啡因那样持续不断地刺激着简单的大脑，刚才混沌迷茫的思绪此刻涅槃重生了，置换记忆创新疗法将会是心理学界的奇迹，时间将是忠实的验证者。

首个临床病人是简易。这是简单经过深思熟虑后决定的。在简博弈回来探望蓝心怡时，简单私下将简易当前的情况，置换记忆创新疗法的设想以及可能出现的后果详细跟简博弈说了，简博弈比较支持这个治疗方案，他签了同意植入生物芯片置换记忆的手术协议书，具体手术时间由简单安排，但手术前须先征得卢丽妮同意。简单在简易探监的第二天，独自探视过卢丽妮。卢丽妮痛哭失声，她说她就知道简易扛不住，好好的一个家毁了，换谁谁能扛住，那天看简易就不对劲。对治疗，她相信简单。但她对"置换记忆"这个词是抗拒的，生怕简易从此忘了她。无论简单再怎么说，她都持反对意见。最后，简单并没有得到她的同意。

过了两天，简单收到卢丽妮从监狱寄来的快件，她说她想了一个晚上，觉得她不能那么自私，只要简易能好好活下去，就算与简易相忘于江湖也行。这辈子她欠他一个家，一个余生……欠他的太多了，她不能连让他恢复正常人生活的权利也给剥夺了，她同意在他脑里植入生物芯片，但前提是，要确保他健康。

蓝心怡比较容易接受新事物，对简易的变化，她是家里了解得最清楚的那个，接二连三的状况，让简易的状态越来越糟糕。现在这个家没有一个完整的劳动力。出院后得找一份稳定的养家糊口的工作，前提是简易不需要额外的照顾。蓝心怡对于这个疗法还是比较期待的。

至于简化，简单不屑与他说，主要是他自身一箩筐沙子没拣干净，说了也是白说。

卢丽妮寄了快件给简单后，总是梦到手术失败，简易痛苦地叫喊着、挣扎着，她紧紧握住他的手，简易看着她，眼神痛苦、陌生且冷漠。每每惊醒后，囚服和枕巾全湿透。她很多次提笔想告诉简单，她反悔了，不同意手术，最终还是咬牙忍住没写，下唇外被咬出了牙印，狱警以为她想不开，加强了对她的看管。

马总编审阅完简化最新的稿件，连连点头，良久，他突然抬起头问："郭姐，《前夜》版权的事有进展了吗？你对此有什么看法？"郭小丹说："但凡我有一点儿办法，也不至于拖到今天，时间越来越近了，我的担忧也一天天地加深，我就担心到时候连个像样的交代都没有。"马总编拉开窗帘，点燃一支烟，陷入了沉思。

置换记忆创新疗法临床应用研讨会上，简单用PPT展示自己的临床治疗方案，首例临床治疗对象是自己的亲大哥，临床治疗定于后天早上九点九分开始。他重点介绍了植入生物芯片环节的具体操作方法：指定一个生物机器人使用超能植入生物芯片，指定一名主治医生和一名主管护士，两名以上在场见证者，家属一到两名，生物工程研究院院部工作人员一名，最大程度保证临床治疗依法依规进行。简单指出，由于涉及医疗系统以外的部门，希望由政府统筹人员的调配及补助的发放。副省长点点头，示意他继续往下讲。

简单进一步讲解这个疗法的程序和具体操作步骤，并阐释首例临床疗法对象为何选择自己的亲属。简单介绍完毕后，与会人员就治疗方案提出意见和建议。电子智能厅厅长认为，治疗病人是医院的事，研究院派出工作人员意义不大。副省长说："研究院派出工作人员确实不妥，由你们电子智能办公厅派出一个监控生物机器人的工作人员进行监督，毕竟涉及生物机器人超能的使用，你们这边不能缺席。具体怎么调配人员，由我们政府办公室统筹定调，以文件形式正式发文通知相关部门。"副省长一锤定音后，其他人也就不再提其他异议。

简单其实是担心中间出现漏洞。

晚上，简单和郑东东下班后没有立即回家，他们到外面用了个快餐，顺便给简易叫了个外卖。至于简方向，根本不用考虑，只要他们不在家，简方向都会独自点餐。郑东东觉得应该开门见山跟简方向聊一聊，简单觉得事情没有那么简单。郑东东认为没有必要小题大做，孩子专注于一项研究是件好事，不要凡是与众不同就给扣上一顶性质严重或异类的帽子，然后揪着帽子挑缺陷。简单郑重其事地让郑东东回想一下，他们是不是缺位了简方向的成长，这极可能造成心理不健全，导致他不合群或行为怪异。郑东东笑话他职业敏感，反问简方向哪些行为怪异。简单没有辩驳，但仍坚持己见。

简单建议冒充一个陌生人添加简方向微信好友，熟络了再套取他的话。郑东东觉得和自己的儿子玩这样的套路游戏不厚道。简单也知道这不是一个万全之策，以简方向的性格，他未必会添加陌生人为好友。两人一时找不到共同的话题，关于生物芯片和置换记忆，郑东东本来还有很多话要说，现在置身于这样一个语境中却没有了表达的欲望。

异域突然从杨拓的生活圈消失了，就像她突然出现的那样。

第十章
脑支点

像一阵风，灌满了他的心，又抽身而去，不留一丁点儿念想，杨拓的心空了很大一块。最初异域不回信息，杨拓担心她出什么意外了，后来她回了一个微笑又没有了下文，杨拓的担心转为怨恨，似乎她曾经确切地给他许诺过什么，现在却违背了诺言。如今这么久没有她的信息，他担心她像简化一样，成了某些人的眼中钉。他希望能暗中保护异域，可她彻底消失在他的视线范围了。这种复杂的情感一言难尽。

简化在写作上又开了一窍之后，灵感涌动，一旦敲打键盘就不愿意停下来。乐嘉常常出神地望着他，哪怕是在书房外凝视他的背影，她也会觉得莫名的心安。心安？乐嘉惊觉内心的情感越来越丰富细腻了，她能体会到痛、欢喜、烦恼、尴尬、困扰、窘迫、空虚、充实、寂寞……一系列的微妙的情感变化，是前所未有的体验，之前她会感觉心跳加速，但现在是她的情感似乎已经与人类共通了。这个意外的发现让她既兴奋又忐忑。

乐嘉反复忆及简化醉酒当晚的情景，这是个很不好的预兆，不可控并不是他们生物机器人该有的现象。每每忆及她就又羞又窘，恨不得把这些记忆通通删除，然而她又下不了删除的决心。

简化敲打键盘的时候，乐嘉也常到书房来看书，也是在待命。自从他们就蓝眼睛水印的事进行了长谈之后，简化常常有事没事跟乐嘉说几句话，有时是就文章故事情节的发展和人物的塑造进行探讨，有时是故意差遣她做一些闲杂事，倒水、拿书，一些触手可及的物品。明明可以自己完成，却偏要使唤乐嘉。

简化把精力集中在写作上，似乎完全忘却了尚未澄清《前夜》版权的事情。乐嘉提醒他："澄清版权的事，不是挂在自己的脖子上，而是挂在别人的嘴边，你不证明自己清白，那么清白就是别人的了。自己无端地背个黑锅，这个影响关乎你的声誉以及未来的写作前途，除非你不想在文学这个领域混下去了。"

简化停下敲键盘的手，定睛看着乐嘉，眼底有一丝赞许的意味。有那么一瞬间，他把乐嘉当成一个真正的人，一个地位对等的有思想深度的人来看待。乐嘉把鼻尖埋到书页里去。简化突然抽开乐嘉手里的书，把脸凑上去，问："那么，你认为我现在该怎么办？"

"你认为该怎么办就怎么办，反正就不是像现在这样办。"乐嘉窘得想溜，她腾地站起来，脸竟贴上了同样站起来的简化的脸。这下乐嘉惊呆了，简化也惊呆了。几秒钟后，乐嘉才回过神来，一路跑回休息间关门。

"我这是怎么了？"简化摸着自己的脸颊，刚才他的脑里重现床单上那黄色不明物。"那是不可能的事。"简化否定了那瞬间错乱的幻觉，重新坐到电脑旁，大脑却像格式化后的磁盘，一片空白。他敲了两分钟键盘，文档里输入了满满一页的"乐嘉"。

置换记忆创新疗法首例临床治疗马上开始了。简单提前把简易带到医院候诊区，嘱咐他在那儿好好坐着，待会儿再来带他到手术室。特护扶着蓝心怡从妇产科过来了。简单提前对将参与临床治疗的相关工作人员进行了详细的培训——护士小区、电子智能部办公厅工作人员小戴、生物机器人安安，他把研讨会后形成的成熟方案分发给这三人，同时也跟蓝心怡进一步讲述了手术的程序和措施以及可能出现的不良后果。蓝心怡表示已经知悉，并在手术告知书上签名。简单领着简易来到小型手术治疗室——护士已经提前布置好并进行消毒。医疗人员、生物机器人以及在场见证人一行在手术治疗室外的衣帽间换上了

第十章
脑支点

无菌服,才相继进了治疗室。

简易端坐在板凳上,安安戴着医用手套,用医用镊子从无菌器皿里夹出生物芯片,生物芯片只有小拇指指甲盖的二分之一的大小。只见安安把芯片置于右手掌心,几秒钟后,他的掌心出现一道蓝光,蓝光形成一个掌印形状时,他迅速把掌心对准简易的后脑勺,轻轻一拍,并按住不放。蓝光迅速扩大形成了一个圆球状,柔软地将简易的头部裹住。简易闭上眼睛,面容很安详,像睡着了一样。几分钟后,蓝光消失了。蓝心怡紧张地屏住呼吸,眼睛一刻也不敢离开简易,生怕错过任何一个细节,更担心手术失败。

蓝光消失几秒钟后,安安的掌心从简易的后脑勺移开。简易随即睁开眼睛,他像刚睡了一个好觉,精神矍铄地站起来说:"这一觉睡得真好,睡好了精神就是不一样,我这把老骨头久不运动了,得回乡下锻炼锻炼了。心怡,你安心养好身体,其他的事情我会安排妥当。"

简单喜形于色,应声说:"好嘞!"眼前的简易比患心理障碍之前更精神更阳光。

简易看见大家仍在看他,大手一挥,说:"你们该干吗干吗去,别净愣这儿。放心,我这把身子骨硬朗得很。"

"大哥,你还不能回去,今晚,我们哥俩喝两杯。"

"哟,二弟,你啥时候学会喝酒了?"简易乐呵呵地望着简单。

一行人先后离开手术室,各自回到工作岗位上。简易不用住院,但得在医院指定观察室接受医学观察一天。简单忙活了一个早上,回到诊室前,发现挂他的号的候诊人数已经超过了五十人,他很希望这五十人中有一半人嫌等候的时间过长,改挂其他医生的号。首试成功,他内心有巨大的欢愉无处释放。

每接诊完一个病人，简单就忍不住哼两句走调的歌。隔壁诊室的王贤科医生比简单大一轮，他混了大半辈子仍是个主治医生，简单已经当上主任医师五年了，如今又成功首创了置换记忆创新疗法，这让王贤科心里很不平衡，他大声跟病人说："不知道哪来的一只大蚊子，一天到晚在这嚷嚷。"简单又提高了几个分贝继续练嗓子。

晨曦把简易唤醒了，他躺在自己的床上，一种久违的温暖而熟悉的感觉让他睡得踏踏实实的——虽然房间乱得实在有点儿面目全非。

那天简单说好了晚上哥俩好好喝一杯，后来他好像忘了这事，下班时叫了一辆网约车，让简易先行回去。简单也没说他要忙什么。直到晚上八点多，简单和郑东东先后回来了，前后相差不到十分钟，像是有什么事儿刻意隐瞒着简易或简方向。反正与平常不一样。他们不说，简易自然也不会问。

昨天清早简易就坐车回来了，回到就直奔龚县市场监督管理局，了解重新办理生产许可证相关条件和手续，办证大厅的工作人员告诉他，像他这种情况，不能再以卢丽妮的名义来办理，也不能用简易本人或者简博弈的，只能变更登记为蓝心怡，因为只有她不是绿植庄园的负责人、主管人员或其他责任人。当然，如果不想把生产许可证变更为蓝心怡，也可以选择除家庭成员以外的人选。只要还有重新开始的路，简易就充满信心。

从市场监督管理局出来，简易一一打电话给庄园原来的员工，共十五人，有十人已经另谋高就了，只剩五人。这五人当中，有三男两女，男的其中一个是老周，另外两个都长得比较瘦削，但是干起活来很不赖，像农村人说的指天椒，个头细，劲道大；相反那两个妇女都是"胖墩"，脑子不怎么好使，但是干活

第十章
脑支点

不差力气,也不懂得耍心眼,一门心思卖力干;老周小算盘打得响,只要报酬达到他的要求,他就有卖不完的力气。这五个人都挺合简易的意。人少点也好,人多了他也使唤不起,口袋没有底气。

找工商银行办理的贷款没谈妥。原来整天绕着简易屁股转的工商银行的经理突然忙得没有时间接洽他了,没说上两句话,就不停地看时间,临别时握着简易的手,诚恳而歉意地说约了某公司总经理谈业务,改天一定登门拜访。

康泰食品有限公司拒绝再合作,他们认为合作最重要的是讲诚信,绿植庄园就缺这个,毁了自身不说,现在还连带损害了康泰食品有限公司的声誉,这笔损失他们还没找简易算账。康泰食品有限公司已经和新的供货方签约。简易找采购经理,采购经理拒接电话,回复了四个字:"抱歉,在忙。"简易只好打道回府,这都在他的意料之中。

简易又去探监了。卢丽妮见到完好无损的简易,激动得泪流满面。简易说:"咱一辈子拼太阳,如今就权当来躲避阳光,把自己养得白白净净的。外面的事,就算天塌下来还有我撑着,我一定会重新打造出一个绿植庄园来的。以后在县城里买一套天地楼。"卢丽妮点点头又摇摇头,抽噎得没法停下来。

简易也不安慰,他自顾自地说:"已经联系好工人了,明天一早就去办理绿植庄园变更登记的手续,可能需要一段时间。也跟市场监督管理局沟通过了,人家也还认老情分,同意让我们一边复耕一边办手续,不必等待手续办通再复耕——就是那个矮矮胖胖的小姑娘,为人真不错,在市政府办公室跟班学习过的,和程熙老熟了,还管你叫嫂呢,你还记得吗?说来也挺尴尬的,我忘了她名字了,她办公桌上的岗位牌又刚好被文件遮挡住了。"卢丽妮的肩一耸一耸地哭得厉害。简易又说:"看你这苦命相,明明不用卖力气也不用经受日晒风吹了,却瘦了一圈。"卢丽妮止不住地放声大哭。简易手足无措地看着卢丽妮,想递张纸巾却找不到,其实找到了也没有用。他愣了一会儿,说:"你还是骂我吧——我不习惯。"卢丽妮抬起泪眼婆娑的脸,哭也不是,笑也不是。

从监狱出来,简易想也幸好卢丽妮哭得说不上话,不然他可能就忍不住把蓝心怡住院的事告诉她了,说了不就等于帮她染白头发吗?说不准她还要再掉一圈肉。更何况,卢丽妮要是问起来蓝心怡是怎么住的院,他也说不上来——其实不仅如此,简博弈是怎么进去的,他也说不上来。他也不想去搞明白这些,既然发生了,坦然接受不就对了吗?

简易回龚县前本想去看看蓝心怡,想想还是作罢了,公媳关系原来就不怎么样,如今简博弈进去了,似乎更疏淡了一些,去了只怕加重她心理负担。简易还是忍不住偷偷嘱咐特护好生照应着蓝心怡,他不差这点钱。虽然说得那么豪气,回头算算数还是着实被吓呆了,这是一笔不小的开支啊。这个家目前哪儿都是洞,都需要用钱堵上。可简易生来就一副硬骨头,当年他能撑起那个破烂不堪的家,现在再撑起一个小庭院能有什么问题?

简易回去的那晚,郑东东搬了一台机器回来加班,那是一个检测仪,能检测到生物机器人等元器件的感应。她在工作的时候,讯号不断指向电视机底座。她跑过去左瞧右看,突然大声说:"哎呀,简单、简方向你们快来看看!电视机底座这里竟然有个耳朵!"

简单应声出来,左瞧瞧右看看,硬是瞧不出什么眉目来。他摇摇头:"什么耳朵?孔子看不懂,老子也看不懂,莫名其妙的。"

"真的有,这机器不撒谎!你看,它的信号除了指向我手中

第十章
脑支点

这个元器件，其余的都指向这了！"简单蹲下去左瞧右瞧，仍未瞧出个所以然来："老子仍未看懂。"

"唉，跟你说不通，语言不通，眼睛不通，耳朵也不通。简方向，简方向！快出来看看，电视机底座真的长了个耳朵。"

半晌，简方向光着脚丫慢吞吞地出来，顺手把房门带上。简单和郑东东都期待地看着简方向，仿佛简方向是一个权威的专家，他们正在等着权威的专家对关于电视机底座长耳朵的事进行解说或裁定。简方向无视他俩的期待，踱着步来到电视机前，慢悠悠地蹲下去，在电视机底座上捣鼓着，不一会儿便拆下一个小东西。他放到简单手里，说："喏，就是它。"简单感觉手心的异物，他把眼睛凑到手心上，才瞧见一个耳朵状的透明物。

简单错愕地看着这个东西，一时不知道该说什么，郑东东得意地看着简单。简方向站起来说："这是我弄的第2件试验品，它类似于'U伴'的耳朵，我要把'U伴'身体的各个器官都研制出来。"简单夫妇吃惊地看着他。他一边往房间走去一边说："'U伴'已经十五岁了，他正在慢慢地变老，万一有一天他'生病'了，我要替他移植器官。"简单和郑东东迅速对视一眼，他们的生活正在发生某些变量，他们俩或已经切入了这些变量中成为变体的一部分而不自知。

书房那个小插曲让简化难以平静，整个下午，简化就再没见着乐嘉。他听到她在厨房忙活，在家里别的地方忙活，他似乎还听到细微的呼吸声，但就是没有见过她。他知道她在刻意把自己隐藏起来，他想恶作剧地逗她一下，又想，逗她的目的是什么？做没有明确目的的事，不是简化的风格。他最近老在做不合自己风格的事，这让他很不悦，这种不悦让他努力克制自己。

简立基回来后，家里终于有了点生机，他和乐嘉在书房里窃窃私语了一会儿，乐嘉就前往厨房捣鼓晚饭了。闻到米饭香，估摸着差不多开饭了，简化闪进简立基的书房。简立基正在埋头弄沙盘，简化蹲下来看了一会儿，就借口要买东西出去了，话出嘴边之后他又觉得很荒谬，他什么时候如此正儿八经地跟简立基"请假"或者"报告"过？出了门之后，他发现了更荒谬的事——没有什么比"买东西"这个借口更烂了，他何时正儿八经地独自专程出门买东西？

简化无精打采地沿着小区花园弯弯曲曲的林间小路慢慢转悠，他要以这样的方式消遣一顿饭的时间，待简立基吃完晚饭再回去。小花园本来就小，再转几圈连花树叶子的纹路都要被一一记录了下来了。迎面走来一个约七旬的老人，看着有点眼熟，但想不起来是哪户的老人，简化不想唠嗑，半蹲着假装在专心观察花草。久久未见老人过来，简化眼角余光瞥见那老人坐在附近的石凳上极其享受地抽烟。"对了，就买烟。"书房里的烟都不翼而飞了，他知道那是乐嘉干的。下午书房那一幕又在回忆里燃烧了，简化感觉脸颊和耳朵滚烫滚烫的。

"澄清版权的事，不是挂在自己的脖子上，而是挂在别人的嘴边，你不证明自己清白，那么清白就是别人的了。"这晚，简化失眠了，他反复回想乐嘉这句话。乐嘉是对的，简化知道。可问题的突破口在哪里？简化不是没有想过报警，为了这点事儿报警，也未免太小题大做了。万一真的是巧合呢？指不定是某个平行空间的产物，大千世界从来不缺离奇古怪的事情。

不得不承认，《前夜》版权问题发生至今，工信局和大数据局等相关部门在舆论把关上确实做得很好。除了行内人士，以及《江岸》的读者，其他的人几乎都对这一无所知。外网的攻击帖全都被删了，现在主要是《江岸》杂志官网上的评论，当然这些评论也是经过把关的，这些人原来基本都是简化的粉丝，简化在他们当中还是有影响力的。在这一段时间里，这些读者也信守诺言，没有再贸然抨击或者惹是生非，顶多发发牢骚，就算有人发牢骚也会有另外的人跳出来阻止。

郭小丹把马总编过问版权的事告诉简化，简化只想马上结束通话。或许人都这样，对没有能力掌控或者没有把握做好的事都会下意识地感到焦虑、抵触或者产生其他复杂的情绪。特别是在无能为力又被步步紧逼的时候。

Loka—史冬琦—北北—陈楚江。简化在脑里建立一个思维导图，却总不得要领。陈楚江？为什么不问郑东东呢？简化立即拨通郑东东的电话。郑东东是被简化吓醒的。凌晨一点，除了人命关天的事，谁还会打电话。得知是关于版权的事，郑东东生气到失语，她觉得简化的情况可能比简易更糟糕，但是她现在没有精力说，最近她严重缺乏睡眠。简单迷迷糊糊地翻身，从背后搂着郑东东。

简化仍没有止语的意思。郑东东差不多重新入睡了，听到"陈楚江"这几个字，睡意跑了一半，"你刚才说什么？再说一遍。"简化把乐嘉跟他说过的疑点以及相关事情简要说一遍。"有这事？你怎么到现在才跟我说！"郑东东噌地一下从床上坐起来，却受简单的手困着。她拿开简单的手，起身下床到衣帽间接电话。

郑东东进衣帽间之后，简单听不到聊天内容了，此刻，他只想擂简化几拳。郑东东接完电话，看到简单直愣愣地坐在床头。她惊愕地说："你醒了？早说你醒了嘛，害得我跑衣帽间去，手脚都凉了。"郑东东一边说一边把冰凉的手伸到简单的腋窝里。"简单，你知道吗？陈楚江真的有问题，这不是我的错判，刚才简化也说了……"郑东东还没说完，简单就像木头一样倒回床上盖上被子背对着郑东东。

就在刚才简化跟郑东东通话的时候，乐嘉很想补充一些细节，她发现写作上叱咤风云的简化口才不咋地，也可能是他的记忆不咋地，反正就是很多东西歪曲了原意。比如，明明是陈楚江与Loka在时空智能有限公司门口前发生了争执，他把陈楚江换成了史冬琦。乐嘉也佩服简化，能即兴用他的思维方式把这几个人重新捆绑在一起。

乐嘉没有休眠，想等简化睡着了之后，再去破译那个蓝眼睛水印。可是她却似乎听到简化那颗躁动的心，感觉他还没入睡，她也就不敢轻举妄动。现在这种情况，不见到简化就是最好的。今晚和简立基聊天，乐嘉常常掉线，遭到简立基强烈抗议，末了又担心地问乐嘉，是不是哪儿出毛病了。

这段时间，蓝眼睛水印密码的破译也遭遇了冷冻期，一点儿回暖的迹象都没有，尽管乐嘉一直在努力，但很多时候她的努力却是徒劳的。晚上简化休息之后，就是乐嘉忙碌的时候。她有一个不好的预感——可能对方已经知道了她在破译密码链条，链条上的组合规则似乎有了新的变化。无论乐嘉怎么绕，总绕不出来。前两天，简化和她也一起探讨过这个问题，简化认为，如果从破译密码这个切入口无法切入，不如设法换一个切入口。但乐嘉认为那就像是一个有盖的瓶子，明知道瓶子里装着我们需要的答案，为何不设法拧开它取出自己想要的答案，而要费一番苦功另觅很可能并不存在的途径。

凌晨二点五十分，离简化通话结束也有一个多小时了。乐

第十章
脑支点

嘉蹑手蹑脚地来到书房，打开电脑，迅速找到那只蓝眼睛水印，专心致志地破译起来。简化站在书房外看着乐嘉凝神工作的背影出神。他刚才迷迷糊糊地睡了一会儿，梦里又是书房那烧心的一幕，被梦烧醒后，他决定去一趟万山市，明天一早就动身，省去与乐嘉见面的尴尬。这一去或许需要几天的时间，他想在去之前，把脑里库存的灵感先转换成文字。

简化决定不带笔记本电脑去万山市。如果事情真的像乐嘉所猜测的那样，简化直达时空智能有限公司，会让Loka猝不及防，对她造成心理上的紧张与压迫，这样就会有一个空档期——假设蓝眼睛水印真的是她所为，她就无法两边兼顾，这时候乐嘉在家里操作电脑，可以采取尖锐地进攻的办法。但这样做也很危险，如果Loka心理素质过硬，只慌乱那么一下子，一旦破译不成功，她很可能会采取鱼死网破的毁灭式攻击，到时候所有的痕迹都将被擦除或者毁坏。

这想法与乐嘉不谋而合，也是乐嘉昨天下午在书房里想说的，可是鬼使神差让她开不了口。现在破译水印毫无进展，乐嘉懊恼得很。但是她懊恼什么呢？她已经尽心尽力了。至于简化，在得失之间，他怎么选、怎么做，那不是乐嘉能够代替的。毕竟自己"不是人"，是人又能怎么样？每个人都是一个独立的个体，有独立的思想系统，如果能共通，或许能减少很多麻烦，也可能会新增很多麻烦。

正是眼前这个单薄的背影，不计较得失，默默地在背后付出那么多，而自己一度那样无视、无礼甚至粗暴地对待她，甚至侮辱她"不是人"。简化想狠狠揍自己一顿，也想轻轻拥抱一下她，劝告她应该休眠一会儿了。又觉得这想法太龌龊了。简化恨自己活得太清醒了，如果稍微糊涂一点，就不需要顾虑那么多了，直接干脆地采取行动。不可忽略的是，他和乐嘉确实是两个世界的产物，正如她的笔名"异域"。想必她也不糊涂。

黑色的屏幕上飞快地滑过一排排白色的命令符，乐嘉专注地敲着键盘。敲了那么多年键盘，简化从没发现电脑键盘的声音竟如此美妙。简化告诫自己，既然用不了电脑，就赶紧回房休息。然而他的腿已经叛变，硬是不听使唤。正当他的大脑命令他的脚必须配合指挥时，乐嘉突然伸了个懒腰，看到了他。她受了惊，椅子差点儿往后倾倒，幸好她立刻启动应急系统，调整身体平衡。

乐嘉站起来，嗫嚅解释道："对……对不起，耽误你……用电脑了。"简化为了化解尴尬，他笑了笑，可他脸颊的肌肉并没有动："没……没关系，我反正也……不用，我就……路过，那个，我天亮就……就去万山市，早餐……早餐就不用煮我的了，……你休眠一会儿吧，小立基我顺道……送……送他上学，路上吃早餐。""好！"乐嘉仿佛得到了赦免令，一边应声一边缩着脖子开溜。

简化懊恼地发现他竟然也结巴起来。看着乐嘉紧张慌乱地开溜的样子，他不由得擦了一把额头。他不知道是乐嘉真的紧张还是他觉得乐嘉紧张，或者是他太过紧张而认为乐嘉也紧张。

"等等，你还没……"

"干……干什么！"已经冲到了休息室前的乐嘉打了个趔趄，颤抖地打断了简化。

"你等一下，不是……你……"简化的语言表达力总是在关键时刻不给力。

乐嘉站着不敢动，她不知道接收到的是否是一个错误的指令。

第十章
脑支点

"……"简化越紧张越急,越急越说不上话,他指着电脑瞪着乐嘉,愣是说不上话来。

乐嘉终于明白怎么回事了,原来电脑还没退出破密模式,简化不会操作,不敢乱操作,担心操作失误。

乐嘉压住狂乱的电波,尽量不让它影响走路的节拍。然而双脚似乎忘了原来的步法,手脚配合临时出现故障,每一步都显得生硬且别扭。那一小段路,是乐嘉走过的最煎熬的路。

终于到了电脑前,简化早已经腾出空间来,乐嘉没坐,直接弯腰操作电脑。简化站在乐嘉背后看了一会儿,似乎担心再出现什么意外,他又往侧旁闪了些。乐嘉操作完毕,闪身往侧旁退去,竟又与简化撞了个满怀,两人都瞪大了眼睛,又触电似的各自逃离。

自从知道生物芯片研究项目的阻力来自陈楚江之后,郑东东多留了一个心眼。可她愣是没能挑出什么毛病来。只有两个可能,一是他确实没有毛病,二是他隐藏得太深。郑东东更倾向于相信前者。她总觉得夹带私怨来看人像是以小人之心度君子之腹。

昨晚简化的电话让郑东东重新回归理性。Loka和乐嘉的诞生庆典,陈楚江与Loka有过一面之缘。之后,Loka在获得了独一无二的身份标识后直接投放到了万山市时空智能有限公司。那么陈楚江是在Loka去了万山市后,才与Loka密切联系的——是刻意而为之还是意外邂逅?陈楚江与Loka走得太近确实不寻常,不管以什么样的方式走近都不怎么合情理。

郑东东来到总控制室调取对Loka的监测记录,并没有发现异常,她重新修改了监测手段,建立一个独立的监测系统,加密了系统数据，进一步采取了24小时单一监测的措施，一旦Loka与陈楚江接触，郑东东当即获取信息。但这个监测也有一个漏洞，如果Loka与陈楚江的接触，是建立在一个"桥梁"基础上的，也就是说，他们没有直接接触，而是通过第三者来"搭桥"的话，这个独立的系统是监测不到的。这是目前避开一对一监测最有效的办法，郑东东一时半会儿还没研究明白如何修补这个监测体系的漏洞。

答题神器的事情很快有了眉目，根据购买神器的同学们的陈述，他们都是在一个叫"范哥"的手里购买的。警方找到这个"范哥"，他是个外省人，原来专做某违法软件，那时销量很大，生意做得很火，后来软件被下架后，他的日子过得很惨淡，但他仍盯住学生群体这个大市场，线上的做不了，就转为线下的，这么一折腾就折腾出这款微型答题神器来了。经过一番审讯，发现范哥压根就不知道简方向是何方神圣，这事儿明摆着跟简方向没有关系了。

从在公安局上班的朋友处得知简方向没有参与其中，简单长长地舒了一口气。郑东东原来就认定这事跟简方向没有关系，她为这份坚信得到证实而得意。

两天后，何老师才轻描淡写地告知："简方向爸爸（妈妈），警方认为，答题神器的事儿应该跟简方向没有关系。"

"听清楚了吗？是警方认为'应该'没有关系，那么何老师仍认为有关系吗？——没有半点歉意，似乎这始终都是简方向的错。"郑东东很不满意何老师的表述，她当即要讨个说法，简单制止了她，他说："用心理学来分析，一旦……""别说了，我不想听。"郑东东捂住耳朵。

第十章
脑支点

简易这段时间忙得不可开交，只是贷款的事，就够费脑筋了。最后他终于拿到了一笔贷款——拿西江平湖的房子作抵押，换来绿植庄园的重启资金，如今庄园已经复工了。绿植庄园转移登记的事没有想象中那么费心，最关键是要拿到蓝心怡的身份证。简易只得又跑一趟聚城人民医院。

庭院里的菜缺水缺肥，家什七零八落的，这些整理起来都要花时间。绿植庄园复工是最重要的，虽然基本都是自动化生产，人操作机器，机器完成工作，但一点儿也马虎不得。土壤要松到什么程度，土壤的湿度以及肥料的配比等，简易不放心把这些完全交给机器，机器是死板的，只认参考数值，它不积累经验，简易都亲自把关。他就喜欢忙碌，忙碌的日子才有盼头。

术后第七天，简易按时复诊。复诊是以专家会诊形式进行，会诊结果显示一切正常。会诊后，院部办公室召开置换记忆创新疗法首试成功新闻发布会，各大媒体争相报道。置换记忆创新疗法数天内持续高居热搜榜首，也因此在心理学界引起了广泛关注，兄弟省的心理学医生纷纷组团来取经，《柳叶刀》还刊登了简单的论文。置换记忆创新疗法一时风靡全国。聚城人民医院，每日植入生物芯片的心理患者数量高达200人。置换记忆创新疗法成功修补了以往一些创新疗法导致记忆链条缺失的短板，病人接受诊疗之后，并没有丢失以往的记忆，清醒地知道自己接受过诊疗，知道自己为什么接受诊疗，但是最痛苦的记忆被直接摘除了。置换记忆创新疗法成为当下最省时、最高效的心理疗法。

简化原计划清早动身，省去很多麻烦。没想到起床后，看到洗漱盆那儿贴了一张便笺纸："早餐热好了放在锅里，家里有我。"简化带着这一份早餐前往万山市。

车里的收音机在大肆宣传置换记忆创新疗法,作为本土的经验,能推广到全国对安平省来说是一种荣幸。简化想起简易,不知道他现在情况如何了。他问简单,简单没好气地反问:"你小子现在才想起还有个哥呀?"简化心里明白简单是责怪他的不闻不问。简单又何曾换角度为他思考过?人的本性都如此,他简化不过是一介凡夫俗子,又如何能免俗?

"我不是还有个哥,我是有两个哥。"简化不咸不淡地回答。他不明白,自小到大,他和简单都是"相爱相杀"的。

"感激三弟的惦念,大哥痊愈,你那么忙,也不必回去看了。若还能抽出一两分钟,就打个电话给大哥,让他知道你还记得他。"简单毫不掩饰他的讽刺。

简化懒得再费无谓的唇舌,他口是心非地道谢后直接打简易电话。电话那头爽朗的笑声让简化有了久违的亲切感,这种感觉曾经那样熟悉那样令人眷恋。简化的愧疚感浩浩荡荡地袭来。简化和简易聊了三分钟,知道了大哥的近况和遭遇,也知道了卢丽妮、简博弈和蓝心怡的情况。简化还没问完,简易却似乎无暇顾及——有工人在找简易。这次从万山市回来,无论结果如何,无论多忙碌,都必须回一趟龚县了,简化在心里告诫自己。

最让简单头疼的是,简方向对于停学的处罚表现出来的超乎寻常的平静,他压根儿没把这当一回事,甚至可能乐在其中。他一天到晚把自己关在房里,要么和"U伴"嘀嘀咕咕的,要么就半天都一言不发,难道他还真把自己当成爱迪生或者爱因斯坦不成?简单好几次想跟简方向聊聊,简方向都找借口忙着捣鼓那些机械溜进房去了。简单向郑东东求助,郑东东看怪物一样瞪着他:"就你多事,现在儿子在干啥不明摆着吗?你在担心什么?儿子随我,对科研感兴趣,也专注于科研,有什么不妥吗?他对于科研表现出来的天赋让我折服,也让我骄傲,难道你不这样认为吗?你是担心你在心理学界作出的贡献将来失传?"郑东东揶揄道。

郑东东这么一说,简单觉得也有道理,简方向除了爱把自己关在房里,除了话少,确实也没什么其他毛病。这不就是搞科研的人的典型性格特征吗?一个人的时间和精力都是有限的,简方向专注于捣鼓那些奇奇怪怪的机械,用在人际交往方面的时间少了,那不很正常吗?或许他真的过于敏感了,心理医生的通病。

中国电子信息智能部办公厅给生物机器人工程研究院下达了新的任务:全面对生物机器人进行第二次升级,并开始研究第三次升级,目标是使其具备生物生殖系统。关于生物机器人的二次、三次升级简直是一条爆炸性的信息,标志着生物机器人新纪元的到来。

对于郑东东来说,没有什么比接受专业领域新的任务、完成新的挑战更令她热血沸腾的事了。她忙于安排升级前的系列工作,比如让办公室与生物机器人购买方开展第二次升级前期的沟通工作,进一步完善系统,查补漏洞,为正式升级做好准备。当前有175台生物机器人进入社会各个领域,在各行各业里服务人类。他们以精、尖、专的行业水准和高质量的服务态度获得了社会各界的好评。这对于郑东东来说,就是至高无上的荣誉。

上午十点,简化到了时空智能有限公司,这个点公司里的顾客还不算很多,室内的陈列一目了然。简化把销售部和售后服务部都逛遍了,没见着Loka的身影。简化有几分懊恼,Loka会不会已经不在这上班?简化拿出乐嘉的照片,问公司的导购员,这位员工今天不来上班吗?导购员疑虑重重地看着他,说:"对不起,这个我们不便透露。"

简化吃了个闭门羹,悻悻地离开时空智能有限公司。

蓝心怡恢复得挺不错,做了全身检查,没有发现异常。房主任说明天可以出院了。生活这部大戏往往比剧本里的情节来得更让人始料不及,因为它所有的情节都是随机发货的,戏里的角色更多时候是被动入戏。蓝心怡这次要不是宫外孕导致输卵管破裂,是断然不可能及时发现输卵管有病灶的。

蓝心怡是不幸的,她是多么渴望成为一名平凡的母亲,她曾经如此热切地期盼着属于他们的孩子的到来。可她的期盼像冬天的风穿过没有山丘和树木的原野那样落空了;她又是幸运的,她的癌细胞得以及时发现,捡回了一条命。想必是那未曾降临人世的孩子的报恩。既然生活要这样磨炼一个人,那就让它磨个痛快吧。

简易清早给她转来一笔钱,给她办理出院结账用。蓝心怡机械地办理着出院手续。开病历证明的时候,房主任说:"看你愁的,搞不好你那个妙手叔叔可能会以为我欺负你了。听说你那个无所不能的姊姊,正在着手研究生物机器人怀孕项目。命运之神如此眷顾你,你不是应该活出向日葵的心态来吗?"

蓝心怡淡淡一笑,拿了病历出去。看着她远去的背影,房主任冷哼一声,简家的行事风格果真都一个样。

简博弈跟管教干部提出要见龚仁川警官。另外三个比他进来晚的,犯罪事实认清了的,都已经提起公诉了,而他一开始就配合着认了罪,认罪的态度也好。现在既没有提审也没有提起公诉,这真的很考验简博弈,他想知道蓝心怡的最新状况,他最放心不下她。管教干部告诉他，龚警官外出办案了，不确定什么时候回来。

下午四点，简博弈终于见到龚仁川了。"怎么样，还有什么遗忘的信息要提供给我吗？"龚仁川斜倚在拘留室外的墙壁上，半笑半认真地问。"我进来那么久，肠子都掏干净给你们了，实在想不出来还有什么可掏出来的。龚警官还需要什么信息，尽管问就是了，如果还有忘在肠子的褶皱里的，哪怕把肠子翻出来，我也会悉数搜罗给您。"

"言之过重了，那可犯不着，搞不好别人以为我们逼供呢。"龚仁川用左手掸了掸右肩，仿佛那里落满了尘埃。"言归正传，你找我有什么事？今天忙了点，去了一趟万山市。"

"我就是刷一下存在感，我老担心被你们遗忘了，我好像很习惯被遗忘。"简博弈自嘲道。

"哈哈，这好办，等我忙完这几天，每天给你刷刷存在感，你可别嫌存在感太强烈了。"龚仁川似笑非笑地盯着简博弈。

简博弈有点不好意思地笑了："那倒不必，龚警官那么忙，可不敢过多地占用你的时间。"

"行，那就依程序办，耐心等候通知。"龚警官收起笑容，正儿八经地说。

回到龚县后，蓝心怡去县公安局找办案警官，想了解简博弈的情况。警官说简博弈能吃能睡，至于案情就无可奉告了，但肯定依法依规办理，不会纵容坏人，也不会冤枉好人。

简易这段时间跑了几次康泰食品有限公司，一开始是公司前台让他别来了，后来是门卫拦住不给进了。简易守在门外，从清晨到下午，终于守到了采购部的万经理，他追上去叫万经理。万经理头也没回地进了公司大门，简易不死心地再打电话，对方已经拉黑了他。简易硬着头皮再找程熙，程熙的手机号码变成了空号。人性的薄凉对简易来说已经司空见惯了。看来要争取到重新供货给康泰公司的机会，唯一的希望就是简化了。反正脸皮已经厚了，也不在乎再厚一层。简化和程熙离婚的消息不亚于一颗炸弹，把老实巴交的简易给炸蒙了，他半天说不上话，把打电话的初衷给忘了。末了又觉得无尽悲凉，同是一家人，他们竟互不知近况。

简化和程熙对绿植庄园事件表现出来的冷漠似乎有了合理的解释，简易担心起简化来，但他现在这个境况，担心也只限于担心。重启资金将近一半用于支付蓝心怡的医药费，剩下的远不够开支。简单前期垫支了那么多医药费，他也不好再开口，原本他想找个合适的机会向简化借点儿，这通电话让简易断了这个念头。资金供不上，没有稳定的供货渠道，简易一边筹钱一边另跑供货渠道，费尽了口舌，才找到了五家公司愿意尝试合作，不过对方表明，后期是否继续合作还得看产品质量。其中一家是万山市的蔬菜批发市场，另一家是凌云市的润华有限公司，这两家看起来销量都不错，但由于路程很远，很费运输成本，为了保持产品新鲜度并降低成本，需要建立冷链物流系统。剩下的都是本县的小商户。品质方面简易是很有信心的，他拍胸脯保证质量，虽然没有获得等同的热情回应，但有了一线希望。

荒芜了那么久的绿植庄园，经过几天的劳作，有五分之二种上了蔬菜，剩余的有一半已翻松了土地，还有一半正在清除杂草、枯菜和瓜藤。简易目前计划只种这五分之二，先激活资金链，让资金流动起来，否则寸步难行。

简化失去了目标和方向，漫无目的地在万山市转悠。他想问乐嘉下一步要怎么办，但又似乎开不了口。想到昨晚的事，他脸红耳热之余直骂自己禽兽。乐嘉是什么，她就是一台机器，他怎么能够有如此卑劣的想法。就在他心绪乱得像杂草的时候，乐嘉发来了电波，问他是否见到Loka。她建议简化去三修书吧看看。她获取了一条最新信息，三修书吧的幕后老板是史冬琦。

三修书吧简直是这个城市里的世外桃源：花树掩映，阳光浅卧在花树上，晾在屋檐飞角上。此情此景，"三修"两个字对他简直有着致命的诱惑力。时间是上午十一点，书店里没有一点儿响动，想必看书的人不多。简化环视了三修书吧一圈，心突地蹦起来，他看到了乐嘉，不，应该是Loka，真的长得一模一样，但她们的气质不一样，一个刚烈，一个柔婉。

Loka双手抱胸站在书店斜对面的石凳旁，目光狠狠地剜着面前的凤凰树，让人担心凤凰树的皮会被她的目光给剥了。石凳上坐着一个戴眼镜的人，脸上有难以捉摸的笑容，镜片背后的眼睛深不可测，估计是这个人惹恼了Loka。

简化躲在一棵枝叶茂密的三角梅后面。他偷偷拍了一张照片，分别发给乐嘉和郑东东。乐嘉立即回复：陈楚江。紧接着马上又跳出一条信息：把Loka当作我，上前搭话，尽量拖延时间，给我一点时间破译蓝眼睛水印的密码链。

这简直是要简化的命，天知道他最致命的弱点就是不善言谈。时间却容不得他多想。他从书店背后的小路走出去，经过一条卖饰品的街，这里平时主要是经营夜市，现在大多数店铺还关着门，再绕到店铺背后东南方向那个小湖走了大半圈，来到了Loka和陈楚江的背后。

"乐嘉？你怎么在这儿？"简化的语气极其不悦。

石凳上的背影一僵，Loka纹丝不动，仿佛这世界，以及世界上的人、事、物压根儿与她无关。

"想不到你竟背信弃义！这就是让我放心的你！你说你会照顾好家里，结果我前脚出门你后脚就跟着出来了吗？没想到在万山市竟然遇上我是吗？请不要用你的冷傲来拒绝回答——你的今天、明天，甚至未来的每一天，不完全是你的。我急切需要一个答案。"简化走到他们的面前，逼视着Loka。石凳上的男人站起来，镜片颜色逐渐变得深沉。他冷冷地说："兄弟，你认错人了，这里没有什么家。"

简化用眼角瞟向他，问："你谁呀？"

"我是谁不重要，但眼前这位美女是我的朋友，撒野请到别处，这里不是撒野的地方。"陈楚江厉声喝道。

"如果声音大者为王，那么你赢了，可它不是今天的游戏规则。这是我的家事，你不会打算干涉吧？"简化说。

Loka自始至终没有说一句话，此刻两个男人的剑拔弩张，正适合她开溜。

简化一把拉住她的手："站住！你要是不想活了，那么你请便。"

"这位先生，请你放尊重一点，我们认识吗？现在这种行骗手段已经过时了，要骗也玩点新花样。"Loka冷冷地说，压根儿就没看简化一眼。

"乐嘉，你是昏了头还是怎么的？你是有苦衷的，对吗？你要是有苦衷就大胆说，不需要顾忌。"

"先生，我再次警告，请你放开我的手再说话，这是最起码的尊重。我不知道那个乐嘉是谁，与你何干，但我再一次明确告诉你，你认错人了。这话你听得懂吧。"

一男一女沿着湖边迎面走过来，陈楚江若无其事地站起身走开了。

"他是谁?"简化看着陈楚江的背影问道。

Loka没有回答,只是冷冷地盯着简化。这眼神很陌生,与乐嘉完全建立不起联系,这是Loka与乐嘉本质的区别。

"乐嘉,现在你是安全的。我需要一个理由,一个你擅自离岗的理由。如果上次的超能使用是有着不可告人的目的的话,那么,你的信誉将毁于一旦,我们的合约也将终止于此。你也得做好接受惩罚的心理准备。"

"再不放手,别怪我无礼。"Loka的语气变得凌厉起来。

简化加重了手的力度。Loka不再说话,只是站着不动。那一男一女亲昵地谈笑风生,走近他们,经过他们,又走远了。他们没有多看简化和Loka一眼。

两人僵持到那对男女走远了,Loka奋然甩开简化的手,扬长而去。简化措手不及。

"站住!"简化压低声音喊道。Loka大踏步向前。湖边又来了三三两两的人,简化快步追上去。陈楚江已不见踪影。

郑东东看到Loka和陈楚江的照片后震惊得窒息了一分钟,她早就对Loka进行了二十四小时的一对一强化监测,但系统竟然没有反馈出任何异常情况报告。她一边打电话给简化一边立即到总控制室调取监测记录,监测记录显示一切正常。不好了!肯定有人对总控制室动了手脚。郑东东额头渗出了豆大的汗珠,她深呼吸了好几下,告诫自己一定要冷静,要装作若无其事,不能让动了手脚的人看出什么异常来。简化关键时刻从来不接电话,郑东东心里一万个不满。

乐嘉采取强破模式,很快,密码长链被一卡一卡地攻克了,倒数第二卡破译后弹出一行行数据，金港市的IP一闪而过："龚县！"乐嘉没有时间多想，继续破译最后一卡。然而最后一卡没能破译成功——对方成功建立了新的密码链条。乐嘉颓然地望着那个带着嘲讽意味的蓝眼睛水印，她恨自己的笨拙。

蓝心怡回来后不再做直播，她忽然厌倦了以往的圈子。看到简易终日忙得不可开交，蓝心怡主动搭把手。但简易不让蓝心怡下地。蓝心怡不愿意做废人，她主动负责工人的一日三餐，但她的厨艺确实不怎么样，还好工人们不挑剔。

简易是有顾虑的，这个破败的家，人家不嫌弃就好，别奢求太多；蓝心怡从没下过地，十指不沾阳春水，下地也帮不了什么忙。

日子苦是苦了点，但挺充实的，蓝心怡终于有了家的感觉，她对着他们的婚纱照泪流满面。没过多久，蓝心怡发觉简易的脑子好像又有问题了，有那么几个瞬间，他说话突然变得前言不搭后语。

那天，老周问简易是不是按以前的配比施肥。简易目光涣散，说："以前，以前是什么配比呀？""老哥，你不会连自己生过儿子都不记得吧？"老周打趣道。"哪个儿子呀？"简易傻乎乎地看着老周。老周把这事当成笑话跟那两个胖妇女讲，其中一个一字一顿地说："昨天我问他，康泰公司愿意合作吗？他反问我，为什么要合作？"那个瘦子也快言快语地跟着证实。

晚饭后，老周磨磨蹭蹭地不愿意走。待简易进了里屋，蓝心怡在院子里收衣服，他站在院子里好一会儿，吞吞吐吐地说："蓝小姐，有句话不知道当讲不当讲。"蓝心怡不怎么喜欢老周，觉得老周太会算计，但她还是停下脚步，说："周叔，有话请您直言就是了。"

老周讨好似的干笑了一声："你爸是不是太过劳累了，我发现他有时候脑子似乎不听使唤了。也许是我看错了。"

蓝心怡心里一震，强笑着说："谢谢周叔，我爸确实太忙了，脑子偶尔忙不过来，也合理。"

老周很不自然地笑了："那是，那是，只是苦了你了，还那么年轻，真是难得。"

老周走后，简易拿上手电筒出门，说要去地里给菜秧保暖。室外寒气重，夜里肯定有霜冻。简易出门后，蓝心怡立即打电话给简单。她把简易的异常之处告知他，蓝心怡描述得很详细，生怕遗漏了任何一个环节。简单却淡淡地说句："我知道了，回头联系。"简单的态度让蓝心怡很不满。

简单正为这事头痛，这已经是第五十个病例家属反映情况了。都是这一两天的事。难道这是生物芯片的排异期？不对，他们手术时间的先后有不同，不可能同一时期出现排异反应。再说了，简易是首例采用置换记忆创新疗法的，比其他病例早了一大截，要是有排异期，也应该比其他人早一大截才合理。郑东东说过，生物芯片的技术是基于非常成熟的生物机器人的技术来研究的，因此可以预期生物芯片技术将更成熟更具稳定性，此外，根据测试，排异反应出现概率为亿分之一，也就是说，出现排异反应的可能性几乎为零，安全性极高。

但病人出现异常已经成为事实了，必须得设法应对，还要防止事情进一步恶化。首先是要再次严密检测生物芯片的安全性和可靠性，并检查整个研制流程和治疗应用中可能存在的隐患，特别要确认在生物机器人使用超能的环节有没有存在漏洞。如今事态还在不断扩大，接下来将发展到什么程度，还不好说。

简单的眉头皱成川字。

情况非常糟糕。一是控制室出现了问题,二是植入人脑的生物芯片出现了异常反应,郑东东难辞其咎。背后有黑手,郑东东几乎可以肯定,她想报警,但是什么证据都没有。她想写一份情况说明给中国电子智能部办公厅,但这会惊动陈楚江,她无法解释为何要一对一监测陈楚江和Loka,这操作本来就不合规,会被反咬一口。她琢磨了一遍研究院里的人,没有发现任何疑点。当初组建生物芯片研究团队时,年轻的博士生小巩主动请缨,要加入这个研究团队。小巩为人开朗大方,追求上进,工作责任心很强,怎么看都不像会暗地里动手脚的人。

捅了那么大的娄子,很快就会成为爆炸性的新闻。

郑东东的心像被放在炭火上烤,焦灼难受到极点。目前首先要弄明白两个问题:第一,总控制室哪一块被人动过手脚;第二,置换记忆创新疗法问题出现在生物芯片还是生物机器人超能使用环节上。如果两天内搞不明白这些问题,郑东东就去自首。

简化把陈楚江和Loka给跟丢了,他沮丧地回到车上,直奔时空智能有限公司,打算一直等见到Loka为止。乐嘉的电波又来了:"对不起!差一分钟,再多一分钟我就能破译最后一道密码了,但还是迟了,我失败了,我还是失败了,很抱歉!在破解倒数第二卡的时候,我看到了一个金港市的IP,我确定我没看错,只是为什么是金港市,而不是万山市呢?"

金港市?简化脑里立刻闪过那雾一样飘忽的眼睛。一定是他!简化初次见到蓝眼睛水印就在简博弈借用电脑之后没几天。可是乐嘉说过蓝眼睛水印是常人无法操作的,难道简博弈并非常人?不,不可能,简化立即否定了这个荒谬的想法。难道简博弈和Loka……简化作了更大胆的猜想。

"别自责,尽力了就好,那我现在该怎么办?"简化发现自己问了一个很幼稚的问题。他撤回来,改为"别自责,尽力了就好",重新发送过去。

"你立刻回时空智能有限公司,直到见到Loka为止。"

两人的想法不谋而合。时值中午时分,时空智能公司门口人头攒动,不知道发生了什么事。周围停车位车满为患,简化先行下了车,遥控停车,车子自行寻找停车位。

简化好不容易从人墙的夹缝中挤到前面,一辆警车缓缓地开走了,人群也渐渐散去。简化向一个年轻小伙子打听,小伙子说外市的公安和本市的公安一起来,带走了一个美女。"那个美女长什么样,你看,是不是这个?"简化把手机里面的照片拿出来给小伙子看,小伙子见到简化神色那么紧张,不敢多言,谎称自己没看清楚,匆匆走了。郑东东又问了旁边一个大爷,大爷是聋哑人,听不见简化说什么,简化拿出照片,手比画半天,大爷摇摇头又点点头,他的手势简化也看不懂。简化叫住一个正在赶路的美女,那美女奇怪而警惕地说:"什么警车,没看到。莫名其妙的。"

简化把现场看到的告知郑东东。郑东东又恼怒又激动:"我还以为你接不了电话了,消息可靠吗?""我也不能确定,但应该八九不离十。"简化懊恼自己慢了一拍。人群已经散去。时空智能有限公司恢复了人来人往的日常,顾客在看产品,工作人员在热情地介绍产品,仿佛一切都没有发生过。

"我们搞科研的人讲究百分百确定,'大概''可能''或许'这类词语是不受欢迎的,哪怕是99.99%这样的数字都是不受待见的。"郑东东向来伶牙俐齿,不过现在不是斗嘴的时候。她再次进入控制室查看监测系统，这回系统有反馈了。Loka当前的位置显示在万山市公安局，异常状态显示如下：

状态异常！！！
出错时间：12点10分
出错地点：时空智能有限公司
出错事件：相关人员被警察带走
带走警方：安平省公安厅
配合警方：万山市公安局
其他情况：当事人行为存疑

郑东东看着显示屏上这些内容，崩溃得想大哭一场，她花了那么多心血研制出来的生物机器人的代表作，也是首例进行二次升级的生物机器人Loka，就这样毁了。Loka出事，陈楚江难以撇清关系吧？

那么，置换记忆创新疗法呢？生物芯片呢？与他们有关系吗？如果都有关系，那么郑东东也脱不开干系。郑东东百感交集，她此刻只想抛开一切，一个人到野外吹吹风，或许风会告诉她答案。

"我不是科学家，我是写作者，在写作者的词典里，'大概''可能''或许'与百分之百是能友好相处的。"

"……"

"我现在进入时空智能有限公司，没有看到Loka。"

"……"

"公司目前一切正常。"对方仍没有反应，简化看看手机，通话仍在继续。附近的店员眼神复杂地看着他，今早那个业务员的目光更是一言难尽。简化对被奇奇怪怪的目光包围心有余悸，自从《前夜》的版权纠纷之后，那些有形无形的目光像放大镜在太阳底下聚焦的焦点那样，灼得人刺痛。

"确认了，是Loka。"郑东东发声艰难，像是被稻草堵住了一半声道，声音从剩下的半个声道里艰难地挤出来。

"好的，我知道了。谢谢！"简化一秒也不耽误地把情况告知乐嘉。

"果然。"乐嘉想这样回复，发出去的信息却变成了"收悉"。

"姐，这真的是你想要的生活吗？"乐嘉眺望远方，无声地问道。

同时被警方带走的还有陈楚江、北北和史冬琦。

这在文学界引起了强烈的骚动。很多人暗地里猜测，北北就是古木，而且越传越神乎，似乎很多人早就发现了，只是慑于史冬琦的威力而不敢言。简化一夜之间又被捧上了神坛。简化忽然厌倦起这一切，这一切具体指的是哪一切，他说不上来，只是觉得生活挺没有意思的。人是天底下最善变的动物，当初《前夜》的版权问题尚未明朗时，舆论过早地给他盖棺论定，把简化踩入泥沼；如今古木的身份同样还没有明朗，舆论已经将大半个北北埋进了地下。这样的环境，如何能写出纯粹的文学作品来？

郭小丹告诉简化，北北和史冬琦出事后，《江岸》杂志官网人气爆棚，甚至超越《前夜》版权存疑以前的状态。"简大作家，祝贺你！"她说，"我始终坚信你是清白的，我终于可以睡个安稳觉了，作为编辑，我以你为荣，感谢你对《江岸》的坚守。"

乐嘉用了整整一个晚上来破译蓝眼睛密码链条，发现源文件竟然来自简化的电脑，署名"LJ"。太不可思议了，乐嘉幽幽地吸了一口气，自言自语道："姐，这真的是你想要的生活吗？"

这晚，杨拓给异域发了无数条信息，关于史冬琦，关于简化，关于……他有很多很多话想要跟异域说，可发出的信息像风吹过空旷而光秃的原野，没有任何回响。杨拓的心也仿佛被这股风裹挟着，变得游离不定，他魂不附体地游走在单位和家之间。在恍恍惚惚的生活中，他疑心异域也许从来没存在过，只是他做的一个梦，一个过于真实的梦，真实到他无从辨别虚实。

最后一个被警方带走的是生物机器人工程研究院的林佟。郑东东的心也被带走了一块。林佟是郑东东一手培养成长的，也是郑东东最信任的人。林佟是生物机器人工程研究院里最有前途的年轻女子，她几乎全程参与了生物机器人的研究，在生物机器人的心脑构造等方面提出了许多创造性的建议，有很多开拓性的举动，在生物机器人第二次升级——让生物机器人具有与人类无异的情感方面作出了很大贡献。她有着极其严谨的科学态度和极其负责的工作态度。生物芯片技术小组成立时，郑东东让她做副组长。是她没日没夜地加班，生物芯片技术才得以那么快速顺利地完成。郑东东原计划让她来领导生物机器人技术第三次升级。

林佟竟然与这件事情有关，郑东东难以置信，也难以接受。她难以入睡，一旦入睡就梦到一只折了翅膀的小鸟在寒风中悲鸣，这只小鸟让她觉得异常寒冷，不由得紧紧抱住自己的双臂。

龚仁川有着独特而灵敏的嗅觉。在简博弈获准探望蓝心怡时，龚仁川锐利的目光触及了简博弈的眼睛那不对劲的焦点。简博弈的双眼似乎有某种阴暗的癖好，总是不经意地飘移在医院某些墙壁转角光与影交错处，好像那里藏了一个刑释的信号那样。即便是在蓝心怡情绪极其不稳定、生命体征不平稳的情况下，他的目光仍忍不住偷偷从蓝心怡身上迅速移到墙壁转角快速扫过。在馆子吃饭他也戒不了这个癖好。

龚仁川借用马大哈的形象成功保全了简博弈的这个癖好。

从发现简博弈这个癖好开始算起，短短的探视时间，简博弈先后共关注某个特定的墙壁转角共五十六次。这个五十六不是一般的五十六，它很可能是某个秘密通道的一把锁，或者是一个解码器。

把简博弈押回看守所后，龚仁川迫不及待地投入对墙壁转角的研究中。他观察了老半天，那些墙壁转角除了不规则地爬上了一些时光的瘢痕，与其他的墙体和墙脚并没有不同。他到简博弈指认的作案地点提取过痕迹，也一无所获。

推断的不成立令龚仁川有小小的挫败感，职业过敏反应又发作了，他自嘲地笑笑。简博弈身体失去自由，眼珠还是自由的，它肆意地宣扬自由以弥补身体的不自由，是合法合理合情的。但多年办案养成的那一股拧劲让他固执地拧起来，哪怕是钻牛角尖。

第三次去取样时，龚仁川不小心被废弃工厂里的砖头磕伤了脚。他从衣兜里取出随身携带的一次性酒精棉签，给伤口消毒。

在他蹲下来擦拭伤口时，看见墙壁转角竟然显现了一个朦朦胧胧的蓝眼睛水印。这与宏达生物科技有限公司商业信息被盗卖一案描述的标志物高度一致。龚仁川立即叫来同事孙炜。可当他离转角远一点时，蓝眼睛水印不见了，他走近来瞧，蓝眼睛水印又出现了，这是什么情况？这回孙炜也看到了，不是特别清晰，但是蓝眼睛水印是真实存在的。灵异？折射？反射？两人眼神对上号，立即分头寻找折射源，绕着废弃车间走了小半天，也没发现目标。再次折回来的时候，蓝眼睛水印消失了，龚仁川转回到最初看到蓝眼睛水印的那个位置，第二次看到的那个位置，尝试从各个角度调整视角，可无论从哪个角度都看不到了。

龚仁川锁紧眉头，孙炜也理不出一个头绪来。在这折腾了老半天，愣是没能再把蓝眼睛水印折腾出来，两人败兴而归。

杨拓的信息，一条接一条跳跃在屏幕上，那个阳光大男孩略带羞涩的脸在扎堆的信息里逐渐勾勒出来。信息中好些字眼是那么敏感，要是在前些日子，看到这些，乐嘉或许会兴奋得秒回杨拓，约见或长谈。可眼前破译出来的数据让她的心里写满了不可言说的字符，她需要冷静。当那些跳跃的字符逐渐变得安静，她变得自卑起来，乐嘉把脸转向书架上，一开始，她与杨拓的交往就是建立在别有目的的基础上的，而不是纯粹的、平等的关系。杨拓是个不错的小伙子，就让这种错误的交往方式终止于此吧，从此文学界再没"异域"这个人，乐嘉默默地在心里回复了三个字："对不起。"

那个蓝眼睛水印像某种神秘的咒语，龚仁川每天都往那个废弃的工厂跑，每次都失望而归。孙炜也陪过几次，但都没有出现奇迹——蓝眼睛水印不再出现，看着龚仁川阴郁的脸，孙炜小声嘀咕："也许那天看到的只是一个错觉。""不可能！"龚仁川突然发出的高分贝声音吓得孙炜打了个趔趄。他们也去过宏达生物科技有限公司，同样没有任何进展。一晃而过的蓝眼睛水印，究竟是否真实存在过？龚仁川也曾在心里质疑过，但这质疑的念头也仅一闪而过而已。

周末，龚仁川再次只身前往那片废弃的工厂，从门口到每个平淡无奇的转角处，都走出了一条清晰的小路来。"路在脚下，只要坚持走下去，就一定能走出奇迹来。"龚仁川曾告诫自己,一定要坚持把突破口给找出来。可是,今晚他是来做最后的告别了,也许孙炜是对的,不应把精力浪费在虚无的事情上。

电话响个不停,在寂静而空旷的厂房里显得特别大声,安静时光被打碎了,龚仁川再次凝视了几秒钟上次出现蓝眼睛水印的地方,转身往外走。在厂房门口差点撞上孙炜。孙炜拍拍龚仁川的肩:"走,喝两杯,祭奠一下我们在这虚耗的时光。"龚仁川点点头往外走。"往哪走呢?酒都扛进来了。"龚仁川这才看到孙炜右手臂弯夹着的一打啤酒。孙炜把酒往地上一放,找来几块砖头,席地而坐。龚仁川也坐下来,两人不说话,一瓶接一瓶地喝着。只剩最后两瓶时,孙炜递给龚仁川一瓶,自己打开啤酒,走到转角处,把酒泼了一半在墙角,仰头喝光剩下的半瓶。

"龚仁川!过……过来!"孙炜突然激动得结巴起来。龚仁川正在卖力地灌酒。"你快……快点儿!"孙炜又催。龚仁川起身慢吞吞地往里走,孙炜的眼睛瞪得比铜铃还大,仿佛看到了不可思议的天外来物,顺着孙炜的目光,龚仁川手中的易拉罐差点掉地上。蓝眼睛水印!非常清晰的蓝眼睛水印!他闭上眼睛,摇摇头,再睁开眼睛,蓝眼睛水印仍在。龚仁川立刻拍照取证,孙炜也赶紧掏出手机,两人激动得互锤彼此。

待他们冷静下来,蓝眼睛水印渐渐淡化了。"难道又是一场虚幻?"孙炜指着正在淡化的蓝眼睛水印。龚仁川看看孙炜,看看地上的易拉罐,突然把剩下的酒悉数泼向蓝眼睛水印,奇迹出现了,蓝眼睛水印又逐渐清晰起来。原来酒是催化剂!他们为这个发现而兴奋得满脸通红。

顺着蓝眼睛水印摸下去,龚仁川慢慢摸着了藤,也牵出了瓜。

简博弈投资资金盘被人割了韭菜,钱包瘪了,人也跟着瘪了。曾经信誓旦旦要在老爸面前赢回一点颜面，让蓝心怡过上好日子的他，被现实响亮地掴了一记大耳光。简易眼见简博弈整天蔫巴巴的，更加冷眼相待。

简博弈为了钱豁出去了，他自己做资金盘，没想到钱袋子还没捂热，事情就败露了，人家找上门来追债。情急之下，简博弈把希望寄托在直播上，为了讨得一点打赏钱，他在直播间假扮可怜："年复一年，为了碎银几两把颜面卖尽。"那晚北北被史冬琦狠狠呵斥了一回，一个人在家喝闷酒，正好刷到直播间，昏昏沉沉的，他误以为是简化，嘲讽："虚伪！嘚瑟！一部小说不止一百万元了！"

人在穷途末路时，哪怕遇到独木桥也当阳光大道走。简博弈私加了北北。问他一部小说怎样才能搞到一百万元？北北加了微信，直言不讳："你小子春风得意，别忘了'木秀于林，风必摧之'，请顾及我等小辈的感受。"简博弈何其聪明，尤其是在涉及金钱的问题上。他感觉到对方强烈的妒忌心。对方误以为他是简化，简博弈对简家特有的五官还是有着非常明确的认识的。

简博弈没有挑明身份，他问："想超越简化吗？见面聊。"

北北没有回复，简博弈也没有过多期盼。

三天后，北北回复：晚上九点，聚城文化公园转角咖啡店，初次见面的包间。

在咖啡店昏暗的灯光下，两个陌生人不消一个小时就完成了一桩交易。八十万元基础金换取尚未发表过的长篇小说《前夜》底稿，必须抢在《江岸》第一期连载之前到手，在《文荟》杂志上先行连载。但是，两篇文章内容相似度不能超过70%，在文章风格上如果能比《前夜》稍胜一筹，而且对简化造成极大冲击力的，将加二十万元奖金。先给三十万元诚意金，事成之后给五十万元，二十万元奖金视效果而定。

这无疑是简博弈挽回颜面和自尊的最有力的反击。简博弈抓住了激流中的这根水草，这根水草是他上岸的希望。拿《前夜》底稿应该不成问题，就算多绕几个弯，他也能把它从电脑里绕出来，可是修改文章，再多九个简博弈也断然无法完成，急得他恨不得把大脑解剖了重组。

陈楚江瞄了很久中国电子智能部办公厅主任这个位置，在换届前期做了很多铺垫工作，半个屁股都坐到板凳上了，没想到却让人捷足先登，换届时，曾伟亮妥妥地坐稳了办公厅主任的位置。陈楚江殚精竭虑谋划了那么久，最终竟是一场空，他不甘心。

从保研到工作，没有哪样是称心如意的。愤恨烧毁了他的理智，他旧账新账一起算。陈楚江把不能顺利上位的账算在郑雪松头上——虽然他早已经病逝。如果当年他陈楚江获得保研，今天就算轮也轮到他坐那个位置了。死人的账活人来扛，郑雪松的账就由他妹妹郑东东来买单。他要让曾伟亮和郑东东身败名裂、万劫不复。

陈楚江永远忘不了保研名单公示前两晚，郑雪松凌晨两点未回宿舍。陈楚江担心郑雪松连续奋战身体吃不消，去图书馆找他，路过女导师房间，听到了他不该听到的，他在罪恶的声音中听出了保研结果。所谓的公平竞争，只不过是身体与灵魂的买卖。他的心在炎热的夏夜紧缩到冰点。

最信任的人亲手撕毁了信任，让陈楚江在无数个长夜里失眠，他怎么也想不通社会哪个环节出现问题了。毕业后，他果断退出班级群，断了与郑雪松的一切联系，可即便如此，他还是断断续续地从别的同学圈里知道了一些郑雪松的消息。他不想知道这些,每知道多一点,他感觉他的心就多堵一点,他恨这些面目可憎的生活真相,可他再也拿不回属于他的那50%机会。这种状态成为他进步的绊脚石,陈楚江始终无法摆脱它,直到突然听到郑雪松的死讯。他一个人哭了又笑,笑了又哭,不知道哭谁笑谁,他买了酒,到郑雪松的墓前,一个人大醉了一场。

此后,陈楚江似乎找到了一点存在感,他有了进步的欲望,工作也日渐顺心起来。他在基层锻炼那几年,挂点的村有一户林姓人家发生了意外,只剩一个十七岁的女孩,女孩名叫林佟。看到万念俱灰的林佟,他仿佛看到当年出身寒门的自己,他决定资助林佟读书。他对林佟的感情是纯粹的,是发自内心的关爱与怜悯,林佟在巨大的人生黑洞里沉沦了一个多月,决定好好活着,把父母的血脉延续下去。她求救般抓住了陈楚江这一根救命稻草,用尽洪荒之力拼搏高考,如愿考上哈尔滨工业大学,在哈尔滨工业大学连年拿奖学金。

上次换届,陈楚江志在必得,论专业、学历、年龄、经验,他都占优势。明里暗里的功夫,他都做到家了。可终是一场空。他心里的天平严重倾斜。他想到了林佟,毫不夸张地说,没有他就没有林佟的今天。他要用好林佟。

林佟进入生物机器人工程研究院是第一步,林佟设法取得郑东东的信任,成为她的助理是第二步。陈楚江成功了,林佟成为研制那对孪生机器人的核心人物,也是为数不多的能自由进出总控制室的人。林佟在Loka正式投入市场之前,暗地里改写了Loka内部一组数据,成功地控制了她,也巧妙地避过总控制室的监测。

偏执的意念就像一道无法解除的黑色符咒,Loka死心塌地地认为,乐嘉的存在对她是一种威胁,她俩注定无法共存在这

第十章
脑支点

个世界上，有她就没乐嘉，有乐嘉就没有她，这一天迟早会到来。乐嘉成了一个"肿瘤"，在Loka的躯干、脑袋里野蛮生长。Loka固执地认为，乐嘉也时刻在算计她。她和乐嘉只不过是人类强强较量的一个阴谋，遵循优胜劣汰的原则。她们都心照不宣地知道、守护并憎恨这个秘密。

Loka傲慢地认为，她的岗位和她的社会接触面在竞争中是有绝对优势的。

陈楚江发现了一条很有"钱途"的渠道——买卖客户商业信息。他利用Loka的专业技术和职业便利，窃取企业、客户的商业机密，秘密售卖。Loka负责拿到信息，交易由其他人进行。物色"其他人"初步人选由Loka通过数据分析筛选出，根据设定的条件，筛选出来符合条件的有五人，简博弈是其中之一。

简博弈正为那笔看似唾手可得却又遥不可及的交易愁断肠。Loka"意外"邂逅了简博弈，在龚县县郊的一个尚未开放的山野外露营地里。Loka自我介绍，并开门见山地说明来意，提出合作方案。她需要简化电脑的IP建立一个虚拟IP，往别的电脑植入窃取商业秘密的程序，植入的程序，可以掳掠到他们想要的，线上的操作由Loka来完成，线下的操作简博弈对接。简博弈拿到Loka提供的信息后，以线下蓝眼睛水印为向导，送到指定地点，获取相应的报酬，报酬根据信息量的多少和价值量的大小而定。

钱要找上门的时候，果真是躺在床上也被钱砸中。但是，简博弈也盘算过了，这生意不好做，对接面广，人员复杂，风险太大。他窃取简化的文章，对象单一风险小，一次性能拿下一百万元的话，他和蓝心怡就可以在龚县购房落户了，不管简易认不认可，他在简易面前也能挺直腰杆了。

简博弈身陷困境，对钱没有什么免疫力，他欲擒故纵，吊Loka胃口："你凭什么认为我会与你合作，而且不会出卖你。"

Loka没看他，目光飘向远方，红润的嘴唇吐出一个字："钱。"

简博弈的肩顿时矮了下去，仿佛被很大一捆钱给砸中了。他沉思了一会儿，问："你会写小说吗？"Loka搞不懂他的意图，双唇紧闭，目光闪烁地望向他。

简博弈本想再卖个关子，却被Loka那种不可描述的气场给镇住了。他带着讨好性质的笑再次问："你会写小说吗？"

"这跟我们的合作有关系吗？"Loka反问。

"当然，如果你会写小说，这笔交易就成了，如果你不会写小说，那么，我很抱歉！"

"你可能不知道，我的脑最大的优点是数据共享。只要我想做的事，没有不会做的。但得看有没有价值，价值的大小决定效果。"

最终合作方案改写如下：Loka代为修改《前夜》底稿，在《江岸》首次刊载之前必须以别的题目、用陌生的笔名在《文荟》杂志刊载出来。修改前要先熟读《前夜》初稿，了解《前夜》的创作风格，修改后的文章相似度不超70%，风格要凌驾于《前夜》之上。简博弈则负责提供IP并协助完成十次商业信息交易工作，所得报酬抵《前夜》的改稿费，《前夜》的改稿和发表要求在第五次交易前完成。十次商业信息交易完成，合约自动终止。

为了稳住简博弈，Loka不动声色地接受了当前条件，她深信，他们的合约不会那么快终止。

《前夜》修改后以《误会到底》刊发出来，作者为"古木"，刊发后，Loka按要求让"古木"人间蒸发了。北北办妥了这事，

第十章
脑支点

第一时间向史冬琦汇报。"胡搞!"史冬琦佯装生气,转身就打开邮箱审稿,他对《误会到底》赞赏有加,确定"古木"这人可以进一步"培养"。看到史冬琦眼底不易察觉的喜欢,北北在心里直呼万岁。

《文荟》是史冬琦的毕生心血,纵然他的名字没有出现在《文荟》编辑群里,不出现才是生钱的最佳途径,他太清楚"幕后"两个字的重要性。北北为了讨好史冬琦,秘密会见简博弈,让他把作者介绍给史冬琦,并承诺再加十万元。简博弈承诺给Loka十万元,前提是去见一下史冬琦。Loka为了后续的合作,非常大度地同意免费完成任务。

简博弈拿到了八十万元,填了资金盘的坑,余下的他不动声色地存起来,目前还不能暴露,尤其不能让卢丽妮知道。卢丽妮抠下来给他填资金盘的坑的钱,到时候就一并拿去买房。他是真心实意想让蓝心怡过舒心日子的,不管是物质还是精神上的。简博弈想偷偷做好一切,再给蓝心怡一个大的惊喜,没想到最后给的竟会是这样的惊喜。

让史冬琦意外的是,古木居然是女的,行文风格豪放程度不输男子。他原来想"培养"古木为《文荟》所用,见到人之后,他只想"培养"为自己所用。为了"培养"Loka,他列了A方案、B方案、C方案等N个方案,最终确定一个、备用一个。他煞费苦心,就差没把他写作上那点天赋转化为讨她欢心的天赋。哪怕他知道了Loka只是一个生物机器人,想占有她的兴致仍丝毫不减。

简博弈才参与交易七次商业信息,就被警察盯上了。他被盯上不是因为交易商业信息,是因为他在私底下贩卖个人信息。贩卖个人信息是他的朋友诱惑他做的,他拒绝过,后来还是被高额利润给迷了心窍。突然被上百万元砸中，有这等"好运气"加持相当于给未来上了一道保险杠，侥幸心理养肥了他的胆，他决定再捞一把，凭借盗卖商业信息那点经验，他把事情干得特别漂亮。

蓝眼睛水印虽然作了技术处理，终端显示简化电脑的IP，但Loka还是小心谨慎地层层加密了，暴露地址的时机还不到，她要积攒够足以致命的证据，一旦让人"破解"出来，乐嘉将陷入万劫不复的境地。乐嘉是背锅侠，必须是。人类在她俩身上设置的游戏规则让Loka别无选择。

陈楚江买卖商业秘密，特别是拿到宏达科技有限公司研发核心技术后，轻易获得了巨额财富，可他并不满足于此，他认为财富称霸还不能算是真正的霸主，权力也不是，在这个法治社会里，权力搞不好就是时代的泡沫，智能时代电子智能才是真正的王者。金钱和权力不过是铺路石。

为了成为真正的王者，陈楚江创建了一个隐秘的工作室。这个隐秘的工作室藏在他家后山的地下——一个费了很多精力打造的地下王国。他要林佟务必把生物机器人工程的核心技术拿到，林佟内心挣扎了很久，她非常清楚这个"拿"是什么意思，可是她也同样清楚，当初万念俱灰的自己是怎么活过来的。经过一番激烈的思想斗争之后，林佟还是向记忆中那张略带忧郁却又透着憨厚的脸，以及那份让林佟死而复生、重见光明和希望的温情低头了。

陈楚江又让林佟设套诱惑麦皓天，设法拿到麦皓天的生物反攻技术。看着陈楚江越来越陌生的脸，林佟痛苦而坚定地摇了摇头。她避开陈楚江那线条扭曲的脸，明确而决绝地表示干扰生物芯片已经是她最后的底线，希望陈楚江收手，她不想在这条岔道上越走越远，最终成为历史的罪人。欠陈楚江的，她会用别的方式来偿还，希望眼前的陈大哥，仍是当年资助她的那个陈大哥。林佟拿出她这两年工作的积蓄，三倍奉还当年陈楚江资助她读书的钱。陈楚江可怜巴巴地讲他的童年，他家境的贫寒，这些是他当初资助林佟的原委。看着林佟不为所动的脸，他把钱撒到地上，没想到亲手培养的人竟也要弃他而去。

陈楚江虽然很愤怒，但不敢过于强求，毕竟林佟是郑东东身边的人，万一把握不好，就等于惹火上身。为一片不可控的叶子放弃一整片森林，不是陈楚江的作风，尤其不是现在的陈楚江的作风。放虎归山，也绝不是陈楚江的作风，任何一颗不为他所用的棋子，早晚都得毁掉它。

陈楚江把所有的希望都寄托在 Loka 身上。他软硬兼施，让她去窃取生物机器人工程的核心技术以及反攻实验室的核心技术。可 Loka 并不笨，窃取这两项技术对她百害而无一利，这和自动送死只差一个行动的距离。她很为难地说："陈厅长，在您的领导下，生物机器人工程研究院的保密工作是出了名的严，研究院各个机要部门戒备森严，比针还细小数百倍的东西，也难以找到缝插进去，您这不是让我这一个大活人为难吗？"陈楚江冷笑着说："识时务者为俊杰，我可不想把 Loka 窃取商业机密的事揭发出去。"Loka 冷哼一声："敢情陈厅长打算搬起石头砸自己的脚？""任何一件事的发生都是有概率的，这得看外界的诱因。"陈楚江阴冷地盯着她。Loka 是个执拗性子，偏不吃威胁这一套，她冷冷地看着他，大有鱼死网破的决绝。

陈楚江不甘心。他煞费苦心地算计，斥巨资修建的设备先进的地下工作室，还没捣鼓出一点正经的东西，绝不容许半途而废。他三番四次找 Loka，对她威逼利诱。Loka 每次都一口回绝，干脆利落。陈楚江威胁不成，歇斯底里地扬言要毁了Loka。

陈楚江铁了心要拿到生物机器人工程的核心技术以及反攻实验室的核心技术，他要控制所有的生物机器人，他要成为电子智能领域的主宰，他要成为这个世界的王。林佟与Loka的逆反让他始料不及，他无法接受一切终成空的现实，近乎疯狂地采取补救措施，然而他没能成为智能时代的王，却沦为法治社会的阶下囚。

史冬琦因组建《文荟》利益链、包庇纵容北北以及生活作风问题，被判处有期徒刑三年，并没收违法所得。北北操纵盗版一案被判处有期徒刑一年半并处罚金。简博弈、陈楚江、林佟分别被判处有期徒刑二十年、三十年和十年。Loka被送回生物机器人工程研究院，并在三年内禁止使用，三年后重新改写数据，经检测合格才能唤醒。

生物芯片是在植入人脑后才被林佟在芯片源数据上写入排异性数据的，她在研制时已经做了手脚，用特殊的生物涂层成功避过机器的检测。郑东东含泪把所有改写的数据恢复默认值后，公开向单位和社会道歉并引咎辞职。

植入生物芯片后的大量对象出现排异反应，这让简单的头发白了一半，他对把心思动到人体总开关大脑上来感到后悔，用组装配件替换原装生物叶，这严重违背了生物体的自然规律，那可是一条条鲜活的人命。万一再出差错，他简单万死难辞其咎。

简化被文学界神一般供到了神坛上。郭小丹也是信奉者之一。《江岸》杂志的粉丝一下子成倍暴增。在简化生活圈里消失了很久的墨扬突然送来几句体面的恭维话，微信里无数个"@"和无数个道喜，简化迅速往上划拨屏幕，没有找到娟子、柳岩和田男的信息。他突然觉得兴味索然，所有的聊天对话框他都没有打开来看。

曾经牢不可破的信仰就在那么一瞬间解构了。简化觉得他有必要给程熙一个像样的交代了。他直飞杭州，找到程熙爸妈原来的住处，却已人去楼空。他在杭州住了半个月，几乎把整个杭州城都寻遍了，却没有程熙的任何消息。

乐嘉原来投的稿又先后发了两篇，但发表的愉悦体验并没有如期而至。她无数遍问自己，也想问Loka："这真的是你想要的生活吗？""是"或"不是"都让人心情异常沉重。人或许都这样，在经历了一些人、一些事之后，就完全改变了。乐嘉眺望着东方，那是杭州的方向。乐嘉删了所有的文友，退出了所有的文学群。像"古木"一样，"异域"也人间蒸发了。这在文坛上成了热议的话题。杨拓从此绝口不提"异域"。

简化从杭州回来，乐嘉正在不紧不慢地敲着键盘，续写他的另一个长篇，是《人民文学》约的稿。看着这熟悉的背影，简化觉得他对生命价值的取向应该做个微调了。

郑东东的辞职没获批准，中国电子智能部办公厅认为，生物机器人工程研究不仅包括机器人的研制，还包括后续管理、升级和维护等系列服务，在郑东东没有正式培养出比较牢靠的接班人之前，是不被允许辞职的。但是，她作为研究院的主要负责人，研究院出了那么大的娄子，她负有不可推卸的责任，被党内警告处分，扣一年绩效工资，连续三年不得评优和晋升，并且公开发文通报。

"妹，这真的是你想要的生活吗？"这话似乎成了一个咒语，陷入无休止的循环。在完成了第二次升级之后，这个发问更加深刻地嵌入了乐嘉脑部的主分区里，甚至成为某种操作系统。

乐嘉在悄然改变着，是那种细微得难以察觉的变化，这种变化可能是正在匀速或者变速。

生物机器人完成了第三次全面升级后，简化和乐嘉生活在一起了。"你又走神了！""你能不能再陪基基一会儿？"察觉乐嘉的改变，内心的安全系数降低了，简立基不断用言行来引起乐嘉的关注。

乐嘉几乎成了一个写作机器人，简化从乐嘉身上看到曾经的自己。简化把乐嘉的变化归结为Loka事件的影响，他没有过多干预。不得不承认，乐嘉在文学方面的悟性、天赋与笔力是无与伦比的，即使她和简化混写同一篇文章，也没有谁质疑文风或者思维的不同，但简化总觉得乐嘉的文字缺少了某种应有的温度。

生物芯片被改写，导致人体出现排异反应后，置换记忆创新疗法一度遭到心理学界的诟病。学界认为，解铃还须系铃人，人的心理黑暗区主要还得靠自己走出来，通过生物芯片来直接置换心理黑暗区，只能短暂地缓解痛苦，但后患无穷。这是一门关于治标与治本的哲学。

尽管如此，仍有越来越多的人选择置换记忆创新疗法，这个疗法不费时间，在高速运转的时代，用脚趾头算算都知道时间是最宝贵的。植入生物芯片后不用住院，观察一天后就可以和正常人一样去工作，而且状态极佳。

随着地球气候的不断变化，人体内温度、酸碱度以及代谢系统的改变，导致生物芯片时常出现不匹配状况，大脑思维时不时出现暂时中断的情况。尽管郑东东和整个研发组不断升级和修补生物芯片的漏洞，却仍难以阻止不匹配问题再次出现。此外，外界能影响或干扰生物芯片的因素越来越多，专门针对脑芯片技术的流氓软件也层出不穷。

生物机器人也出状况了。有的情感觉悟过高,蠢蠢欲动要反过来控制人类,更多的生物机器人融入了人类后又逐渐剥离出来——它们并没有真正融入人类,这也许源于它们是机器人的本质属性,也许源于它们的觉醒。这个发现让郑东东担忧不已,可是她无法阻止这种可怕的现象蔓延,也不知道还会出现什么新的状况。

中国电子智能部办公厅也意识到了电子智能似乎正在进入一个越来越不可控的阶段,他们积极研究对策,一方面从导向上来纠偏,限制了生物机器人的应用度和应用面;另一方面他们把更多的财力、物力投入反攻生物研究室,把扭转局面的希望寄托在这儿,并停止对生物机器人的升级,加强对已经投放到社会各个领域的生物机器人的监测和控制。

简化的日常清单越来越简短,比他原来所践行的最简生活"吃饭、洗漱、睡觉和读写"还要简短。然而,经历了《前夜》的风波之后,简化对文学变得若即若离起来。兴致来时,简化还会敲几个文字,偶尔也翻翻书,大多数时候一本书读不了几页就搁一旁。以前简化生活的目的是集中时间用脑,如今是集中时间废脑。

乐嘉的行文风格已经写到以假乱真的地步,只是文学界不再有异域。简化成了文学界的神,文学作品产量高、质量佳,多部作品被翻译成多国文字,还被拍摄成影视剧。没有人知道,简风已经不再是真正的简风,连郭小丹这种严谨又挑剔的编辑都看不出来。读者们并不知道,他们所敬仰、崇拜的简大作家,在多年前敲出最后一段极具冲击力的文字之后,已经消亡,只剩下一具躯壳了。他拒绝参加所有的文学活动,批评家对他的作品的评论又添加了"品行端正，为人行事低调"等内容。

太阳日复一日地升起又落下，简化感到日复一日的寒凉。他不知道是他改变了乐嘉，还是乐嘉改变了他，或许是他们谁也没有改变谁，甚至是谁也没有真正融入谁。也许他与乐嘉之间，准确来说是他与生物机器人的世界之间隔着一道异域的樊篱。在他看来，生物机器人的结构属性决定了他们的行为方式、风格与思维模式。

乐嘉有着理性而精密的思维网，行事风格凌厉，像金属——冷而硬。简化的感性思维在乐嘉看来是多么可笑。乐嘉在文章里表现出来的温热的情感，几乎从不会真实地呈现在乐嘉身上，偶尔展现一回的柔性，可以用医学术语"假性"来解释。

闲来无事躺在床上，忆及当年床单上的不明物和那一夜的梦，书房里那个烧脸的瞬间，简化仍会觉得身体某个部分像是被春天的风和柳絮轻柔地抚摸着。但他这些回忆——也许只是当年的幻觉，没有真实地发生过。简化感觉身体各个器官的变化，某些功能的妥协以及记忆力的退化是最典型的表现。

乐嘉活成了一个名副其实的写作机器人，那句灵魂拷问像咒语一样如影随形。简化一天天的颓废让她加剧了对自己灵魂的拷问。

Loka被重新唤醒后，没有哪个公司和个人愿意聘用她。郑东东把她安排在生物机器人工程研究院里非保密部门负责一些无关要紧的杂工。

简化和乐嘉的女儿简小玑刚出生时就有很多异常行为，医学影像显示她的脑结构居然比常人的简单多了，出现了芯片式的异化，这大大地减弱了简化对于新生命的期待，他害怕而又无法抗拒那些金属的冷。简化曾经多么热切地希望，把对缺席简立基陪伴的遗憾全部弥补到新的小生命上来。可如今，他无法说服自己真正从心底接纳这个异化的女儿。

2053年，简小玑十五岁了，但她与简化之间，似乎总隔着一个维度的距离。她崇拜她的母亲乐嘉，包括乐嘉的才情、乐嘉对于世界的认知，但她对乐嘉似乎也没有过多的依恋。

简立基已然成为生物机器人世界的一分子。他们之间是融洽的，哪怕是彼此之间无话可说，也没有违和感。可他们仨与简化之间存在着肉眼看得见、目光却量不到尽头的距离。

同年，简立基在外地结婚，没有邀请简化出席婚礼，而是弄了个线上结婚仪式。视频里乐嘉年轻如昔，简化看着意气风发的新郎——那个从他的身体剥离，延续着他的生命又从他的生活里剥离的少年郎，以他难以接受的模式为人夫为人父。简化熟练地摸出一支烟点燃，像看一场与自己无关的电视剧。他曾经那么热切地爱着这个世界，热爱着文学，他曾经简化掉日常一切琐事，用独特的视角去窥视世界，去表达对世界的热爱。如今，他同样简化掉日常一切琐事，用极简的方式表达对世界的臣服和妥协。回顾这一生，他像个傻子一样，一个人走了一趟与自己无关的旅程。

简易夫妇已经老到走不动了，简易的大脑思维经常会出现短暂的中断，像是电脑系统卡顿了，关键时刻就算急死人他也动弹不得。绿植庄园的日常管理主要由蓝心怡负责。简博弈在服刑期间被磨平了棱角，他甘于给蓝心怡打下手。生物机器人为简博弈夫妇生了一个小孩，已经三岁了。孩子容貌俊俏、聪明伶俐，但生性有些冷漠。

简单夫妇退休后，对他们曾经倾尽全部心血去研究的项目避而不谈。他们也不支持简方向把精力放到科学研究的领域，但简方向认为,只有投入研究,个体生命才是活的,如果不投入研究,个体生命只不过是限于字面意思的一个词语。简方向是不婚主义者,他的"U伴"已经老掉牙了,他自己摸索着重新组装了一个"U伴",新的"U伴"无疑是老"U伴"的升级版,功能更齐全,思维更缜密。

麦皓天工作上和郑东东时有来往,后来意外发现竟然是一家人。简婕自从参加父亲的葬礼之后,就再也没有回来过。这些年,家里发生的那么多事,她断断续续从麦皓天口中得知一些。忆起从父亲的葬礼回来时,动车上的那两本书以及陌生人的那通电话,她想她当时或许应该打个电话告诉简化或者程熙的,这样也许后续故事会完全不一样。

简化的脑袋和身体争先恐后地退化,身体一天比一天虚弱。在一个深冬的夜,他在房间悄无声息地病逝,第二天早餐时间乐嘉才发现僵硬了的简化。他们把简化的葬礼给简化掉了。

麦皓天的反攻实验室已经扩大为反攻生物研究院,林佟出狱后在反攻生物研究院上班,专注于解决当前生物机器人与生物芯片存在的技术问题,并取得突破性的进展。

麦皓天工作之余的精力都用来经营自己的小家庭,他时刻告诫自己的孩子:人是一种野心勃勃的动物,一边构建复杂的世界,一边简化生活日常,期盼在最奢华的世界里,享受最简单惬意的生活。这个想法本身没有毛病,但请谨记,极简与极奢是一对挂在杠杆两端的产物,中间的支点必须是你的脑袋。